「本当の豊かさ」は
ブッシュマンが
知っている

ジェイムス・スーズマン
James Suzman
佐々木知子 訳

AFFLUENCE WITHOUT ABUNDANCE:
What We Can Learn from the World's Most Successful Civilisation

NHK出版

1995年、スクーンヘイトにて。テングはキャベツと玉ねぎの栽培に格闘中。［著者撮影］

1995年、カツァエ・“フレデリク”・ラングマン（ジュホアンの名づけの習慣上、私の父）とその孫のジャコブス。現在カツァエはアウエイン（南部ジュホアン）のナミビア政府が認めた首長だ。［著者撮影］

1995年、スクーンヘイト再定住地。［著者撮影］

夏の嵐のあとのツォディロ・ヒルズの男山。［著者撮影］

ツォディロ・ヒルズのサイの洞窟にある「ニシキヘビ」。［シーラ・コールソンの許可を得て使用］

ツェンナウ。1994年、スクーンヘイトにて。［著者撮影］

ゴバビスの農場で、ボスの監視下で働くジュホアン労働者。［ポール・ワインバーグ撮影］

ナミビア独立後、オマヘケのジュホアン労働者は農場を追いだされ、オマウェウォザニャンダなどのヘレロ人定住地の端に無断居住した。［エイドリアン・アービブ撮影］

1950年代、撮影するジョン・マーシャル。［ローレンス・K・マーシャルとローナ・J・マーシャル寄贈、ピーボディ考古学・民族学博物館の許可を得て使用。© PRESIDENT AND FELLOWS OF HARVARD COLLEGE, PEABODY MUSEUM OF ARCHAEOLOGY AND ETHNOLOGY, PM# 2001.29.254 (DIGITAL FILE #97010003)］

1989年、ニャエニャエにて。コミュニティ集会でのジョン・マーシャル。［エイドリアン・アービブ撮影］

南アフリカ軍がツムクウェにやってきた。［ポール・ワインバーグ撮影］

1989年、ニャエニャエで閲兵を受けるジュホアン兵士。［ポール・ワインバーグ撮影］

食べ物の採集中に「ブッシュマンの昔のパイプ」を吸ってみせるアヌ。［著者撮影］

ニャエニャエで「よい雨」が降ると、窪地（パン）は水で満たされて浅い湖に変貌する。［著者撮影］

ホールブーム下で一団を先導するツンタ・ナ・ア。[著者撮影]

ツンタ・ナ・ア。[著者撮影]

たくさん採れる日には、マラマ豆やブラキステギア（マメ科の木本）などのごちそうで袋がいっぱいになる。［著者撮影］

大量のモンゴンゴ・ナッツ。［メガン・ローズの許可を得て使用］

ゾウの解体は重労働だ。［著者撮影］

ニャエニャエで矢作り。［ポール・ワインバーグ撮影］

独りだけで狩りに出ることはめったにない。［著者撮影］

スクーンヘイトで最も腕の立つ狩人ツィカエ。全盛期にはよく写真を撮った。［著者撮影］

火がなくては、肉は食べづらい。［著者撮影］

2013年の干ばつにより死んだウシの肉がたくさん手に入った。［著者撮影］

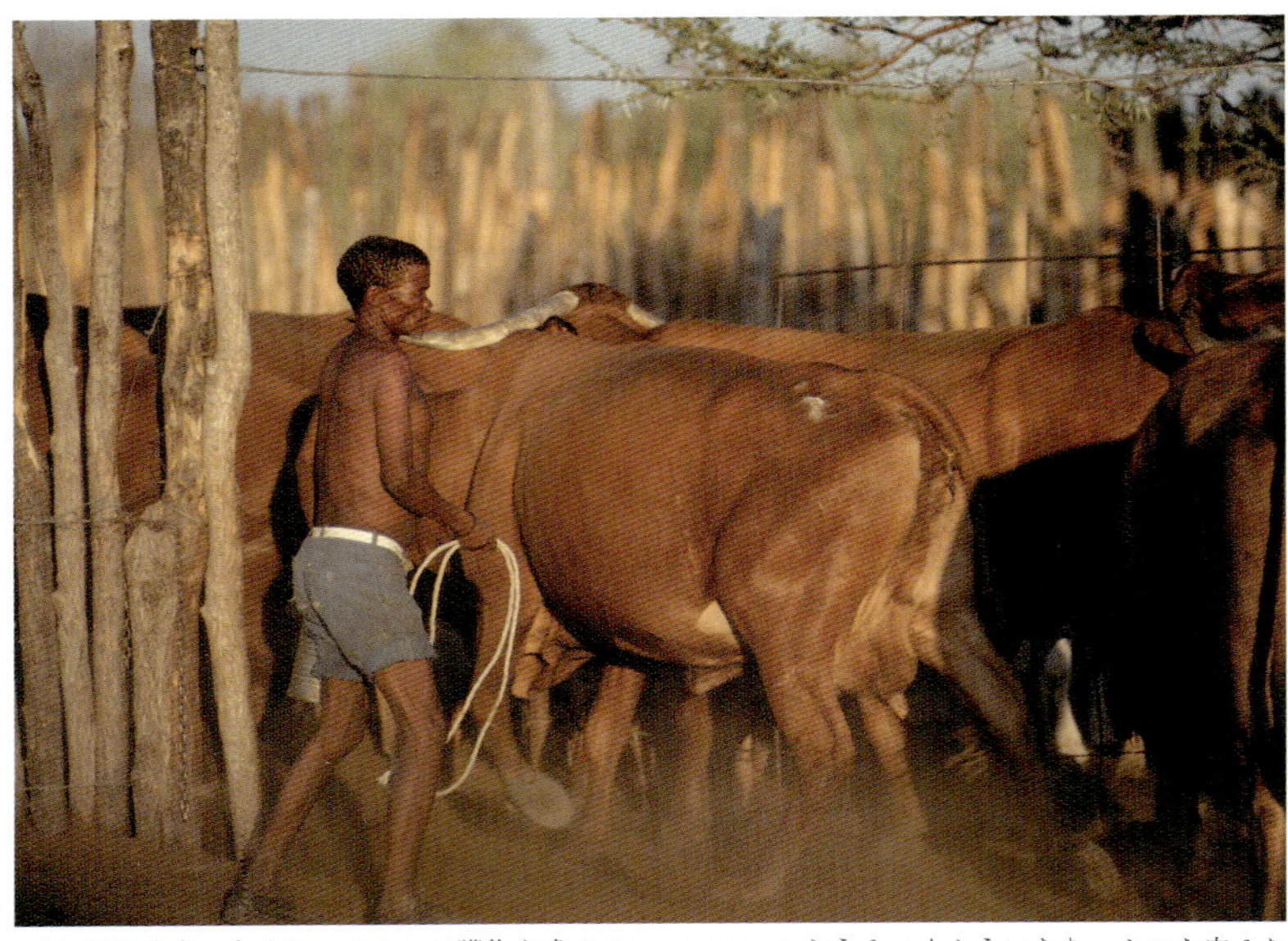

1980年代後半、多くのライオンが獲物を求めてニャエニャエをうろつくようになり、ウシを守るためによりいっそう丈夫な囲いを作った。［エイドリアン・アービブ撮影］

ツムクウェで唯一、レンガとモルタル造りのバー〈ツムクウェ・ロックスター〉の外で踊る子ども。
［著者撮影］

2014年、自慢の菜園を案内するテング。［著者撮影］

「本当の豊かさ」はブッシュマンが知っている

装幀　坂野公一＋吉田友美（welle design）

南部アフリカとカラハリ盆地

南アフリカのコイサン人とコイサン諸語

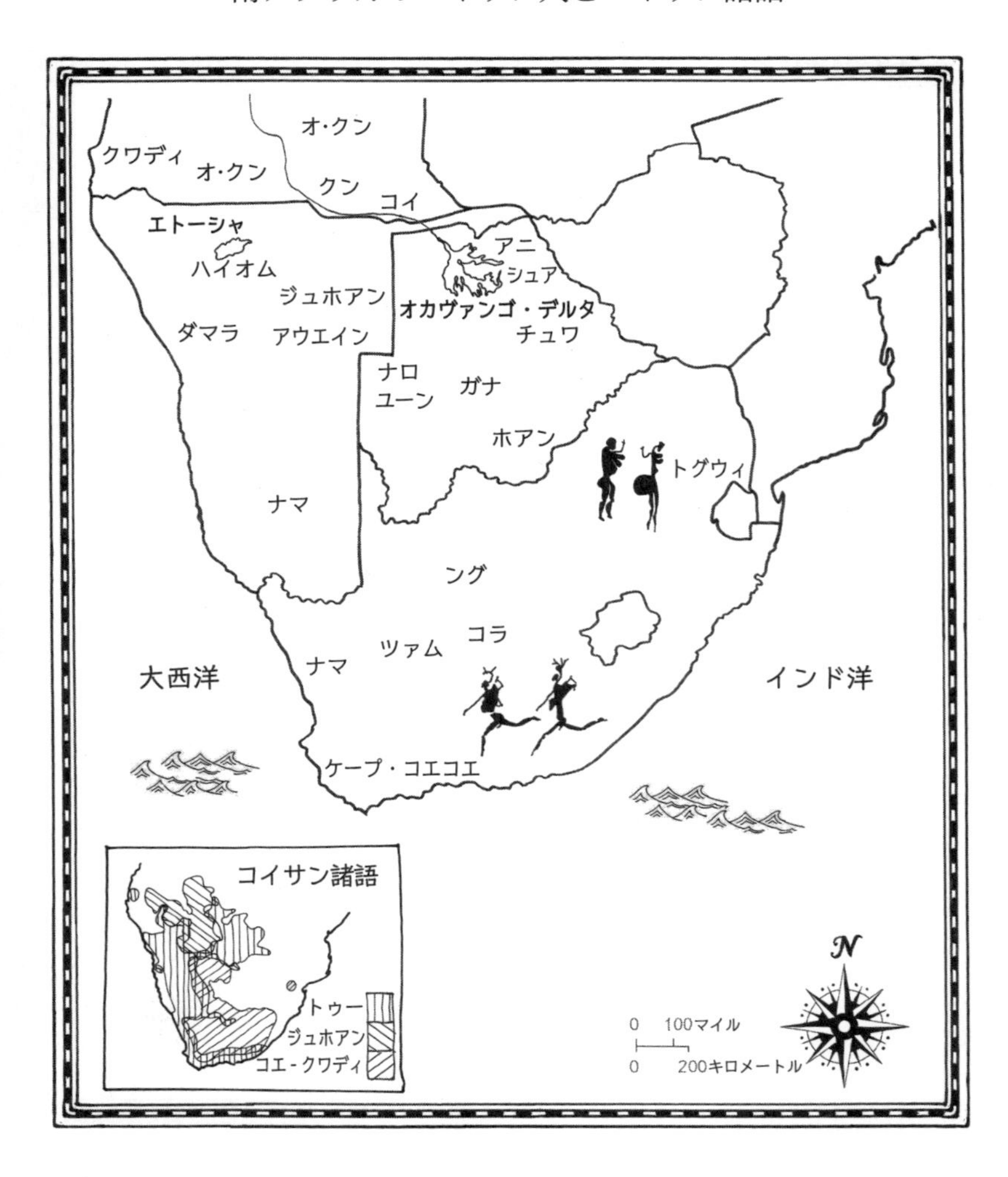

コイサン人の歴史上のおもな考古学的遺跡

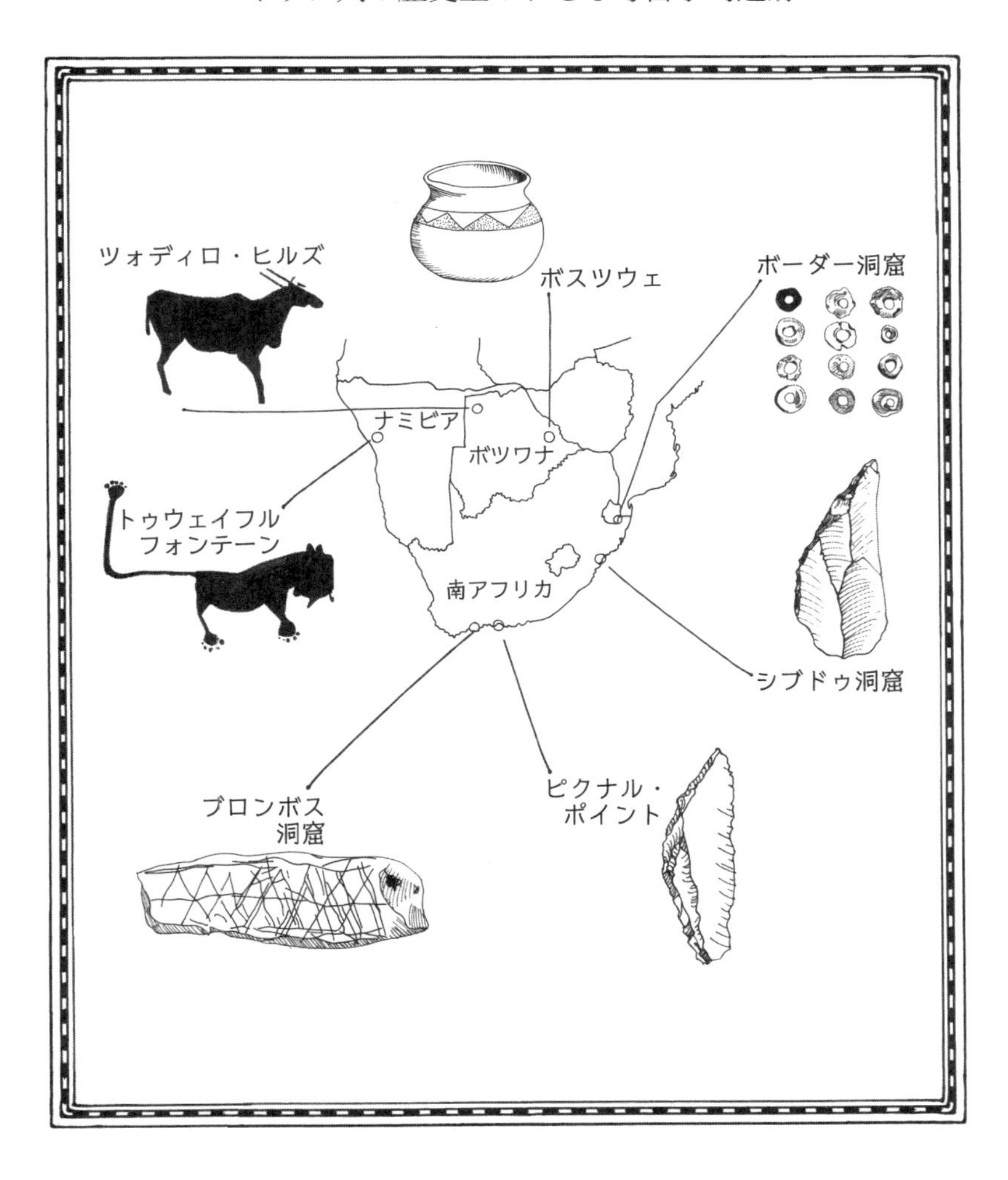

ナミビアの東部・中央部

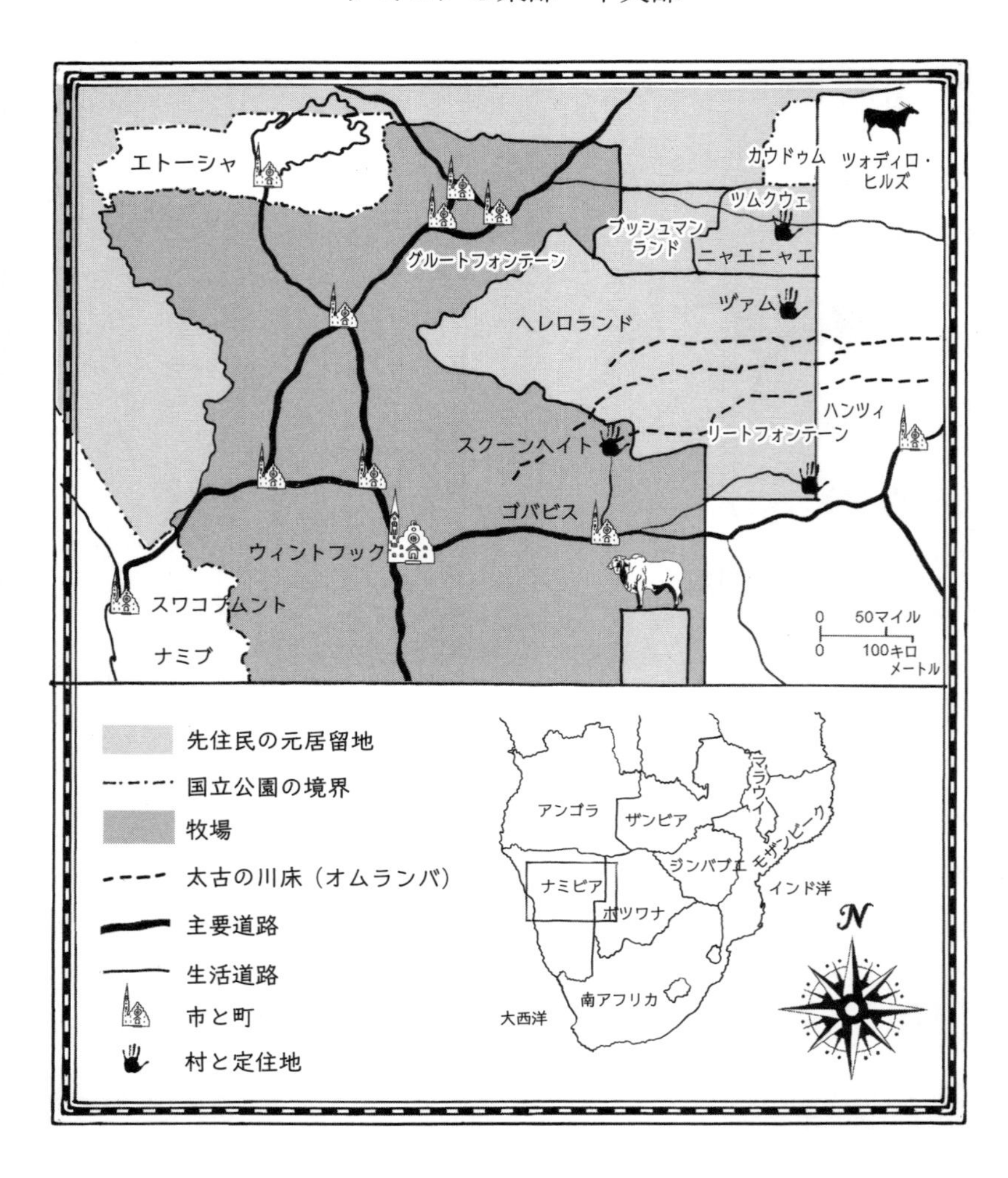
エトーシャ
カウドゥム
ツォディロ・
ヒルズ
ツムクウェ
ブッシュマン
ランド
ニャエニャエ
グルートフォンテーン
ヴァム
ヘレロランド
ハンツィ
リートフォンテーン
スクーンヘイト
ゴバビス
ウィントフック
スワコプムント
ナミブ
0
50マイル
0
100キロ
メートル
先住民の元居留地
国立公園の境界
牧場
太古の川床（オムランバ）
主要道路
生活道路
市と町
村と定住地
アンゴラ
ザンビア
マラウイ
モザンビーク
ジンバブエ
ナミビア
ボツワナ
インド洋
南アフリカ
大西洋
N

バントゥ語系諸族の進出

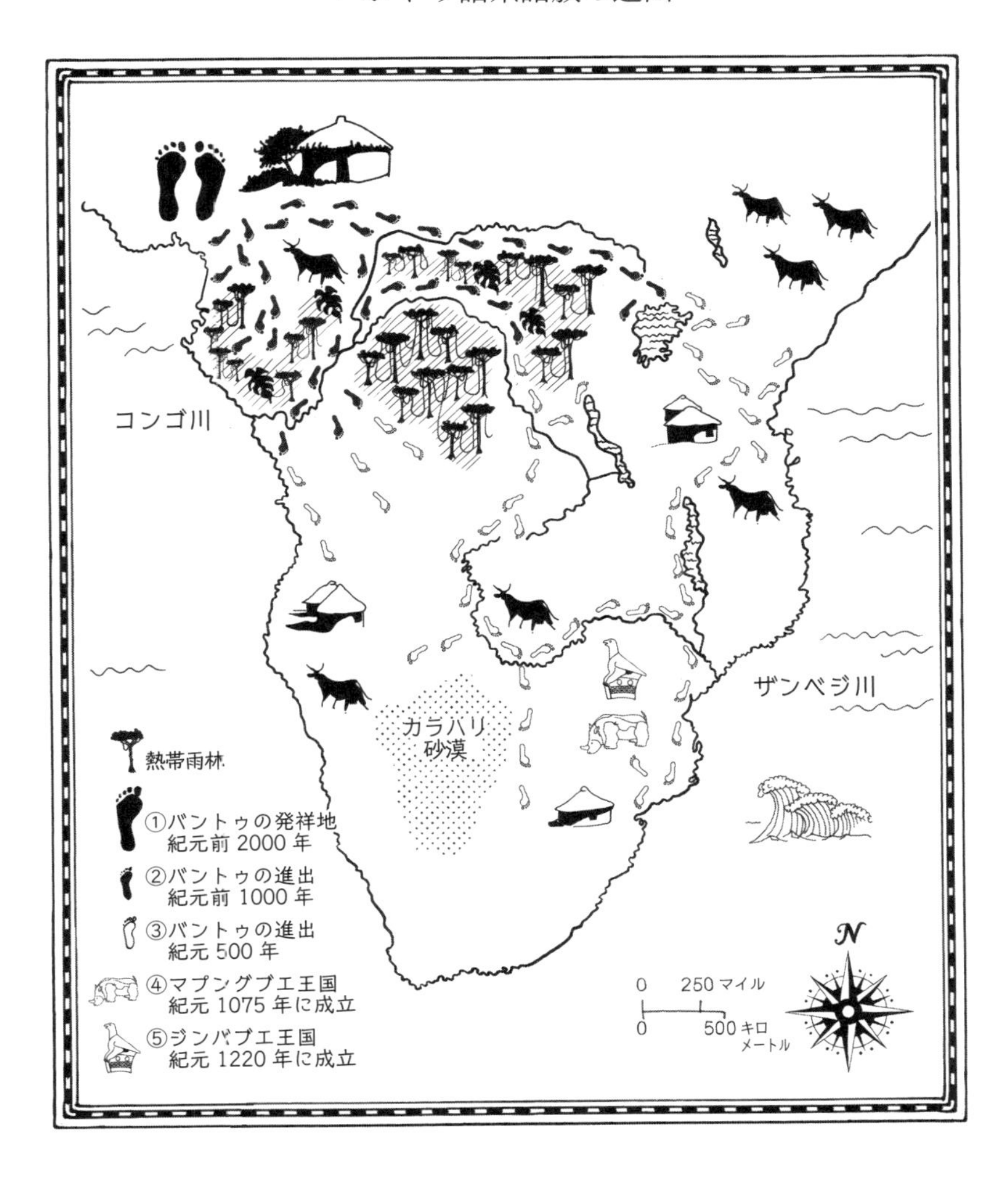

目次

第二部　過酷で豊かなカラハリでの暮らし

第三部　新しい時代

本文中、（　）は原注、〔　〕は訳注を表す。注番号は巻末の原注を参照。

本文中の書名は、邦訳版があるものは邦題を表記し、邦訳版がないものは初出に原題とその逐語訳を併記した。

著者まえがき

本書は、南部アフリカに暮らすサン人とほぼ二十五年にわたり生活をともにした記録である。数多くのサン人と育んだ厚い友情の産物であり、同時に、あまり面識のない人々への聞きとりや、彼らを取り巻くできごとについても書き記している。なお、プライバシーを守るために、名前を変えたり、伏せたりしている場面があることをご了承いただきたい。

本書では多くの人々の考えや生活を題材にしているが、個人的な話をあまり取りあげなかった。そこで私の友人で師でもあるカツァエ・〝フレデリク〟・ラングマンについて触れておきたい。一九九四年に、彼は私を優しく迎えいれ、ナミビアのオマヘケ州で暮らすジュホアン・ブッシュマンの知られざる現実（ときには恐ろしい現実）を見せてくれた。カツァエは現在、政府が認めたオマヘケのジュホアンの首長である。私たちはいまでも互いに家族と考えており、そのことをうれしく思っている。本書をカツァエとオマヘケのスクーンヘイト再定住地にいる大勢の友人に捧げたい。

「ブッシュマン」の呼称とクリック（流入音）について

「ブッシュマン」の呼称

一九〇四年の春、ドイツの動物学者で言語学者、解剖学者、哲学者でもあるレオナルト・シュルツェは人生最大の冒険に挑んだ。それはドイツ領南西アフリカ（現ナミビア）をめぐる数か月にわたる旅だった。ドイツ植民地省にナミビアの沿岸で漁業ができるかどうかを評価するよう依頼されたのだが、それとは別にさまざまな動物学標本を採取してドイツに持ち帰ろうと計画していた。しかし、戦争の勃発により計画は狂ってしまう。その年ドイツの植民地当局が、中央ナミビアで最大勢力を誇るナマ人とヘレロ人を初めて武力で制圧し、絶滅させせようとしたからだ。ナマはアフリカ大陸南端の喜望峰でウシやヒツジの放牧で暮らしていた人々の子孫である。彼らは一九〇四年にはすでに西洋化しており、服も武器も宗教もヨーロッパのものを取りいれていた。ヘレロ人は牧畜民で、十八世紀ごろから中央ナミビアの大部分を支配してきた。二十世紀に植民地で起こった最も残酷な虐殺によって旅行を台無しにされたくなかったシュルツェは、戦闘中に動物学標本のかわりに「生態研究」の目的で「戦争の犠牲者となった先住民の新鮮な死体からさまざまな部位を採取した」と興奮気味に報告した。

シュルツェは南部アフリカのふたつの異なった「人種」について書き残している。彼はナマやブッシュマンのような、背が低くて肌は明るく、クリック〔流入音。吸着音などとも呼ばれる〕を使う言語を話す人々と、ヘレロなどの、背が高くて肌は黒く、中央アフリカの言語を話す人々を分け、前者を「コイサン」と名づけた。これは白人植民者やほかのアフリカ農牧民がやってくるずっと前から南部アフリカで暮らしてきた先住民の呼び名として、いまでも広く使われている。

「コイサン」は、「コイ（「人」の意）」と「サン（「狩猟採集民」または「放浪者」の意）」が合わさった言葉である。コイサン人のうち「コイ」〔あるいはコイコイ〕と呼ばれる人々はおもに現在の南アフリカ北ケープ州に集まって暮らし、ヨーロッパ植民地時代以前から放牧を生活の糧にしていた。「サン」はブッシュマンを指し、狩猟採集で暮らす人々のことだ。

過去にコイサン人に付けられた呼び名は侮蔑的なものが大半だった。いちばんよく使われてきたのが「ブッシュマン」で、コイサン人のうち狩猟採集民がそう呼ばれた。牧畜民は「ホッテントット」と呼ばれた。どちらもほかの人々によって付けられたため、過酷な過去を背負っている名称だ。というのも「ブッシュマン」は、オランダ語の「ボッシェスマン」に由来し、マレーシアでオランダ東インド会社が飼っていたオランウータンの呼び名として使われていた。「ホッテントット」は、クリックが交じるコイサン諸語があまりにも独特だというイメージをわざともたらす下品な擬音語だと言える。

昔と同じく、いまでもコイサン諸語には多数の異なる言語が残されている。生き延びた言語をもつコミュニティにはそれぞれに自称名がある。たとえば、ジュホアンやグイ、ハイオムがそうだ。「コイサン」という名称は彼らの心には響かない。

これまで私は、さまざまな国連フォーラムや先住民の権利保護団体で政治経験を積んだサン人以外に、自分たちの呼び名について大きな関心を寄せる人と会ったことがない。彼らに言わせれば、問題は先住民をどう呼ぶかではなく、どう扱うかだという。

世界中の狩猟採集民の例に漏れず、ブッシュマンもほかの民族（またはエスニックグループ）と遭遇するたびにとてつもない差別に遭ってきた。ツワナ語では幅広い人種的ステレオタイプを想起させる「バサルワ」と呼ばれており、ブッシュマンの大半は侮辱的と感じている。ナミビアの地方では自らを「ブッシュマン」あるいはアフリカーンス語で「ブッスマン」と呼ぶ者が多い。彼らはその言葉に不名誉な響きがあるとは考えていないし、なかには肯定的に捉える者もいる。というのも「ブッシュマン」には、彼らが暮らす環境に特別なつながりをもつ「最初の人」としての地位を再確認する意味が含まれているからだ。国際的に見れば「ブッシュマン」という名称は肯定的に捉えられており、空想的なステレオタイプではあるが好ましいイメージがある。「ブッシュマン」の名称が国際非政府組織（ＮＧＯ）に採用されていることや、国際会議の文献で彼らを呼ぶ言葉として最も多く使用されているのはこうした理由があるからだ。よって本書でも「ブッシュマン」を使うことにする。

だが忘れてはいけないのは、コイサンの政治・コミュニティ組織には「サン」がいちばんふさわしいと考える人がいることだ。そのため南部アフリカの大半で「ブッシュマン」にかわって、「サン」が日常的にも公式にも徐々に浸透しつつあり、ごく最近まで狩猟採集をしていた集団の子孫で、コイサン諸語を話す人々を呼ぶのに最も適切な言葉として受けいれられている。

クリック（流入音）

コイサン諸語は、声調の独特な使い方や音素の複雑さなど、さまざまなことで区別される。よく知られているのが、クリックを頻繁に使って表現されることだ。コイサン諸語のおもな四種類のクリックは、「ǀ」「ǂ」「!」「ǁ」の記号を用いて表記される。

ǀ　**歯音**（しおん）　前歯の裏に舌の先を押し当てて離すと出る音。不興の念を表すときに発する「チッ、チッ、チッ」の音に近い。

ǂ　**硬口蓋音**（こうこうがいおん）　舌先の上面を上の歯茎に広く押し当てて下に素早く離すと出る「タン」という平べったい感じの音。

!　**歯茎音**（しけいおん）　舌の先を歯茎後部に押し当てて下に素早く離すと出る「ポン」というコルクを抜くような音。

ǁ　**側音**（そくおん）　舌先の上面を上の歯茎に広く押し当てて離すとき、舌の両側面から息を吸って発する音。片方の側面だけで発してもよい。カウボーイがウマをあおるときに出す「チャッチャッ」という粘っこい音に似る。

本書の主題となるジュホアン・ブッシュマンは、これら四種類のクリックを使ってクリック子音を発音する。どう発音されるかは本書サイト（www.fromthebush.com）を参考にしてほしい。

「真の幸福とは現在を楽しむことである。
将来に望みをつなぐことはせず、希望や不安で気持ちを紛らわすのではなく、
すでに十分もっているもので満足し、それ以上をほしがらず、安んじて暮らすことである」
——セネカ

第一部

古い時代

第一章
勤勉の報酬

一九九五年春、ナミビアのスクーンヘイト再定住地

テングはとても忙しい。編み物をしていないときは、白人農場主に売るためにダチョウの卵殻で複雑な模様入りのアクセサリーを作ったり、住んでいる小屋の裏にある砂地の小さな畑から収穫できるものを探したりしている。干ばつにもかかわらず、この砂漠をちょっとした野菜畑に変えようとする者がいるとしたら、それはテングだ。

暑すぎて何もできないとき、私はときどき木陰でうたた寝して夢想する。テングのようなジュホアン(Ju/'hoan)・ブッシュマンが、私たちの世界に生まれていたらどんな人になっただろう、と。彼女ならおしゃれな服を着た起業家になり、そのエネルギーと成功に見合うだけの名声を手に入れて羨望の的になっていたかもしれない。

しかし、テングは生き延びるためにエネルギーを注ぎ、ぼろ布を丁寧に縫いあわせた服を身に

つけて、カラハリ砂漠のナミビア東部にある再定住地の農場で暮らしている。彼女は数千人いるジュホアンのひとりだ。その祖先は二十万年前に現生人類が誕生してまもなく、地球上のこの地で狩猟採集生活を始め、暮らしてきた。ところが二世代前に、白人の軍人と農民と行政官が銃や井戸用ポンプ、有刺鉄線を運び、ウシの群れをつれて現れ、この砂漠は自分たちのものだと主張した。白人によって土地が収奪されてから、カラハリのこの地に住むジュホアンのようなブッシュマンが生き延びるには、白人農場主のもとで働くしか選択肢はなかった。テングは、白人の農場でお払い箱になった二百人ほどのジュホアンとともに、少し前までウシの放牧場だった土地に建設された再定住地に、政府によって移住させられた。

テングはなぜ、再定住地でだれよりも忙しく働いているのだろうか？　ある昼下がりに彼女の隣に座り、こんな問いを口にした。ほとんどのジュホアンは、時間通りに届かないとわかっている、不十分な量の食料援助を座って待っているだけで満足している。それなのになぜ、彼女はいつも忙しくしているのだろうか？

「ツンタ」。テングは私のジュホアンの名前を呼んだ。「どうしてかわからない？　あんたは賢い人だと思ったけどね」

私はテングに、「この一年間、私の愚かさには呆れると、きみはさんざん言ってきただろ？　だったら、どうして忙しくしているのか説明してくれないか」と頼んだ。

テングは早口で話す。機関銃のようにクリック子音をまくしたてるのだ。そのころにはジュホアン・ブッシュマンの言葉であるクン語（!Kung）のおもなクリックをなんとか習得したのだが、会話にはまだ苦戦していた。クン語を話すには、帯気音や声調転移、咽頭化音、鼻音、声門閉鎖音などのテクニックが必要だ。そのため、世界で最も洗練された言語のひとつであるクン語を話そうと、いくら舌を捻じ曲げてもうまく音が出ず、聞きとろうとしても耳がおかしいのか、とからかわれる。だからテングにはアフリカーンス語で説明してほしいと頼んだ。私がここで調査を始めた一九九〇年代初めには、カラハリのこの地域に住むジュホアンの大半がアフリカーンス語を流暢に話していたからだ。

「あの人たちは怠け者なのよ！」と彼女は言う。「いまは生きるためにせっせと働かないといけないってことをわかってない」

テングは幼いときから勤勉は美徳だと叩きこまれてきた。両親は農場生活に慣れるのに苦労し、テングがよちよち歩きのときに離別したため、頑固な母親は彼女と弟をつれてほかの農場に移った。まもなく母が突然、原因不明の死を遂げた。テングと弟はほかの農場につれていかれ、白人農場主のふたりの子どもの遊び相手になった。州都にある学校が休みのとき、遊び相手がいなくて寂しい思いをしていたからだ。農場主は優しかったが、怠惰に我慢できない質だった。テングはそんなことは気にしなかった。エネルギーにあふれていたテングは、子どもと遊ぶ以外は家中の雑用をして回った。

「あたしはとてもきれい好きで、仕事をきちんとこなすよ」と彼女は言った。「床や家具をふいて磨いたりほこりを払ったり。それに洋服を縫って、洗濯してアイロンがけをしたりもする。一生懸命に働いていい仕事をすれば、古着や靴をもらえるし、腹を空かすこともない。ツンタ、そうやって仕事を覚えて、あたしは白人の暮らし方を知ったんだ。でも、ここにいるブッシュマンは、昔の人みたいにモンゴンゴの実が木から落ちてきたり、クーズーやオリックスを狩人が運よく仕留めて持ち帰ったりしないかな、なんてのほほんと思ってるのさ」。テングは狩猟肉を食べて膨らんだ腹のことを想像して大笑いしてから、差しだした私の手から吸いかけのタバコをつかんだ。タバコをゆっくり吸いこんで唾を吐き、鼻から煙を出しながら話を続ける。「ここの人たちはただお気楽に待っているってわけ。新しい政府が面倒見てくれると思ってる。いつも食べ物をくれるって信じてるのさ。今日はお腹が空いてるんだって文句ばかり並べて、仲間同士でけんかしてさ。食料が届いたと思ったら、今度は少ないってまた文句を言う。それなのに何もしやしない。トラックがまた食料を運んでくると思ってるからね。でもトラックがいつも来るとは限らないよ、ツンタ。いつかあの人たちはみんな飢えて死ぬ。そのうちわかるよ。でも私は生きるために働く。これが白人から学んだことさ」

仲間に対するテングの見方は公平ではないと私は考えている。座って過ごしている人が、みな生活に困って政府からの緊急食料配給が届くのを待っているわけではないからだ。どの世界にも見られるように、スクーンヘイト再定住地のジュホアンも、他者に依存することで生じる無力感や退屈に我慢できない。アルコールがあれば気が紛れるという人は多い。アルコールはたとえ暴力がともなうことになっても、辛さや飢えを忘れさせてくれる。運がよければ、白人農場主が狩ったイボイノシシや小さな鳥、トビウサギ、レイヨウをくすねる者もいるし、貯蔵した食料を盗む者もいる。また農場主の銃やイヌが怖いため、砂漠を横断する砂利道を懸命に歩き回って、ウシを世話したり、フェンスを建てたりする仕事をもらう者もいる。だが、そんな機会はめったにない。彼らには選択肢がないのだ。だから座って待っている。

私がそのように考えていると言うと、テングは私をしかるだろう。だが彼女の「怠け者」の仲間が腹を鳴らして座って待っている理由について、私は彼女と見方が違う。貧窮（ひんきゅう）しているように見えるが、それは怠け心やひどい不運のせいとは思わない。彼らの振る舞いのなかに、白人入植者がやってくる以前の両親や祖父母の暮らしの痕跡を見ている。そしてその生き方は、ある問題に新たに光を当てることになる。大恐慌の真っ最中に経済学者ジョン・メイナード・ケインズによって初めて提起された、切迫した複雑な問題だ。ケインズがその問題に取り組むころ、カラハリのこの地ではまだモンゴンゴの木が実を振るい落とし、捻じれた大ヅノのクーズーが狩人のゆくてを雄々しく歩いていた。

一九三〇年の冬、ケインズは欧米経済の息の根を止めようとしている大恐慌と、前年の株価暴落による自身の個人資産の崩壊で頭がいっぱいになっていたが、それも無理はなかった。危機は一時的なものだとおそらく自分を納得させるために、彼は「孫の世代の経済的可能性[1]」と題した楽観的な小論を発表した。

「この小論を書いた目的は、現在や近未来について検討することではなく、短期的な展望から解放され、翼を広げて遠い未来に向けて飛びたつことである」とケインズは冒頭で述べている。

その翼がケインズをつれていく未来とは「経済的カナンの地」だった。それは、技術革新と生産性の向上と長期の資本増加が「経済的至福」の時代を導く約束の地である。だれもが週十五時間働くだけで物質的なニーズを満たすことができ、お金や富の蓄積に縛られず自由になって、もっと深い喜びに目を向ける時代だ。深い喜びとは芸術や哲学、音楽、宗教、家庭のようなものをいう。


人類が十分な余暇のある暮らしに容易に適応できるかどうかについて、ケインズははっきり述べていないが、戦争などの大激変がなければ、孫の世代にそれが現実に起こると確信していた。「百年後の二〇三〇年までに、先進国の生活水準は今日の四～八倍になるだろう」と彼は予想する。

技術の進歩や生産性の向上については、ケインズは正しかった。原子力、安価なプラスチック、通信、デジタル革命など、暮らしを変えるあらゆるイノベーションはケインズの先見の明を証明している。アメリカ労働統計局によると、一九四五年から二〇〇五年にアメリカの労働生産性は四倍上昇した。しかし週十五時間の労働時間については、ケインズは間違っていた。ヨーロッパとアメリカでは平均労働時間が週四十時間ほどだったのが、この五十年間で週三十～三十五時間に減少したとはいえ、個人の生産性の向上と比べて、労働時間の減少のペースはかなり緩やかだったのだ。アメリカでの労働生産性の向上を考えると、現代のアメリカ人労働者は週十一時間働くだけで、一九五〇年代の労働者と同じ生活水準を享受できるはずだった。

しかし、ケインズはそのことも予想していた。生産性や技術の改善と労働時間減少とのあいだにはタイムラグが生じると見込んでいた。彼の予想の前に立ちはだかった最大の障壁は「懸命に働こうとする、そして新たな富を築こうとする人間の本能」だった。

「生存競争がこれまで人類にとって、つねに主要な問題、とても差し迫った問題だった……経済問題を解決する目的のために、自然によって――人間の衝動やそうした根深い本能によって――人類は進化してきたのである」と彼は嘆く。経済問題が解決されてしまえば、「庶民は数えきれないほどの世代にわたって身につけてきたそうした習慣と本能を、ほんの数十年で捨てさるよう求められるかもしれず、それらの再調整を思うとひどく心配になる」。ケインズは「心配」と書いているが、その状況で使う言葉にしては弱すぎるだろう。

ケインズの個人資産は、賢明な投資のおかげでまもなく回復できたようだ。それでも彼はただ増やす目的で富を手に入れようとする者を酷評する。彼の考えでは、経済的ユートピアを実現するカギは、強欲を捨てることだという。「所有物としてお金を愛することは、いやけがさす病的状態で、なかば犯罪のような、なかば病気のような性癖で、恐ろしくて精神疾患の専門家に引きわたすべきだと認識されるようになるだろう」と彼は述べている。

ケインズが懸念するのも無理はなかった。だが、もし彼がいま生きていたら、それを克服する能力が人間にあると過度に楽観視するのではないかと思う。彼は、生産性の向上によってつくりだす新しいものを何でもかんでも消費する素質が私たちにあると予測できなかった。それに、（少なくとも身体活動の面で）することがないときには、人はどれほど仕事を生みだすかということをかなり過小評価していた。経済学は合理的な科学であり、また案を提示されれば人は概して合理的な選択ができるものだとも考えていた。そのため「金儲けを目的にする」ような異常な少数者を除けば、私たちは「経済的な問題が解決されて労働から自由になったとき、豊かさを楽しむことができる」とケインズはみなした。しかも、人間が仕事に取りつかれることに加えて、自身の不注意な言動によって生じる環境コストも予想できなかった。彼は資本増加とそれによって加速する生産・消費・廃棄物のサイクルに、近視眼的に重点を置く世界経済モデルの優位性を請けあっていたのだ。

ケインズがもし次のことを知っていたなら、この問題の大きさと起源をより深く理解しただろう。つまり、狩猟採集民という世界の全人類で経済的に最も発展しなかった人々が、経済的約束の地を見つけていたこと、そして彼が夢見ていた週十五時間の労働時間は、おそらく現生人類（ホモ・サピエンス）が辿ってきた二十万年間の歴史の大半で標準的なものだったことだ。

とはいってもケインズは過去の時代の人だ。この世を去って三十年くらい経たないとわからない物事をケインズが知るよしもない。労働生産性にしろ、資本蓄積にしろ、そうしたものには関心がなく、意のままに使えるシンプルな技術だけをもつ原初の人々が、「経済問題」をすでに解決していた、とケインズが聞いたらばかげた話だと思うだろう。

狩猟採集民はつねに生存競争に耐えているわけではないという考えが、初めて提示されたのは

一九六六年のシカゴ大学での会議だった。皮肉にも、ケインズに対して最も敵意のある批判者と抑制のきかない自由市場経済の最も熱心な支持者がいた大学だ。

しかしこのとき、ケインズ主義の主張に冷水を浴びせたのはシカゴ学派の経済学者ではなかった。人類学者、しかもその学問分野であまり知られていない狩猟採集民の専門家グループだった。彼らは季節はずれに寒い四月のシカゴ大学の会議で、世界各地で自立するわずかに残された狩猟採集民グループから集めたデータを見せあった。強風が窓を叩くなか熱のこもった会話が廊下まで響いた。[2]

それは、彼らの発見が学界にとどまらず、世間一般に幅広く受けいれられたという点において人類学の歴史で数少ない会議のひとつだった。冷戦や、アメリカの戦後の好景気を象徴する冷たいアイスクリームに飽き飽きしていた人々は刺激に飢えていたのだ。

二十世紀の大半で狩猟採集民に特別な興味を抱いていたのは、農耕が広まる以前に最古の祖先はどう暮らしていたかを理解しようとしていた人類学者だけだった。一九六〇年代後半に、一般人が狩猟採集民に関心を寄せるとすれば、アメリカのテレビアニメ『原始家族フリントストーン』か、あるいは女優ラクエル・ウェルチが毛皮のビキニで登場する石器時代を描いたイギリス映画『恐竜100万年』をせいぜい観るぐらいだった。

当時の人類学者のほとんどは、最後にわずかに残った狩猟採集民を「生きた化石」とみなしていた。狩猟採集民は物質的欠乏の苦しみにずっと耐えており、二十世紀になっても一握りの人が狩猟採集を続けているのは、熱帯雨林あるいは乾燥した砂漠、広大な海、延々と続く氷河やツンドラによって、農業や工業の変革の奇跡から取り残されたためだろうと考えていた。

この見方に異議を唱えたのがシカゴの会議の主催者だった。数年間かけて世界各地で集めたフィールドデータを見ると、狩猟採集生活はそれまで信じられていた不安定なものとはとうてい言えなかった。それどころかまったく反対のことを示していた。

重要なプレゼンテーションは、会議の主催者のひとり、アメリカの若手人類学者、リチャード・ボーシェイ・リーによって行われた。彼はナミビアとボツワナの国境地帯に住むカラハリのジュホアン・ブッシュマンのフィールドワークから帰ってきたばかりだった。当時、ジュホアンは狩猟採集生活を営む人間の最も原初的な例と捉えられ、彼らのいまの状況は何千年ものあいだ、カラハリ砂漠が強いる「栄光ある孤立」状態で暮らしてきた結果と考えられていた。しかしリーは、論文「狩猟民は生きるために何をしているのか、欠乏する資源にいかに対処しているのか」のなかで、カラハリのジュホアン（だけでなく暗に、ほかの場所に住む狩猟民族も）が絶えず飢餓（きが）の瀬戸際にある不安定な生活に耐えてきたという従来の考え方に疑問を投げかけた。彼が強調したのは、ジュホアン・ブッシュマンの場合、自然のなかでの生活は不快でも野蛮でもないし、人々は短命でもないということだった。

リーはエネルギーの摂取量と労働量を丁寧に分析し、調査対象のジュホアンがその環境で「よい暮らし」をしており、狩猟に加えて野生の果物や木の実、野菜を採って生活していると説明している。最も重要なのは、彼らが比較的少ない労力で暮らしていることだった。ジュホアンは栄養に必要なものを確保するのに週十五時間しかかけず、さらに、大まかに言えば「労働」と呼ばれる家事に週十五〜二十時間費やしていることを彼はあきらかにした。一九六六年にようやくアメリカの連邦政府職員に週四十時間の勤務体制を導入したことや、平均的な成人はおよそ週三十六時間働き、さらに買い物や洗濯、芝刈りなどの多くの家事をする時間が加算されることを考えると、リーの報告した数字は、驚くべきものだった。

ほかの出席者もカラハリ以外の狩猟採集民に関して似たような結果を得たのだが、リーのデータは詳細で比べものにならないほど説得力があった。というのも、ジュホアン・ブッシュマンは人間が住むのに地球上で最も不適切な環境で暮らしていたからだった。もし、ブッシュマンがその環境で奇跡的によい暮らしができるとしたら、もっと豊かな環境にいるほかの狩猟採集民は、同等あるいはより快適な暮らしを享受しているに違いない、とリーは論じた。

リーは自身の発見が示唆することについて、それほど踏みこんだ説明はしなかった。おそらく当時は議論に持ちこみさえすれば、当たり前とされていた考えを覆せたからだろう。だが言うまでもなく、彼の結論は学界の枠をはるかに超える影響を及ぼした。なにしろ、私たち人類はその起源から創意と革新、勤勉を通じてしだいに高度な生物になった、とする考えに異論を差し挟むことになったからだ。

リーの調査が全体的に何を示唆するのかについて最後にくわしく説明したのが、会議に参加していたマーシャル・サーリンズだった。ミシガン大学の若手教授だったサーリンズは、そのシカゴの集会ではみだし者で、狩猟採集社会に一時的に興味をもった有望な理論家にすぎなかった。シカゴにやってきたのはラディカルな思考を好み、経済に関心を寄せていたためだった。そのころ彼は、オーストラリアのアボリジニ狩猟民の集団について書かれた民族誌の記述を読んで興味をもった。狩猟採集生活は絶え間ない困窮をともなうとする従来の考え方に、その記述は一致していなかったのだ。

サーリンズはシカゴで耳にした議論、とりわけリーの報告に夢中になった。そこで会議の議事録を使って、古典派経済学の「陰鬱（いんうつ）な科学」の魔の手から狩猟採集民の救済に取りかかった。サーリンズの意図は、狩猟採集民が自身の見地から「豊か」であるという考えと、またそこで生じる次のような明白な疑問を具体的に浮き彫りにすることだった。もし狩猟採集民が彼らの基準に照らして豊かであるとすれば、産業や努力やイノベーションを通してしか裕福になれないと考える者にとって、それはどういう意味をもつのだろうか？

「あるよい事例では、狩猟採集民の方がわれわれよりも労働時間が短い。彼らはいつも食料を探す努力をしているわけではなく、探すときもあれば探さないときもある。それにのんびり過ごす時間がたっぷりあり、年間のひとり当たりの昼寝の時間はほかのどの社会よりも長い」とサーリンズは説明した。

サーリンズがとりわけ興味を示したのが、狩猟採集民は適正栄養量だけの限られた物質的文化に満足し、しかも繁栄していることだった。彼らの幸福になるための方法は、ほんのわずかな物質的欲求しかもたないことで、そのささやかな欲求を満たすには限られた技術があれば事足り、よけいな努力は必要なかった。狩猟採集民はすでに手にしているものより多くを望まないというシンプルな方法によって満足している、とサーリンズは説明する。別の言い方をすれば、狩猟採集民が満足しているのは叶うはずがない願望に支配されないからだ、というのが彼の考えだった。彼は印象的なフレーズを考えだして、狩猟採集社会を「始原の豊かな社会」と名づけ、彼らの経済的手法を「原初の豊かさ」と呼んだ。

いつでも手に入るもので満足するという考えは、一九五〇年代のアメリカンドリームとはまったく対照的だった。アメリカンドリームは物質的欲求と限られた手段とのギャップを埋めるために、資本と産業、そして誠実な勤勉さを称賛したからだ。一九六〇年代、アメリカ中でカウンターカルチャー運動が巻き起こっていた。そのなかで、狩猟採集民を「低い生活水準でありながら比類なき物質的豊かさ」を享受できる「豊かさへの禅の道」の導師（グル）と描写したサーリンズの言い回しが使われた。この文脈では、狩猟採集民は物質的富に無関心で、自然環境に調和して暮らす人々で、平和主義者で単純、根本的に自由であるともとれる。自分たちの祖先であるブッシュマンのような人なら、世のなかから落ちこぼれても気楽にかまえ、カウンターカルチャーで盛りあがるウッドストックの野外フェスティバルの雰囲気に浸って幸せになれる可能性が本当にあるかのようだった。

狩猟採集民は人類の進化系統樹の根元となるとされていることも重要だ。つまり彼らは本質的に人類を代表する存在ということになる。狩猟採集社会が「一万年前までは人類共通だった生活様式[3]」を突きつめたものだとすれば、リチャード・B・リーが述べたように、私たちだれもが狩猟採集民に備わる何かをもっているに違いない。また、霊長類学の父シャーウッド・ウォッシュバーンは「もし人類の起源を理解しようとするなら、男は狩人であり、女は採集人であると理解しなくてはならない」[4]と熱く語っている。ほかにも狩猟採集生活には、ジェンダーや人種の平等のための闘いや平和運動、反戦ロビー活動などの同時代の関心事と重なる側面があった。

原初の豊かさという概念が、ヒッピー・ムーブメントの社会現象「サマー・オブ・ラブ」で世間の注目を引き、学界の枠を超えて受けいれられたのは意外なことではなかった。それは説得力のある物語（ナラティブ）を形成し、少なくともしばらくのあいだ、ヨーロッパとアメリカはより大きくて優れたものを目指す人類の旅の先頭に立っているという思想に疑問を投げかけた。

しかし、大衆の想像力に根ざしたあらゆる科学的概念と同様に、「原初の豊かさ」は独り歩きする。欧米諸国では先住民を擁護したり、環境意識を高めたりする民衆運動に新たなエネルギーをもたらし（これらの運動はいまも続く）、欧米消費文化のラディカルな代替案を探求する者に刺激を与えた。一九五〇年代終わりには、ブッシュマンに関する二冊の書籍が人類学の分野で空前のベストセラーにランキングされ、原初の豊かさの概念が世間に普及する道筋がつけられていた。その一冊は一九五八年刊行のローレンス・ヴァン・デル・ポストが著した『カラハリの失われた世界』で、イギリス放送協会（BBC）で一九五六年に初めて放送された同じ題名のテレビ番組をもとにしている。もう一冊は一九五九年刊行のエリザベス・マーシャル・トーマス著『ハームレス・ピープル』だ。どちらも版を重ねてきた。

二冊とも、私たちの生活とは異質で魅惑的、ミステリアスで奇妙、それでいて身近に思える生き方の叙情的な証言となっている。ヴァン・デル・ポストにとって、ブッシュマンは実際にミステリアスな存在だった。彼らは精神性に満ちた狩人で、魔術で雨を降らせ、生命を奪いもするし与えもするとしている。しかし、この書籍には誤りが多く、断定的で異様なまったくのファンタジーだ。べつべつのブッシュマンのグループの名前や言語が入り混じっていて救いようがなく、自分がすっかり老い込むまで批判的な精査を逃れるのは難しいだろうこともあまり考えずに、ブッシュマンの宇宙観や社会組織、狩猟の手法、生活様式を書き連ねている。彼にしてみたら、ブッシュマンは彼自身が考案した世界を映しだせる無言のキャンバスにすぎなかった。そして見事な技でそれをやってのけた。

一方、エリザベス・M・トーマスの『ハームレス・ピープル』はより事実に基づいている。彼女の父ローレンス・K・マーシャルは、アメリカの大企業レイセオンを創設した人物である。第二次世界大戦中に連合軍のレーダー用マグネトロン〔真空管の一種〕の開発で契約を取りつけたのち、レイセオンはその技術を地味な機器だが大いに注目を浴びる電子レンジに応用した。一九五〇年代初め、十分に富を蓄えたマーシャルは本業をやめ、家族をつれて十数年におよぶひときわ贅沢な冒険旅行に出た。

彼らの目的地は南西アフリカのカラハリ砂漠の奥地にあるニャエニャエだった。「野生」のブッシュマンが暮らすと噂されていたことから、彼らの生活を記録したいと考えたのだ。それから十数年にわたり、ニャエニャエに何度も足を運んだ。いちばん長い旅は十八か月にのぼる。最初ローレンス・マーシャルは人類学者を雇って同行させようとした。しかし、それが叶わなかったため、妻のローナが人類学者の任務に就いた。彼女はその仕事が性に合っていたようで、やがて二十世紀で最も尊敬される民族誌学者のひとりになった。ふたりの子どものエリザベスとジョンは大衆性を備えていた。その冒険旅行のようすをジョンは映像に撮り、エリザベスは文章にしたためた。『ハームレス・ピープル』は大ベストセラーになった。ヴァン・デル・ポストの叙情的ファンタジーと違い、エリザベス・マーシャルが読者に訴えた内容はブッシュマンとの親交で得た実体験に基づいていた。それに母の民族誌の仕事に欠かせない厳密さにも影響を受けていた。『タイム』は、マーシャルとヴァン・デル・ポストの書籍の成功に続いて、シカゴでの会議であきらかにされた意外な新事実に刺激を受け、一九六九年七月に「始原の豊かな社会」の見出しでブッシュマンの特集号を出した。

「週十九時間以上働くことがほとんどなく、物質的富を重荷と考え、ずば抜けて裕福な人がいない社会を想像してほしい」と記者は熱く語る。「その社会では失業率が高く、ときには四〇パーセントに達するが、怠惰だからではない。健康で丈夫な者だけが働くべきだと考えているためで、それ以上は必要ないということだ。食料は豊富で容易に集められる。人々は安らぎを感じ、平和で幸せで不安がない。この喜びに満ちたコミュニティが実際に存在している」

当然のことながら、その記事は学界の狩猟採集民への興味を蘇らせた。一九七〇〜八〇年代前半に新たな狩猟採集民を発見・研究しようと、新入りの人類学者が次々と現れた。しかし抵抗不可能な近代化の波が容赦なく押しよせるなか、本物の狩猟採集民を新たに発見することはいっそう難しくなっていた。ある意味で人類学の「失われた世界」の終焉を迎えていた。そのため研究者は、自然のリズムに同調して狩猟採集で暮らす孤立したコミュニティ発見の期待に胸を膨らませ、北極圏のツンドラを疾走し、赤道の森林で道を切り開き、アフリカの砂漠の砂深い道を旅した。南部アフリカに広がるさまざまなブッシュマン・コミュニティは、いつのまにかアメリカからの好奇心の強い学者集団のホスト役を果たしていた。ほかにもイギリスやカナダ、ドイツ、ポルトガル、南アフリカ、オーストラリア、日本からの研究者もいた。ハーバード大学カラハリ調査グループは、リチャード・B・リーが研究対象としたジュホアンのもとに十一人もの研究者を派遣した。

それから二十年にわたり、カラハリに散在するブッシュマン・グループは、カメラとノートと無数の問いを携えた人々の突然の訪問を、ときには楽しみ、ときには許容し、ときには耐えることになった。一方、研究者はリーの発見を再確認したり、あるいは植物の知識にはじまり親族関係や宇宙観などの人類学の既存の主題にいたるまで、ブッシュマンの暮らしの別の側面を探究したりすることが多かった。ブッシュマンのシャーマン（呪術師）の儀式の効果や強烈なまでの平等主義が研究で取りあげられた。また、対人関係を維持する以外の目的で物を所有することを軽蔑する習わしや、後年には急速に変容する世界に適応することの難しさについても述べられている。

しかし年月が経つにつれて、『タイム』の編集者や読者の心をわしづかみにした原初の豊かさというユートピア像と、ブッシュマンの現代生活の厳然たる事実とのギャップを埋めるのがますます困難になっていく。カラハリでは物事が急激に変化した。ジュホアンやほかのブッシュマン・

グループを調査する人類学者は、『タイム』が書きたてた喜びに満ちた神話と、目の前にある事実が矛盾しないよう調整するのに苦心した。

そして、学術的世界(アカデミア)に新たな動きが生じる。一九八〇年代までに原初の豊かさは「既成概念」と認められ、そこには既成概念を再確認するより中傷する方が信頼される風潮があった。そのためほどなく好意的な関心が薄らいだ。人類学者のなかには、栄養をもとにした議論に疑問を抱き、リーとその仲間が示したよりも一段と狩猟採集生活は厳しいと言いだす者が現れた。ほかにも、生データを提供したブッシュマンは孤立した狩猟採集民ではなく、家畜をおもな通貨とする成熟した政治経済のなかで失敗した農耕民であり、カラハリやその周辺に住むほかの人々とかかわりあいがあったと述べる者もいた。彼らは、ハーバード大学カラハリ調査グループなどの人類学者が、ブッシュマンの歴史において、ほかの民族との関係を適切に検証していないと非難した。第一千年紀〔西暦元年～一〇〇〇年〕から第二千年紀のあいだに、家畜を飼う多くの民族が南部アフリカのその地域に移住していたことはよく知られていたからだ。また、カラハリのいくつかの地域で、牧畜民が長期間暮らしていた可能性を指摘する人類学・歴史学上の証拠もあり、二十世紀半ばまで完全に孤立していたと考えられていた地域で、十九世紀、すでに交易路があったことも指摘された。

こうした批判によって、大衆文化が広めた原初の豊かさの空想的見解への熱は冷めていった。しかし批判者が、ユートピア的ブッシュマン像の吹聴者と同じように、自分たちに有利な事例を大げさに取りあげたため、まもなく「カラハリ論争」と呼ばれる事態に発展する。リチャード・B・リーなどの証言によると、彼らは関連がないことも関連があると非難し、自身の見解に有利なデータをでっちあげたという。この論争は抜本的な解決策がないままおよそ十年間続き、主導者のあいだには苦い思いや、しばしば個人的な不和さえ生じることもあった。ほぼ二十年を経てようやく遺伝子研究者が事態を一段落させた。遺伝子調査の結果、ジュホアンは想像以上に孤立していたことがあきらかになり、ブッシュマンがやせ衰えた牧畜民であると考えるのは浅はかだとわかったのだ。

非常に残念なのは、この論争のせいで人類学者のコミュニティが、原初の豊かさの仮説にある最も重要で興味深い側面から目をそらすようになったことだ。たしかにブッシュマンなどの狩猟採集民が貧窮と苦難にさいなまれた状態は、ときどきだがあった。それに、中央カラハリに暮らすブッシュマン・グループのなかには、以前考えられていたほど孤立していないグループも一部にはあった。だが、ブッシュマンのデータについて特筆すべきことは、彼らは比較的食べ物が足りなくても容易に対応し、ほかの地域で草木が青々と茂っていようとそれを気にしないでいられる術を身につけていたことだ。世界最古の砂漠で暮らしてきたことを踏まえると、彼らはたしかに成功した事例と言える。

また、原初の豊かさについて特筆すべきは、ケインズの「経済問題」が人類の「永遠に続く状態」ではないことだ。長大な人類史の視点で見ると、経済問題は比較的最近の現象にすぎない。私たちの祖先の一部が、狩猟採集生活を捨てて牧畜や農耕に移行して初めて生じた問題なのだ。

南部アフリカのブッシュマンの物語を語る本書には、サハラ以南のアフリカで人類が誕生してから農業革命以後までのホモ・サピエンスの歴史が埋めこまれている。すべてを網羅しているわけではないが、考古学や人類学、最新の遺伝学の断片をつなぎあわせた。なぜ狩猟採集民がケインズのユートピアの典型的な事例となるのか、農耕牧畜の発明以後、「経済問題」の解決に執着したことで、人類の運命がどのように形づくられてきたのかを考えるきっかけになると思ったからだ。

断片をつなぐ接着剤の役目を担うのが、ブッシュマン・グループであるナミビアのジュホアンの物語だ。「ジュホアン」の「ジュ」には「人」、「ホアン」には「真実」という意味がある。そのため、ジュホアンは「真の人」や「本物の人」という意味となる。

現在ジュホアンの人口は八千～一万人で、そのうちおよそ三分の二がナミビアに住んでいる。残りはカラハリ砂漠を南北に走る国境線の東側に位置するボツワナで暮らしている。ジュホアンは南部アフリカに住むブッシュマンの全人口の一〇パーセントにすぎないが、本書ではおもにジュホアンに焦点を当てた。というのも、ジュホアンに関する資料があらゆるブッシュマン・グループのなかで最も整っているからであり、しかも二十世紀に生きるさまざまな狩猟採集民に関する資料のなかでも同じことが言えるからだ。また、ナミビアのふたつのジュホアン・コミュニティ（北部と南部のジュホアン）の経験は、狩猟採集民とそれ以外の人々との遭遇や衝突において特異な事例だからでもある。

北部のジュホアンはニャエニャエ地域に住んでいる。彼らは二十世紀半ばまで、あらゆるブッシュマン・コミュニティで最も孤立していた。マーシャルの探検隊やリチャード・B・リーの草分け的な調査を始め、多くの人類学研究者が彼らに注目したのはそのためだった。マーシャルやリーなどによる初期の調査は、狩猟採集民の生活と私たちの生活との捉えにくい違いまであきらかにした。あとに続いた数多くの研究は、マーシャルの調査旅行の終了後に、ジュホアンがそれまで経験したことのない大きな変化にどう対応したかについて洞察している。ニャエニャエのジュホアンは、伝統的に占有してきた土地の少なくともある程度の面積を有意義に支配し続けてきたという点で、ナミビアのブッシュマンのなかでも独特な存在だ。したがって、たとえ全員が狩猟採集生活を営んでいないとしても、いまもなお狩猟採集を行える数少ないブッシュマン・コミュニティということになる。

南部のジュホアンはニャエニャエのジュホアンと深い関係がある。彼らはときには「アウエイン（ǂAulein）」と呼ばれ、ほぼ共通の言語を使っており、ニャエニャエの人々と親族関係にある者が多い。しかし、彼らの近況はニャエニャエの親族のそれとはかなり異なっている。南部ジュホアンは、二十世紀初めから植民地支配の衝突に知らぬまに巻きこまれていた。そのため、マーシャル家の一行がニャエニャエで調査にのりだすころには、南部ジュホアンの大半はすでに土地を収奪され、彼らを「藪（ブッシュ）あるいは未開地の生き物」とみなす者に隷属する過酷な生活を強いられていた。

狩猟採集民の遊動的な居住集団（バンド）からなる孤立したグループから、急変する多言語の近代国家を必死に生き抜こうとする辺境地のマイノリティへと、ジュホアン社会の変化のスピードは現代史上でも類がない。この急激な変化にジュホアンは困惑し、短期間ではあるが、特別な二重視点をもって現代社会を生きることになった。それは、生きている世界とは別の世界が存在するということで、つまり、彼らは現代国家の一国民であると同時に国家への完全な参加から除外され、古代の狩猟採集民の技と精神をもちつつ、近代化にかかわらなくてはならないのだ。

この二重視点はまた、狩猟採集と生産文化（私たちの文化もそのひとつ）の違いを、ときには不快な内容もあるが、鮮明に浮き彫りにする。そして次の問いを私たちに投げかける。私たちの時間感覚はどのように生じ、経済的思考によってどのように形づくられたのか。名声やリーダーシップをもつ者を異常なほどもてはやすのに、なぜ彼らが失敗すると喜びを覚えるのか。自身が不平等に扱われていると感じると、なぜ直感的に不満に思うのか。人は何に価値を見出し、なぜ、どのようにそれに価値があるとみなすのか。人は豊かさや満足、成功をどう理解しているのか。そして発展や成長、進歩をどう定義しているのか。最も重要な問いはおそらく次のようなものだろう。労働が私たちの生活の形をつくって意義を与え、「私たちは何者か」を定義し、自身の運命を自身で支配する原動力となるという信念を人々は抱いている。その信念を含め、現代の私たちの経済的・文化的行動は、狩猟採集から農耕牧畜への移行にどれほど影響を受けたのだろうか。

私がアフリカ、カラハリのブッシュマンの世界にかかわるようになったのは一九九二年のことだった。ボツワナに住むブッシュマンの生活向上を支援する小さなプロジェクトで、押しかけボランティアとして自己紹介をしたのが始まりで、そこで三か月間世話になった。多くの友人ができたので、プロジェクトが終わると博士課程の学生研究員という名のもとに、できるだけ早くまたボツワナに戻ると約束した。

一九八〇〜九〇年代のボツワナでは、ほとんどだれもがブッシュマンを軽蔑の目で見ていた。埋蔵量世界第二位のダイヤモンドの発見と汚職を許さない政府のおかげで、当時ボツワナの経済は急発展を遂げていた。ボツワナ人の大多数が、同じ国民であるブッシュマンを「原始的」で、もて余し者のように見ていた。

それまでボツワナのブッシュマンは、父権的権威主義（パターナリズム）の政府開発計画の対象だった。それはまだ「未開地（ブッシュ）」で暮らしている者を、病院や学校など国のサービスが提供される定住地に「移住させる」というものだ。二〇〇二年にフェスタス・モハエ大統領は、ブッシュマンは「石器時代の生き物」で、彼らを「変えなければ、ドードー〔西欧人と遭遇して絶滅した鳥類〕のように絶滅してしまう」と述べた。その言葉に政府の姿勢は反映されていた。外部の批判に敏感だった政府は人類学者を快く思わなかったため、私が博士号の取得のために調査の許可を申請しても拒否された。

苦肉の策として思いついたのが、ナミビアで調査することだった。

ナミビアは一九九〇年三月、アパルトヘイト政策を敷く南アフリカから独立を勝ちとった。私が一九九四年にフィールドワークを申請したとき、ナミビアはおよそ二十年間の長い解放戦争が終わった喜びの余韻に浸っていた。国家の誕生五周年を祝うパーティはまるで世界人口の半数が集まったような熱気を帯び、陰気で知られる首都ウィントフックでは、世界各地からやってきた支援活動家や外交官、理想主義を掲げる慈善家が国際的な話題で盛りあがっていた。その楽観的な雰囲気のなかで、私の調査の許可はすんなりと下りた。

人類学者がまだ踏みこんだことのないブッシュマンのコミュニティが発見できると勧められ、私は東方のオマヘケ州に向かった。そしてスクーンヘイトで調査を開始する。そこはアパルトヘイト下で土地を奪われたブッシュマンのために建設されたばかりの「再定住地農場」だ。オマヘケの土地はすべて白人農場主と牧畜民ヘレロが所有しているため、スクーンヘイトが唯一オマヘケでジュホアンが独立して暮らせる場所だった。

スクーンヘイトに到着すると、私はカツァエ・〝フレデリク〟・ラングマンに紹介された。彼は独学で読み書きを習得したジュホアンだ。彼の妻ホアナと四人の子ども、子どもの配偶者とその子どもが住む小屋のそばに私は野営し、彼らと煮炊き用の焚き火を共有することになった。到着して一か月もしないあいだに、ホアナが私に「ツンタ」というブッシュマンの名前をつけてくれた。ツンタは赤ん坊のときに亡くなった彼らの第一子の男の子の名前だ。

オマヘケではジュホアンのほとんどがふたつの名前をもっている。「〝フレデリク〟・ラングマン」のようなアフリカーンス語の名前と「カツァエ」や「ツンタ」のようなジュホアンの名前だ。当初、アフリカーンス語の名前は、ジュホアンの名前が発音できなかったり覚えられなかったりした農場主がつけたものだった。ジュホアンはしだいにその名前をファミリーネームとして使うようになった。農場主や政府関係者などと話すとき以外は、ほとんどジュホアンの名前で呼びあっている。

ネイティブアメリカンなどの狩猟民はストーリー性のある複雑な名前をつけるが、ジュホアンにはその習わしはない。ジュホアンは百五十ほどの名前を使い回しているため、十人以上集まれば同じ名前の人を何人か見かける。ジュホアンは同じ名前をもつ関係の方が血のつながった親族との関係よりも重要だと考える。ツンタの名がつくと、ほかのツンタが、自分より年上か年下かによって自分の祖父や孫になる。私はカツァエとホアナの子どもと同じツンタの名前をもらったので、カツァエの名をもつ者はみな私の父か息子になり、すべてのホアナが私の母か娘になる。

ジュホアンの親族と名前の関係は、「冗談を言いあう関係」か「敬意を払う関係」かのどちらかに分類され、ふさわしい態度をとるよう求められたり強いられたりする。冗談関係（祖父や孫、母方の叔父など）は、敬意関係（父や母、義理の両親の大半）よりも文字通り気さくなつきあいだ。たとえば、あなたの名を共有する人はみな、冗談関係にあり、歳によって、「祖父（ク・ナ・ア、〝大きな名前〟（ビッグネーム））」または「孫（クマ、〝小さな名前〟（リトルネーム））」と呼ばれる。冗談関係が結ばれると、下品なひやかしをしたり、陽気にからかったり、愛情をおおっぴらに表したりすることが許される。敬意関係の場合は少し注意が必要だ。明確な行動規範が設けられていて、無視すると舌打ちを浴びせられる［アフリカ伝統社会の研究では一般的に「冗談関係」「忌避関係」に分類される。「忌避関係」は「遠慮しなければならない関係」であり、敬意の表現とも考えられている］。

この方法で人間関係が決められているので、個人はバンド間を簡単に移動することができ、どこに行っても「親族」を見つけられる。ジュホアンとある程度の期間生活をともにした（あまり根性がひねくれていない）人類学者なら、ほとんどが私のように名前をつけてもらい、歓迎される。

調査の基地をスクーンヘイトに置き、オマヘケ各地やもっと遠方のニャエニャエなどさまざまな地域を訪れたが、新しい名前のおかげで私はどこに行ってもジュホアンに歓迎された。そして一九九六年に博士課程を修了するためにイギリスに戻った。

十三か月後、再びナミビアにやってきた。それから二十年以上にわたり、ボツワナとナミビアのほぼすべての主要ブッシュマンの言語グループ――ボツワナの中央カラハリ動物保護区に住むグイ（Gui）からナミビアのエトーシャ国立公園に住むハイオム（Hai//om）まで――を調査した。ブッシュマン・コミュニティを次々と移動したり、プロジェクトを次々と変えたりしたにもかかわらず、一九九四年に私を初めて受けいれてくれたオマヘケとニャエニャエのジュホアンとの絆は強くなり、広がっていった。

第二章

母なる山

　私と同じジュホアンの名前で、教会をもたないンモルティ（平信徒牧師）のツンタは、福音書の話題になると冗談を言わなくなる。彼は、若者として伝統的なジュホアンの宇宙観を支持していたが、聖霊（ホーリー・スピリット）を見て感じてから考えを変えた。だから、私が「ガウシ（gllausi）」（死者たちの霊魂）について質問すると、首を振っておだやかに質問をはぐらかした。私たちは、いまや有名になったボツワナのツォディロ・ヒルズで、岩絵が描かれた壁を次々と見て回っている。私はこれまで幾度も似たような質問をして彼を困らせてきた。そのつど彼は今日みたいに根気よく質問に答える。ツンタと私は同じ名前をもつ関係だから、面白おかしくぶしつけな質問をしても怒らせることはない。

　ツンタの福音書への興味は、彼が住む場所に由来するのではないかと思う。深いしわを刻んだ顔の不可知論者でさえ、ツォディロ・ヒルズの暗がりに立つと何かしら神々しさを感じずにはいられないはずだ。北部カラハリの果てしない平地に、四つの小山でできた巨大な岩の大聖堂のようにそそり立つ。それがツォディロ・ヒルズだ。最も高いふたつの山の垂直壁が巨大な自然のキャンバスになっていて、四千五百ほどの岩絵や岩石線画が確認されており、古いもので五万年前に描かれたと言われている。そこにある多くの洞窟には数々の古代人類の痕跡が残っている。ツンタにとりわけ重要な洞窟を見せてほしいと頼んだところ、ある洞窟に案内してくれた。その洞窟は、一九九〇年代にツォディロの岩絵の「検査」にきた人類学者の一団に彼が教えるまで、地元だけの秘密にされていた。

「サイの洞窟」は「女」あるいは「母」の山と呼ばれる場所の最北端にひっそりと隠れていた。名前の由来となったのが、洞窟の北側の壁に描かれた赤いキリンのそばにいる白いサイだ。南側の壁から突きでた岩は、巨大なニシキヘビの頭と上半身のような形をしていて、巨体の残りの大半は山がかぶさったために重くて動きが取れないように見える。菱形の頭は洞窟の天井の方にやや上向きに伸び、上あごと下あごのあいだに長くて細い割れ目が入ってヘビの口になっている。口のちょうど上から後ろに向かって小さな割れ目がある。その空洞に光が当たると落ちついた目に変わり、洞窟の入り口の向こうにある乾いた草木をじっと見つめている。持ちあがった頭と曲がった首は三メートルほどあり、残りの体は岩壁の裏に消えている。

ニシキヘビはその姿勢のままじっと停止しているのに、どこか生き生きとしていた。太陽の光が移動すると、千枚もの鱗（うろこ）が揺れて、生命が宿り呼吸をしているかのように皮膚が動いて見える。近づいてよく見ると、鱗のように見えたのは制作者による細工だった。縦が約五センチメートルで横が約一センチメートルの楕円形のくぼみが一つひとつ岩を削ってつけられている。くぼみに触るとひんやりしている。岩を削るのは大仕事だ。小さな硬い石器を使ってひとつ作るのに数日とまではいかなくても数時間はかかるに違いない。人類学者が最近その洞窟の砂の床を掘ったところ、繊細な石の矢じりのような人工物が積み重なっているのが見つかった。人工物の石は同じ色で、焦げた跡があるものとないものがあった。なかには七万年前のものもあると推測されており、現生人類が手の込んだ儀式を行った世界最古の証拠だと考える人類学者もいる。

この岩はニシキヘビに少し似ていると私が言うと、ツンタはうなずいたが、本当にヘビかどうかはわからないと返した。ヘビではなくて大きなペニスと思うか、と彼に訊いてみたかった。この洞窟からそれほど離れていない場所に「踊るペニス」で知られる岩絵がある。この「母山」も、そもそもあらゆる生命が生まれたところという言い伝えから名づけられたのだから、このヘビがペニスだとしても、あながちばかばかしい考えでもないはずだ。それに三つのヴァギナの形と言われる岩々も近くにある。別の伝承によると、神が最初の人に性行為のやり方を教えるために、パワーポイントで立体的に表すのと同じ要領で創ったのだという。

しかし、ツンタのようなンモルティとの会話に性器の話題はふさわしくない。だから私は、古い時代の人はこの洞窟でダンスをしたと思うか、と訊いた。たぶんダンスをしていただろう、と彼は答えた。彼が信仰するキリスト教の言葉の範囲内で話を続けようと思い、いま立っているところがエデンの園で、アダムとイヴはブッシュマンの可能性があると思うか、と尋ねた。ツンタがきょとんとした目つきで私を見たので、意味がきちんと伝わらなかったのかと心配した。というのも、私はジュホアンの言語をうまく話せなくなっていたからだ。その前の五年間はほかのブッシュマンの言語グループとともに暮らしていたし、ツンタはほかにツワナ語を話すが、彼の英語にひけをとらないぐらい私のツワナ語も下手だった。そのため、その三つの言語を思いつきでつなぎあわせて会話するしかなかった。ときどき私の話にツンタが申し訳なさそうにうなずくと、理解しているというより思いやりでうなずいているのではないかと疑うことがある。自分の話をひとつ残らずわからせようと、相手が理解するまでぶしつけに同じ質問を繰り返す人類学者と違い、ジュホアンは礼儀をわきまえて理解したふりをすることが多い。

「違いますよ、ツンタ」と彼は答えた。「アダムとイヴは白人です。聖書の絵を見ました。あなたが知らないとは驚きました」

　彼の両親ならこの質問の意味がたぶんわかるだろうと私が言うと、彼はうなずいた。最近まで周囲の住民は、世の始まりにこの岩山で「最初の人」が創造されたと話していた。だから「男山」と「女山」がある。彼が両親から聞いた話では、岩山から風が吹くとき、それは死者たちの霊魂（ガウシ）の嘆きを歌っているのだという。ところが彼はいまなら「それは本当ではないとわかっている」と言った。ツワナ人のンモルティが彼に真実を示して、聖霊の光がそれを立証した。そのンモルティは、彼の両親の神はトリックスター〔いたずら好きで社会の秩序をゆるがす神話的存在〕の「ガウア（G||aua）」であり、その神が悪魔（サタン）に変装し、この世が始まってからジュホアンを「真なる唯一の神」から遠ざけるように仕向けたのだと熱心に説いたという。

　女山の南側に停めてあった車までゆっくりと歩きだしたときには、辺りは薄暗くなっていた。しばらくすると、夕暮れの風が渦を巻きながら洞窟を抜けて断崖を越えていくのを感じた。数えきれないほどの世代にわたって、岩山を訪れる者の背筋を震わせたのだろう。それと同じ風が吐息混じりの歌を歌っていた。

ツォディロ・ヒルズは、ツンタと家族がかつて住んでいたツァイツァイの北西およそ百キロメートルにある砂漠からそそり立っている。ツォディロにはずっとジュホアンが住んでいたそうだ。ツォディロから六十キロメートルほど先にオカヴァンゴ・デルタの「パンハンドル（フライパンの柄）」とも言われるデルタへの入り口となっている回廊がある。そこからオカヴァンゴ川が扇形に広がって巨大な湿地をつくり、野生生物にとって不安定なパラダイスを残し、カラハリ砂漠に流れこむ。岩山の地形はとても目立つので、何百年にもわたり近くに暮らす人々の目印となってきた。ツンタの両親がそこに辿りついたとき、自らを「ナエクエ（Nlaekhwe）」と呼ぶ「川のブッシュマン」のグループがまだ住んでいた。ムブクシュ人のコミュニティのように、二百年ほど前にカラハリの端に移住した人々で、オカヴァンゴ川の川岸で魚を捕ったり、畑で作物を栽培したりして暮らしてきたのだった。

ツンタは、小さなジュホアンのコミュニティが、同じ土地に住むムブクシュにいやがらせをされてきたのを生まれてからずっと見てきた。コミュニティは仕方なく女山のモンゴンゴの木の実が豊富に採れる断崖の小さな土地に移った。そして岩山のふもとからやわらかい砂地を三十分歩いたところの草ぶき小屋が並ぶ村落でいまも暮らしている。ツンタはその場所にずっと愛着をもっていた。彼はそこが自分の「ノレ（n!ore）」（テリトリー）であると言ってゆずらなかった。彼はジュホアンの小さなコミュニティの代表として重要な管理人のひとりなのだ。この責務を彼は重く受けとめ、神から認められたと確信している。

その日の午後に、神やら起源やら岩のペニスやらの質問でそれ以上彼を困らせたくなかった。質問できる語彙(ごい)力もなかったし、あったとしても私の質問が、彼の体験とうまく嚙(か)みあうかどうかわからなかった。

いま科学によって彼の住む場所のことがあきらかにされつつあり、ツォディロは正当な理由によりすべての人類にとって重要な場所だと考えられている。ツンタがそのことをどう思っているのか知りたかった。カラハリ砂漠はホモ・サピエンスの誕生の地かもしれず、そうでなくても人類の歴史が続いてきた証拠がある。ほんの一万年前に農耕牧畜社会が出現し、その傲慢さの象徴であるギザのピラミッドやパルテノン神殿、コロセウムが築かれた。

最近の人類の遺伝子研究の結果も伝えたかった。解剖学的現生人類がヨーロッパやアジア、オーストラリア、南北アメリカに渡る以前に、彼の直接の祖先はおそらく何万年も途切れることなくこの広大なカラハリに住んでいた。環境が彼らを育んだおかげで、新しい技術や新しい生き方を考案しなくても生き抜くことができた。「必要は発明の母である」ということわざがあるが、彼の祖先は、何かをとりたてて必要としなくても暮らしていける土地と周囲の砂漠で、何かを発見したと私は感じている、と彼に話しておきたい。南部アフリカ中の数百の山や岩にある類似の遺跡と同様に、彼がよく知る岩絵や岩石線画はすべて、数万年前にその地で暮らした人々の文化が、二十世紀になってもなお狩猟採集に長けるジュホアンなどの人々に脈々と受けつがれていることを示しているのだ、と彼に説明したかった。

これは重要なことだ。というのも、私たちは前代未聞の変化の時代に生きているからであり、「野生の場所」はほとんど残っていないからだ。それに彼の祖先がどう生きてきたかを理解すれば学べることがあるからだ、と話したかった。もっとも、ツンタはこのことをすべてわかっていると私は気づいた。数多くの牛飼いが次々と移住してきたため、ツォディロ周辺の獲物の数が減少し、ボツワナのその地域の人口は急増している。彼はその変化を生まれてからずっとその目で見てきた。新しい道路が建設され、地質専門家が詰めかけてドリルと磁気探知機でダイヤモンドや鉄鉱石、銅を探し回ったことも彼は知っている。だから私たちは黙ってトラックに戻り、夕焼けに包まれて幸せな気分を味わった。大地に沈む太陽で男山の垂直岩が真っ赤に染まり、ゆっくりと紫色に、そして藤色に移り変わった。

ツォディロ・ヒルズはほかの有名な山と比べて小さい。全体の範囲は三十平方キロメールもなく、平均的な大学のキャンパスほどの広さだ。しかし、実際に目の前に立つと、それと比較にならないほど壮大に感じる。周囲は延々と平地が続いているため、実際より大きく見えるからだ。大雨が降ったあとには、岩山を覆うもやが晴れ、岩絵の表面の白い細かい粉塵（ふんじん）が洗い落とされると、まるで生気ある肉体を再発見した霊のように、景色が鮮やかに色づく。地面から突きでているいちばん大きな「男山」でも平地から高さ五百メートルほどだ。垂直岩の表面は、雨嵐によって岩

からにじみでた鉱物の黄褐色や赤褐色、暗紫色の折り重なった縞模様や帯で飾られている。男山の下方にはより大きくて平坦で肥沃な「女山」がある。小さな窪地となだらかな台地が隠れており、そこはモンゴンゴの木の実や季節によって湧く泉、蜜をたっぷり蓄えたハチの巣がある秘密の場所だ。さらに西方にある小さな「子ども山」は朝には男山と女山の影に包まれ、夕方近くになると子ども山の影が両親の山に向かって手を差しだすように伸びていく。男山の頂上からは百キロメートル先まで一望でき、その頂はどこからでも見える。何千もの世代にわたって暮らしてきた人々にとって、目印となる小さな山塊はどれほど魅力的な存在であったかを多くの岩絵が物語っている。

ツォディロを囲む砂漠の砂は南北三千キロメートルに広がり、およそ十億年間、地殻変動からツォディロを守ってきた巨大な岩石の盆地を覆っている。その結果、この地形は誕生してから比較的穏やかな風と雨の力によって風化され、優雅に歳をとってきた。現在は南アフリカの北ケープ州からボツワナとナミビアを経てアンゴラ、ザンビアまでのおよそ五百万平方キロメートルを覆う広大な平原を形成する。

カラハリの気候は安定した亜熱帯気候だ。といっても独特の海流ややっかいな火山の噴煙、神々による一時的な干渉の影響によって、砂漠になったり湿地になったりとその歴史は絶えず変化してきた。ツォディロの岩絵にある魚の絵は、かつて南方に見渡すかぎりの浅い湖があったことを想起させる。

カラハリ盆地には過去十億年にわたり、多くの川が流れこんだが、流れでたものはほとんどない。川が貯水池や谷を形づくるには丘や山が必要であるとともに、ある程度の傾斜も必要だ。しかし、そのいずれもカラハリには存在しない。川は広大な平地をゆっくりと流れ、浅くて巨大な内陸のデルタに分かれて、亜熱帯気候の太陽で蒸発する。デルタには盆地の岩床へ向かって昔の川が押し流した砂が堆積している。その砂が今度は乾いた風によって広がり、およそ百五十万平方キロメートルの砂丘と細かい砂の平原からなる地形ができた。

カラハリの歴史上で降雨量が多かった湿潤期に、雨水が砂丘に曲がりくねった水路をつくり、短命の川が狭い谷を形成した。その川はデルタに流れこむことはなかった。嵐がやんで、雨水は砂に吸収されるまでのほんの数時間しか流れないからだ。その水路はいまでは「化石谷」とも呼ばれる川床「オムランバ」となっている。それはカラハリ中をクモの巣のように広がり、雨が降ると貯水池の役目を果たしている。オムランバの起源を語るブッシュマンがいる。ジュホアンが住む地域の南側と東側に住むナロ（Naro）・ブッシュマンだ。彼らの言い伝えによると、オムランバをつくったのは雨水ではなく、トリックスターの神「ガウア」だという。「ガウア」がうっかりして猛毒の大蛇の一種「パフアダー」の上に椀（わん）をひっくり返してしまい、睾丸（こうがん）を噛まれた。睾丸はどんどん大きくなり、「ガウア」が痛くて叫びながら走り回ると、それを引きずったため砂がえぐれて浅い谷になったという。

北部カラハリに初めて解剖学的現生人類が住みついたのは、およそ二十万年前とされている。ザンベジ川やオカヴァンゴ川、チョベ川が低地に流れこみ、浅い内陸湖がいくつかできた。机上にこぼれた水のように、その古代湖はしょっちゅう形を変えて、少なくとも一時期には合わさってひとつの浅い巨大な塩湖となった。その塩湖は現在のボツワナの東部のマカディカディ・パン〔「パン」は雨季には水たまりになる窪地の意〕で、西部のツォディロ・ヒルズを覆っていたことがあり、およそ十万五千平方キロメートルあった。

その湖を見た最初の人々が、現代のコイサン人の遺伝的祖先である可能性が高い。彼らは私たち人類すべての遺伝的祖先の可能性もある。ホモ・サピエンスが東部アフリカを出て拡大し、進化の波に乗ってそこに辿りついたのか、あるいは南部アフリカのその地でホモ・サピエンスが誕生したのかは定かではない。しかし、およそ十五万年前のある時期に人類系統樹の枝が分かれたことはたしかだ。南部アフリカに残った人々が現代のコイサン人の祖先であり、北方に広がったのがその他の人々の祖先である。人類すべてをひとつの家族に結びつける、解剖学的現生人類の最初の小さなグループ、アフリカの「アダム」に関連する独特のＤＮＡ配列をもつのは現代のコイサン人だけだ。

初期のコイサン人がその地に移住したか、あるいはその土地を起源の地として進化したかにかかわらず、そこは彼らに適していた。その環境の何かが、彼らの周囲の地形と同様に、ほぼ安定した持続的な生活様式を生みだすのに役立った。それから数千年ものあいだに、コイサン人はその巨大な湖の南方にゆっくりと進出し、南部アフリカのほぼ全土に広がった。

それは段階的な進出だった。砂漠の環境で狩猟採集民が長期にわたり成功したのは、土地について深い知識があったからであり、コイサン人が繁栄した理由は移住せずに同じ土地で暮らしてきたからだった。じつのところ、過去三万年の大半にわたり、南東部カラハリのコイサン人と北部のコイサン人とのあいだで確認された遺伝的交流の証拠は取るに足らないものだ[1]。砂漠で百五十キロメートルほど離れた場所に、北部コイサン人と南部コイサン人が暮らしていたが、ほとんど移動していなかったことになる。かたや、彼ら以外の人類は同時期に東アジアに進出し、陸地を通ってアメリカ両大陸に入り、北アメリカと南アメリカに定着している。

コイサン人の成功と人類のほかの系統との関連は、遺伝子変異率の研究によって確認された。この研究からコミュニティの遺伝的多様性の程度がわかり、過去の人口と人口動向を理解できる。結果は驚くべきものだった。現代のコイサン人は現在、南部アフリカでごく小さなマイノリティ（世界的視点で見るといっそう小さなマイノリティ）を形成しているが、過去十五万年間の大半にわたり、生物学的現生人類で最大の人口を有してきたことがあきらかにされたのだ。またコイサンの人口は過去十五万年にわたって比較的安定していた一方、非コイサンの人口は何度も急減し、遺伝的多様性のおよそ半分を失うほどだったこともわかった。

さらにそのデータは、人類系統樹から分かれたほかのアフリカ人の系統（そのなかからヨーロッパやアジアで初めて人口集団を形成した人類も出てくる系統）が著しく増加したのが、この二万二千年のあいだだけだったことも示している。それまではアフリカを出て不慣れな新しい居住環境に適応しなければならず、中央・西部アフリカでの気候変動に直面したため、人口減少が繰り返し起こったとデータ分析者は推測する[2]。

ほかの人類が南部アフリカに到着するまで、コイサン人は遺伝学的に多様であり、類似する文化や技術、宇宙観をもち、仲間や環境とのかかわり方が共通していた。コイサン人は昔もいまも互いに理解できないさまざまな言葉を話していることから、それらはすべて同じルーツをもつ言語であるのはあきらかだ。彼らの成功の秘密はいろいろあるが、生活様式が長期にわたり持続してきたことは、多様な環境とのあいだで一種の動的平衡状態を達成したこと、つまり比較的安定した環境と過酷な環境のバランスが保たれていることに基づいている。別の言い方をすれば、コイサン人が進化において成功を収めたのは、ほかの土地に次々と入植したり、活動の空間を拡大して人口を増加させたり、新たな技術を開発したりしたからではなく、自分たちがいる場所で暮らしを立てる技術を習得したからだった。

また、コイサン人が長いあいだひとつの地域にとどまっていたおかげで、近代までアフリカの大型動物相の大半が生き延びることができたと考えられる。ホモ・サピエンスの地球各地への進出は、過去十万年にわたりヨーロッパやアジア、オーストラリア、南北アメリカで起こった大量絶滅の波と関係する。北米と南米、オーストラリアでは、ホモ・サピエンスが到達後のある期間に、大型哺乳類のおよそ八〇パーセントが消滅した。それに引きかえ、サハラ以南のアフリカで絶滅したのは四十四ある大型哺乳類の属のふたつだけだった。

人間の営みのせいで、どれほどの種が絶滅したかについては議論が分かれるところだ。ユーラシアとアメリカの大型動物類が消滅した最大の要因が、気候変動というのはほぼ間違いないだろう。たとえ人類が狩猟によって大型動物類を絶滅させたのではないとしても、それに大きく関与したことに疑いの余地はない。捕食者は生態系に著しい影響を及ぼすものだが、一見してわかるような方法でないことが多い。それは一九九五年、アメリカのイエローストーン国立公園に、一度は姿を消したオオカミを少数放したあとに起こった変化で証明されている。この再導入によって、たいていは間接的に、川の流れの変化や森林の健全性の再生、草本類の生産性の改善など、生態系全体に劇的な変化が引き起こされた。人間のような高度な知性をもつ捕食者が安定した生態系に突然踏みこんだら、同様の劇的な影響を及ぼすのは間違いないだろう。とはいっても、イエローストーンの場合はオオカミを再導入したことで、衰えつつあった生態系のバランスが取り戻されたが、安定した生態系に狩猟採集民が突然やってきたら、その影響は計り知れないものがある。

人類の歴史がはるかに長いサハラ以南のアフリカでは、変化の影響も独特だ。人間が長期にわたり暮らしてきた事実は、人間と動物が複雑な生態系の一部としてともに進化したことを示している。その結果、生態系の植物種と動物種は高度な知性をもつヒト科の捕食者の存在に徐々に適応し、そのおかげで捕食者自体も現在まで生き延びることができた。いまになってサハラ以南の大型動物類が差し迫った絶滅の危機に瀕しているのは、植民地時代にアフリカ大陸に銃器が導入され、そのあとの人口爆発によって大型動物類の生息地が大幅に失われた結果としか考えられない。

遺伝学と考古学から推論できることは、とくにこれほどの長い時間の尺度を扱うとなると限られてくる。たとえそうであっても、現在までのあいだに、この地域で何か重要なことが引き起こされたのは疑いようがない。それは環境とそこに暮らす人々が、持続可能性を実現する方法をどうにかして見出したということだ。その方法の重要な点は、コイサン人は無理な見返りを要求せずに、環境が自分たちの望むものすべてを与えてくれることに満足している、という事実である。

　およそ一万五千年前、北部カラハリの巨大湖はそれを形成した複数の川によって破壊されて消滅した。それらの川の何十億トンものとてつもない量の水がカラハリ盆地に注がれ、水の流れとともにはるか中央アフリカから集められた何十億トンもの沈泥（シルト）が堆積した。シルトが湖床に沈殿したために湖底がどんどん高くなり、ついに水は盆地の端からあふれでる。盆地に流路が刻まれて深くなるにつれ、流れでる水も多くなった。巨大湖に溜まっていた何兆立方メートルもの水が、カラハリの大部分を迂回するザンベジ川に向かって新しい流路をゆっくりと進んだ。アフリカの大自然の奇観のひとつ、モシ・オ・トゥニャ（現地語で「雷鳴の轟（とどろ）く水煙」の意）――ヴィクトリアの滝――はこうしてできた。ザンベジ川がその古代クラトン（安定地塊）を避けたために、複数の湖が干上がって西にオカヴァンゴ・デルタだけが残され、およそ何千平方キロメートルにわたり結晶化して白く見える窪地（パン）がいくつも点在し、かつて果てしなく広がっていた湿地の痕跡を残している。

　現在、最も重要な古水系であり巨大湖の痕跡とされるのが、カラハリの大地のはるか深くに横たわる驚くべき地下水系だ。その水は十分に深く掘って強力なポンプを使えば汲（く）みだして利用できる。ほとんどは何の変哲もない帯水層だが、なかにはいささか特別なものもある。西部カラハリにある「ドラゴンの息の洞窟」は、冷えた朝に洞窟の口の周辺に大気中の水蒸気が凝縮してうっすらとできる霧が名前の由来だ。一九八六年に初めて洞窟探検家が奥に入り、世界最大となる非氷河性の地底湖を発見した。地下およそ百メートルに位置し、湖面面積は二万平方メートルほどある。深さはまだ確認されていない。ほかにもつい最近、水文学者が地下百メートルまで掘れる新技術を使って、別の地下水源をナミビアで発見した。それはアンゴラとの国境近くにあり、現在のナミビアの水使用量で今後四百年分を満たすほどの規模と考えられている。その水も少なくとも一万年前のものと推定され、巨大湖から地下に染みこんだとみられる。

北部カラハリの湖が干上がってからまもなく、地中海東岸のレヴァント地方などに住む人々が農耕を発見し、家畜を飼い始めた。「新石器革命」と呼ばれる農耕牧畜への移行で、環境とのかかわり方と環境への対処の仕方が変化し、場所というものについての考え方が根本的に変わっていった。農耕牧畜民になったことで、私たちの祖先は採集者・狩猟者から生産者になり、最も賢い哺乳動物から最も支配的な種へと変貌する道を切り開くことになる。

農耕牧畜は、狩猟採集よりもはるかに生産性が高く、人口が急増した。また、ときおり農作物の余剰ができ、それによってヒエラルキーと貢ぎ物の制度が生まれた。ヒエラルキーと貢ぎ物は、もっと資源を集め、拡大・征服するよう人々を駆りたてた。

藻の大発生のように、農耕牧畜文明は世界中に急激に広まり、手つかずの土地はほとんど残されていない。農耕牧畜の営みはより大きくて複雑な社会組織を形成するため、分散して小さな集団で暮らす狩猟採集民を容易に制圧できた。アフリカでは、ナイル川デルタと氾濫原に沿ってエジプトとヌビア〔エジプト南部からスーダン北部にかけての地域〕に巨大文明が出現した。そして五千年前にアフリカ・バントゥ文明が誕生し、類似の習慣と関連する言語をもつ人々のグループがウシとヒツジと穀物とともに、三千年の時をかけてアフリカの西部、中央、そして南部へと徐々に拡大した。その移動が起こった明確な年代ははっきりしていないが、二千五百年前ごろには最初の一団がカラハリ盆地のすぐ北のアンゴラに達している。アフリカ東部に進出した人々が現在の南アフリカの北側国境を越えたのは千五百〜千六百年前だった。その数百年後に南アフリカ東部沿岸のグレート・フィッシュ川近くで進行が止まっている。

これらの人々は移動するあいだに、遭遇した狩猟採集民の集団を退去させたり、吸収して同化させたり、壊滅させたりした。しかし中央アフリカの熱帯雨林が彼らの進出を食いとめたように、砂漠が自然の防壁となった。農牧民はカラハリ砂漠のへりに達したが、それより先には進まなかった。果てしなく広がる乾いた大地には草が豊富に生えていたものの、家畜のための水場がない上に、農作物を植える場所が少なかったからだ。彼らが砂漠のへりにとどまったため、砂漠に暮らすブッシュマンの多くは大きな影響を受けずにすんだ。同様に東部沿岸と内陸に進出した人々は、カルー砂漠に位置するカラハリの南側の乾燥地と、ナマクアランドの過酷な砂利平原と丘陵に阻まれた。そのため、カラハリ盆地と現在の南アフリカ北ケープ州の大部分でコイサン人の生活が混乱することはなかった。バントゥ語系諸族の移住によってブッシュマンが唯一受けた影響は、十五世紀までにいくつかのグループがウシとヒツジの放牧を取りいれたことだった。それは現在の南アフリカ西ケープ州のブドウ畑や果樹園が広がる、水が十分ある土地に集中した。カラハリ砂漠のコイサン人の自立と自治に初めて難題が突きつけられたのは、ヨーロッパの植民地政策が南部アフリカを新しい形につくり変えようとしたときだった。

第三章

浜辺の小競りあい

嵐に見舞われたナミビアの大西洋岸のケープクロスで、最も強烈なのはにおいだった。そのにおいは塩分を含む大気に漂い、鼻に入りこみ、喉の奥までゆっくり下りてくる。鼻にかかった耳障りな鳴き声が聞こえるが、魚くさい糞便(ふんべん)の腐敗臭の刺激があまりにも強く、窒息しそうで目の前の景色がぼやけて見える。においの発生源はミナミアフリカオットセイ。八万頭が吠(ほ)え、唸(うな)り、闘い、放屁(ほうひ)している。騒々しい音が鈍い雑音にしか聞こえなくなる。もう限界だ。吐き気がしてその場から逃げると、なんとか感覚が戻り、周囲が見えるようになった。

ケープクロスを訪れるのは今日ではそれほど大変ではない。南部アフリカの西海岸に位置し、ナミビアの首都ウィントフックからなら自動車で行ける。カラハリの西側のへりに沿ってコマス高原の山地を経て、ダマラランドの岩だらけの平地を抜けると、砂漠が広々とした砂浜へと変わり、冷たい荒波が打ちよせる大西洋に突きあたる。北から船で近づくなら、砂漠の単調な景色を横目に千キロメートルほど進むと突きでた岬が見えてくる。それがケープクロスだ。その海岸はいまでは「骸骨海岸（スケルトン・コースト）」と呼ばれている。いくつもの船が高波に持ちあげられて座礁し、砂丘に埋もれ、鉄屑となり錆びついた残骸が散らばっていることで、こんな名前が付けられた。

ポルトガル人の冒険家ディオゴ・カンにとって、その岬はかなり遠かった。彼は赤道を南下し、アフリカ海岸沖の未知の海域を初めて航海したヨーロッパ人だ。船団は数週間海岸に沿って進んだが、砂漠が途切れる気配がなかったので、彼は船員に北方へ引き返しコンゴに向かうように指示した。しかしその前に、彼はそこが航海の最南端であることを示すとともに、その土地がポルトガル王のものであると主張するために、ケープクロスに上陸して高さおよそ三メートルのパドラン（十字架の石碑）を立てた。

一四八五年のカンによるケープクロス上陸は、世界をめぐる海軍探査の最初の黄金時代において、ポルトガルによる南洋支配の幕開けとなった。船乗りたちは、交易で名声を上げて国王に目をかけてもらいたいという欲望と、知らない世界を見たいという野望が合わさって、だれも行ったことのない大海原に船を進めた。当時、リスボンの好事家（こうずか）たちは、未知の海域での船乗りの偉業にまつわるニュースがほしくてたまらなかった。職人や貿易商、商人は船で運ばれる珍奇な船荷を待ち望んでいた。宮廷も市場も、神秘に包まれた地やプレスター・ジョン〔東方に存在すると信じられた伝説上のキリスト教国の王〕が統治したという伝説の王国や想像を超える財宝といった胸躍る誇張話をうのみにした。

カンが立てたパドランは現在そこにはない。四百年後の一八九三年、ドイツ海軍の艦長がスケルトン・コーストを旅した記念に持ち帰り、ドイツのキールにある帝国海軍兵学校の敷地に立てたのだ。皇帝ヴィルヘルム二世はその破壊行為に腹を立て、複製のパドランをもとの場所に設置するよう命令し、もともとの碑文にドイツ語の一文を書き加えた。その海岸線地帯への影響力をヨーロッパの大国が握っていることをはっきり示すためだった。

カンが危険を冒して奥地に入ったかどうかはあきらかにされていない。彼は記録するより探検する方が性に合っていたようだ。パドランを立てる時間は十分にあったし、ケープクロスの北数キロメートル先の干上がったメッスム川の川床(オムランバ)にまでちょっとした探索をし、ナミビアでいちばん高いブランドバーグ山の頂を見ることはできたらしい。ブランドバーグ山まではケープクロスから内陸を歩いてほんの二〜三日で着く。そこには五万以上の岩絵と岩石線画の遺跡もある。比較的最近の遺跡もあるが、最古のものは五千年前に描かれたとされる。カンがケープクロスに錨を下ろしたとき、そこに人が住んでいたことはほぼ間違いないだろう。雨季には、ブランドバーグの住民が川床を道がわりにして海まで歩き、オットセイや海の幸を捕まえていたはずだ。カンの船員が住民を見た記録はないが、カンたちは住民に見られていたかもしれない。

ヨーロッパ人と南部アフリカの先住民との接触を初めて記録したのが、カンの友人でライバルのバルトロメウ・ディアスだった。ポルトガルの王ジョアン二世の命を受け、カンに倣(なら)って、インドまでの海上貿易航路と、プレスター・ジョンの伝説の王国を探し求めて、ディアスは一四八七年八月に南大西洋にのりだした。航海は順調で、数か月後にはカンのパドランがあるケープクロスを通り過ぎてさらに南に進んだ。

ディアスの船団は一四八八年一月に喜望峰を回った。だが、テーブル・マウンテンの切りたった斜面のふもとにある自然の港に停泊させようにも、船団は岸に近づけなかった。北東に再び船団を進め、陸地が視界に入ってすぐのことだ。テーブル・マウンテンからおよそ三百キロメートル東にあるモッセル・ベイ近くの浜辺からすぐ北の草地に、ほとんど何も身にまとっていない先住民の小さな集団がいるのを、陸地を観察していた船員が発見した。赤道付近のアフリカで出くわした先住民と比べて小柄で肌の色は明るかった。彼らは尾骨のまわりに脂肪を蓄えた奇妙な姿のヒツジの群れを引きつれているようだった。船では生活必需品が減り、船員のなかには反抗的になったり、壊血病を患ったりする者も増えていたので、ディアスは錨を下ろし、真水と食料が手に入るかもしれないと期待して、少数の隊を上陸させると船員に伝えた。

草地にいた先住民は、見知らぬ者への好奇心は危険だと判断する。海から現れた青白くて毛深い不思議な生き物は海に戻すべきだと考えた。おそらく恐怖を感じたのだろう。というのも、船員たちは自分たちのようなクリック子音も破裂音も声門閉鎖音も出さない、理解不能な粗雑な言葉で会話していたからだ。もしかしたら、「五百年後にそいつらに土地と尊厳が奪われることになるぞ、海に戻せ」という未来からの警告を受けたのかもしれない。それは、あばら屋が並ぶタウンシップ〔アパルトヘイト時代に都市内に設けられた非白人居住地域。また、その名残でスラム化した貧困地域〕に押しこめられ、白人警官に追い回される日々を送る彼らの子孫からの警告だ。

ディアスの一団が上陸しようと波にもまれているあいだに、先住民は湾を見下ろす高台に駆けあがり、船員に向かって次々と矢を放ち、石を投げた。ディアスは危険なものには近づくまいと、船員に船に戻るように命令する。船に引き返す際に、ディアスは大弓を構えて矢を放った。

南部アフリカ人の肉体に初めてヨーロッパの鋼が放たれた瞬間だった。先住民がひとりその場に倒れた。

ディアスの船員とモッセル・ベイの先住民との衝突のような「初めての出会い」の物語は、ほとんどが印象深く感じる。それが前兆となって、のちにどんな悲劇が起こるかわかっているからだ。しかし、この「初めての出会い」はとくに重要なできごとだった。なぜならディアスのモッセル・ベイへの上陸は、十万年間分かれていたホモ・サピエンスの系統樹のふたつの枝が再会する前兆となったからだ。だが、矢を放ちあっただけのディアスと先住民との出会いからは、明るい未来は期待できそうにないということ以外は、見出せそうになかった。

次にヨーロッパ人と南部アフリカのコイサン人が遭遇するのは、そのおよそ十年後にヴァスコ・ダ・ガマがヨーロッパから南部アフリカを経由して、東インド諸島に向かう海路を切り開いたときだった。赤道に差しかかると幾度となく嵐に見舞われ、船長はセント・ヘレナ・ベイに小さな船団を進めた。そこは喜望峰の北西およそ二百キロメートル先の乾燥地にある荒涼とした自然港だ。錨を下ろして、東方に向かう前に船の整備で八日間停泊した。船の清掃や修理に取りかかると、「黄褐色」の人の群れが海岸にいるのが見えるとダ・ガマに連絡が入った。なじみのある西アフリカ人よりも小柄で肌の色が明るいという。

「黄褐色」の先住民は、ディアスがモッセル・ベイで鉢合わせした集団と違い、ダ・ガマの船員から危害を加えられるとは思っていなかった。彼らは船員に手を振って挨拶した。友好的な集団だと確信したダ・ガマは、水と食料を探すためにいくつかの隊を上陸させた。船のデッキには整備の仕事を任された船員が残った。

異文化間でのコミュニケーションは奇妙な方法でなされた。上陸した隊のひとりが、船員を歓迎しに近づいた先住民を誘拐したのだ。こぎ舟に押しこみ、ダ・ガマの旗艦「サン・ガブリエル」号に人目につかないように乗せた。船員の意図は、自分たちの友好の情をその捕虜にできるだけはっきりと印象づけることだったようだ。船に乗せられて当惑する捕虜に、ダ・ガマは食事でもてなして、たらふく食べさせた。

誘拐されるという屈辱にも臆せず、捕虜は海に浮かぶ監房でひとときを楽しんだ。捕虜を陸地に帰してから二、三時間後に、「先住民十四、五人」がもてなしを請うようすで船員に寄ってきた。だが、ダ・ガマは客ではなく取引と利益に興味があった。ダ・ガマに言わせると、取引は文化や場所を超越する世界共通語だった。しかし、先住民は取引する価値のあるものを持っていなかったし、こちらから差しだしたシナモンやクローブ、小粒の真珠、金(きん)にほとんど興味を示さなかったため、ダ・ガマは大いに失望した。唯一先住民の興味を引いたのが銅だったので、それを貝殻の飾り、「キツネの尾」のハエ払い、そして「先住民が体の一部につけていた鞘(さや)」のひとつと交換した。[1]

物の交換に見込みがないと落胆したダ・ガマは船を出し、東方に向けて旅を続けることにした。

船員たちが三隻（せき）の船団のもとに戻るために荷物を積みこんでいるあいだに、ひとりの船員が数人の先住民とともに内陸の奥地へと探検に出た。

数キロメートル進んでから、船員は浜辺に戻ることにし、一緒にいた先住民の案内人もあとに続いた。水際まで歩いてくると、浜辺にいた隊が湾に錨を下ろす船に辿りつこうとして荒波や潮流と格闘しているのが見えた。船員は置き去りにされると思い、仲間が気づくように必死に手を振って大声で叫んだ。それがとんでもない誤解を招く。彼が助けを求めて叫んでいるように見えたのだ。仲間は船員が危険な目に遭っていると思って、救いだそうと浜辺の方に船の向きを変えて攻撃を始めた。先住民の狩人は矢を放って反撃し、奥地に引きあげた。その小競りあいで船員四人が怪我を負った。ダ・ガマも矢に当たり、錨を上げて船を出すよう指示した。

ディアスの隊が海岸でどうして攻撃されたのか、最初は友好的だったダ・ガマの出会いがなぜ不信感を招いて浜辺の小競りあいに転じたのかについて、くわしいことは歴史では読みとれない。しかし南部アフリカ中の狩猟採集民は、ダ・ガマがその日セント・ヘレナ・ベイで出会った人々と同様に、利益が見込める取引に無関心であり、二十世紀になってもそれは変わらない。

落胆したダ・ガマは、その地域の先住民は危険で、取引しようにも労力を費やすだけの値打ちがないと判断した。彼に続いて航海した者たちも同様の考えだったため、喜望峰はインドや東インド諸島で交易する際、休息に立ちよるだけの場所になった。浜辺で会った人々の物質世界との関係はヨーロッパ人のそれとまったく異なり、彼らが自然環境の摂理に揺るぎない信頼を寄せて余剰を出さない生活を営んでいること、そのため取引に意味を見出さなかったことをダ・ガマが知るよしもなかった。ほかにもおそらくダ・ガマが気づいていなかったことがある。先住民の経済はすぐに得られる満足に基づいていて、摂理による思いがけない授かり物を喜ぶ「その日暮らし主義」である一方、わずかなニーズしかもたないため、容易に満たされる、ということだ。また、ニーズを満たすのにそれほど懸命に働かなくてもよいため、ポルトガルでは怠惰な貴族にしか許されない自由な時間が彼らにはたっぷりあるということも、ダ・ガマにはわからなかっただろう。

ダ・ガマの航海は、南部アフリカ一円に住むコイサン人にとって想像もできない変化の時代の前兆となった。その変化は、ある者にとっては、ポルトガルの船が初めて喜望峰沖の大西洋の水平線を突き進んだときに始まった。またある者にとっては、ヨーロッパの植民地政策が喜望峰から北へと段階的に拡大したときに生じた。またニャエニャエのジュホアンのように、一九五一年にマーシャル一家の車列がやってきたことで、変化がもたらされた者もいる。

一八五〇年代まで、ケープ植民地（現南アフリカ）の境界線の北側に広がるカラハリ盆地のブッシュマンは、まだ有意義な方法で自立生活を維持していた。農耕牧畜には適さない不毛の環境に守られて、ブッシュマンの多くは二十世紀になっても狩猟採集生活を続けていた。しかし、その生活もいつまでも持ちこたえることはできなかった。

古代の地下貯水池を汲みあげる井戸用ポンプなどの新しいテクノロジーのおかげで、カラハリは農耕牧畜民に開放された。その広大な砂漠の最も辺境地に住むブッシュマンでさえ、この百年間に祖先が想像もできなかった大きな変化を目の当たりにする。現在、カラハリの大部分にブッシュマン以外の人々が定住しており、南部アフリカに残る十万人のブッシュマンのうち狩猟採集だけで生活を立てる者はひとりもいない。一九九八年、私は二十一世紀への変わり目に南部アフリカのブッシュマンの実態と将来性を調査する国際研究プログラムを率いてほしいという欧州委員会の依頼に応じた。その調査結果は次のように重苦しい内容だった。ブッシュマンはその地域のほかの人口集団と比べてはるかに劣悪な状態にあり、祖先の代から占有してきた土地をいまも有意義に利用できている者、あるいは土地に対する実体的権利を有している者は全体の一〇パーセントを下回る、という残酷なものだ。ブッシュマンはいまも日常的に差別や偏見の対象にされていて、大半が近代的あるいは伝統的な農場主のもとで奴隷的労働者として働いてなんとか食いつないでいる。十分な栄養を与えられておらず、貧困から生じる現代病によって体がしだいに不自由になる状況が見られる。突きつめていくと、ブッシュマンは貧困と社会的疎外の死のスパイラルに陥っていた。

ディアスとダ・ガマの浜辺での小競りあいは、いまでは探検と経済改革の壮大な物語にまつわる単なる脚注でしかない。ふたりの航海は、結局のところ世界の形を変えるきっかけとなった。

クリストファー・コロンブスによるアメリカ大陸の偶然の「発見」とともに、ダ・ガマのインド諸島への航海は、のちに経済のグローバル化の「ビッグバン」——世界がべつべつの経済コミュニティからひとつの複雑で多面的な経済システムに移行する転機——としてもてはやされた。その見方は多くの人々によってはっきりと再確認される。たとえば「経済学の父」アダム・スミスは、ダ・ガマの航海とコロンブスのアメリカ大陸「発見」は、「人類史上最も偉大で最も重要なできごとである」と述べている。[2]

グローバル経済の出現において、大航海時代の到来がほかのできごとよりも重要かどうかは議論の余地がある。だがグローバル化の現実については議論するまでもないだろう。また労働交換と交易、富の創出・蓄積・循環・消費に基づいたきわめて特有な一連の経済活動が、ほぼ全世界に行きわたっていることもたしかだ。

しかし、解剖学的現生人類の歴史は、ダ・ガマが東洋への海路を心に描いてサン・ガブリエル号に乗りこんだときからおよそ二十万年を遡るものだ。はるかに長い時間尺度から見ると、人類の歴史の軌跡でもっと重要な転機はほかにある。おそらく最も重要なのが新石器革命だろう。私たちの祖先が狩猟採集民から農耕牧畜民に移行し、それ以来、人類の頭から離れない「経済問題」を生みだしたからだ。

狩猟採集から農耕牧畜への移行と同じく重要なのが、ホモ・サピエンスの二十万年の歴史の九割以上が、商業資本主義や農業によって形づくられたわけではないということだ。つまり狩猟採集はそれほど長いあいだ歴史を刻んできた。どれほど長いあいだ持ちこたえているかが持続可能性の根本的な尺度だとしたら、狩猟採集は全人類史で発展した経済手法で最も持続可能であり、コイサン人はその手法を最もうまく身につけた人々だと言える。経済システムとしての狩猟採集が成功したことは疑う余地はないだろう。ホモ・サピエンスがアフリカを出て、アジア、太平洋諸島、オーストラリア、最後に南北アメリカに進出したのは狩猟採集民としてだった。

ダ・ガマの航海によって象徴されるグローバル経済が、コイサン人が狩猟採集で生き延びてきたほど長期間持ちこたえられるとはとても考えられない。気候変動による差し迫った破滅の予測には、すでにあまりにも対策が遅すぎると示すものもある。重要な閾値（いきち）をすでに超えていて、私たちは内なるノアの方舟（はこぶね）ともいえる精神的な救済を求めるべきだというのだ。しかし黙示録的救済を予感する傾向は、新石器時代以降に出現した組織化された宗教に組みこまれたものだ。というのも、農耕牧畜へ移行したことにより、食糧の総量が増加して人口が増大したため、大半の人々の生活の質が著しく下がり、家畜からのウイルス性感染病や凶作による大規模な飢餓など、狩猟採集民が想像もしなかったあらゆる危機がもたらされたからだった。あるいは黙示録を予想するのは、こうした生活の変化によって、私たち人類が地球環境に驚くべき影響を与えているために、人類自体をも破滅させるかもしれないという不安を抑圧した表現なのかもしれない。

人類の黙示録への執着が、狩猟採集民から農耕生産者への移行とともに引き継がれたのかどうかはさておき、農業・工業・経済のグローバル化が、破滅の不安をいっそう煽（あお）るばかりの社会や経済や環境の難題を生みだしてきた主因であるのは間違いない。

この五百年にわたる急速な経済と産業の成長によって生じた環境コストは、ダ・ガマの航海の歴史的重要性を浮き彫りにし、それがもたらしたグローバル社会の産物がいまの私たちであるという意識をいっそう強くさせる。このことを踏まえると、浜辺でのダ・ガマの出会いは、グローバル化の歴史のなかの単なる脚注にとどまらない重要なできごとと捉えられるはずだ。その日、浜辺でダ・ガマと遭遇した人々は、新たな問題を解決するために「昔」のアイデアを私たちにもたらしてくれるのではないだろうか？　狩猟採集民の祖先のように、私たちがもっと少ないニーズにもっと容易に満足し、ケインズが想像した経済的ユートピアを快く受けいれることを学べば、際限のない成長と発展の破壊的スパイラルから抜けだすことができるのではないだろうか？　人類史の大半が狩猟採集生活だとしたら、私たちだれもが狩猟採集民にある何かをまだ備えているのではないだろうか？

第四章

入植者

ダムは以前働いていた農場のおおまかな地図を砂の上に描いた。それから一連の事件が起こった場所を一つひとつ小枝で指していった。彼は、まるで失った前歯がこの話の要だと知らせるかのごとく舌足らずな話し方をする。

「農場主がおれを門に縛りつけたあと」と彼は説明を始めた。「太陽が照るなか、ここにそのまま放置したんだ。喉が渇いて死にそうだった。縛られて丸一日経つかというときに、女の子がやってきて縄をほどいてくれたのさ。それで水も飲まずにただ逃げた。でもおれは弱っていた。ボスはまだ酔っぱらっていたのに、イヌを何匹か放っておれを追いかけさせた。また捕まって今度はこの門に縛りつけられた」

彼は砂に描いた地図の一か所を指した。

「おれはボスのイヌによくエサをやっていたから運がよかった」と彼は笑った。「そうじゃなかったら、やつらに嚙みつかれたはずだ。でもおれを見るなり、跳びはねて尻尾を振ったんだ。ボスは怒り狂ってイヌを蹴とばした」

ダムは、ことの発端は酒を盗んだと疑われたからだ、と言った。

「でも、おれは酒なんか盗んじゃいない。ボスも奥さんも週末は酔っぱらってどれだけ飲んだかわかんなくなるのさ。奥さんはいつもキッチンのほかにベランダや貯蔵庫に赤ワインが入った大きな箱を置いている。日がな一日赤ワインを飲みまくるんだ。ボスはブランディが好きだけど、夜と週末しか飲まない。働いているときはボスの方はしらふだ。仕事もきちんとする」

ダムは逃亡に失敗したあと、ボスからまた殴られたと言った。一撃を食らって前歯がへし折られ、いまも上唇から鼻にかけて浅い傷が残っている。それから右手を見せた。親指が少しいびつな形で「ＯＫ」の合図のように立ったまま硬直していて、なんだか気味が悪い。

「見ろよ。親指が曲がらないんだ」と彼は言って、私の目の前で揺らしてみせる。「蹴とばされているときに手で頭を覆っててさ。奥さんはそばでどなり散らしてた。ボスがおれの頭を蹴ろうとしたときに手に当たったんだ。それで親指がこうなったのさ」

そのとき農場には彼を助けようとする労働者はひとりもいなかった。次の朝早く、二日酔いでつらそうなボスがやってきて縄をほどき、甘い紅茶とバターが塗られていないパンが与えられた。

「今日は休んでいいぞ」とだけボスは言った。

「農場では働き手が四人しかいなかった。でも、とうとう農場主はおれを追い出したんだ。こんな手じゃあ何も握れなくて働けないからってね」。彼はもう一度硬直した親指を私に見せた。

私はダムに、いま警察に行って訴えたいか、と訊いた。ナミビアは独立したんだから、と付け足した。

「何のために?」とダムが訊く。ほかのブッシュマンの農場労働者から何度も聞いた言葉だ。それは彼らの気持ちを反映する一言だった。「そんなことしたら、ボスはおれが盗みを働いたとだけ言って、おれが刑務所に送られる。どっちにしろこれは独立前に起こったことだ。その農場はいま、ほかの人のものになったし、ボスは遠くへ行ったよ。金の問題があって、ウィントフックにいるって噂だ」

ダムの話を聞く何か月か前にも、農場労働者に対する同じようなひどい扱いをいくつか耳にしていた。一部の少数の農場で絞首刑のまねや殴打、虐待が行われているらしいが、それらは、農場主の残酷さを物語るものだ。昔は殺人も起こったとも噂されている。それまでは、ダムがしたような話を私はうのみにしなかった。というのも、ここでの話はどれも聞くたびにどんどん惨(むご)らしくなるからだ。たしかに独立前、農場主は堂々と無節操な振る舞いに及んでいた。だが、いまは大半がとても注意を払っている。

オマヘケの農場では暴力事件がほぼ日常的に起こっていた。不意のパンチや耳元への平手打ち、それからボスが労働者の居住区で酔っ払いのけんかを終わらせようとむちを使ったり、ときには監禁したり、暴力を振るったりし、そのあと後悔して謝ってくる話をジュホアンたちから聞いた。病的なまでの傾向というよりも、身体的暴力がここではふつうに行われていて、パンチやもっと暴力的な殴打が、白人農場主とジュホアンの労働者のありふれた交流の一幕になっていることがそれらの話から読みとれる。

日常的に暴力を振るわれていたため、独立前に農場で育ったジュホアンの男性の多くは、白人の拳が飛んでくる恐怖を体で覚えている。私が挨拶をしようと彼らの方に急いで手を突きだしたり、背中を軽く叩くとか抱きあおうとかすると、いつも無意識に身をかがめたり、後ろにさがったりする。彼らの目に恐怖が宿り、それから冷静さを取り戻すのだ。白人男性が突然体を動かすと、殴られることが多かったのだと私はすぐに気がついた。

ジュホアンたちは数十年にわたりボスを注意深く観察し、白人の大半が暴力的で高慢で利己的で信頼できないと判断した。白人は底なしの強欲でずるくて性的欲求不満を溜めこみ、仕事に取りつかれていて、殴打するときでさえ感謝されるべきだという倒錯した考えをもっている。ところが必ずしも悪い印象だけではなかった。白人農場主は機知に富み、勇敢でときおり思いやりがあり、誠実で面倒をみてくれてとても賢いともいう。白人はみなあらゆる点で似ているが、民族間で大きな違いがあるとジュホアンは私に言った。オランダ系移民アフリカーナは比較的ゆとりがあるが、酔ったときや恋に悩むときは軌道からはずれがちになる。それにカッとなることが多い。一方、ドイツ人農場主は細かいことや秩序にこだわり、ふだんは穏やかだが、機嫌を損ねると容赦がなくなることがある。

ナミビアの二十世紀の歴史に激しい暴力の跡が刻まれた背景には、植民地化政策や虐殺、大衆蜂起、そして解放戦争があった。しかし、農場でブッシュマンが経験した暴力の文化は、植民地主義者とブッシュマン以外のナミビアで虐げられてきた人々とのあいだの暴力とは、はっきりと傾向が異なっている。二十世紀初めのほぼ十年間にわたるヘレロ人とナマ人に対するドイツ人による残虐行為や、そのあとの解放戦争中のオヴァンボランド〔ナミビア北部に位置し、かつてオヴァンボ人の指定居住区とされた。現在「オワンボ」と呼ばれる地域〕と南部アンゴラの南アフリカ人による残虐行為は弾圧的だった。そうした暴力はまた、解放の夢で高揚した人々の魂を打ち砕くために組織立って意図されたものだった。

しかしオマヘケの白人所有の農場では、アパルトヘイトとの闘争にかかわっていると感じるブッシュマン農場労働者はほんのわずかだった。彼らは孤立して社会から取り残されていたため、ひっそりと暮らし、解放運動にも国の治安機関にもまるっきり無視されてきた。ブッシュマンが受けてきた暴力は、解放運動をくじく目的で行われたものとは別物で、新たな土地を所有しようとする農場主と狩猟採集民との衝突で生じたもっと長期的な関係や変化によるものだ。農場主の考えでは、家畜に忍びよるヒョウやライオンと同様に、ブッシュマンは土地の一部であり、自分たちの支配下に置く必要があった。野生化したイヌのように、しつけられていないジュホアンは、昔の「予測できない」生活様式に戻ると言われていた。そのため、農場主は自分の労働者を「飼いならされた」ブッシュマンと呼ぶことが多く、北方にあるニャエニャエで暮らす「野生」のブッシュマンと区別している。

農場主は、南部アフリカでのヨーロッパ人居住地の建設後、十八世紀の開拓者農民が長年ケープ地方北部の乾燥した大地で「野生」のブッシュマンと戦ってきた際に残した遺産をゆずり受けたのだ、と考えている。

ダ・ガマがアフリカ大陸の南端で起こした小競りあいからおよそ百五十年後に、派手なかつらをつけた三十三歳のオランダ人ヤン・ファン・リーベックが、テーブル・マウンテンのふもとの自然港にドロメダリス号を停泊させて上陸した。彼はオランダ東インド会社の重役会「十七人会」に命じられて、喜望峰に恒久的な植民地を建設する。そして植民地建設の功績で、後年白人アフリカーナの民族主義者から偶像視され、アフリカ人の民族主義者からは非難されることになる。南アフリカにファン・リーベックが到着する数年前に、十七人会は喜望峰が長期戦略にとって重要な拠点になると確信を強めていた。ファン・リーベックは、遠方の未開地で植民地を建設するために、地球の反対側に送られる計画をとくに気に入っていたわけではなかったが、十七人会に反論する立場になかった。会社に対して多くの不良債務を抱えていたため、仕事で国外に出されたことで、債務不履行者に科されるはずの厳しい罰則を免れたからだ。

バルトロメウ・ディアスのモッセル・ベイの不幸な上陸から長い年月が過ぎ、一六五二年にファン・リーベックが到着したときには、喜望峰にますます多くのヨーロッパ船舶が立ちよるようになっていた。そのため、彼が喜望峰で補給基地の建設にのりだしたころには、海岸に頻繁にやってくるポルトガル人やスペイン人、フランス人、イギリス人、オランダ人などの多様なヨーロッパ人にうまく対応する先住民もいた。それらのヨーロッパ人は大半が船を数週間停泊させて、東インド諸島に向かうために壊血病で弱った体力を回復したり、船を修理したり、真水を調達したりする船乗りだった。しかし、ファン・リーベックの集団はそうした一団とは違っていた。彼らの目的が喜望峰での定住であることは数か月後にあきらかになった。

　コイサン人は、それまで百五十年ものあいだ欧州から東洋にいたる航海中に立ちよる船員と一時的な接触はあったが、ファン・リーベックの到着に端を発する驚くべき変化への心構えはできていなかった。現地の言語を学んで歩みよる気がない入植者の態度に、彼らは不安を覚えたはずだ。ファン・リーベックが上陸するまでに、基礎的なポルトガル語や英語、オランダ語で会話できる先住民がいたにもかかわらず、入植者は彼らがどんな人間かほとんど知らなかっただけでなく、彼らが自身を何と呼んでいるのかもわかっていなかった。

　ヨーロッパ人は、ファン・リーベックが到着したころにようやく、ウシとヒツジの放牧で暮らす先住民「ホッテントット」または「コイ」と、漁や採集や狩猟で暮らす先住民「ブッシュマン」または「サン」をはっきり区別するようになっていた。


　ファン・リーベックなどの入植者は、新しい隣人をとくに気に入ることはなかった。先住民は、オランダ人の重くて粗い布を幾重にも重ねて身にまとう習慣をなかなか理解できなかった。一方、入植者は、頭から足まで獣脂を塗りたくり、湿った汚物でふちなし帽のように頭を覆う先住民の習慣を嘲笑（あざわら）った。オランダ人はみな現地の食べ物に苦労した。現地ではご馳走のはずの腐ったアザラシの肉や手軽なスナックになる昆虫の頭はなかなか受けいれられなかった。

ファン・リーベックが入植する前に喜望峰を訪れた聖職者のマルセル・ル・ブラン神父は、コイサン人について「人が住むあらゆる世界で最も下劣で醜い人に含まれる」と述べ、さらに「見た目もひどいがにおいも相当ひどい」と言い表し、彼の意見はのちに最初の入植者のあいだに広まった。だが、先住民がスキンローションとして体に塗っていた獣脂には健康維持の効果があるのも知らず、紳士気取りのオランダ人入植者は高い代償を払うことになる。潮だまりや低木地で繁殖する、刺したり、羽音を立てたり、嚙みついたり、皮膚に潜伏したりする大量の虫に絶えず苦しめられたのだ。入植者はしょっちゅう虫に嚙まれて皮膚が腫(は)れ、膿(うみ)が溜まり炎症を起こし、狂ったようにかきむしっていたが、獣脂を塗った先住民は虫に悩まされることはなかった。[1]

入植者社会のなかには、ひそかに新たな隣人に感銘を受けていた者もわずかにいた。先住民は驚くほど植物相や動物相の知識が豊富で、植物からあらゆる種類の病気の「治療薬」を簡単に作る。「ホッテントットの薬剤師」は傷や潰瘍(かいよう)、腫れ、炎症を起こした患部の状態を見て処置するだけでなく、どんな有毒な生物に嚙まれても手当てできることを一部の入植者は褒め称えた。同様に、ブッシュマンの狩人が頼りない武器でライオンなどの恐ろしい野獣に挑む姿を見て、彼らの手腕や勇敢さを高く評価した。その勇敢さを目の当たりにしたある入植者は、おそらく記録せずにはいられなかったのだろう。「喜望峰の先住民の一物はヨーロッパ人のそれよりも驚くほど長く、人間のものというより若い雄牛のもののようだ」と書いている。[2]

入植者のなかには、先住民が悲惨なほど貧しいにもかかわらず、「いつものんきで、踊ったり歌ったりし、仕事も労苦もなく」人生を楽しんでいることに目を向ける者もいた。その矛盾に気づいて入植者社会のある者たちは自分たちを省みるようになった。シャム〔タイの旧称〕に向かう途中にケープの居住地に立ちよったフランス人のイエズス会宣教師、ギー・タシャール神父は一六八五年にこう報告している。「ホッテントット」の目から見ると、オランダ人入植者は「土地を耕す奴隷であり、砦（とりで）やすみかにこもって敵から避難する臆病者だ。それに対して先住民は大胆にもどこにでも野営し、土地を耕すことを軽蔑する。その生き方こそ、本当の意味で自分たちがこの大地を支配していることの表れだと彼らは主張する」。そして「先住民は自分たちだけで平和で自由に暮らしていたときはとても幸せだったし、幸福はその暮らしにあるのだと彼らは述べる[3]」。

あらゆる入植者が称賛した先住民の習性のひとつは、入植者の持ち物を盗もうとしないことだった。「彼らは、だれも見ていなくてチャンスがあっても、仲間のあいだでもオランダ人の家でも盗みを働くことはない」とある入植者は書き残している。しかも「彼らは金持ちを軽蔑するが、じつは労働を嫌っているだけだ」と本質を突いている[4]。ほかの入植者も「彼らは強欲に支配されていないし、彼らの望みはすぐに休んで一息つくことだ」と書いている[5]。

とはいっても、先住民のよいところに着目する入植者は少なかった。オランダ人の一般的な意見は、コイサン人は根本的に植民地生活に不向きであり、おとなしくさせられなければ、追い払うべきだというものだった。入植者が最も当惑したのは、ほかの島の先住民と違って、押しつけられた仕事をこなす能力がなさそうなことだった。そのためオランダ東インド会社はアンゴラやギニア、マダガスカル、マレーシアの領地から多くの奴隷を船につれこんだ。

一六五九〜七四年に、入植者とコイサン人グループとの対立が続いたため、オランダ人は現在のケープタウン周辺の支配をいっそう強化した。オランダ東インド会社は強固な足がかりを築き、ケープタウンの北部と東部を農場主に割り当て、コイサン人のテリトリーを少しずつ分割した。そしてそれは何百年にわたり続くことになった。

ケープ植民地は、一七〇〇年まではケープタウンを囲む山の向こうには拡大しなかったため、アフリカの内陸部は孤立していた。しかしオランダ人の支配開始からおよそ半世紀が過ぎ、定着した入植者は、この植民地を船の補給基地の役目だけにしておくにはもの足りなくなり、野心を抱くようになる。ケープ地方が農場に適しているとわかると、オランダ東インド会社の従業員の多くは、雇用期間の終了後にアフリカに残って土地を耕すことを選んだ。植民地の人口は、フランスのカルヴァン派信徒であるユグノーなど、宗教弾圧によって国を追われた移民でさらに増加し、やがてオランダ人とともに現代のアフリカーナ社会の核を形成した。それらの移民のほとんどが熱心に農耕で暮らしを立てたので、植民地は急速に北方や東方に拡大した。

土地と労働力を求めて野心を抱くヨーロッパ人は、交易や公認された労働市場に無関心な人間の存在を許すことはできなかった。一七五〇年には植民地は数百キロメートル内陸に広がっていた。ケープ地方南部にオランダ人がやってきたときには一万五千人ほどの先住民コイサン人が住んでいたが、その大半が追いだされたり、病気（広く知られるのが一七一三年に襲った天然痘の流行）で大量死したりした。わずかに残された人々はヨーロッパ人の家庭で奴隷や家畜の世話人、家事使用人にさせられた。

ケープタウン北部をテリトリーとして暮らしていたブッシュマンが、土地に飢えた入植者が内陸の奥深くに進出してきた事態をどう判断したのかは推測しがたい。入植者が現れたとき、狩猟採集民はたいてい好機と考えて喜んだ。ヨーロッパ人入植者はタバコやブランディや肉を持っていたからだ。おそらく両者の関係がうまくいっていたのは、入植者がブッシュマンの攻撃を受けるまでだった。ブッシュマンが入植者に反抗し、農場を攻撃して家畜を全滅させることがあった。この戦略は奏功した。一七〇〇年代後半までは、ブッシュマンの攻撃は入植者の北方進出を食いとめられた。入植者に農場を放棄させることもあった。その地域で布教活動していたイギリス人宣教師ロバート・モファットはブッシュマンの「略奪遠征」についてこう書き残している。「彼らはウシの群れを襲ったら、まずウシをつれて待ちあわせの場所に逃げる。途中ウシが疲労して動けないとわかれば槍で突きさして殺す。追っ手が見えたときにはウシのすべてを突いた」

モファットは、のちに南部カラハリのブッシュマン・コミュニティで布教活動に人生の大半を捧げ、だれよりも教区民のブッシュマンの窮状に同情した。ブッシュマンの反応は理解できると考え、「彼らは山のウズラのように何世代にもわたり狩りをしてきたのだ」と嘆いた。「自身で培ってきた性質を奪われ、絶望し荒れて凶暴になり、自らの習慣に固執した」。ブッシュマンに対するモファットの同情は、「神は御自分にかたどって人を創造された」〔日本聖書協会『新共同訳 旧約聖書』創世記 一章二十七節〕とする信念に基づいていた。「私たちは、無知と悪徳の状態にまで身を落とす人間をとても想像できない。そもそも、彼らも私たちと共通の親から生まれた子どもであることに疑う余地はない」とモファットは述べている。[6]

そうは言っても、モファットのようにブッシュマンに同情する者は開拓農民にはほとんどいなかった。ブッシュマンは自分たちと一緒に神の食卓につく人間ではないと確信していた。ライオンよりもブッシュマンの方が家畜や生活に危険を及ぼす存在だと断定した。そして農場主は自分たちで特殊部隊を編成して土地からブッシュマンを一掃しようとする。彼らはマスケット銃とピストルで武装してウマに乗って素早く移動し、ブッシュマンを見つけると銃で撃ち殺した。

ロンドンの英国聖公会宣教協会から差し向けられたイギリス人宣教師キチェラー牧師は、一七九九年に開拓の最前線（フロンティア）にいるブッシュマンのなかで布教を行った。彼も農場主と同様にブッシュマンを見くだした。おそらくその理由は、「食料とタバコ」を無料で与えたときだけしか彼らを引きつけることができなかったからだろう。フロンティアに来て三年後、牧師はブッシュマンの敵意と野蛮さに絶望し、使命を投げだした。帰国したあとに布教活動について書いた出版物のなかで、ブッシュマンの「生活様式は悲惨で不快であり」、寄り添って寝ている姿は「ブタ小屋のブタ」のようで、最も基本的な人間の本能である、自分たちの子どもの世話をしたいという気持ちさえなかった、と記した。「さまざまな折にブッシュマンは良心のとがめもなく自分の子どもを殺す」と書き、「洞窟の前で腹を空かせたライオンが吠えていたとき、何か与えなければ去りそうもなかったので彼らは幼子を投げ与えた」と読者に訴えた。[7]

オランダ東インド会社は虐殺を防ぐ目的もあって、ブッシュマンを生きて捕まえた者にはひとりにつき十五レイクスダールダーの懸賞金を出した。すると誘拐で一儲けする産業が生まれ、ケープ地方の奴隷市場には一時多くのブッシュマンがつれてこられた。一八〇七年にケープ植民地の新総督の命で派遣されたイギリス人大佐リチャード・コリンズは、イギリスがオランダからケープ植民地の支配を奪った直後のフロンティアの領土がどのような状況だったかを報告している。それによると、フロンティアの特殊部隊が活動し、ある部隊は「三千二百のこれらの不幸な生き物の殺害や捕獲を行い」、もうひとつの部隊は二千七百のブッシュマンを「駆除した」という。

十八世紀の終わりまでに、南アフリカのブッシュマン人口は、少なくとも狩猟採集民としては大幅に減少した。カラハリ盆地では植民地との境界の北側に住むブッシュマンだけが、南部の開発による影響をほとんど受けずにすんでいた。だが、比較的孤立していた状況は長くは続かなかった。

ナミビアのオマヘケ州の農場はとても広い。カラハリではだいたいの目安で十四万平方メートルなければ健康な成牛一頭を育てることはできない。ヤギを飼うならもっと狭い土地でもよいが、ヤギの肉はお金にはならないし、ヤギの群れを見せびらかしても敬意が払われることはない。仕留めたラム肉を吊るしても同じだ。そういうわけで、オマヘケで最小の農場でもおよそ四十平方

キロメートルはある。最大の農場となるとその五倍にもなる。

カラハリ地域の砂塵（さじん）の舞う都市ゴバビスから北に向かって延びる道路は、広大な私有地のあいだを通り抜けているため、十一～十三キロメートルごとに農場の入り口となるゲートを通過する。農場のアフリカーンス語の名前を見ると、一九二〇～三〇年代に最初に入植した人々の体験がよくわかる。たとえば、「ソンダーヴァータ（水がない）」は打ち砕かれた夢を表す。ほかにも「イェエンサムヘイト（孤独）」や「フェルヘニューフ（十分遠い）」は孤独の怖さを訴えている。前向きな名前もある。「ムーイドライ（すてきな場所）」「パラダイス（天国）」「ヘルークヴァータ（幸運の水）」「スクーンヘイト（美しさ）」などだ。

入植者にとって名前はとても重要だ。というのも土地に名前をつけて自分のものだと主張するだけでなく、「何もなかった」土地が、何かある土地になったと公言することになるからだ。さらに大きな意味がある。二十世紀初めにオマヘケに定住した農場主は当時の標準的な白人よりも貧しい者が多く、南アフリカでしゃれた服を着て威張っていた鉱業関連の事業家や起業家に見くだされていた。だが、もし物事がうまくいけば、昔の貴族の所有地が小さく思えるほど広大な土地の領主になれるかもしれなかった。

白人の農場主がやってくるまで、オマヘケにはブッシュマンの多様で大きな人口集団が暮らしていた。オマヘケから遠く東にある砂漠には、露出した石灰岩を通って地下水が湧きだしており、そこにはナロ・ブッシュマンが住んでいた。彼らのほとんどは国境が開かれていたボツワナ側にいた。南部には、コーン（!Xóõ）・ブッシュマンが伝統的テリトリーとして暮らしていたが、のちにその真ん中にナミビアとボツワナの国境のフェンスが建てられた。北部と中央に住んでいたのがジュホアンで、ブッシュマンのなかでも最も孤立していた。伝統的テリトリーは、現在のゴバビスから数百キロメートル北東にあるツォディロ・ヒルズまで広がる。彼らはオマヘケで最大のブッシュマン・グループだった。

ほかのブッシュマンと同様、オマヘケのジュホアンは親族関係に基づいた「拡大家族」で集まるグループで暮らしていた。それぞれのグループが「ノレ（テリトリー）」をおおざっぱに占有・利用していた。境界はよく変化するものの、その広さはのちに支配する入植者の農場とだいたい同じだ。拡大家族のグループからなる遊動的な居住集団は、人類学者に「バンド」と呼ばれており、離合集散を行った。乾季には通常小さなバンドがほぼ恒久的に水がある場所の近くで集まって暮らす。数か月間、五十人あるいは六十人の大きなコミュニティを形成し、その折に若い男女が恋をして新しい家族をつくったり、古くからの友人や親戚はメンバーとの交流を楽しみ、贈り物を交換したりする。

再び雨の季節が来ると、大きなコミュニティが散り散りになり、より小さいバンドは、雨が降ると湧く泉や嵐のあとに冠水する窪地（パン）が利用できる、核となるテリトリーに分散した。バンドは年に六〜七回はすみかを変え、新しい場所に着くたびに、あとで手放しても後悔しようもない簡素な小屋を木の枝と草で作り、短期間の村を建てる。

ジュホアンは自分たちのテリトリーについて、現在のナミビアの法律による所有権で決められた土地とは違う見方をしている。彼らのテリトリーは細かく調査したり、柵で囲ったりはできないし、地図上で簡単に空間として表すこともできない。地図を使って暮らす私たちのように、ジュホアンは上空から見て土地を把握しているわけではない。彼らは経験から自分のテリトリーを考える。つまり、その環境は平坦で、視点の位置は目の高さとなる。彼らから見ると、テリトリーは水源や食料源へとつながる即席の小道が幾重にも交差してできている。それは歩いたり、狩猟採集したりしているうちに生気が吹きこまれる土地だ。頼れる水源があまりにも少なくて人が暮らすには厳しいため、だれも利用しない広い土地もある。

カラハリの北部にいたジュホアンは比較的孤立していたが、それは初めて白人入植者が荷馬車に乗って、銃を携え、大きな野心を抱えてやってくるまでのことだった。十七世紀半ばになると、ほかのアフリカ文明のよそ者がその地域の南側にちょくちょくやってきた。ウシに与える草と水を探して川床（オムランバ）まで訪れる者もいた。ケープ地方の白人の入植地は南アフリカ中に広がり、以前なら辺境地で生産性が低いため開拓される心配がなかった土地にも、移住の波が次々と押しよせた。大きな変化が起こったこの時期に、ツワナ語を話す牧畜民が東部から、ヘレロ人やムバンデル人が西部から、カラハリのさらに奥地へと押しやられた。

象牙やダチョウの羽根で一儲けしようと、白人の狩猟家や探検家がカラハリに初めてやってきたのもこのころだった。彼らは狭い交易路を辿ってやってきて、仕留めた戦利品をその交易路を通してカラハリから沿岸へと西に流した。沿岸から内陸にはマスケット銃や金物類、織物などのヨーロッパの品物が流れてきた。

しかし、彼らの行動はジュホアンに食いとめられる。カラハリのいたるところにいまもその影響を残す白人の狩猟家で探検家のジェイムズ・チャップマンは、一八五一年にそれまで出会ったほかのブッシュマンよりも「その地域の住民ははるかに優れた民族である」と述べている。彼はまた、そこのブッシュマンは首長や指導者を認めず、「迫害者や侵入者から自分たちを守る習慣がある」[8]と書いている。そのブッシュマンは「独立し」「恐れを知らず」「勇敢」であるため、彼の一行はその土地を横断するのに用心しなくてはならなかったと締めくくった。

多くのゾウが狩猟家に殺されたため、もはや大規模な狩猟旅行はその費用に見合う価値がなくなり、一八七〇年代以降オマヘケへの移住者は減ったものの、十九世紀終わりにドイツがナミビアを植民地にしたとき、移住者の大半はまだ狭い交易路の近くに住んでいた。象牙の金儲けは期待できなくなったため、ドイツの植民地当局は、植民地東部から価値を引きだすにはオマヘケを農牧地に変えるしかないと判断した。そのためには意欲的な入植者が必要だった。

しかし、広大な土地の所有者になれるという約束では、本国ドイツの貧しい市民がアフリカに渡り、ナミビアのオマヘケに入植することを決意するには不十分だった。帝国植民地省は、オマヘケは人種的に優れたヨーロッパ人による開拓の機運が熟していると説明し、有望な入植者を守るため、十分に装備・訓練された植民地防衛隊をゴバビスの新設駐屯地に配置するとあきらかにした。しかし一九〇四年まで、軍人以外のオマヘケの白人人口はたった十二人にしかならなかったと報告されている。

白人の入植がオマヘケで始まってから、ドイツ人が南西アフリカから追いだされたのは南アフリカ連邦による占領が行われた第一次世界大戦中の一度だけだった。南部アフリカに白人移民が押しよせる波が一九二〇年代初めと一九二九年にあった。その結果、中央オマヘケのほとんどが農場に切り分けられ、牧場経営に野望を抱く者に有利な条件で分配された。

移民の多くは、千年にわたり農耕民の進出を阻んできた砂漠でよい暮らしを営むのがどれほど大変なのか、かなり見込み違いをしていたようだ。家を建て、うろつき回るライオンを殺し、水を求め、農場の設備を基礎から作らなくてはならないため、手ごろで信頼できる働き手を見つけるよう行政機関に要求した。もっとも、労働力の供給は植民地全体でも農場でも深刻な問題だったので、どうにかして現地で見つけて間に合わせるしかなかった。

最初ジュホアンは驚くべきことに白人入植者を歓迎した。いまのジュホアンは、どうして祖父母が自分たちの土地や自由を奪う者にあれほど親切にしたのか覚えていない。ある者は、タバコやアルコール、ビーフステーキをもらえたからだろうと言い、またある者は、昔の人が農場主を滞在させたのは、彼らは短期の訪問者ですぐに荷馬車に乗って移動すると考えていたからだろうと言う。理由は何であれ、ジュホアンは将来どんなことになるのかを考えもしないで、入植者の定住の手助けをした。

しかしまもなく、入植者が大きな野望を抱えていることを知り、ジュホアンは、オマヘケにいても苦難に遭うだけだと農場主に思い知らせるしかないと考えた。そこでまずは入植者がいちばん大切にしているもの、つまりウシを攻撃した。一九二三年にオマヘケの最北にある白人農場を襲った。入植者が警官に助けを求めたとき、ツェムカウという名の男に触発されたジュホアンは手近な武器を持って反乱を起こし、混乱のなかの衝突で白人の地方判事を殺した。しかし反乱は長続きしなかった。ジュホアンの毒矢は、昔のヘレロ人のような棍棒を持った牧畜民には効き目があったが、銃を持ってウマに乗り、隊列をなして向かってくる警官には歯が立たなかった。反乱は残酷なやり方で鎮圧され、リーダーと百人ほどのジュホアンが拘束された。公式な調査では、拘束時に六人のブッシュマンが殺されたと公表されたが、あとで警官が書いた報告書では、「逃げようとした」ために多くのブッシュマンを銃で撃って三十人以上が死亡したとされている。反乱のリーダー、ツェムカウは刑務所に数年入れられ、釈放されたときには廃人となっていた。

警官の残忍なやり方とその後の行動は、ジュホアンが武装して抵抗するのを思いとどまらせた。しかし、経済的な自立を放棄するまでにはいたらなかった。どの植民地でも、「先住民」の労働者は、働く先の農場主にいや応なく経済的に依存する羽目になった。彼らは農耕地を収奪されたために、そうするしか選択肢はほとんどなかったのだ。しかし、ジュホアンは狩猟採集を自由にできるかぎり、植民地労働を基盤とする経済の外で生きていけた。雨がよく降る時期には、ジュホアンの働き手は東にこぞって出かけ、ボツワナとの国境に隣接する二万五千平方キロメートルほどの未開拓地リートフォンテーンで狩猟採集を行った。農場主は朝目を覚ますと働き手全員がいなくなっていることに気づくのだった。働き手たちはジュホアンの仲間やナロ語を話すブッシュマンとそこで会っていたようだ。季節が移り変わり、再び野生の食べ物が不足するようになると、ジュホアンは農場に戻った。

農場主のなかにはジュホアンがときおり姿を消しても大目に見る者もいたが、大半は激怒した。カラハリでの農業は働き手がないと成りたたないのだが、彼らは前触れもなしにいなくなるからだ。農場主は、ジュホアンはあまりにも「野性的」で、農場生活の厳しさにそもそも適応できないために姿を消すのだと判断し、ブッシュマンというものは、野生の種馬のように「調教したり、飼いならしたり」する必要があると考えた。農場主のなかには、封建領主のやり方でブッシュマンをしつけ、労働の美徳を説き、白人文明の優位性を見せつけてブッシュマンを手なずける者がいた一方、思慮分別をもってむちを使う必要があると考える者もいた。

およそ二十年にわたって暴力の文化がオマヘケの農場に浸透していった。というのも、多かれ少なかれ独立した領土として、植民地当局が農場主に農場を運営する許可を「非公式」に与えたからだった。一九二〇年には、扱いにくい労働者を管理するために、「主従令の施行」や「浮浪罪の施行」などの法的権限を農場主に付与した。この法律によって、主人の明確な同意なしに先住民の労働者が仕事場を去る行為は犯罪とみなされることになった。

農場主は姿を消す労働者に苛立っていたため、これらの法律でつけあがり、出て行ったブッシュマンを武器で農場にむりやり連れ戻し、服従しないとどうなるかを教えこんだ。広大な砂漠で隠れて移動するブッシュマンの集団を見つけるのは難しかった。そのため、彼らは自分の農場から出て行った労働者を捜すかわりに、ブッシュマンの足跡ならだれのものであれ、見つければ追跡した。ブッシュマンであればだれであろうと、捜している労働者とたいして変わらないと考えたからだ。法律上は違反だったが、当局はブッシュマンの誘拐に目をつぶった。その名を広めたボルトマン兄弟のように、誘拐をビジネスにする農場主もいた。誘拐事件で初めて公になったのが、一九二九年にゴバビスの三人の若い農場主が起こした事件だった。三人はおよそ五十人のブッシュマンを捕まえて小屋を焼き払い、一晩かけて西方に追いたてて歩かせ、わずかな手数料と引きかえに数々の白人農場主に引きわたした。その地域をたまたま通った巡査が一団と鉢合わせしたが、農場主ではなく、ブッシュマンを密猟で逮捕した。当惑するブッシュマンは判決によって現地の刑務所に五日間入れられたあと、白人農場主に分配された。

誘拐は二十世紀後半に入るまで続いた。しかし時が経つにつれ、誘拐業者は誘拐「未経験」の働き手を探すために、砂漠のもっと奥地まで足を踏みいれなければならなくなった。南西アフリカのブッシュマン保護委員会の事務局員クロード・マッキンタイヤは、一九五五年にニャエニャエ――最も近い農場から自動車で数日かかる地域――を初めて訪れたとき、泣き叫ぶ女性たちに責めたてられたと報告している。そこは最近までジュホアンが白人入植者にひどい目に遭わされたことのない地域だった。マッキンタイヤは現地の弁務官あての報告書のなかで「ブッシュマンは、ヨーロッパ人が男性家族をつれていったと訴えている。どうやらヨーロッパ人がその地域に着いて数日かけてブッシュマンと話しあい、農場で働くよう説得したようだ。ヨーロッパ人はかたくなに拒否されたので、ブッシュマンが少数になるときを見計らって車に押しこんで走り去った」と書いている。

ほかにも、出て行った働き手を追いかけて奥地に入るのをいやがった農場主は、働き手が姿をくらまさないように子どもを人質にとるという、もっと簡単な方法を考えだした。たとえブッシュマンの人間性に思いいたることがときおりあったとしても、ブッシュマンの子どもの世話をしてやっているのだと考え、迷うことはなかった。

一九六〇年代半ばには誘拐はほとんどなくなった。一九六一年、自立した狩猟採集民ジュホアンが占有するオマヘケの最後の砦だったリートフォンテーンは、すでに野放図に拡大していたヘレロランドイーストの先住民居留地にさらに付け加えるテリトリーとして、植民地当局によってヘレロの王に正式にゆずられた。この措置により、オマヘケのジュホアンは法的に土地の権利を失い、新たな土地でほかの人々のお情けで生きる運命を受けいれる以外に選択肢がなくなった。

スクーンヘイト再定住地は、一九九〇年のナミビア独立後に、政府が土地の法的所有権のないオマヘケで暮らす六、七千人のブッシュマンを支援するために建設したのだが、初めは中途半端に計画が進められた。

一九八〇年代終わりまでは、かなり乱暴な農場主でさえ、ブッシュマンが問題を起こさないかぎりは、労働者の居住区に大勢いても我慢していた。しかし、独立が迫るとともに新たに施行された進歩的な労働法によって、農場労働者に適切な家屋を建設し、適切な給与を支払わなくてはならなくなるのを農場主は恐れた。また「新しいナミビア」では農場を個人で経営するのがいっそう難しくなると気づいた。そのため、農場主は「余剰」のブッシュマンを農場から追いだした。行く当てもなく、いくつもの牧場のあいだを抜けて北方に延びる主要道路の脇に無断居住するブッシュマンがどんどん増えていった。

一九九〇年の独立の日に、ナミビア人の大多数が新たな共和国の誕生とアパルトヘイトの終焉を祝って踊り歌っていたが、オマヘケのブッシュマンの多くは腹を空かせて座りこみ、二、三世代前には自分たちのものだった土地に延々と張られた牧場フェンスを見上げていた。

ナミビアのほかの商業農場地でも同様にブッシュマンが追放されたため、新政府は何らかの対応を検討した。新たに議会で法案が可決され、政府が土地を買いあげて、土地をもたないブッシュマンの農場労働者など、社会的弱者が居住できる場所を供給することになった。スクーンヘイトは、新設の「土地・再定住・社会復帰省」に初めて権限が移った農場だった。独立後すぐに新政府は、ゴバビスの有名な農場主からオマヘケの三つの農場を手に入れた。そのひとつがスクーンヘイトだった。独立前、その農場主はこの地域の大物で、すべて合わせると二百五十平方キロメートルにもなる五つの大きな農場を所有していた。農場経営だけではもの足りなかったらしく、さまざまな事業に手を出して、少なくともひとつが当局と深刻なトラブルになった。一九九三年に、南アフリカの警察によるおとり捜査で、四十二頭のゾウの牙と六頭のサイの角が押収され、農場主が逮捕されたのだ。彼は罰金を払うためと、ほかの商取引の損失を穴埋めするために、スクーンヘイトとローゼンホフ、ルスプラースの三つの農場を新しい政府に売りわたした。[9]

一九九三年、ジュホアンはスクーンヘイトに到着した。放置された農場に生活設備や公共施設はなかったので、二百人以上の住民がすぐに生活を始めるには支援が必要だった。移住者には軍の古いテントとときおり食料支援物資が支給され、家を建てるためのレンガを作るようにとセメントが与えられた。ところが、そこはジュホアンの居住地として用意されていたものの、条件のよい場所にはおおかたウシの群れをつれたヘレロ人がすでに住んでいた。

当時を振り返ると、スクーンヘイトは暴力とアルコールで荒れていた。半世紀にわたり抑圧されてきたジュホアンのトラウマがアルコールで増幅され、空腹で感情が過敏になった。ジュホアンの移住者の多くが農場主に雇ってもらえなかったため、その危うい雰囲気がさらに悪化した。スクーンヘイトには老人や病人に加え、問題を起こすと噂される者がいたからだ。

ジュホアンの名づけの習慣上、私の養父であるカツァエ・″フレデリク″・ラングマンは、スクーンヘイトの多くの移住者の例に漏れず、白人農場主に好ましくない人物とみなされていた。暗黙のブラックリストに載るほかの好ましくないジュホアンのように、多数の犯罪歴やひどい酒癖があったり、乱暴者と噂されたりしていたからではない。読み書きができ、雄弁で頑固で、探究心があって議論好きで、思っていることを口にするのを恐れないからだ。もの静かで、拍子抜けするくらい謙虚なところが、よけいに白人を苛立たせた。

カツァエは一九四八年に生まれ、農場でしか暮らしたことがなかった。彼の父は狩猟と採集を知る「古い時代の人」だったが、カツァエは労働と隷属しか知らなかった。彼が生まれる前、両親は誘拐集団に連れ去られて残酷な扱いを受けたあと、狩猟も採集もやめていた。一九四〇年代半ばのある日、家族は住んでいた農場を離れて、リートフォンテーンで狩猟採集をするために東に向かっていた。毎年秋になるとその草原には食べ物が豊富に実る。家族はいつものようにそこに出かけたのだった。ところが彼らが農場を去ってわずか数日後に、ウマのひずめの音が西の方から近づいてくるのが聞こえた。彼らは逃げた。朝の大気に銃声が鳴り響き、兄の肩甲骨に銃弾が当たった。そして縄で縛られ、農場まで奴隷のように歩かされた。「父は農場にとどまって、農場主のもとで働いてさえいれば安全だと判断した」とカツァエは言った。

一九五〇〜六〇年代、ナミビアのほかの非白人には、アパルトヘイト政策下で基礎教育が施されたが、カツァエのように農場にいたジュホアンの子どもにはその機会は与えられなかった。そのかわりに彼らは「フェンスの支柱を超える背丈」になると、農場で働かされた。農場主と政府当局者はともに永遠の「子どものような」ブッシュマンを学校に通わせることは無駄だと考えていた。カツァエは働き者ですぐに仕事を覚えたが、落ちつきがなかった。十代後半には自らの意思でほかの農場の仕事に就いた。

ジュホアンのほとんどは生まれ育った農場にとどまりたいと希望するが、カツァエは一か所の農場に長くいることができなかった。あるときは農場主によくぶたれたし、またあるときはよく騙(だま)された。人使いが荒い農場もあったし、あまり仕事のない農場もあった。しかしどの農場でも、たとえ農場主が信心深い人でも、あるいは親切な人でも、ジュホアンのことを自分の面倒も見られないばかなやつとして扱う、とカツァエは考える。

「なぁ、ツンタ、ブッシュマンのなかにはひとつの農場で歳をとる生活しか知らず、ほかのことは何も知らない者もいる。農場生活を理解して、いくつもの農場を渡り歩く者もいる。わしは農場生活を理解したんだ」とカツァエは言ったことがある。

若いころ、カツァエが新しい農場で初めて仕事に就くと、いつも雇用台帳に名前が記入された。農場のジュホアンのあいだでは、その記録は数十年にわたり神秘的な大きな力をもっていると言われた。その台帳は、給与の支払いをするか、食料を支給するかを判断する力や、特定の農場にいられる個人の権利を決める力を有していたが、そこには秘密があった、と彼は言った。

「その台帳にだな!」と彼は毒づく。「いいか、農場主が一か月千ランド支払うと書く。でも九十ランドしか払わないで、食料代も引かれる。でも文句は言えない。その台帳に何が書いてあるかわからなくても母印を押すか、十字を切って祈るしかない。治安判事のところに行くこともできない。その台帳はうそをついていないからだ。いや違う。本当のことを書いてなくても、その台帳はうそをついていないということになるのさ」

その雇用台帳は魔法の一種のようなもので、カツァエはそれを解き明かそうと決めた。そのカギとなるのが読み書きを学ぶことだった。読み書きを覚えれば、もうひとつの力をもつ本である聖書の内容もわかるかもしれない。彼は聖書の言葉や物語を積極的に受けいれた。二十代前半に、農場を訪れた優しいドイツ人から読み書きの基礎を学んだ。のちに聖書を用いて独学で覚えた。

それからカツァエは農場主を困らせる短気な人物という印象を与えるようになり、農場主のほとんどは彼がいなくなるとせいせいした。一九七〇〜八〇年代にかけて、ナミビアの白人農場主は解放戦争と反アパルトヘイト闘争による被害妄想に浸っていた。もしかしたら農場が共産主義者の潜入の対象になり、弁の立つ活動家が忠実な働き手を説得して夜中に忍びこみ、寝ているあいだに自分を殺すかもしれないと心配した。多くの農場主はジュホアンの労働者をそばに置いておいた。というのも、彼らは政治に無関心だとみなされていたからでもあった。農場主は「黒人とブッシュマンは互いにいやがっている」あるいは「政治に走るのはいけ好かない農耕民オヴァンボだけだ」と言っていたようだ。しかし、カツァエは例外だった。当時の解放に向けた熱心な政治活動と正式なつながりがあったわけではないが、控えめなやり方をする革命家だった。彼はとても賢いので手なずけにくいと考えられていた。労働慣行や支払いの公平さに疑問を投げかける彼の振る舞いは、ほかのブッシュマンに扇動的な考えを植えつけるのではないかと農場主は危惧した。

私と会うより以前に、カツァエはほかのジュホアンと違って、アルコール類をいっさい飲まないと誓っていた。

「若いときは飲んだ。でも酒の魔物にやられそうになって闘った。いつも闘っていた。毎週末はとくにだ。闘いに勝ったかどうかはわからない。大量に飲むと何も覚えていないからだ。それで一九八六年のある日、アルコールをやめたのさ。それっきり飲んでいない」

禁酒と読み書きの能力のおかげで、仲間のだれよりも彼はさまざまな責任を果たした。それに彼は模範的な父親だった。働き始めたころにホアナと出会って結婚し、五人の子どもが生まれ、そのうち四人が大人になった。

アルコールの拒絶は、当初はジュホアンが狩猟採集民として成功できるという希望を、のちにはオマヘケでの社会階層の底辺の暮らしを切り抜けられるという楽観論をカツァエが捨て去ったことの表れでもあった。ほかのジュホアンと違い、彼は自分の運命を自分で切り開くと決意し、その努力がくじかれると深く落胆した。

ナミビア独立後、カツァエは農場での仕事を捨てた。四年間、北部オマヘケの農場で作業長をしていたが、仕事は楽しくなかったし、アパルトヘイト時代が終わっても一向に変わらないとわかったからだ。

一九九一年にカツァエは慈善精神にあふれる農場主の妻のグループから、農場で働くジュホアン労働者の子どものために、北部オマヘケに設立する新しい学校を手伝ってもらえないかと依頼され、その機会に飛びついた。もっとも学校生活は彼が期待したものでなく、白人の教師とうまくやっていくのは大変だった。さらに問題だったのは、彼の拡大家族が滞在できる空き部屋も、彼が増やしてきた家畜の小さな群れを放牧する場所もなかったことだ。カツァエは落ちつきがなく、いつも古びた服を着ているにもかかわらず、私が出会ったときには、標準的なジュホアンと比べて裕福だった。四十四匹のヤギ、二十五頭のウシ、数頭のみすぼらしいウマを所有している。それに解体車の部品で組みたてた青色の錆びた驢車（ろしゃ）〔ロバが引く荷車〕ももっている。年代物のコロナ・タイプライターももっていて、一緒に言語を学ぶとき、彼はそれで熱心にタイプしていた。スクーンヘイトが入植者に放牧地を供給する再定住地農場に指定されたとき、彼は家族を驢車に乗せてここにやってきた。

スクーンヘイトのほかのジュホアンの例に漏れず、カツァエは祖先が数万年ものあいだ住んでいた土地の「入植者」とみなされ、たびたび絶望感を味わった。

第五章

いまを生きる

「ブッシュマンの時間の捉え方は、おれたちとは違う」。農場主はふんぞり返って周りの人に聞こえるように大声で言った。

一九九四年、カラハリの暑い春の昼下がり、私たちはゴバビスの端にあるガソリンスタンドの前で立ち話をしていた。店員が興味あり気にこちらを見ている。客のけんかでも始まれば退屈しのぎになると思ったのだろう。だが、農場主の口ぶりに威嚇（いかく）の響きはなく、ただ憤りが感じられるだけだった。

その数分前、私は農場主に自己紹介をした。最近の法改正によって賃金の現物支給は禁じられている。しかし、ブッシュマンの働き手にまだ食べ物で報酬を払う農場主がいて、彼もそのひとりだと聞いていた。彼はこの辺りでは「ましな主人」だと言われていて、ほかの農場主が私と話をするのを断っても、彼なら応じてくれるかもしれないとも聞いていた。そこで私は、ナミビア政府から農業労働の実態を調査するよう依頼されて聞きとりを行っていると説明し、あなたの農場ではブッシュマンが携わる農作業をどのように管理しているのか話を伺えないだろうかと頼んだ。あなたの農場で以前働いていたブッシュマンのひとりがいまスクーンヘイト再定住地に住んでいるが、労賃をあなたが払わなかったと不満を漏らしているとも伝えた。

期待したほど、農場主は話に乗ってこなかった。私の質問は、政府を後ろ盾に土地を収奪されるという恐怖か魔女狩り、はたまた報復を想像させたのだろう。それは無理もなかった。彼のような白人農場主には不安な時期だったからだ。ナミビアが南アフリカから独立を勝ちとってからまだ五年も経っておらず、多くの白人農場主は多数決原理（彼らが呼ぶところの「黒人ルール」）への移行に対して心の準備ができていなかった。ほんの五年前まで敵とみなして悪者扱いし、労働力として自由に搾取し、劣った人種だとばかにしていた者たちによって、ナミビアが統治されることになったら、自分たちの将来はどうなるのだろうか？　白人の多くがこうした不安をあらわにしていた。新政府は白人所有の農場を取りあげる計画はないと言っていたが、白人農場主の多くは自分の土地所有権が安全だとは信じていなかった。

農場主は、「おれの」ブッシュマンに賃金を食べ物で払うのは分別があるだけでなく、モラルをわきまえた行為だと弁解し、その方がブッシュマンの暮らしがよくなるし、たとえ不満を漏らしても、結局いつもありがたがっているよと言った。

「やつらは自分をコントロールできないとわかっているのさ」

農場主が言うように、いちばんの問題は、もしブッシュマンの働き手に現金で払ったら、一か月の生活費に充てず、アルコールなどですぐに使い果たし、次の支給日までの数週間の食料が尽きてしまうことだ。農場主はそんな状況を何度も見てきたし、近隣のどこの農場でも同じだという。その理由は、ブッシュマンの時間の感覚が「幼い子どもの感覚に似ている」からで、ブッシュマンはすぐに得られる満足だけに関心をもっていて、将来のことなどまったく考えず、過去というものをほとんど正しく理解していないからだと彼は説明する。

ブッシュマンは「子どものようだ」という考えは、ナミビアの植民地時代に定着し、独立以前の政府の政策に影響を及ぼした。南西アフリカ時代の「ブッシュマン民族」の状況に関して、最も包括的な政府報告書が一九八四年に発表されている。その報告書では、ブッシュマンが直面する開発問題の多くは、「ブッシュマンは自分が存在しているその日、その時のために生きている」という事実によっていっそう悪化していると説明し、「ブッシュマンはいまを生きる不運な子どもである」と結論づけている。

ブッシュマンに関する政府見解は、それ以前と比べると、好ましくない部分が削除されていた。ほんの数十年前まで、世間の目は、ブッシュマンは動物と人間のどちらにより近いのかという浅はかな議論に向けられていた。南アフリカの統治下にあった一九四一年に、大臣として先住民問題を担当していたデニス・ライツ大佐はこう述べている。「もし、われわれがこのようなめずらしい人種（ブッシュマン）の絶滅を許したら、生物学的な犯罪となるだろう。なぜならば、ヒヒよりもヒヒらしく見える人種だからだ……彼らをこの国に生息する動物相の一種とわれわれはみなしている」

ブッシュマンは「人間よりも動物らしい」という考えは、オマヘケの農場主の記憶の底にまだ残っている。といっても、ブッシュマンの思考や行動に対する理解は、人種差別主義者の考えというよりもむしろ苦い経験がもとになっていると彼らは主張する。農場主のだれもがブッシュマンの「子ども感覚」を目撃しているという。とりわけブッシュマンの「いまを生きる」傾向は賃金労働や農作業に不向きだと不満を口にした。農場ではほとんどすべての仕事が将来に向けて行われており、労働の成果はつらい作業をこなし、かなりあとにならないと収穫できない農産物だからだ。

だが、ブッシュマンにはそうした欠点を補う理想的な資質があることを農場主は認めている。ブッシュマンは「技術面ですばらしい才能」をもっていて、「メカにかかわる作業を不思議なほど好むようす」を何度も見てきたと彼らはよく口にする。また、ブッシュマンには「発明の才」と「想像力」と「高い知能」があるとも評価している。何はともあれブッシュマンは「誠実」で「好感」がもてると述べる農場主が多い。だが、おそらく彼らが最も好むブッシュマンの資質は、労働の対価をほとんど支払わなくてもすむことだろう。

農場主のブッシュマン観は、アパルトヘイトに裏打ちされた人種差別主義からなる、危なげな社会思想の一端にすぎないと片づけてしまうのは簡単だ。私も当時はそう考えていた。しかし、半世紀にわたり、時間に遅れるだの頼りにならないだのと農場主に殴られ、懲らしめられてきたため、ジュホアン・ブッシュマンの労働者はおおむね仕事熱心で時間を守り、雇い主の要求を満たすようになったと思う。

もし、時間のような一見して根本的なものについて、ほかの文化とは異なる概念をもつ文化があると言ったのが、貧しい労働者に賃金を払う法的義務から逃れようとする農場主でなければ、それは知的な刺激と洞察に満ちた意見に思えただろう。

「あんたたち白人の時間の捉え方は、わしらとは違う」。年寄りのツェンナウは、私のほこりまみれの音声レコーダーでもきちんと録音できるように、ゆっくりと丁寧に話した。

この言葉を初めて聞いたとき、私は思わず噴きだしそうになった。「この数か月間にブッシュマンに対してまったく同じことを言った農場主が何人いたと思う？」とツェンナウに訊くと、驚いたようすもなく「わからない」と答え、「農場主は、意地は悪いが、ばかではなさそうじゃ」と付け加えた。

それから彼は私を納得させようとした。私や白人農場主が、時間は直線的で有限であり、絶えず起こる変化にそれが裏づけられていると考えるとしたら、ツェンナウは、時間（少なくとも最近まで）は循環的・周期的だと考えている。季節の訪れは予測可能であり、太陽や星、月の動きは機械のように規則正しいからだという。

私がツェンナウと出会ったとき、ひどく歳をとっていて弱々しく見えた。多くの老齢のジュホアンがそうだが、彼も自分がいつ生まれたか知らないし、まったく関心がない。彼が記憶している歴史上のできごとから、およその年齢を推測しようといろいろ質問をしてみたのだが、それもうまくいかなかった。たとえば、一九二〇年代半ばのできごとについて、あるときは少年のときに見たと言い、またあるときは青年になってから見たと言って、それぞれ別の情報をしかも的確に話したからだ。

ツェンナウは自分が長生きできたのは、幸運とタバコ好きと伝統薬の知識のおかげだと考える。自分は運に恵まれ、健康だと言うが、外見からはとてもそうは思えない。歯が一本も残っていないのでやわらかいものしか食べられないし、目はほとんど見えていない。しかも、きわめて不運としか言いようがない事故で右脚が膝上で切断されている。また、コミュニティは結核に悩まされているため、彼が苦しそうな咳とあえぐような息遣いをするたびに大きな不安に駆られる。

ツェンナウは、数十年前に脚の切断術を受けたときに病院からもらった二本の古い松葉杖を使って、よろけそうになりながら歩く。砂漠のやわらかい砂上を先の尖った松葉杖で進むのはとても大変なので、同じくらい年老いた妻のツォウインツォウインと暮らす家の前の砂地に、日がな一日座って過ごしている。セメントレンガの家は床も扉もなく、再定住地によくある未完成なものだ。所有物はほとんどなくて、酔っ払いが見つけて殺しあいをしないように屋内に隠している弓と矢以外には、数枚の古い毛布と、立派なコートとパイプ、手製の楽器一式、ふたりの衣類を入れたスーパーマーケットのレジ袋ぐらいしかない。とはいってもツェンナウは服を着替えるのが嫌いで、いつもお気に入りの軍服を着ている。黒っぽいズボンは右脚の途中できちんと折りたたまれて切断部位をしっかり包んでいる。ところどころ破れて染みのあるカーキ色の軍服の上着は、ほころびた肩章とヒダポケットが付き、背面の裾の左右にしゃれたスリットが入っている。

いつもかぶっているつばのあるカーキ色の軍帽には、鉢巻き部分に色とりどりのビーズの飾りがついている。ツェンナウは暑さには慣れているが、寒さは苦手だ。だから冬は軍帽のかわりに古びたウールの帽子をかぶり、改まった服装がふさわしい場では、ウール帽の上に軍帽をかぶることもある。

ツェンナウの両目は白内障のために乳白色に濁っていて、家の出入り口のすぐ外の小さな焚き火より先は見えにくいという。それなのに、以前のようにはっきり見えるようになりたいとは思わないらしく、目の治療を受けられる手配をしようかと私が言っても首を横に振る。彼に言わせれば、焚き火の向こう側の混沌を知るには音だけ聞こえれば十分で、実際に何が起こっているかを見る必要はないそうだ。それよりも腰を下ろして、白内障のもやの奥にある幻想的な世界をさまよっているほうがいいらしい。その世界にはトリックスターのジャッカルや騙されやすいヤマアラシ、下品な神々、それから警官の帽子をかぶり、前足でむちを巧みに操って無言で踊るライオンが登場する。

ツェンナウが毎日のように自分だけの世界を旅するのは、「ズワー（マリファナ）」をタバコのように吸っているからだ。彼はそれを小さな袋に入れて家の床の砂に埋めて隠している。

どうしてズワーを隠すのかと訊くと、彼はこう答えた。「分かちあいは大事だし、分け与えない者は一人前の人間じゃない。でもトビウサギやリクガメの肉や、わしの特別なタバコ、〝ズワー〟は全員の手には渡らないものじゃ。男は少なくとも四人の子どもをもってからでないと、これを吸ってはいけないし、とにかくわしの健康に必要なんじゃ。それなのに若いやつがときどきこれを盗もうとするから隠しとる。これをやつらに分け与えるつもりは毛頭ない」

ツェンナウとツォウインツォウインは自分の面倒が見られない。ツォウインツォウインは小柄で弱々しく、長年飢餓（きが）の瀬戸際にいたかのようだ。ジュホアンの老女のほとんどに見られるように、多くのしわが刻まれた彼女の皮膚は骨にくっついて垂れている。それに手が震えて頭が左右に揺れる麻痺症状が出ているが、ツェンナウにもエプキロの診療所の気短な看護師にも、麻痺の原因を診断することも治療することもできない。私とツォウインツォウインは挨拶を交わすぐらいの関係だ。彼女はわずかに知っていたアフリカーンス語を忘れてしまい、私は麻痺で震える声で発する彼女の言葉を理解できるほど、ジュホアン語に通じていないからだ。

スクーンヘイトの住人が頼る緊急食料配給があるときはいつも、ふたりのかわりに食料を受けとってくれる者がいる。配給が続くかぎり毎日、オイルを少し垂らしてやわらかくした椀一杯のトウモロコシの粉を炊いて練った粥（かゆ）か、あるいは粉末スープにとても甘い紅茶を添えて届けてくれる。


スクーンヘイト再定住地でツェンナウと初めて会ったのは、長期にわたる「フィールドワーク」の第一期が始まって九か月ほど経った一九九四年の冬だった。その日熱を出してうめき声を上げていたところに、彼がやってきて自己紹介をし、薬効のある「茶（ティー）」を差しだした。そのティーに

は嘔吐を引き起こす副作用があったのだが、私がそれに気づいたのは飲んだあとだった。ティーを口にして嘔吐と吐き気が数時間続いたことから考えると、中毒症状だったようだ。眠りに落ちて十八時間ほどあとに目が覚めると、内臓に焼けつくような痛みを感じたものの、気分はとてもよくなっていた。ツェンナウが薬の効きを尋ねにきて、タバコと解熱鎮痛剤のアセトアミノフェンを一瓶ほしいとせがんだ。自分が病気になったときの備えだという。私にくれた薬は自分に合わなくて、「あのティーを飲むと血のうんちが出る」と言った。

話し好きなツェンナウだが、自身の人生についてくわしくは触れなかった。彼が言うところの「最初の時代」の物語とは違って面白みがなくてつまらないからだという。そのため話が脱線して、聞きだした内容からできごとのあらましをつなぎあわせて、おおまかな経歴を把握するのに何か月もかかった。

私がここに滞在してから九か月ほど、ツェンナウはスクーンヘイトを留守にしていた。南方およそ八十キロメートル先にある農場で働いていたからだ。その農場は捕食動物の保護区になっていて、オマヘケで観光客が野生動物を最も近くで見られる場所だった。親のいないヒヒが使い捨ておむつをつけ、ほぼ飼いならされた状態で観光客の宿泊施設をうろついていた。この農場の最大の呼び物は、観光客がじっと見つめる金網の向こう側で、凶暴な目つきをして歩き回るライオンなどの大型肉食獣だ。ツェンナウは農場主に説きふせられて、観光客のために生きた展示物の役を演じることになった。農場で働くジュホアンは、観光客が期待するブッシュマンの姿ではなかったので、彼らを満足させられなかった。そこで農場主はツェンナウにブッシュマンらしい姿をさせて、その場所にちょっとしたリアリティを加えようと考えた。「毎日の肉の食事」と毎月の給料が約束されたので、ツェンナウはブッシュマンを演じることにした。古びたなめし皮の下帯を身につけ、脇に弓と矢を下げ、頭に伝統的なビーズ細工のひもを巻いて、観光客の宿泊施設の隣に設置された昔ながらの草ぶき小屋に座り、退屈な日々を六か月間過ごした。親指を回したり、矢をいじったりして時間をつぶし、ジュホアン語がわかる農場主の成人した子どもがいないときには、観光客に向かって微笑みながら、ジュホアン語で「とっととうせろ」などと悪態をつくこともあった。

ツェンナウは肉をたくさん食べさせてもらえず、観光客に写真を撮られたり、悪態をついたりする日々にとうとういやけがさしたので、農場主に未払いの労賃を払って、スクーンヘイトまで車でつれて帰ってほしいと頼んだ。農場主は怒って「おまえは恩知らずだ。ここを去りたいなら勝手にしろ」と言い放った。ツェンナウは賃金を受けとれず、車で送ってももらえなかった。仕方なく下帯を脱ぎ捨てて古びた服を身につけ、弓矢を握りしめ、使い古した松葉杖をついて、オマウェウォザニャンダまで続く砂利の主要道路に向かってよたよたと歩いて出て行った。通りすがりの車を何台か乗り継いで、ようやくスクーンヘイトの入り口に帰りついた。

ツェンナウは独りで観光の呼び物になった経験を、迷惑だったぐらいにしか考えていなかった。「ブール人〔「ボーア人」とも呼ばれる、オランダ系の南アフリカ移民とその子孫〕ってのはそんなもんじゃ」と彼は言った。その平然とした表情から何が読みとれるか、私は考えさせられた。

ツェンナウは、老年者には「語り部」という大事な役目があると考えていた。しかしいまの若者は、ツェンナウが子どものときに聞いた「昔の話」に興味がないため、そのことについて悩むほどではないが残念には思っていた。そして見つけたのが、自分の話を熱心に聞き、いつもタバコと食べ物を持ち歩いていた私だった。タバコをいくらでももらえるからというだけでなく、過去への興味という共通点もあって、ツェンナウと私は親しくなった。ただ、歴史とはどういうものかという感覚が彼と私ではかなり違うことがわかった。

私はオマヘケの歴史に関するジュホアンの見方を文章に記録してきたのだが、ツェンナウと出会ってそれがまったく役に立たないものになった。それまで聞きとりをした者は、タバコほしさに私の近くをうろつき、退屈そうに質問に答え、身の上話しかしなかった。彼らには共通した歴史感覚がないだけでなく、「農場主やヘレロ人が土地をすべて奪った」とか「まるでジュホアンが砂であるかのようにひどい扱いをする」とかいったようなあきらかな事実には関心があっても、そうした事実以外の過去への興味に乏しかった。遠い昔について質問しても、答えられる者はほとんどいなかった。

「そんなことは古い時代の人のところに行って訊けばいい」。彼らの言う「古い時代の人」とは狩猟採集で育った者のことだ。「あの人たちならきっと何か覚えているさ」

ツェンナウには彼らと違って、話すことがたくさんあったし、時間もたっぷりあった。私たちが話していると、ときどきスクーンヘイトのほかの古い時代の人が加わった。彼らは腰を下ろしてツェンナウの話を聞きながら、ときおりうなずき、しょっちゅう笑い、たまにツェンナウに助言したり、説明を加えたり、議論したりした。

ツェンナウの考えによると、世界の歴史は「最初の時代」「古い時代」「新しい時代」の三つに分かれるという。「最初の時代」は神が世界を創造して始まり、「動物は人間であり、人間は動物だった。動物と人間が結婚することもあった」。そのあとの「古い時代」では人間と動物はべつべつの生き物になり、もはや結婚はしなかったが、同じ土地に住み、ときおり食べたり食べられたりした。歴史の最終局面となる「新しい時代」では、「ゴバ（goba）」（黒人）と「フン（hun）」（白人）がやってきて土地を自分のものにし、予測不可能な変化を次々と起こした。

私は新しい時代の生き物だそうだ。ツェンナウや老年者の仲間を除き、スクーンヘイトに住む者の大半が新しい時代の生き物だという。新しい時代には予測できない劇的な変化が絶えず起こっていると彼は言った。ジュホアンの「新しい時代の人」は、この世で生きるには農場あるいはタウンシップで暮らすか、黒人のもとで働くしかないと考えている。彼らはアルコール好きで、学校に行き、イエス様に祈りを捧げる。ツェンナウはとくに新しい時代を気にするわけでもなく、新しい時代の人の考えに大きな関心をもつわけでもなかった。それはおそらく彼にはよいことだろう。というのも新しい時代は、以前にはなかった世代間の格差を社会に生みだしたからだ。世界中の都市中心部に住む同時代の若者のなかには、老年者を無知な過去の人間と考える者がいるように、ジュホアンの若者の多くも、ツェンナウのような古い時代の人をあからさまに軽蔑する。

古い時代の人は白人よりも弱いとか、ヘレロ人のようにウシを所有していないとか、銃や車や仕事を理解していないとかと言って非難する。ジュホアンには「高齢者」に敬意を表す意味の「ジュカエカエ（ju!ae!ae）」という言葉があるが、若者はときおり老人のことを「使い古した」または「無用」の人々を意味する「ジュタン（ju‡ang）」と呼ぶことがある。

最初の時代は、ツェンナウお気に入りの物語の舞台だ。そこには夢に似た特質や途方もない不条理がある。動物が人間になったり、人間が動物になったりと、双方のアイデンティティが流動的で、異なる種間で結婚し、食べたり食べられたりする。トリックスターの神「ガウア」も物語によく登場する。この神は人間の行動や感情、動機といったあらゆるものを体現したり、あらゆるものにかかわったりし、一般の人々にはない力を手にしている。「ガウア」は抑制がほとんどきかなかったり、自覚のない行動をとったりする。

ジュホアンは「ガウア」がどんなものにでもなれると考えている。創造者でも破壊者でもあり、命を与えたり、奪ったりする。冷たい雨をもたらすこともあれば、干ばつの前兆となることもある。嫉妬深くて信じやすく、意地悪くてすぐ興奮する。好色で下品で変態なのに上品ぶっていて、自己嫌悪と自尊心を兼ね備えている。それにこの神はときおり自滅的で極端な行動をとる。面白がって幾度も荒れ狂い、ジュホアンの社会生活の規範を乱すのだ。ある物語では、「ガウア」は自身の肛門を切りとって料理して家族に食べさせ、家族がとてもおいしいと褒めると狂ったように大笑いする。またある物語では、妻を料理して食べ、母親を犯し、美しい子どもを誘拐し、嫉妬に狂ってはやみくもに殺害する。

最初の時代が終わって古い時代が始まるときには、種が分かれ、動物も人間もアイデンティティが確立する。したがって人間は人間に、シマウマはシマウマに、ライオンはライオンになる。ツェンナウはやはり「新しい時代に生きる古い時代の人」のため、古い時代について長々と話した。自分はどうやって古い時代に生まれたか、ジュホアンが「孤立」していて自由に狩猟採集を行っていたときはどんな時代だったかを説明し、「銃を持ったブール人とヘレロ人がウシをつれてやってきたとき」に古い時代は終わったと言った。ツェンナウはさまざまなことを教えてくれた。古い時代の人はどんな動物を捕らえていたのか。どんな方法で狩りをしたのか。どのように結婚したのか。どんな食べ物を集めたのか。なぜ踊り、どんな踊りをしたのか。季節に合わせてどう移動したのか。子どもはどんな遊びをしたのか。どんな歌を歌っていたのか。

不思議に感じたのは、ツェンナウの話にも、ほかのジュホアンの話にも、具体的なできごとや記憶に残る人物が出てこないことだった。私がしつこくせがんでも、偉大な狩人や男を誘惑する悪名高い女、狂人、影響力のあるシャーマンなどの話は特定の個人としては出てこなかった。それに残酷な殺人や浮気の噂、戦争や抗争や同盟についても、深刻な干ばつやわびしい乾季、異常な降雨についても具体的な話は聞けなかった。ところが、ときどき悲惨な干ばつやひどい飢餓が起こったとか、窪地（パン）や川床（オムランバ）が冠水するほどの大雨が降ったとか、そんなとき人々はどう対処したかという話は出たし、ジュホアンにはいつも腕のよい狩人と悪い狩人や、嫉妬深い愛人と誠実な夫、影響力のあるシャーマンがいると言った。現在は過去のあらゆるできごとの積み重ねではなく、過去のできごとが新しい形で再び起こるのであって、つねにそんなふうに古い時代では物事が成りたっていたということだった。

狩猟採集民ブッシュマンが時間や歴史についてどう考えているかを書き残した唯一の人類学者が、ジョージ・シルバーバウアーだ。彼は一九五〇〜六〇年代にイギリスのベチュアナランド保護領（現ボツワナ）当局に命じられてブッシュマンを調査した。南アフリカに生まれ、ベチュアナランドの植民地当局に配属されたシルバーバウアーは、机に縛られるよりも星空の下で野営をしたり、食べるための狩猟をしたりする方が性に合っていた。そのため、現在「中央カラハリ動物保護区」で知られる、カラハリの最も過酷な地域を昔から守っていたグイ・ブッシュマンとともに暮らし、調査する充実した十数年を過ごした。時間や歴史はシルバーバウアーのおもな関心事ではなく、グイとその生活環境との関係に焦点を当てていた。ところが時間と歴史について無視できなくなるようなできごとが起こり、彼の好奇心がかきたてられた。

一九六五年春、南半球の夜明け前の空を長い尾を引いて池谷・関彗星が横切ったとき、グイは「あれは自分たちを殺すだろう」と考えたとシルバーバウアーは報告している。彼は驚いた。グイはハレー彗星を知っているのか？　だが、それが数か月間昼夜にわたり観察されたのは五十五年前のことだった。あるいは最近現れた肉眼で見えるもっと小さな彗星を覚えているのかもしれない。中央カラハリはいまでも地球上で最も空が澄んでいる場所で、グイは星などの天体を熱心に観察している。実際に彗星を見ていなくても、だれかから彗星について耳にした話を覚えているのではないか？　ところが蓋（ふた）を開けてみると、だれもハレー彗星やほかの彗星を覚えていなかった。彼らは池谷・関彗星を災害の前兆と考えたものの、「自分たちにはどうすることもできない」ため、いつものように日常生活を送った。

　彗星がきっかけでグイが過去を記憶しないことがわかり、シルバーバウアーは頭を抱えた。抽象概念や論理、それに類似の事例から一般原則を導き出す推論や既知の事柄から未知の事柄を見出す推測など、どれをとってみても、グイと過ごした期間に彼らの知性や記憶、能力を疑う根拠は見つからなかった。狩猟採集民の暮らしに密着して調査した多くの人類学者にありがちなことだが、シルバーバウアーもグイには簡単に思えることが、自分には知識が不足していて解き明かせないと痛感した。結局のところ、このできごとから彼は、人々の暮らしが現在のニーズを満たすことに重きを置いている場合、歴史の細かいことなど重要ではないのだ、という結論にいたった。

　ジュホアンと同じようにグイも、変化は周囲の世界に内在し、秩序立った予測可能性によって抑制されていると考える。どの季節もその前の年と完全に同じではなく、干ばつがあったとか大雨が降ったとかの違いはあるが、それは予想できる変化の範囲内に含まれる。つまり毎年訪れる夏には、以前の夏と同じところも異なるところも両方あるというわけだ。新しい時代では、「現在」を理解するには、まったく予想不可能な異なるできごとを因果関係でつなげていく必要があるが、古い時代ではそんなことをしなくても「いま」を理解できる。

　過去と未来をほとんど重要視しない世界では、死もすぐに忘れられ、死者の身体と記憶は葬られた砂山の下に消えてなくなり、残された霊魂がうろついている。先祖がどんな人物かを基準にして自分が何者かを探ろうとしたり、過去に遡って古い家系をもとに自己のアイデンティティ、あるいは権利を考えたりする者はいない。そうする必要がないからだ。ほかの動物のように、彼らは世界を共用しており、自身が存在しているだけでその権利が与えられる。

古い時代のジュホアンが歴史にこだわらない理由は、彼らがとくに過去に注意を向けたり、現在と違う未来を想像したりすることがないためか、あるいは願望や野心に囚われないためだという説明がつくだろう。しかし狩猟採集民が時間を、なぜ、ほかの文化と異なるように捉え、またどのように考えるのかはあきらかにされていない。この点で最も納得がいく説明を示したのが人類学者のジェイムズ・ウッドバーンだ。彼はタンザニアで、ブッシュマンなどのコイサン人と言語や遺伝的にわずかだが関係があると考えられる狩猟採集民ハッザの調査を行った。

リチャード・B・リーと同時代人のウッドバーンも狩猟採集民の生活に注目した。リーがジュホアンに対して感じたのと同様に、彼もハッザがよい暮らしをしていることに驚いた。最も関心を抱いたのが、ハッザが短期間ですら経済計画をほとんど立てないことだった。リーが調査したジュホアンと同じく、ハッザもふだんは必要なときだけ採集や狩猟に出かけた。食べ物を蓄えず、いつも当座必要な分だけの食べ物を集めた。野生の果物が最も多く実る季節でも、その豊かな実りを利用して、季節が変わったときに食べられるように果物を乾燥させるようなこともしなかった。また、どういうわけか動物を簡単に狩れる時期があるのだが、獲物の少ないときに備えて多めに狩って肉を保存することもなかった。簡単に獲物を狩れることに感謝はするが、肉をすべて食べつくすまで次の狩りをしない。狩猟採集民ジュホアンの教えによれば、食べきれずに腐らせてしまうほど多くの動物を殺すと、社会的・精神的制裁を受けるおそれがあるという。

ハッザの経済的手法を説明するために、ウッドバーンは「即時リターン経済」という新語を考案した[1]。これは、労働努力のほとんどが、次の食事やその夜の寝所など当座の必要を満たすのに重点が置かれる社会を意味する。彼はこの言葉を「繰延リターン経済」と対比させた。繰延リターン経済には、北極圏や亜北極圏で季節によって生じる余剰に依存する少数の狩猟社会だけでなく、初期の農業社会から現代の産業社会まで、生産を基盤とするあらゆる経済が含まれる。

繰延リターン経済では、労働努力は将来の利益を得ることに向けられる。たとえば農家なら、畑に種を蒔いて季節が変わると作物を収穫する。サラリーマンなら住宅ローンや年金の支払い、子どもの将来に充てようと月末に給料をもらうために働く。投資家が企業の株を買うのは、いつか高値で売りさばくのを期待しているからだ。

ウッドバーンが「即時リターン経済」と「繰延リターン経済」の違いを示したのは、規定概念としてではなく説明に役立てるためだった。要するに、それが厳密に適用されているかどうかの検証を必要とする仮説を提示したのではなく、労働と時間の関係を人々がどう捉えるかについての一般的な考えに注意を向けるためだった。というのも即時リターン経済で暮らしていると思われるハッザであっても、狩猟採集民ジュホアンのように将来を見据えた行動をとっているのは明白だからだ。弓や矢、掘り棒を作ったり、もっと多くの食べ物が得られるよう場所を変えたり、雨が降るように祈ったりするのも、将来を考えた行動だ。少年が小さな弓矢で練習したり、初めての狩りの成功を想像したり、あるいは若者が結婚したりするのは向上心があるということだ。また、繰延リターン経済の工業・農業社会に生きる人でも、将来の損失を顧みずに短期的な快楽を追求するといった即時リターンの行動をとることもある。複雑で著しく階層化された社会でも、経済的選択にはいずれも両方の要素があるのはあきらかだ。他人から施しをもらって食べるのがやっとの暮らしをする者は、即時リターン経済だけで生活していると言えるだろうか？　施しで暮らす者の帽子にときおり小銭を投げ入れる債券トレーダーが、すぐに収益を得るために高利回りの短期取引をする日々を過ごしていても、もっぱら繰延リターンだけの世界で生きていると言えるのだろうか？

こうした疑念はあるが、このふたつの経済行動の違いを知ることで、狩猟採集民の時間の概念——私たちの時間の概念も——が彼らの暮らしの立て方、ひいては私たちの暮らしの立て方とどんな関係があるかを感じとることができる。

ここで当然の疑問が湧く。もしハッザやブッシュマンなどの狩猟採集民が当座の必要を満たすためだけに行動しているとしたら、彼らはそれを行う自信を何から得ているのだろうか？　そこには、必要なときにいつもほしいものが手に入るという、自然環境に潜む摂理と自身の能力に対する強い信頼があることは間違いないだろう。

第六章

ツムクウェの道路

ニャエニャエで町と言うべきものに最も近いのがツムクウェだ。そのツムクウェに向かう主要道路がまもなく舗装されるという噂がある。一九七〇年代、南アフリカは、ツムクウェからおよそ三百キロメートル西のグルートフォンテーンの農村とのあいだに広がるモンゴンゴの林とアカシアの低木地帯、古砂丘をブルドーザーで整地したが、そこがまだ舗装されずに残っている。整地されるまでは、ツムクウェに辿りつくには苦労を要した。倒れた木の根やセメント製の石筍(せきじゅん)のような頑丈なシロアリの塚をよけ、エンジンがいかれる寸前まで吹かさないと進めない深くてやわらかい砂の上を、地図もなく轍(わだち)を頼りに走行しなくてはならなかった。

ツムクウェはナミビアの東にあるボツワナとの国境に近く、三千五百人ほどが住んでいる。ナミビアはどの場所も僻地(へきち)だが、そのなかでもニャエニャエは僻地の代名詞といえるほど辺鄙(へんぴ)な地で、ツムクウェはそのニャエニャエの心臓部に位置する。そこには北に枝分かれしたジュホアンのグループも住んでいる。彼らがかつて自分たちの土地として暮らしていた、およそ九千平方キロメートル以上の広大なテリトリーは現在、公式にニャエニャエとなっている。ヘレロランドとニャエニャエの境界を示す長さおよそ百キロメートルのフェンスの南側にある土地の大半は、昔はジュホアンだけが暮らす領域だった。ちょうど北東に位置するカウドゥム国立公園も彼らのテリトリーだった。一九七〇年代まではジュホアンはボツワナとの国境を自由に行き来し、ツォディロ・ヒルズまでの範囲に親戚関係や贈り物をしあうネットワークが広がっていた。

ほんの五十年前に建設されたツムクウェの町には交差点がひとつしかなく、そこから砂利道が西に向かってオチワロンゴの町につながり、東に向かっておよそ六十キロメートル先のボツワナ国境に延びている。

私の滞在中の二十五年間に、ツムクウェの町はたいして変化していない。体形に合わない大きすぎる古着を身にまとうジュホアンのように、ツムクウェは正式に指定された「町」と呼ぶにはまだ小さすぎて苦闘している。ジュホアンはニャエニャエにおよそ三千人が住んでいるが、その三分の二の二千人ほどがときどきこの町にやってくるだけだ。彼らはほかの村人と交流する時間を楽しみにツムクウェにやってくる。彼らが住む村落は未開の僻地に点在しており、砂利の主要道路からはずれた砂ぼこりの舞う曲がりくねった小道でつながっている。それらの村なら、ビールや密造酒を売る闇業者の誘惑から逃れることができる。

ツムクウェでは、ジュホアンの言語以外にも数多くの言語が使われる。いまではアフリカーンス語の喉をゴロゴロ鳴らす音やヘレロ語の韻をふむ調子、オワンボ語やカヴァンゴ語の旋律的なリズムが風に乗って聞こえてくる。そうした言語を話す者の多くは国務に就いたり、学校で教えたりするためにツムクウェに配属された政府職員だ。

ジュホアンは政府職員を「見知らぬ人」と呼ぶことが多いが、ほかにもツムクウェにやってくる者がいる。ナミビアの国土はフランスとドイツを合わせたよりも広いものの、人口は二百万人ほどだ。ナミビア人のほぼ半数は食料の足しにするために農作物を育てている。生産性の高い農地の大部分は商業的農業を営む農場主が所有しているため、ウシの放牧地や農作物の耕地のための新しい場所がつねに求められている。ツムクウェはそんな新しい場所のひとつだった。隣に住む牧畜民ヘレロの多くは、ニャエニャエの開けた広大な土地を、おもに野生生物を保護するだけに使うにはあまりにももったいないと考え、草を食むエランドやシマウマの群れがいる場所に、長い角をもつ赤茶や黒のまだらのウシを放牧する光景を思い描いている。地元のカヴァンゴ人の農民も似たような野心を抱いている。ヘレロ人の場合はウシの放牧だが、カヴァンゴ人は太陽の下で実るトウジンビエやトウモロコシ、ソルガムの畑を思い描く。

小さな起業家もいる。わずかな資金を手にしてここにやってきた男や女が、ビールを醸造して自宅の小屋や即席で作ったバーで売っている。

ツムクウェの家屋の多くは、主要道路からはずれた曲がりくねった砂道に点々と立っている。南アフリカ軍が建てたセメントレンガ造りの一部屋のボロ屋に住む者や、トタン板で建てた掘っ立て小屋、あるいは質素な泥壁の小屋に住む者もいる。他人が住む家のあいだの隙間を丁寧にビニールシートで覆った貧弱なすみかに、古い毛布や持ち運びできるほどの生活用品を備えて寝る者もいる。それぞれの家の外に小さな焚き火がくすぶっている。そこはジュホアンのキッチンでもあり、リビングルームでもあり、娯楽の場でもある。

　ツムクウェは、現在ニャエニャエの人々にさまざまな近代的なサービスを提供している。主要道路に沿った区画にカトリック使徒教会の合唱団が並ぶこともある。これらの教会は、あばら屋よりもはるかに大きな影響を地元の人々に与えてきた。それでなくても成りゆきのわからない世のなかで、救済と禁酒の言葉を聞くために、礼拝にはいつも多くの人々が参列する。また、行政のいくつかの出先機関や小さな交番、政府職員のための住宅、野生生物保護事務所などがあり、小さな裁判所には、ナミビアの法律が国の隅から隅まで敷かれていることを地元民が忘れないように、各地を巡回する裁判官がきまぐれに訪れる。

　主要道路ができたおかげで「キャプテン・カオ・カミ・コミュニティ学習開発センター」が建設された。これは、デジタル技術を発揮できる少数のジュホアンが、安全で慣れ親しんだ土地を離れなくても、ニャエニャエの狭い世界を超えたサイバー空間のなかでインターネットに（不安定ながらも）接続できる施設だ。ジュホアンの少数の若者にとって、インターネットはお金を稼ぐ手段でもある。ハーバード大学カラハリ調査グループのメンバーに、ジュホアンの子どもが母語を学ぶ教材開発のきっかけをつくった人類学者がいた。彼は翻訳サービスを立ちあげ、それをジュホアンの若者たちが運営している。ツムクウェには学校がふたつある。真新しい初等教育の学舎は、最近中国政府によってツムクウェに建てられたものだ。中等教育学校は、以前は活気があったが、いまでは教室の窓が割れたままにされ、寄宿舎はひどい状態で、ナミビアのなかで最も退学者が多い。

もしツムクウェに中心街があるとしたら、ひとつだけある交差点の角に誇らしげに立つ〈ツムクウェ・ゼネラルディーラー〉の小さな店とガソリンスタンドが並ぶ場所だろう。ニャエニャエ周辺から来たジュホアンは、いくらかでもお金がポケットに入っていたらそこで使っている。ツムクウェに昔からあるふたつの店のうち、客の多い方はこちらだ。もうひとつは〈ツムクウェ・セルフヘルプ〉という名で、かつては繁盛していたがすっかり古びている。客を誘うのに古いテレビでカンフー映画を上映していたことがあったが、いまはビデオテープが伸びて使えず、テレビのブラウン管には何も映らない。

最近〈ゼネラルディーラー〉の真ん中のスペースにATM機が設置された。あるジュホアンが「そいつに向かって正しい数字が言えたら金を吐きだすのさ」と説明してくれた。商業の象徴となるこの代物は、ここではその類としては初めて導入されたもので、給料をもらえる仕事に就くツムクウェの人々が、およそ三百キロメートル先のグルートフォンテーンまで行かなくても、振りこまれた給与を現金で受けとることができる唯一の手段だ。その得体のしれない機械以外、店の商品はすべて長い木製カウンターの後ろの安全な場所に置かれている。

店の顧客の大半がジュホアンだ。とはいっても、彼らが買うのは店の総収益で見ると比較的わずかしかない。ここの得意客は、鍋や接着剤、自動車のファンベルト、ナイフ、アイスクリーム、潤滑油のような値段の高い品物を定期的に買える者で、おもに政府出先機関の職員、地元の学校の先生、そしてニャエニャエ南部の定住地ガムから来るヘレロ人である。

ジュホアンの買い物客はたいてい少しのお金しか持っていない。彼らはソフトドリンクや甘い菓子、トウモロコシ粥、紅茶、缶詰肉を買うために辛抱強く並び、店員にしわくちゃの紙幣を渡して、きちんとつり銭をもらえると信じている。気持ちが高ぶったときはアルコールを買う者もいるが、ほとんどのジュホアンは、闇業者が売る自家製ビールで日がな一日過ごしたいと思っている。およそ千キロメートル先の首都ウィントフックからトラックで運ばれる立派な瓶に入った〈ゼネラルディーラー〉のビールと比べて、はるかに安いからだ。

スケルトン・コーストにあるケープクロスに建てられたディオゴ・カンの石碑（パドラン）と同じく、その忙しい小さな店も、今後訪れる変化の前兆のように思える。いわば、そこは貨幣・労働・野望の複雑に絡みあう網のなかにジュホアンを招きいれようとしている現金経済の開拓拠点だ。しかし、上級政府職員にとって、ツムクウェはあらゆる配属先でいちばん希望のない場所であることを踏まえると、その変化はすぐにはやってこないだろう。

「ツムクウェはすぐにすばらしい町になるわよ」。最近ツムクウェに来た現実的なヘレロの女性が私に言った。その政府機関勤めの女性と雑談したのは、〈ゼネラルディーラー〉の店頭で、どの菓子を買うか決められない陽気なジュホアンの女性グループの後ろに並んで待っているときだった。

「ツムクウェの道路が舗装されたら、〈ペップストア〉が店を出すって聞いたわ」と彼女は言った。〈ペップストア〉とは南部アフリカで最も低価格の衣料品を売る小売業者のことだ。「〈チャイナショップ〉も店を出すってよ」。彼女はしばらく目を閉じて、町が繁栄するビジョンを思い描いた。

しかし彼女の楽観論は、たとえ当面にせよ、見当違いになると思う。この二十数年間、何度かツムクウェを訪れているが、劇的な変化の気配は感じつつも、訪れるたびにほとんど変わっていないことに驚かされてきたからだ。それにツムクウェが砂ぼこりの舞う辺境地から活気ある都市に這いあがるという彼女のビジョンは、ニャエニャエの近況を無視している。ニャエニャエは、数十年間にわたり外部の世界と接触してきたなかで、ときおり労働交換や商取引の世界に翻弄されてきたものの、貨幣経済に完全に身を任せることを頑なに拒絶してきたからだ。

一九五〇年代、人類学者は目的地まで独り旅を求められた。適切なフィールドワークは民族誌学の初心者の通過儀礼とみなされていたからだ。遠隔地にある現場への旅は一種の聖地巡礼だと考えられる。目的地に着くと、研究対象の人々の生活にどっぷり浸るよう求められ、調査期間中は自分の家族とのつながりを断っていた。

もっとも、ニャエニャエへの探検旅行に出発したマーシャル一家は、スミソニアン研究所とハーバード大学のピーボディ考古学・民族学博物館といった後援者を得ていたが、人類学界の一員でもなく、ローレンス・マーシャルの個人資産のおかげでけちな学術研究予算に縛られることもなく、旅行を成功させた。最初の調査旅行は、計画者のローレンスと民族誌学者のローナ、ふたりの子どものジョンとエリザベスのマーシャル家四人のほかに十人が参加した。そのなかには当時設立されたばかりのブッシュマン保護委員会の政府関係者もひとりいた。彼はのちにツムクウェの運命を左右する重要な役目を担うことになる。調査隊には機械修理工がふたりと、料理人、野営設置係、考古学者、写真家などが同行した。それに道中にゴバビスの農場から「飼いならされた」ブッシュマンのふたりが加えられた。彼らの雇用主が通訳兼ガイドとして調査隊に「貸した」のだ。北部カラハリに向かうために、ローレンスは四輪駆動車二台、六輪駆動トラック二台、それにガソリン、水、食料と自動車の故障に備えて十分な予備の部品など、さまざまなものを積んだトレーラーを数台用意した。彼らがかなり気前よく資金をつぎこんでいるのを見て、政府の職員は、マーシャル一家が闇の合弁企業のためにひそかにダイヤモンドを探査するつもりではないかと疑ったほどだった。

調査隊がそれほどの規模であれば警告されるのも仕方がないだろう。マーシャル一家は政府関係者やカラハリのウシの牧場主や宣教師から、北部カラハリの孤立した環境が孕（はら）む危険と、ニャエニャエの「野生」のブッシュマンがもたらす危険について注意された。エリザベス・マーシャル・トーマスは回想録のひとつ『古人の知恵――最初の人々の物語（*The Old Way: A Story of the First People*）』のなかで、「（ブッシュマンによって）毒矢で奇襲されて、私たちは殺されるかもしれない。その際、彼らが矢を射る姿を見ることさえないだろう」と教えられた、と書いている。

彼らが不安を感じたのも無理はない。ニャエニャエについての情報は、十九世紀にそこを通過した狩猟家や難民や探検家の日記ぐらいしかなく、数千年にわたりほぼ完全に孤立していたようにみなされた場所だった。マーシャル一家の探検隊が南西アフリカに出発するまで、ニャエニャエは、神話のなかの「失われた世界」のように考えられていた。

南西アフリカに到着して、マーシャル一家はすぐにニャエニャエが完全な孤立状態ではないことを知った。一八七〇年代におよそ百人ものアフリカーナ開拓者、ドーストラント・トレッカーズ（「乾いた土地への集団移住者」の意）が、イギリスの干渉からできるだけ離れ、自分たちだけの「カナン（約束の地）」を発見することへの期待を胸にアフリカ内部を北に向かい、ニャエニャエを牛車でのろのろと通ったのだ。白人狩猟家も十九世紀半ばにニャエニャエにやってきた。ヴィクトリア時代のイギリス人たちの高まる欲求を満たすために、羽根ぼうきや高価な帽子、象牙の鍵盤のピアノ、ビリヤードに似たスヌーカーのボールの材料になるゾウやダチョウを撃ち殺すのが狙いだった。しかし、一八八〇年代に象牙ブームが去り、カラハリのゾウの数も減って、白人狩猟家はまもなくカラハリから姿を消した。その後五十年間、ニャエニャエのジュホアンに接触したのは、一九〇五年にドイツ軍の巡回でやってきた白人と、同じく巡回中のウマに乗ったふたりの白人警官、一九三〇年代にそれまで地図では北から南にまっすぐな線が引かれただけだったベチュアナランドとの国境の地図を再作製するために派遣された小さな調査隊だけだった。

遺伝子研究では、ニャエニャエに住むジュホアンは、過去二千年にわたり大陸のもっと肥沃な土地に進出した農耕牧畜民バントゥ語系諸族と、ほとんど接触していないことが確認されている。ジュホアンとバントゥ諸語を話す民族が接触する機会が増えたのは、大変動期の十九世紀だった。カラハリのほかの地域のブッシュマンは新たな土地を探し求める農耕牧畜民と突如としてテリトリーを取りあう羽目になったが、ニャエニャエではジュホアンとほかの民族との接触はときどき起こるだけだった。ニャエニャエに最も多くのバントゥが流入したのは一九〇四年だった。ドイツの植民地防衛隊との戦いに敗れて飢え、銃と強制収容を逃れたバントゥ語系諸族のヘレロ難民数千人が、ベチュアナランドでのイギリスの保護を求めて、カラハリ砂漠から東方に移動した。のちにマーシャル一家をニャエニャエに導いた「アイセブ・オムランバ」と呼ばれる川床に沿って進む者もいた。ジュホアンのテリトリーにヘレロ人が滞在した期間は短かったが、もしナミビアに戻るときが来れば、ウシを育てるにはニャエニャエは最適かもしれないと心に留めたようだ。

マーシャル一家が最初の調査旅行に出発したとき、外部の世界はジュホアンについてほとんど知らなかったが、ニャエニャエと同様に孤立していたジュホアンの方は、外部世界について多少は知っていた。オマヘケ農場での生活について聞いていたからだ。マーシャル一家が、自分たちはジュホアンから学び、ジュホアンについて知りたいだけで悪意はない、と彼らを納得させるのに時間がかかったのも当然だろう。

そのあとおよそ十年間に、マーシャル一家はニャエニャエを八回訪れた。必ず同行する野営設置係と料理人に加えて、写真家、剝製師、言語学者、社交界の知名人など、同行者の顔ぶれは次々とかわった。どの探検隊も初回と同じく野心的だった。調査旅行のあいだに、彼らはジュホアンに共感して愛着をもちつつ、鋭い目で観察して彼らの暮らしを記録した。それらは狩猟採集民の記録のなかで最も豊かで最も説得力があると言えるだろう。マーシャルの探検隊は、カラハリの外にいる人々のブッシュマンに対する見方を変えるきっかけをつくった。彼らが製作した映画や報告書、書籍は、ジュホアンが世に広まる伝説のなかの野生人とはかけ離れていて、振る舞いはふつうだが、暮らし方は驚くほどふつうとは違っていることをあきらかにした。

一九六一年に調査旅行の最終報告を行ったあと、マーシャル一家の関心はほかに移ったが、ジョン・マーシャルは一九八〇年代に再びニャエニャエのジュホアンとかかわりをもち、二〇〇五年に亡くなるまで引き続き彼らのもとを訪ねて行動をともにした。その期間に、ナミビア独立時に提案された通りにジュホアンの土地の権利を守るため、ジョンは中心的な役割を担った。ジュホアンへの彼の忠誠心は、お互いの愛情と尊敬の表れだった。だが、ジョンが数十年にわたりジュホアンとかかわり続けた動機には、マーシャル一家の調査旅行がきっかけとなって、ニャエニャエとそこに暮らす人々に植民地当局の目を向けさせてしまったという思いもあった。言いかえれば、マーシャル一家が「野生」のジュホアンに残されていた神秘のベールを剝がし、ニャエニャエまでの道を切り開いたために、意図せずして南西アフリカ当局に、この国最後となる「野生」の辺境地を法の支配下に置くときが来た、と気づかせたのだった。

一九五九年のクリスマスイブ、ニャエニャエの人々はもうひとりの白人の訪問者、クロード・マッキンタイヤを歓迎した。少し前までブッシュマン保護委員会の事務局員だったマッキンタイヤは、南西アフリカ初の「ブッシュマン問題の弁務官」として有力候補とみなされていた。

マッキンタイヤは、当時の政府関係者のなかでカラハリとその住人をいちばんよく知っていた。一九五一年にマーシャル一家の最初のニャエニャエ旅行に同行したこともあり、また、ニャエニャエの南側に建設されたヘレロランドイースト居留地の現地の弁務官として数年間働いていたこともあった。いみじくもヘレロランドでは、自分たちの土地にヘレロ人が流れこんだことに憤慨するジュホアンをなだめる役目を担っていた。

ニャエニャエに行政の「中枢機関」を設立することが、マッキンタイヤの最初の仕事だった。彼が選んだ場所は、水をたっぷり湛（たた）えた深い窪地（パン）に隣接する地元の中心地だった。そこは現地では「チュムクイ」と呼ばれていたが、すぐにマッキンタイヤがクリックをなくして「ツムクウェ」と名前を付け直した。その名前を公式地図に載せる前にその意味を確認していたら、もっと真剣に考えただろう。というのも「チュムクイ」はジュホアン語で「女性の陰部」を意味するからだ。

マッキンタイヤがマーシャル一家に同行していたことを覚えていたジュホアンは彼を歓迎した。マーシャルの家族を、遊動的な居住集団（バンド）の一員として受けいれたヴァウチャの人々は、マッキンタイヤも親切で気前のよい訪問者であると信じたため、マッキンタイヤはツムクウェのジュホアン社会にすんなりと受けいれられた。

まもなくマッキンタイヤの野心は、当時、政府高官であり、行政官だったダニエル・〝ダン〟・フィルヨーンからジュホアンに明確に伝えられる。彼はマッキンタイヤが野営を設置してすぐにツムクウェを訪れ、ジュホアンの小さな集会で演説をする機会を得た。

「政府は国民の一員としてあなた方にとても関心を寄せており、あなた方が文明化し、ふつうの幸福な生活を送れる機会をもたらしたいと思っています」。フィルヨーンは説明の前に、政府がその機会をもたらすためには、ジュホアンは「ほかの国民」のように「自立」しなくてはならないと伝えた。

私はフィルヨーンの演説を記憶するジュホアンを捜しだすことはできなかった。しかし、ジュホアンがその言葉を、通訳者を介して聞いたとき、どんな表情をしたかは想像できる。聴衆のなかに「政府」という言葉が何を意味するかを知っている者はほとんどいなかったし、彼らの生活が「ふつう」や「幸福」でないとする理由があると思う者もいなかっただろう。ジュホアンが自立していないという考えは理解しようがなかったはずだ。行政官にしてみれば、そこではだれもが自立していると言えるし、だれも自立していないとも言えることはあきらかだったし、彼らはその理由を知っているはずだった。だれもが自立していないとする理由は、自然環境がときおり物惜しみすることはあるとはいえ、彼らに必要なものを用意していること、親類や拡大家族のあいだでさまざまなものを分けあっていて、互いに依存していることだ。一方、だれもが自立しているとする理由は、暮らしが苦しいときでも、厳しい環境のなかで十分な暮らしをする術を知っていることだ。

その考えに違和感を覚えたため、行政官の次の重要なメッセージにジュホアンは大きな不安を抱いた。

「ヨーロッパ人と先住民族は、まもなくこの荒涼とした無人の土地を多くの人が暮らせる土地にできるでしょう」と行政官は述べ、こう釘を刺した。「先住民族の知識と勤勉によって、それは達成されるでしょう。知識と勤勉は、今日の世界で生き残るためにだれにとっても不可欠なものです。このふたつがなければ、どんな人間でも最後には飢えて死ぬしかありません」

その土地は紛れもなく「無人」ではなかったが、それはひとまず不問に付すとして、ニャエニャエのジュホアンは、オマヘケのジュホアンの運命を思いだした。さらに、「ヨーロッパ人」と「先住民族」にとって、有意義な方法で土地が「所有される」あるいは「居住地になる」には、そうなるように働きかけて、変化させて、生産性の高い状態にしなければならないのだ、と理解したかもしれない。もっとも彼らが行政官の意味することを完全に理解したかどうかは疑わしい。というのもジュホアンと環境との関係は、ヨーロッパ人のそれとはかなり異なる現実に基づいているからだ。

マッキンタイヤは、ジュホアンのように行政官の言葉で混乱することはなかった。彼は少し前に解散したブッシュマン保護委員会で影響力をもっていた。その委員会は南アフリカがナミビアに敷くアパルトヘイト下で、ブッシュマンをどう扱うかを決めるために設立された機関だった。ブッシュマン保護委員会の取り組みは、アパルトヘイトの人種差別政策の考えにどっぷり浸かっていた。そのためブッシュマンに同情したマッキンタイヤは、ニャエニャエに彼らの居留地を建設しようとしたのだった。もし政府による措置がブッシュマンと彼らの土地を守る目的で行われなければ、ブッシュマンは「絶滅する」かもしれないと危惧していた。委員長のP・J・シューマン教授は、個人的にはニャエニャエの「野生」のブッシュマンを「飼いならす」ことができるのかと疑っていた。「ブッシュマンには何かが欠けているようだ。それは精神的な性質の一部」で、現代生活に適応するには欠かせないものだと考えていた。それでも委員会は、居留地の建設はブッシュマンが「あらゆる大型動物を絶滅させて、先住民族とヨーロッパ人の農場主を頻繁に邪魔する」のを防ぐ唯一の方法だと結論づけた。[1] 委員会の提案に基づいて、南西アフリカ当局はニャエニャエを含むおよそ一万八千平方キロメートルの土地をブッシュマンのための居留地として確保し、「ブッシュマンランド」という、いたって平凡な名前をつけた。

ナミビアのために用意されたアパルトヘイトの基本計画は、南アフリカと同様に、南西アフリカで公認された十の民族集団のそれぞれに、文化的かつ伝統的な生活を自由に送れる「ホームランド」を割り当てるという単純な理論を土台にしている。これは南アフリカのもうひとつの重要な目的を満たした。さまざまな民族の血が流れる黒人ナミビア人が、白人支配者に対して共同戦線を張りにくくすることだ。

ブッシュマンランドの建設によって、ニャエニャエのジュホアンは伝統的テリトリーの支配を部分的に維持すると保障されたものの、彼らが従来テリトリーとしていた土地のほぼ三分の二が利用できなくなった。ジュホアンのテリトリーの北側の一部は国立公園となり、南側はヘレロ人に譲渡されたため、狩猟採集民としてよい暮らしを立てるのに十分な土地が残らなかった。だが幸運なことに、政府はその地域の開発をのろのろと進めたので、ジュホアンに対するテリトリー使用の規制が深刻な影響を及ぼしたのは、一九七〇年になってからだった。

ブッシュマンランドの建設時、ニャエニャエには、ナミビアのブッシュマンの一〇パーセントほどしか住んでいなかった。ナミビアのほかの場所に散らばって暮らしていたハイオム、クエ（Khwe）、ナロ、オマヘケのジュホアン、コーン、オ・クン（!O-!Kung）は、ブッシュマンランドの設立によって、自立して土地を利用し続けるという希望が絶たれた。政府は「すべてのブッシュマン」のためのブッシュマンランドと考えていたからだ。行政官は、もし南西アフリカのブッシュマンが土地をもたない契約農場労働者でいることに不満があって、雇用主が許せば、彼らはブッシュマンランドに来ることができる、と説得した。結局のところ、ブッシュマンは「遊動民（ノマド）」だから、この計画がブッシュマンにとって不都合なはずはないと考えていたのだ。

しかし、ブッシュマンは遊動民ではなかった。伝統的テリトリーのなかを行き来しながら定住する家を建てないだけであって、ナミビア人のなかで最も移動しない人々と言える。何と言っても、彼らは一万年間同じ場所に歴史的にかかわり続けてきたのだ。それに土地が譲渡できる資産のようなものだと考えたこともない。他人に許可を取らなくとも資源を利用できる特別な社会的権利という意味で、ブッシュマンは占有権を概念化している。自分たちとテリトリーとの関係をどう表すかは、それぞれのブッシュマンで違っている。たとえば、ジュホアンは正しい儀礼に従っているかぎり、自分の「ノレ（テリトリー）」内で他人が資源を使うことには公平で寛大だ。もし自身の「ノレ」で射た獲物を追いかけている狩人が、別の「ノレ」のなかであとを追う場合、狩猟を続ける許可を「ノレ」を占有する管理人に得ることになっている。また、その管理人から獲物の肉の分け前を求められる。それとは対照的に、もっと乾燥してニャエニャエよりも資源が少ない南部カラハリに暮らすコーン・ブッシュマンは、比較的恵まれたジュホアンよりも、他人が自身の資源を利用することを容易には許さない。

マッキンタイヤは行政官の来訪でやる気を出し、自身のブッシュマンランドのビジョンを現実のものに変えていった。彼のやり方は比較的単純だった。まずジュホアンに、ツムクウェに生活の場を移せば、砂糖やトウモロコシ粥、塩、肉、タバコが支給されると説得し、その見返りに小規模の農耕プロジェクトに参加してもらうと伝えた。マッキンタイヤは、彼らが伝統的テリトリーをいったん去れば、ほかのジュホアンがその地を占領するかもしれず、そうしたら今度はその外来のジュホアンにもツムクウェへ移住するよう説得できると考えたのだ。彼の計画はうまくいった。ほかの狩猟採集民と同じように、ジュホアンも無料の食べ物をもらえると聞いてそっぽを向いたりはしなかった。

小農園プロジェクトは害虫の発生、植物の疫病、干ばつで苦難続きにもかかわらず、マッキンタイヤは百人ほどのジュホアンをなんとか説得してツムクウェ周辺に定住させた。少数の老年者と体の弱い者は永久的に定住したが、多くはとりわけ狩猟採集で獲得できる食べ物が乏しい季節に頻繁に訪れるような気まぐれな行動をとった。ちょっとした労働と引きかえに定期的に食料配給を受けられることは、労働の成果の少ない初夏に空腹を我慢するよりも望ましいと判断したからだった。

時間とともに、ツムクウェはジュホアンがかつてないほど定着し、社会交流の場となる。草原の植物がよく採れ、狩りがうまくいく季節には、ツムクウェは狩猟採集の現役を退いた者のための老人ホームになった。ところが食料不足の時期には、ニャエニャエにいるジュホアンの大多数がやってきてにぎやかになった。彼らの季節周期にツムクウェでの生活が新たに付け足されることになったのだ。

まもなくオランダ改革派教会（恵まれない魂に救済への道を示す機会を決して逃さない組織）がツムクウェに伝道所を設けた。宗教とともに持ちこまれたのが商取引だった。宣教師は小さな教会を建て、小さな店を構えた。ただし、それがジュホアンを労働交換の世界に引きずりこんだり、貨幣経済に組みこんだりしたわけではなかった。マッキンタイヤと後任者は、白人農場主がしたように暴力で脅して彼らに労働を強要することはできなかったため、ジュホアンが労働者としてどれほど信頼できないかがわかって落胆した。彼らは思うがままにやってきては行ってしまう。長期間姿を消す傾向があって、いくら物質的に動機づけして働く気を起こさせようとしても無駄のようだった。給与や食料、タバコの支給を増やすと彼らは喜んだが、もっと長く懸命に働いてもらいたいという期待とは裏腹に、それが逆効果となった。彼らはもっと働かなくなったのだ。それまでより少ない労力で同じ報酬を得られたからだ。

ツムクウェに長期にわたって相当な規模の貨幣経済が浸透したのは、政府による開発計画や宣教師の取り組みが原因ではなかった。じつのところ、戦争が原因だった。

一九六〇年代、国連がナミビア（当時の南西アフリカ）に対する委任統治終了を決議したことに南アフリカは抵抗を続けていた。そのアパルトヘイト政策に対して、黒人と「混血(カラード)」の抗議の声がますます高まった。彼らの要求に南アフリカはむちと銃で応えた。一九六六年には平和的な民衆蜂起が小規模の反政府活動に変容した。一九七四年に隣国アンゴラがポルトガルから独立を獲得すると、そこを拠点に解放運動――南西アフリカ人民機構（ＳＷＡＰＯ）――が独立に向けて武装闘争を本格化した。闘争は激化し、冷戦の火種と合わさって、ソ連とキューバがナミビアの解放運動を支援し、欧米諸国が南アフリカを裏で支えた。

闘争激化からまもなく、ナミビアでブッシュマンの植民地軍への登用が始まった。アンゴラにいたポルトガル軍がクン語を話すブッシュマンをうまく説得し、植民地軍の敵を追跡・偵察する斥候の非正規部隊として迎えた。クン・ブッシュマンは過去半世紀にわたり、アンゴラでバントゥ語系諸族からひどい扱いを受けていたため、自衛と復讐の機会を与えてくれたポルトガル軍に加わった。しかし一九七四年にポルトガル政府が突如崩壊し、軍は基盤を失って弱体化する。そのため兵士は家族を集めて南に向かい、オカヴァンゴ川の浅瀬を渡り、南西アフリカに入った。そこで彼らは南アフリカ軍の車に乗せられた。ほどなく新たな移民からなるブッシュマン部隊の中核が形成された。

ブッシュマン部隊は、解放戦争が激化すると急速に拡大した。まず南アフリカ軍は、アンゴラ国境の近くに暮らすクエなどのブッシュマン・グループの採用を強化し、アンゴラのクン・ブッシュマンとともにひとつの大隊に結集させた。

一九七八年にはブッシュマンの大隊は伝説的な地位を得ていた。とりわけ彼らの追跡術は通常の戦法が役に立たないゲリラ戦で需要が高かった。そのため、ツムクウェを含むナミビア各地でブッシュマンの採用が強化された。一九七八年に軍当局はニャエニャエの行政権を握るとすぐに募兵運動を積極的に展開し、ツムクウェに小さな軍事基地とその西側により大きな軍事基地を建設して、ナミビア中から集めたブッシュマンとともにアンゴラから来たクン・ブッシュマンの兵士を住まわせた。数年経つころにはニャエニャエのジュホアンの成人男性のほぼすべてが軍と契約を結んでいた。

ニャエニャエの新兵の給与はナミビアの全国平均よりも相当高く、一九八一年にはツムクウェは瞬く間に貨幣であふれかえる。その状況は、突然冷戦が終結して解放運動のエネルギーが吸いとられ、南アフリカの軍機構がナミビアから撤退するまで続いた。南アフリカの軍隊は、ツムクウェの人々にカーキ色の軍服と軍装備一式を支給しただけでなく、マッキンタイヤが始めた「文明化」の使命を受けいれた。彼らは学校や公共の診療所を建設し、小農園から手工芸まで野心的な開発プロジェクトを立ちあげた。また、ジュホアンなどのブッシュマン兵士の精神面での健康をないがしろにしないよう気を配った。従軍牧師は、ニャエニャエのブッシュマンと救済の言葉を共有しようと、南アフリカから続々とやってきた熱心なボランティアである「教会ミッション」の助けに頼った。

しかし、軍はニャエニャエに定着したが、ジュホアンは変化にますますためらった。簡単に手に入る貨幣や、定期的に配給される政府の食料、店で購入する食料は、軍の給与で生活する家族を怠けさせ、軍の給与が入らない少数の人々は彼らを妬むようになった。これまで小さな狩猟採集民のバンドの問題を解決してきた社会の仕組みは、緊密な人間関係にあるツムクウェの生活環境に生じた緊張や、多くのジュホアンが抱く戦争のトラウマ、倦怠感、断絶感、無力感に対応できなかった。それに大量のアルコールという有害な要素が加わった。ジュホアンにはアルコールを摂取する歴史がなく、業者が売る甘いリカーの誘惑に耐えるのは難しかった。まもなく軍の診療所は、戦闘で負傷した兵士を治療するよりも、酔っ払いのけんかでできた傷を縫うことの方が多くなった。ジュホアンはツムクウェを「死の場所」として話すようになった。

一九八〇年代半ばには、ジュホアンの多くがツムクウェでの生活に飽きていた。食べ物は豊富にあるが、ほかの近代化の「恩恵」に彼らは苛立ち、昔の生活を懐かしむようになった。「土地に帰ろう」という話が焚き火を囲んで始まり、それはすぐに具体的な願いに変わった。

ほどなく、小さなジュホアンの集団がわずかな所持品をまとめて、伝統的テリトリーに戻った。そこなら軍やアルコール売り、宣教師、商店の影響から逃れることができる。ジョン・マーシャルが立ちあげた小さな慈善事業に支えられ、ブッシュマンランドの建設で相当狭くなった自分たちのテリトリーで土地を耕すことにした。

一九八〇年代後半には、戦争が終わる兆しが見え、南アフリカ人は去りつつあった。ニャエニャエを軍が占領していた期間に、ジュホアンは解放戦争の背後にある問題をよりくわしく理解するようになっていた。ナミビア独立の機運が高まるにつれ、南アフリカに共感する気持ちは冷めていった。楽観的な雰囲気のなかで、ツムクウェを去って自分たちの「ノレ」に戻った人々の笑顔は、ほかのジュホアンをも伝統的テリトリーに戻ろうという気持ちにさせた。

政府の配給に部分的に頼る一方、「ノレ」に戻った者たちはそこで立ち直ろうとした。しかし、かつての生活に戻れると思い違いをするジュホアンはいなかった。そしてナミビアが一九九〇年三月に独立を果たすと、今度は国内で新たな問題が次々と露呈した。最も切迫した問題は、アパルトヘイト時代にずっと棚上げしていた土地の権利を守ることだった。そのころ三千人のヘレロ人がボツワナからナミビアに帰還した。彼らはニャエニャエのすぐ南側に住みつき、ウシの牧畜用にツムクウェの草原に目をつけていた。

多くのジュホアンはツムクウェの町で暮らしたくないと思っていたが、水がいつも利用できるなどの近代的で便利な設備には未練があった。それに多くが子どもを学校に通わせたかった。それでも伝統的テリトリーを元通りにつなぎあわせるというジュホアンの決心は揺るがず、ジョン・マーシャルの慈善基金の助けを受けて、熱心にその計画を進めていった。また慈善基金の支援のおかげで、ジュホアンはコミュニティをつくり、いくつかの村にウシの小さな群れを買い、一年中水が利用できる井戸を新たに掘った。

しかし結局のところ、ニャエニャエのような厳しい環境で熱意をもってウシの牧畜を行ったのは、ほんのわずかなジュホアンだけだった。隣人のヘレロ人はまさにウシと心臓の鼓動が合うほど寄り添って暮らすが、それに引きかえジュホアンはそのおとなしい動物に対して、食する以外に情熱を注ぐことができなかった。牧畜はときには難しく、必ず、あるいは即座に報酬が得られる保障はほとんどない。ニャエニャエで最も勤勉な牛飼いでさえ、ウシの数を増やすのに苦労した。ライオンはウシを手軽な獲物とみなしていたし、喉が渇いたゾウが水を求めてジュホアンの大切な井戸のポンプをしょっちゅう壊した。ウシは喉袋にたかるダニにやられて死んだり、有毒な植物を食べたり、ときには夜中に逃げることもあった。

牧畜計画の失敗は、数十年にわたる急速かつ複雑な変化によって、すでに張り詰めていた空気をさらに悪化させた。ジュホアンのなかには「開発」の必要性を主張する者もいれば、心の底では永久に戻ることはないとわかっていながら過去に戻りたいと願う者もいた。ニャエニャエにはただならぬ緊張が漂っていた。

数年にわたり失望と混乱と不安に包まれたのち、ニャエニャエの人々は自分たちの土地と将来の生活を確保するために別の方法をとることにした。一九九四年にナミビアで、やっかいな野生生物の殺害ではなく、保護に取り組む地方のコミュニティを奨励する新たな法案が可決された。その法案の裏にある意図は、ゾウなどの損害をもたらす野生生物を大きな金銭的見返りを生みだす資産に変えることだった。収益は、観光業を営んだり、商品にする野生植物を採集したり、趣味で猟をする「トロフィーハンター」から料金を取ったりして生みだす。ニャエニャエにはトロフィーハンティングを誘致するだけの価値があった。一般道路から相当離れていて人がまばらにしか住んでいないため、旅行業の成功に必要なだけの観光旅行者を見込めなかったからだ。

―――――

軍の撤退後ほぼ四半世紀が経ち、独立前にはツムクウェと同じ規模だったほかの小さな地区や中心地は長期の経済成長を経験し、見違えるほど大きくなった。しかし、ツムクウェは一九七〇年代と比べてほとんど変わらなかった。おもに変わったのは、ジュホアンが自分たちは政府関係者と比べていかに貧しいかと不満を言うようになったことだ。ジュホアンは、政府関係者が砂利道で格好いい四輪駆動車のエンジンをうならせるのを見ていたし、ヘレロの農場主が南側の境界フェンスの穴からジュホアンのウシをこっそり盗んで、保護区の豊かな放牧地で草を食べさせているのも知っていた。しかし不満だからといって、ツムクウェを出て経済的機会を探そうとしたり、町に転がるチャンスを捉えたりすることはなかった。定収入のあるジュホアンの教師が村で小さな店を始め、菓子や砂糖、紅茶、トウモロコシ粥などの日常必要なものを売るくらいだった。ニャエニャエのどこかから小さな業者がやってくることもあった。

一九五〇年代にニャエニャエは想像できないほど変化したものの、ジュホアンは自分たちの土地と実用的・情動的な関係を維持した。マッキンタイヤによる農耕プロジェクトの開始から五十年以上が経つが、ジュホアンの三分の一は草原で採れる食べ物こそ最も重要な栄養源だとみなしているし、三人に二人かそれ以上の人は、たとえ必要なカロリー摂取量の一五〜三〇パーセントしか得られなくても、いまも狩猟採集を定期的に行っている。

ツムクウェの政府関係者は、ジュホアンが採集に頼り続けることを懸念していた。「彼らにはふさわしい仕事が必要だ」と私に何度も言った。採集がニャエニャエのジュホアンにとっていまだに重要な食料源となっているのは、〈ゼネラルディーラー〉でいつでも食料を買う余裕がないこともある。だが、それをおもな理由とするのは、ジュホアンに対して公平を欠くことになるだろう。かなり前から、彼らには暮らしを立てるさまざまな手段を本格的に受けいれる機会があったが、あえて受けいれなかった。一九六〇年代初めからニャエニャエの農耕牧畜プロジェクトに大金・労力・時間を注いだにもかかわらず、二〇一〇年に聞きとりをしたニャエニャエのジュホアンのうち、農耕牧畜が重要な食料資源であると考える者は十人にひとりしかいなかった。マッキンタイヤによる最初のプロジェクトから五十年も経っているというのにだ。

　祖先の代から暮らす土地に残ることを選び、周囲で拡大を続ける資本主義経済にある程度かかわりながら、ジュホアンはいまもなお「容易に満たされるわずかなニーズ」で暮らし、「原初の豊かさ」を現代の形に変えてきた。ニャエニャエの外で仕事を探す不安定な状況よりも、比較的静かな村の生活を選ぶ者が多いことからも、それはあきらかだろう。しかし現在、彼らはほかのナミビア人と比べて物質的に困窮していることを強く感じている。それほど多くもたなくても満足することは可能だが、しょっちゅう空腹を感じているのに、他人は派手な四輪駆動車を走らせたり、毎晩肉を食べたりしているとなると、自分が豊かだと感じるのは相当難しい。また、ニャエニャエの生活にはいつ壊れるかわからないもろさが感じられ、何らかの変化を黙って受けいれざるをえないだろう。

　だが少なくとも、いまのところ狩猟採集がニャエニャエで重要な役割を果たしている事実は、狩猟採集生活の驚くべきレジリエンス〔したたかな柔軟性〕を物語っている。

第二部

過酷で豊かな カラハリでの暮らし

第七章

洞（うろ）のある木

一九九四年にスクーンヘイト再定住地に初めてやってきたとき、アヌはまだ幼児だった。年寄りのツェンナウが私のタバコを吸いながら物語を語っているあいだ、ときおりそばに座って騒いでいる子どもたちのなかにいた。子どもたちは老年者が好きだし、ツェンナウも彼らが好きだった。子どもたちはよく、ツェンナウが松葉杖で立ちあがろうとするのを助けたり、用を足しに住居地の外に行くのを手伝ったりした。彼が薬草を探しにブッシュに入ろうとすると、子どもたちは彼の目と手のかわりになる。私もツェンナウの薬草探しに付きあうことが何度かあったが、採集する価値のあるものを見分ける際には、盲人が盲人を導く始末となり、ついにツェンナウは私の助けを断った。ツェンナウに言わせると、私にはほかの者が調達できないものを入手してもらった方がはるかにいいらしい。たとえば、タバコ、パン、菓子、肉、紅茶などだ。

アヌと彼女の友だちは、白人（フン）と一緒に暮らすのが目新しいことだと思っている。子どもたちは、農場主にしろ、警察官にしろ、聖職者にしろ、白人の大半は危険な生き物だと親から教わってきた。聖職者はいちばん危険だとみんなが口をそろえて言う。彼らが「主の裁き」をもたらすからであり、また、若い女性がいるところでは好色になる者もいると言われていて、気をつけた方がいいからだ。

親と同様に、子どもは白人の隣人や主人をよく観察する。彼らの祖父母が、ライオンやゾウ、毒蛇のブラックマンバのような危険な生き物の行動を理解するのと同じように、白人の風変わりな習慣を理解することが、世界のこの地域で生き抜くためには重要なのだ。ジュホアンの子どもたちは、農場主の裕福さに驚くものの、自分たちよりも多くの食べ物がいつもあるのに、彼らが陽気に振る舞うことがめったにないのが不思議で仕方がない。

アヌが幼いころのスクーンヘイトは希望のない場所だった。生活の糧がほとんどなく、ささいなことで暴力沙汰になった。病気で死ぬか、だれかの手にかかって死ぬか、いつも瀬戸際に立っていた。

とはいっても、世界中の子どもたちと同じように、彼らも両親の愛情や周囲の大人の好意を疑うことなく、アヌもその友だちも混乱のなかに喜びを見出した。

二〇一四年晩夏、私がスクーンヘイトを訪れたとき、アヌはカツァエ・ラングマンの末の息子フランスと結婚し、母親となり、私の義理の妹となっていた。私が十年ほどスクーンヘイトを留守にしていたため、アヌが、「あたしを覚えている？」と訊いてきたとき、二十年前に騒いでいた幼子の顔をいろいろ思いだしてみたが、すっかり大人になったこの女性がアヌだとはわからなかった。アヌにそう言うと、彼女は腹を立てた。「どうしてあたしのことをちゃんと覚えてないの？」この反応は好ましかった。というのも、フランスが遠くの農場に働きに出ていて、大人になったアヌはただ落ちこむだけで元気がなかったからだ。

ツェンナウは二〇〇八年に亡くなった。生前には決してなかったことだが、死後にツェンナウは褒め称えられた。アヌやほかの人たちは、「古い時代の人」からもっと学びたかったし、短気な精霊やトリックスターのジャッカルや淫乱なライオンの物語を聞けなくなって寂しいと語った。

――――

二〇一四年の雨季は、凄まじい干ばつのあとだったのでひときわ歓迎された。その秋にアヌは、草原の食べ物を採りに行くとみなに声をかけた。「古い時代の人みたいにね」

「ツェンナウはブッシュで植物の見つけ方を教えてくれたわ。とても物知りだった」と彼女は言った。

「どこに採りに行くの？」と私は訊いた。「ここじゃないよね？　ウシが食べてないとこかな？」

「いいえ、ツンタ。ここよ！」と彼女は答えた。「カツァエ・ラングマンの家の裏にあるブッシュに行くのよ。いい雨が降ったからね！　カツァエとホアナがついこの前、袋いっぱいのマラマ豆を持って帰ってきたのよ。でもみんなが寝ているあいだにホアナが全部食べちゃった」

アヌが幼いときには、スクーンヘイトで十分な量の草原の食べ物を見つけることは、ほぼ不可能だった。当時、私たちはひどい干ばつに耐えていた。あまりにもひどかったので、地元のヘレロの予言者が言いふらしていた寓話（ぐうわ）の「永遠の火」が、実際に起こったのではないかと懸念したほどだった。アヌの夫フランスと叔父のカーキェは掘り棒を持っていた。彼らも一緒に、アヌのあとについてフェンスに沿った道を歩く。アヌは赤ん坊を帯ひもで背負い、そのあとを二匹のやせ細ったイヌがよろよろとついてきた。私たちはアエの家の裏手にある「排便地帯」からできるだけ離れて進む。

　その朝はマラマ豆を探した。マラマ豆は砂漠の地上か地下の大きな塊茎（かいけい）から生えている。塊茎は食べることができ、水分がたっぷり含まれていて、乾季には緊急の水分補給源となる。その朝、私たちは目を凝らして、塊茎から枝分かれして三メートルほどに伸びるひょろ長くてやわらかい茎を探した。「よい雨」のあとは驚くほど簡単に見つけられる。小さな黄色の花に彩られ、ゾウの耳の形をした葉が茎から突きでていて、とても目立つからだ。葉のあいだに、幼子の手の大きさくらいで赤紫の縞のある緑の鞘が隠れている。鞘にはやわらかくてふっくらとした大きな豆がふたつ入っている。生で食べると粘り気があって味はしない。タンパク質などの多くの栄養分が蓄えられていて、火で優しく炒ると、油気のあるナッツのように味が濃くなりやみつきになる。

　ツェンナウが、マラマ豆は「強い食べ物」であるだけでなく、よい薬にもなるといつも話してた、とアヌが言った。「腹痛や下痢に効くんだって」。私が動物の腸や脳などの部位を「腹が弱い」という理由でずっと断っていたため、気づかってくれたのだ。

　その年のマラマ豆は豊作だったので、すぐに袋がいっぱいになった。しかし私たちの目当てはマラマ豆だけではなかった。アヌが一見何の変哲もない茎を指さした。それは五センチ足らずで細長い葉がついていた。フランスがその根元を掘り始める。すると毛が生えた小さなジャガイモのような塊茎が現れた。この野生の芋は地元では「サケイに似た毛」〔サケイは黄褐色で白、黒、灰色の斑紋がある鳥〕という意味の名で呼ばれている。食べられる部分をとり、獣脂で調理するととくにおいしい。そのあと二時間かけて、その芋や同種の芋をいくつか探した。それらはほかの草と見た目がほとんど同じだった。私の目にはその茎と、砂から突きでているほかの小さな植物の茎との違いがわからず、見分けるのがいちばん難しかった。ところが、アヌもフランスもカーキェも簡単に見分けられた。

緑色のまるまると太ったヤママユガ科の幼虫「モパネワーム」も見つけた。これはボツワナのホテルのパブでつまみに出されている地元の珍味だ。ゼブラビートルと呼ばれる甲虫も五、六匹捕まえた。素早く羽を折って逃げられなくする。これがうまいんだとカーキェが言った。次の日、すべて食べつくされて空のはずの採集袋に、羽が折られてピクピク動く不幸な甲虫が数匹残っていた。

私たちはたった二時間ほどでいっぱいになった袋を携えて、五キロメートルほどの距離を引き返した。たっぷり集められたのは、その年に真剣に採集を行うスクーンヘイトの住民がほとんどいなかったからだ。よい雨が降っても、農園の作物やときどき政府から配給されるトウモロコシ粥でしのぐ生活に甘んじていた。もし彼らが採集していたら、これほど大量には集められなかっただろう。そのあとマラマ豆の鞘をむき、古いブリキ缶に入れて、夜通し炭火で燻（いぶ）して朝食にした。

アヌがすぐにまた採集に出かけると決めた。そのときは、伝統的ななめし皮の前掛けを身につけるから写真に撮ってね、と言った。それは、まるで彼女が十分に経験したことのない昔の人になってみるような口ぶりだった。

この採集の遠出は、私がほかの人と行った採集とはどこか違っていた。採集に行くことに懐かしさを感じているようすなのだ。たとえばヨーロッパで、パスタに添えるために新鮮なマッシュルームを摘んだり、バーベキューの材料にするために週末にビーチで魚を捕ったりするのと似ている。

採集と同様に、狩猟もスクーンヘイトではかなり昔のことだ。二〇一一年に、スクーンヘイトの最後の腕利きの狩人が自殺した。殺人の罪で刑務所に入れられ、出所してすぐのことだった。以前は農場に忍びこんで、オリックスやクーズー、イボイノシシを追跡する技能をもつ者がわずかにいた。しかし、彼らは歳をとり、逮捕されて厳しい刑務所暮らしをするぐらいなら、家でおとなしくしていた方がましだと考えた。私たちが採集の遠出をする数か月前のことだ。野生のクーズーのメスがスクーンヘイトの中心の居住区に迷いこんだ。イヌに吠えたてられて、フェンスの角に追いこまれたところを、槍の使えないジュホアンの若者の集団が大騒ぎして慣れない手つきでナイフで刺した。そのようすを見ていた年長者の男も女も、若者は情け容赦なくクーズーを殺したと笑ったが、昔の慣習に従って肉を分け与えなかったため、怒りだした。

どのように狩猟採集がジュホアンの世界観を形づくったのか、どのようにして彼らは、狩猟採集民として生きるのに十分な生活必需品が自然環境に用意されていると考えるようになったのかは、スクーンヘイトでの懐かしさが漂う採集の遠出や、クーズーをやみくもに仕留めたできごとではわからない。それはただ狩猟採集の見方を歪ませるだけだ。もっとその感触をつかみたいなら、スクーンヘイトからおよそ二百五十キロメートル北のニャエニャエにまで足を運ぶことだ。そこで暮らす人々はいまもなお頻繁に採集し、自由に狩猟している。

ニャエニャエの心臓部にある浅い窪地（パン）はよい雨が降ると静かな浅い湖になる。そのそばに窪地を見下ろすように巨大なバオバブが立っていて、いまその寿命が尽きようとしている。幹の周囲は四十メートルほどあり、少なくとも樹齢は千年にはなるだろう。正確な樹齢は議論されているところだ。饒舌（じょうぜつ）なツアーガイドは、このバオバブの樹齢は四千年で、世界最古の木だと述べる。また、千年から千五百年のあいだのほどほどの数字をあげる者もいる。ほかの樹木と違って、バオバブには年輪がない。とくに古い木には幹の真ん中によく空洞ができる。そのため、正確な樹齢を知る唯一の方法は放射性炭素年代測定法だが、それにも問題がある。比較できる最古の木を見つける必要があるからだ。

そのバオバブは死の瞬間を迎えているというのに、大きなクモの死体のように捻じれた姿で地平線にどっかり腰を下ろしている。数百年にわたり、歪み、たるんで灰色に化し、痛みに苦しんできた大枝は外に向かって広がり、重力で垂れている。空に伸びる一本の真ん中の小枝以外は、中心の幹からほぼ水平に放射状に広がっている。比較するものがないと、どれほど大きな木であるかを感じとるのは難しい。その木の真下に立ってみれば、銀色の斑紋のある幹の、水分を含んだ皮をえぐるために、ときおり集まるゾウがなぜ小さく見えるのかがわかるだろう。

　バオバブの幹は、喉が渇いたゾウによって何百年ものあいだえぐられた傷に耐えてきた。ところがこの二十年間にその無敵のオーラを失った。幹からほぼ水平に伸びて自然なアーチをつくり、ゾウの日よけとなっていた最も大きな枝が、その重さに耐えきれずに折れたのが始まりだった。その二十年後の二〇一三年には、生涯にわたり数えきれないほどの稲妻に耐えてきた木に、さらに稲妻が落ちて別の大きな枝が折れ、幹の一部が剝がれ、なかの繊維がむきだしになった。

　老齢のバオバブは生きているときには湿気を含んで弾力性があるが、死ぬと急速に乾き、やわらかい繊維がしぼんでいく。そのやわらかさは、環境に適応するバオバブの知恵のひとつだ。巨大なスポンジのように、湿気を吸って水分を蓄えることができ、大木の貯水池となる。健康なバオバブの場合、容積の五分の四が水分でできているため、その木の大きさなら五十五トンの水が保存されている可能性がある。その水分のおかげで、長期の干ばつでも生き延びられるだけでなく、ニャエニャエの長い乾季に発生する野火にも耐えられる。また枝の表面がたるんでできた窪みにも水が溜まり、昆虫や鳥、トカゲ、小さな哺乳類、それらを狙うヘビや猛禽(もうきん)類を引きつける。

　近くの窪地が干上がったとき、砂漠のゾウにとってバオバブの水はありがたいものだが、もっと喜ばしい恵みはその実だ。ゾウは鼻が届く高さの実を摘みとってしまうと、もっと高いところの実が突風でも吹いて落ちてこないかとじっと大枝を見つめているという。ゾウが我慢するのはめずらしいことだ。カラハリの適当な大きさのバオバブなら、大きなウシがちょっと幹をつつけば実が落ちるだろう。

ジュホアンが手の届かないバオバブの実をとりたいときは、ゾウのようにじっと待って我慢することはない。枝に届く棒でつつけば簡単に実を落とせるし、木に登ってもぎとれる。バオバブの樹皮は肌のようにつるりとしているため、見かけによらず滑りやすいが、幹のところどころに傷や成長の際にできたでっぱりがあって、身の軽い木登り上手な者の足がかりになる。

バオバブの果実は堅い楕円形のオリーブ色の殻で覆われていて、熟すころには二十センチほどの大きさになる。殻は石で叩くと簡単に割れ、なかに多くの果実が並んでいる。小さな飴玉くらいの大きさで鮮やかな白色をしていて、ビタミンCや鉄分、抗酸化物質が含まれている。果実をすりつぶして水に混ぜて飲み物にしたり（顔をしかめるほど酸っぱい）、その粉を粥に入れたりすることがたまにある。たいていはそのまま口に入れて、酸っぱい菓子みたいに吸って食べる。

そのバオバブは、アフリカーンス語で「洞の木」という意味の「ホールブーム」と名づけられている。三本立ちの巨大なバオバブで、中央ニャエニャエのジョコエ村と、小さなジュホアン・コミュニティのテリトリーの境界の目印になっている。

私が初めてホールブームを見たのは、ジョコエ村に住む私と同じ名前をもつツンタ・ナ・アにつれていかれたときだった。それは一九九〇年代後半に私が初めてその村に滞在していたときのことで、ホールブームの大枝が最初に折れてからしばらく経ったころだった。ツンタ・ナ・アは白い小さなあごひげと疲れた目をし、膝が曲がらない持病のある老人で、ジョコエ村の「ノレカウ（土地管理人）」のひとりであり、そのバオバブの「所有者」のひとりでもあった。自分はこの通り年寄りで、死んだらジョコエ村に残される同名の人は、あんたともうひとりの村人だけだと私に言った。そのもうひとりのツンタはまだよちよち歩きの幼児で、私が抱くとシャツにお漏らしした子だ。

膝関節の病のため、ツンタは長い距離を歩くのをいやがった。私が四輪駆動車のほかに、タバコと甘いビスケットをたくさん持っていたので、とりあえずそのときは喜んで伝説のバオバブを見に同行してくれた。彼は、英語をそこそこ話せる村の少年を通訳としてつれていくと言った。私のジュホアン語は「下手すぎて」理解できないから、ということだった。

村を出て少し経つと、ホールブームよりやや小さいが威厳がある姉妹の木の一本が見えた。私は干上がった窪地の周囲に沿って走り、ホールブームの根元に車を止めた。少年は車から飛び降りると、幹に抱きついてよじ登り、バオバブの低い枝の上に立った。どうやら通訳のためについてきたわけではなく、ホールブームの枝の洞にハチの巣がないかを確認するためだったようだ。年寄りのツンタはというと、木の根元で片手にビスケットの袋を握りしめ、もう片手に火のついたタバコを持ってうろうろしていた。少年が今年ハチは戻っていないと伝えると、彼はうなずいて足元にあった実の殻を蹴った。そしてバオバブの大枝から折れた小枝を指さし、南アフリカ軍がニャエニャエに来る以前の暮らしについて語った。よく若者と一緒にここに来て、折れた枝の繊維を集めて弓に使うひもを作った。だが、いまはわざわざそんなことはしない。ひもやロープを作りたければ、政府配給のトウモロコシ粥を入れた大袋の麻布やプラスチック繊維をほどいた方が簡単だ。それに、この木は少し前に雷に打たれたから、材料にすると悪運がもたらされて次の雨季には大荒れになるかもしれないと彼は説明した。

私はツンタに、この木の大枝が折れて悲しいかと訊いた。彼は肩をすくめた。私は質問を変えて、この木にまつわる有名な物語や神話があるかと訊いた。彼はまた肩をすくめた。そしてこう言った。これはハチミツがよく採れるよい木で、いくつもの容器がいっぱいになった。この木の近くに窪地があるのもよかった。窪地が水で満たされると多くの動物が水を飲みに来る。この木は獲物を狙う狩人の隠れ場所になった。この木を見たいと訪れる観光客もわずかにいる。しかし、どの植物でも言えることだが、そうした恩恵のほかに、このバオバブにまつわるこれといった特別な話はないと彼は話した。

アフリカ中の農耕牧畜を営むコミュニティは、環境に対する考え方が狩猟採集民とかなり違っている。農耕牧畜民のコミュニティでは、ホールブームのように大きくて高齢のバオバブは、人と場所、人と人、ときには人と天国を結びつける物語や神話のテーマになることがよくある。

農耕の仕事では、土地を説きつけて、ヤムイモや小麦など、何世代にもわたり祖先が慎重に選んできた数千もの植物種を植え、きちんと実るように呪文をかける。そうするには、狩猟採集とは違うやり方で土地とかかわり、土地について考える必要がある。狩猟採集民は何かを見つけるが、農耕民は何かを作りだすからだ。狩猟採集民の考えでは、環境は自発的に生産する力がある。それは狩猟採集民がいてもいなくても関係ない。農耕民にしてみたら、土地の自由に任せても確実な生産は見込めない。確実に生産性を高めるには、農耕民が土地を耕したり、肥料を施したりするなど働きかけが必要だ。狩猟採集民は、環境に気まぐれなところがあっても上手にかかわっているが、農耕民は自身の意図に応じて環境をコントロールして利用する。

だが、そこに落とし穴がある。カラハリの端の最小規模の自給農耕民〔基本的に自家用消費分のみ生産する農民〕から、大草原の技術集約型・産業規模の小麦農家まで、あらゆる農耕民は作物を実らせるために環境と取引をしなければならない。取引の条件は環境によって、また人によって異なる。とはいっても、いずれにしろ取引のおもな通貨は労働だ。農耕民が土地を耕すのをやめれば、取引は必然的に崩壊する。つまり雑草が生えて収穫が落ちる。同様に、もし農耕民が懸命に働いても土地が収穫をもたらさなければ、取引は失敗となり、彼らは痛手を負う。農耕は運にも関係する。運が悪ければ、農耕民はその取引の失敗をほかの働き（神、魔力、不正確な天気予報、役所の規制）のせいにすることが多々ある。そして、神や祖先、科学機関や政府機関などの専門家に、生産高を最大にし、リスクを最小にしてもらうよう、あらゆる犠牲を払う。

環境が、たとえば巨大なバオバブのビタミン豊富な実を無料で与えてくれる場合、農耕民はそれを契約として考えずにはいられない。その贈り物のお返しをしなければならないと思うのだ。お返しに農耕民がバオバブの木を育てることは、フランス南部のモン・ヴァントゥの山で野生のトリュフ採りをする人が、お気に入りの場所の手入れをしたり、イギリスのサリーの森林で野生のベリー摘みをする人が、低木の世話をしたりするのとよく似ている。しかしたいていは、神に感謝を表すような象徴的な形で満足する。

コンゴのムブティや、インドのタミル・ナードゥ州のナヤカのような狩猟採集社会は、環境の摂理を「寛容」と表現する。しかし農耕民が行うようなお返しはしない。これらの狩猟採集民は環境を「親」と言い表し、環境を家に見立てて、さまざまな生き物とともにその豊かさを共有することで愛情を示す。

狩猟採集民のジュホアンは、ムブティのように環境に命が宿るとは考えない。動物には精神があるとか、土地には意識があり生きている、とは言わない。環境の摂理についてありのままの言葉で述べるだけだ。それはそこに存在し、彼らに食べ物や利用できるものを用意してくれ、ほかの種にも同じように用意していると表現する。重要なのは、環境には生活必需品が用意されているが、それを「寛容」とは考えないことだ。なぜなら環境には厳しい面があるからであり、ジュホアンは環境を何かに作用する能力のある「もの（実体）」とは捉えていないからだ。ジュホアンは環境を何かに作用する能力をもつさまざまなもの――植物や昆虫、動物、人々、精霊、神々、天候――が織りなす関係だと説明する。つまり、ジュホアンが「大地の表面」と呼ぶものの上でそれらが絶えず相互作用しているというわけだ。

この三十年にわたり、少なくともツムクウェ周辺の大地の表面はますますゴミで散らかっている。ツムクウェのほとんどの家庭が小さな庭や家に散らかるゴミを熱心に掃除し、多くの公共の

場がゴミの海になっているからだ。ポリ袋は太陽に当たると破れやすくなり、とげの生えた低木にひっかかる。町のあちこちで、おびただしい数の錆びた缶、風化したプラスチック、割れたガラス、日光で変色した動物の骨で地表が見えないほど埋めつくされている。

カウドゥム国立公園に向かう途中、〈ゼネラルディーラー〉に立ちよる観光客にしてみたら、ゴミは嘆かわしく目障りで、期待を裏切られた気分にさせられる。ブッシュマンは「自然とともに生きる人」のはずなのに、なぜゴミだらけのなかで平気な顔をして暮らしているのだろうか？開発作業員や政府職員も同じように考える。観光客がゴミについて小声で文句を言うところでは、ときおり政府職員が「非衛生的な習慣」の危険について地元民に教えることもある。

実際のところ、ツムクウェのジュホアンは散らばるゴミを好ましく思ってはいない。それにゴミ処理がただいやなわけではない。ゴミはほかの人にはいらいらする迷惑なものかもしれないが、彼らの気分を大きく害するものではないのだ。町の暮らしになじむ多くのジュホアンは、大統領が訪れるときだけ、たいがい五年に一度くらい、町中をきれいにするために自治体が全力を挙げることをジョークにしている。しかし事態はもっとひどい。自治体が庁舎や教会、宿泊施設、店のゴミをときおり回収するのにトラクターやトレーラーを使って、ツムクウェの南にあるブッシュに捨てているのだ。

村はツムクウェのようにゴミに悩まされることはほとんどない。とはいっても、ツムクウェの住民よりも、村人がゴミを積極的に掃除しているからではない。村では店で商品を買うことは少ないし、ほとんどすべてと言ってもいいほど、あらゆるものが再利用か別の目的で利用されているからだ。村はどの場所もだれかの家の一部となっているからでもある。村でも破れたポリ袋や菓子の包み紙が風に吹かれて砂の上で舞っている。だが、人々はモンゴンゴの殻の山と同じくらいにしか思っていない。その理由は、ニャエニャエには数千年ものあいだゴミが存在していなかったからだ。

過去にゴミがなかったのは実際に廃棄物がなかったわけではなく、ジュホアンには無駄にするものがなかっただけだ。

人類学者が一般的に汚染と呼ぶものに関して、あらゆる社会、あらゆる人々が断固とした意見をもっているが、その内容はそれぞれ大きく異なっている。何が汚染物になるかは、自分たちの周りの領域を分類する方法によって決められる。その分類された領域以外にあるものは汚染物になるというわけだ。たとえば皿の上にある食べ物はディナーだが、床の上にある食べ物は汚染物となる。花壇にあるバラは花だが、インゲン豆のあいだに生えているバラは雑草だ。ジュホアンも同じく、汚染に対して断固とした意見をもっている。村のあまりにも近い場所で排便すると、ひどく不快に感じる。

ニャエニャエを通り過ぎる観光客にとって、ゴミは汚染の一種だ。分類された領域以外にあるものだからだ。ゴミかどうかを判断するのは学習によって身につく行為であって、もっと大きな町に住んでいれば必要不可欠なことだし、公共衛生の問題が効果的な廃棄物処理と関係があることはますます明白になっている。しかし、ツムクウェのゴミに観光客が反応するのは、衛生状態が悪いと腹を立てているからではない。観光客の多くはニャエニャエと自分たちの考える理想的な自然を結びつけ、理想的な自然のなかの生き物を体現するブッシュマンをイメージしているからだ。

その自然は「原初的」で、人間生活の残骸で汚染されるべきではないとする考えは、もちろん比較的新しいものだ。ひどく複雑な社会では、「自然」や「野生」の場所は危険、あるいは少なくとも住むのに適さないといまだに考えられている。しかもほとんどの社会が、人間を自然の世界とは別の何かであると概念化している。ジュホアンのような狩猟採集社会ではそうではない。彼らにとって世界に存在するあらゆるものが自然であり、人間世界のあらゆる文化は動物世界の文化であり、「野生」の場所も暮らしの場となる。そのためジュホアンは、ゴミに苛立っても汚染とは思っていない。少なくとも観光客と同じようには思っていない。彼らの大半は、秋を迎えるカラハリの木々の落ち葉か、ホールブームの近くの地面に散らかるバオバブの実の割れた殻ぐらいにしか不快に感じないのだ。

第八章

強い食べ物

ニャエニャエでの採集の遠出は楽しいイベントだ。店で食料が手に入らないときや、旬のおいしい食べ物があるときだけしか採集に行かなくても、ニャエニャエの多くの人はいまも採集を大切な食料源と考えている。もっぱら狩猟採集だけに依存していたときは、ジュホアンはほとんど毎日採集に出かけていた。

昔のように男性も採集の遠出についてくることが多いが、たいていは女性が音頭をとって仲間をつれていく。採集の一行は、暑さが厳しい昼間を避けるので出発はたいてい早朝だ。母親は乳幼児を背負い、歩ける子どもはふざけながら騒がしくあとについていく。子どもにとってこの遠出は楽しい旅、それに非公式の学校遠足だ。食べられるものと食べられないものはどれとどれか、その季節に何が採れるのか、もうすぐやってくる季節に食べられるものは何かを学ぶのだ。

採集の持ち物は、採集した食べ物を入れるなめし皮の小物袋と掘り棒ぐらいだ。掘り棒は火で表面をあぶって堅くしたグレウイア属の木でできていて、長さは八十センチメートルほどで先端を斜めに削って尖らせている。カラハリのやわらかい砂から根や塊茎を掘るのにぴったりの道具で、市販のシャベルよりも実用的で効果がある。持ち運ぶにも軽いし、とても堅くてヘビを撃退するときにも十分役に立つ。

夏の最後の雨から数か月間経った乾季の終わりに、草原の食べ物が最も多く実を結ぶ。ブッシュでの手軽な採集でも、驚くほどたくさんの食べ物が手に入る。ニャエニャエのジュホアンは百種類の植物を食用に分類している。それに植物の果実や茎、樹液、種、花、柄、根、塊茎、球根などさまざまな部位を食べる。しかし、すべての部位が等しく好ましいわけではない。緊急時のみ採る食べ物がある。たとえば食料不足の不安に駆られるときには、覚悟を決めないと口にできないものも食べる。ジュホアンは栄養の質に応じて草原の食べ物を「強い」から「弱い」までより分ける。見つけやすいものや調理しやすいもの、とくにおいしいものとそうでないものも分けている。狩猟採集を行うカラハリのほかのブッシュマンも、すべて似たような方法で食べ物を分類するが、場所によって異なっている。たとえば、カラハリの恒久的な水源がないところに住んでいるグイ・ブッシュマンは、水分が多く含まれる食べ物を「最も強い」としている。

ニャエニャエのジュホアンには、カラハリではまれにしか採れない「強い」食べ物が豊富に手に入るという特権がある。それはモンゴンゴの木の実（ナッツ）[1]だ。

バオバブのように、モンゴンゴも印象的な木だ。バオバブは太ってたるんでいるが、モンゴンゴは細くて堅くてたくましい。成木は二十メートルほどに成長する。形のよい真っ直ぐな幹から四方八方に整然と伸びる枝は、木の高さの半分くらいの幅の丸い樹冠を形成する。モンゴンゴの木にはオスとメスがあり、相手がいないと実を結べない。そのため、通常は五本以上でまとまって生えている。とはいっても多くのジュホアンのように、一か所に多く集まるのは好まないため、二十本以上の木立はまれだ。

モンゴンゴはニャエニャエにとりわけ適応した木だ。根を深く張って乾燥に強く、この気候に適応したほかの種と同じように、雨が降るとすぐに反応する。枝が濃い緑の葉とオフホワイトの小さな花をつけて一気に重くなる。一、二週間もすると花びらが散って、熟れたプラムの大きさに育った緑色の楕円形の実が現れる。実が成長して緑色から薄茶色に変わると地面に落ち、そこで熟していく。たくさんの実を結ぶことで、モンゴンゴは繁殖できる。よい時季には大木の根元に足の踏み場もないほどの実が落ちている。

モンゴンゴの実には皮の下にねばねばした甘い果肉が薄くついている。果肉は糖分やビタミンCが含まれていて、かじると刺激のある熟れたナツメヤシのような味がする。核（種）の大きさと比べると実の部分は少ない。ジュホアンは種ごと口に入れて果肉を吸うこともあるが、調理することが多く、甘いジャムのようにペースト状にして肉に添えるとうまい。乾燥させておくと日持ちするが、実の大半は採集されず放っておかれる。その理由のひとつは、モンゴンゴがよく採れる時季は、一年のうちカラハリがさまざまな食べ物を最も気前よくジュホアンにもたらすためだ。彼らはほかにも多くの食べ物を採集するので、モンゴンゴを腐らせてしまう。それにジュホアンにとってモンゴンゴの非常に重要な部分は、果肉よりも種ということもある。

モンゴンゴの種は、見た目は丸いクルミ殻に似ていてとても硬い。ゾウの好物だが、そのレンガほどある大臼歯で割ろうとしてもなかなか割れないほどだ。これもモンゴンゴがニャエニャエへの適応に成功した理由のひとつとなる。ゾウが糞とともに種を広範囲にばらまいてくれるからだ。種は発芽を助ける豊かな「苗床」に包まれて地面に落とされる。硬い殻は手の込んだ道具では歯が立たない。大きな石のあいだに挟んで叩くと簡単に割れるか砕ける。なかにはペニー硬貨ほどの小さなナッツがふたつ入っていて、生でもうまいが、炒って食べるともっとうまい。ナッツの重量の半分は豊かな脂質で、抗酸化物質が含まれる。四分の一はタンパク質で、あとは多様なミネラルとビタミンからなる。

昔、ジュホアンは毎年実がいちばんよくなるモンゴンゴの木立のそばに野営をした。いまは定着した村に住んでいるので、以前よりもモンゴンゴの木立を訪れる機会が少なくなった。採集するときは一日か二日そこで寝泊まりし、ナッツを袋いっぱいに詰めて家に帰る。ときどき、すべての木の実が一度に収穫された木立を見かけることがある。そんなとき、周囲の世界がいかに激変しているかを実感させられる。モンゴンゴの市場が現れたのだ。ツムクウェのカヴァンゴ人とヘレロ人のビール醸造者が、モンゴンゴの実をつぶしてリカーができることを発見した。アルコール依存症の者でさえ一杯でひっくり返るほど強い酒で「カシペンベ」と名づけられた。

モンゴンゴ・ナッツは「原初の豊かさ」という考えの種も植えつけた。

一九六四年にリチャード・B・リーは、狩猟採集民ジュホアンが「見るからに懸命に食料探しをしていない」ことに感銘を受けて、栄養による健康への影響を分析したところ、モンゴンゴに大きな効果があることがわかった。リーは二十八日間毎日、ジュホアンが食べたすべてのものの重さを根気よく量って測定した。モンゴンゴ・ナッツはジュホアンが食べた量の約四分の一だったが、総摂取カロリーでは半分以上を占めていた。肉は食べた量の三分の一だったが、カロリーの値はモンゴンゴの半分にすぎなかった。ほかに採集で得た果物や野菜を食べていたが、それらは総摂取カロリーのわずか八分の一だった。

さらに、リーはエネルギーの摂取量と労働量の簡単な計算をして、ジュホアンが食べ物を得るのにどれほど労力を費やしているかを調べた。調査期間に、健康な成人のジュホアンが食料を集めるのに費やした時間は、平均週十七・一時間で、狩猟の遠出に多くの時間をかけており、採集の遠出と比べてつねにかなり多かった。女性は週十二時間を超えることはめったになかった。

リーの調査によって、ジュホアンがよく食べていることもあきらかにされた。成人は毎日平均二千三百キロカロリーを摂取していた。この数値は世界保健機関（ＷＨＯ）が推奨する成人のカロリー摂取量にほぼ匹敵し、ジュホアンなら十分すぎると考えられた。

ジュホアンが集める食べ物の多くは旬に採れるもので、その時季がうまくずれていて、どの季節でも何かしらの食べ物が手に入るようになっていた。逆説的であるが、最初の降雨のすぐあと、カラハリが緑の海に変わるときが、一年で最も食べ物の収穫が少ない時季と考えられている。その時季はところどころに水たまりや季節的な水場ができるので、野生動物が遠くまで移動でき、多くの場合、発芽したての水分豊富な草の生える場所に散らばるため、獲物を仕留めるのがいちばん難しいときだからだ。それに、植物の成長サイクルが始まったばかりで、食用植物のほとんどは塊茎や果実がとても小さかったり、熟していなかったりして食べられない。

ジュホアンはそうした時季に腹を空かしていて不満を漏らす。なんとか食べ物を集めるためにいつもより労力を要するせいもある。リーはそれらの月に、くわしい栄養調査をしていなかった。しかし何年にもわたり、リーもほかの研究者も、一年の異なる時季にジュホアンの体重を測定していたので、時季によって体重にばらつきがあることはわかっていた。この調査によって複雑な状況が露呈した。ある研究者は、リーのデータは典型的なものとは言えず、食べ物の乏しい季節にジュホアンはたいてい栄養上著しいストレスを抱えていると述べた。またある研究者は、ジュホアンの体重は単に季節によってわずかに変化しているだけだと述べて、リーを正当化した。

このように分析がべつべつの方向を指しているという問題がある場合、最も簡単な解決策はどちらも正しいと推測することだ。カラハリの雨量は多い年と少ない年があり、変化が大きい。そのため食べ物が乏しい年もある。乏しい年には、ジュホアンは十分な食べ物を入手するのにかなり労力を割かなくてはならないし、調達した食べ物の栄養価を上回るエネルギーを狩猟採集で費やすと、体重が減り、体調が悪くなり、女性の生殖周期が乱れる。

しかし、この短期的な変化に注目すると、リーの調査が示す最も重要なポイントがぼやけてしまう。それは、ジュホアンが際限のない食料探しに夢中にならず、いちばん厳しい月であっても必要以上の労力を費やさずに、短期的な最低限のニーズを満たすという暮らしを受けいれていることである。言いかえれば、食料探しが大変なときでさえ、環境の豊かさへの信頼を決して失わないのだ。同様に重要なのは、食べ物が潤沢にあるとき、私たちはその豊饒（ほうじょう）に浸ったり、腹いっぱいに詰めこんで短期的な利益を最大化しようとしたりすることがよくあるが、ジュホアンはそうしなかったことだ。彼らは、日常の食料探しにほとんど労力を費やさないですむことをきちんと理解しているため、足る量だけ食べる。

オマヘケのジュホアンは、地元のアフリカーナ農場主の体の大きさについてあれこれ言うことがよくある。私の身長は百八十センチメートルで体重七十五キログラムしかないから、アフリカーナと比べると子どもみたいなものだ、と楽しげに言ってくる。それに「白人は結婚したらすごい速さでものすごく太る」から、おまえもそうなると思っておいた方がいいよ、とも注意してくれる。

ジュホアンのあいだでは、白人農場主の体格から食事についてのさまざまな臆測が飛び交っていた。農場主はいつもおいしそうな食べ物を貯蔵庫に詰めこんで、絶えず誘惑のなかで暮らしているとジュホアンは思っている。そして、たとえそうだとしても、なぜ農場主は食べる量をほどほどにしないのかと首をかしげる。

ジュホアンのなかには、農場主が食欲をコントロールできないのは、アルコールのせいだと言う者がいる。何しろジュホアンはアルコールを少しだけ口にして、もっと飲みたくなっても我慢するのに、農場主はビールやブランディをたらふく飲んでいるからだ。また、白人は単に欲望や気分、性欲をコントロールできないだけだという意見も出た。それは文化の問題であって、貪欲は「都会」で教わるのだと結論づける者もわずかにいた。独立後、州都に出て、楽で実入りのよい仕事に就いた少数のジュホアンが突然太ったが、猛毒の大蛇の一種「パフアダー」に嚙まれた方がましだったかもしれないと彼らは言った。

オマヘケのジュホアンの大半はめったに満足に食べられないので、もっと太りたいと文句を言った。しかし農場主のところで仕事に就き、太りすぎの農場主が苦しそうに息を切らして歩く姿を数年間見てきて、肥満は不健康だと確信した。重すぎる体重を支えるために膝が弱くなるし、太れば太るほど、脚も木の幹みたいに太くなり、痛風に苦しみ、癒えない痛みに苛立っていた、とジュホアンは話した。オマヘケに疫学者が立ちよったら、間違いなく同じことを言うだろう。ただし、疫学者なら肥満はいまや世界中で蔓延しているとすぐさま指摘するはずだ。

肥満が増加している問題が世界で初めて取りあげられたのは、比較的質素な生活をしていた第二次世界大戦が終わり、経済が急発展した時期にあった西側先進国だった。冷戦が終わると、旧ソ連諸国や東アジアで過食の習慣が広まった。現在、それはナミビアのような開発途上国の上・

中流階級を悩ましており、ジュホアンもすかさず、政府高官のほとんどは白人農場主と同じくらい太っていると指摘するほどだ。[2]世界的に見て、肥満による健康問題の対策コストが、飲酒や喫煙によるそれより上回っているのも意外なことではない。

肥満が蔓延する原因はさまざまだと言われているなかで、現代生活の座りっぱなしの習慣がいちばん注目されている。先進国の人々の大多数がさまざまなサービス分野の仕事に就いているため、椅子から椅子に移動する生活を送る。かつて子どもは、野外で遊び、野原で走り回っていた。いまの子どもは、いつもではないかもしれないが、机の前で前かがみになるかソファに寝転んで、スマートフォンの画面上で指を躍らせて多くの時間を過ごすと言われている。人は狩猟採集民だったときには、生き抜くために必要な行動をとって脂肪を燃やす活動的な生活をしていた。そのため公衆衛生責任者や保健機関は、現代人に椅子から立ちあがって一日二十分でもいいから運動するよう勧めている。

ただ、このアドバイスはすべての人に適しているわけではなさそうだ。

ジュホアンの遠い遺伝的親族、狩猟採集民ハッザを対象とした最新の調査プロジェクトによって、肥満と活動の関係について新たな見解が示された。[3]その調査の目的は、ハッザのような狩猟採集民が、座って運動しない西洋人と比べてどれほどエネルギーを消費しているかをあきらかにすることだった。調査をうまく進めるために、研究者はカロリー摂取量を量るだけでなく、一九六〇年代にリチャード・B・リーがジュホアンを対象に行ったように、活動レベルをもとにしたおよそのエネルギー消費量を推測する必要があった。このときは、ハッザがどれほどのエネルギーを燃焼したかを正確に把握するために、わざわざ尿の分析や二酸化炭素レベルの測定まで行った。

調査の結果から、現代のハッザは一日平均十三キロほど歩くが、座りがちな西洋人と比べて燃焼するエネルギーは多くないことがわかった。結果を踏まえて、研究者はふたつの結論を引きだした。ひとつめは、私たちがどれほど体を動かしても、体重の調整にさほど大きな影響をもたらさないことだ。私たちのエネルギーの大半は、食べ物の消化や脳の活性化など生き延びるための体の働きによって燃焼される。ふたつめは、筆頭執筆者のハーマン・ポンツァーによると、肥満になるのはエネルギーの消費が少なすぎるからではなく、「食べすぎるから」だという。

安価な精製炭水化物である白いトウモロコシ粥と白砂糖が〈ツムクウェ・ゼネラルディーラー〉で最もたくさん売れている。ジュホアンはお金をほとんど持っていないので、店を出るときはたいてい買い物袋に砂糖が入っている。なぜなら彼らが言うように、エネルギーを得るのにいちばん費用対効果が高いからだ。ほかに食料がなければ、一日にスプーン七、八杯の砂糖が入った甘い紅茶をマグカップに数杯飲むことが多々ある。[4] 一九九〇年代後半にかけてニャエニャエの村で人類学者が行った調査によって、ジュホアンの総摂取カロリーの約半分を砂糖が占めていることがあきらかにされた。また、ニャエニャエのジュホアンの平均体重は、狩猟採集に大きく依存し

た生活から精製炭水化物に依存する生活への移行期間に一〇パーセントほど下がった。にもかかわらず、ツムクウェの小さな診療所の看護師は、いまだにジュホアンの食事において紅茶と砂糖が最大のカロリー源だと考えている。その結果、ほとんどの人がやせていて、しかも多くの人が栄養不良に陥っているコミュニティで、二型糖尿病がやや広まっている。

世界的に高まる肥満の割合に公衆衛生当局は注視しているが、覚えておくべきことは、食べ物がとてつもなく豊富にあるにもかかわらず、多くの人が健康的な体重を保っていることだ。ただ運がいい人もいるし、遺伝子変異のため、単に脂肪や糖分の代謝がいい人もいる。しかし大半の人にとっての解決策は遺伝的適応とは別にある。食事事情の変化に適応するには人類の進化のスピードは緩やかすぎるが、私たちが文化的なルールを敷くことでそれを速めることができる。たとえば闘争や性欲などの無意識な本能に思えるものでも、ルールによって抑制できる。いまや食生活でもこれまで以上にルールを強化して健康に配慮するべきなのだ。

砂糖を貪り食う本能を鎮めるための方法として、ダイエット産業が現れた。その規模は、現在年間五千億ドル以上にのぼると見込まれる。だが、先進国の手の込んだ食事は値段が高く豪華なものだ。ツムクウェやオマヘケの診療所の看護師が、肥満と診断された者に炭水化物や砂糖の危険について講義したところで、それ以外に何も買う余裕がないときには、ただうなずいて無視するしかない。

第九章

ゾウ狩り

カラハリでは雨は偉大なる創造者であり、干ばつは偉大なる破壊者である。

雨は通常、夏の暑さとともにやってくる。ほぼ毎年十一月に雲が集まると、乾いた冬の寒さが焼けつくような暑さに道をゆずり、塵疾風(ダスト・デビル)の一団が躍りながら大地を横切って、やがて風塵(ふうじん)のなかに消える。「よい年」には小さな雲が集結して巨大な積乱雲を形成し、冷たい強烈な嵐になる。「悪い年」には雲は空に居座って、頑として何もしてくれようとしない。春と初夏にたいてい、小さな雲が中途半端な積乱雲を形成してゴロゴロと轟(とどろ)き、わずかな雨は地面に届くまでに熱い風によって灰色の絹糸になり、散らされる。一年のその時季は「小雨季」と呼ばれる。まとまった雨をだれも期待していないため、まれに降る雨で歓喜に沸く。

夏至(北半球の冬至)は大雨季の始まりの合図だ。大雨季になると、熱帯低気圧が赤道付近でインド洋から何百万トンもの水分を吸いあげて南部アフリカを覆い、集中豪雨をもたらす。豪雨になれば砂漠の生命は突然息を吹き返す。乾季に耐えてきた木々が色とりどりの花をつけ、草の新芽が砂から吹きだしたかと思うと、数日後にはもう生命を支えられなくなったように変容する。雨はカラハリでは喜ばしい知らせだ。雨をもたらす前線が数日間夏の太陽を覆い隠し、震えるような寒さをもたらすめずらしい年でさえ、雨が降って人々が不満を漏らすことはまれだ。大雨季には雨が集中して降る月が二、三か月続き、それ以上長くなることはほとんどない。最後の雨が降ってから数日すると、背の高い草がびっしりと生えた緑の草原は金色に変容する。

気候に揺らぎがあり、対流を一か所に集める丘のような地形がないため、カラハリでは雨の降る時季や場所、量は定まっていない。よい年の降雨量は悪い年の十倍にもなる。カラハリのある農場に降る雨の量が、数キロメートル先の隣の農場の十倍になることもありえる。雨はまた、ほかの長期的な気候の揺らぎに影響される。よい雨が降る年が長く続いたあとに、干ばつの年が続くことが多い。

ナミビアのニャエニャエ開発基金が、ニャエニャエ中にある太古に形成された地下水を得るために穴を掘る資金を集める前、ジュホアンの喉の渇きを癒やしたのは、水分を多く含む植物や、天然の水場や泉の水系網だった。いまではニャエニャエには恒久的な天然の水場はひとつしかない。アパルトヘイト政権がその三分の二の土地をヘレロ人にゆずる以前は、ジュホアンはほかに三つの恒久的な水場を支配していた。当時、雨季の終わりに季節的な水場が生命に活力をもたらすと、ジュホアンはニャエニャエのあちこちに散らばって生活した。それぞれの季節的な水場は、周囲の動植物資源とともに、その占有権を維持する五〜十五人からなるジュホアンの小さな家族集団によって使用された。水場は五十〜八十平方キロメートルほどのテリトリーの心臓部となっており、ほかの遊動的な居住集団（バンド）のジュホアンが利用するときは許可をもらわなくてはならない。季節的な水場が干上がると、次の雨が来るまで恒久的な水場の周りにバンドが集まって生活する。

この仕組みはとてもうまく機能した。乾季には恒久的な水場の周囲の土地は、雨季よりも多くの人数を養える。というのも、雨季にはジュホアンが栄養を得る植物の大半がまだ十分成長していないからだ。より大きなグループが形成されると、昔の友人や家族と交流したり、若い男女が恋仲になったりする機会が生まれる。

ジュホアンは雨を単なる一連の気象現象とは考えていない。彼らの超然とした「創造の神」がいじくり回す自然の力と信じている。創造の神は、自分がでたらめに創った土地や人間、動物をなすがままにさせて満足している。その神は、ジュホアンの別の神、トリックスターの「ガウア」に、地球上でおせっかいを焼く仕事を任せた。その当てにならない嫉妬深い神は意地の悪い性格だが、ときおり驚くほど優しい行動をとることがある。

雨を管理するのは創造の神だけではなかった。つい最近、乾季の終わりにジュホアンが「煙が雲をつくる」のだと言って火をたいた。また雨は、すべての人間とその最も大切な食肉動物に備わる基本的な性質に関係している。ジュホアンはその性質を「ノウ（n!ow）」と呼び、ゾウやエランド、キリンなどの大切な食肉動物が殺されたときや人が生まれたり死んだりしたときに、天気が変わって「ノウ」が正体を現すのだと説明する。

私は一九九四年に第一期の民族誌的フィールドワークを行う前に、マーシャル家の人たちが著した書籍をすみずみまで熟読したのだが、そのなかで「ノウ」は大きく取りあげられていた。その年の小雨季は、十一月半ばに、北部オマヘケを一時間ほどで水浸しにする恐ろしい雷雨が合図となって始まった。ところが、嵐のあとはその年の雨季を通じてほどほどの雨量にしかならなかった。クリスマスから一月にかけて、空に雲ひとつない日が続いた。二月になって雲が再び現れたが、雨を降らせる大きな積乱雲を形成するほどにはならなかった。ときおり雨がパラパラと降ることもあるが、砂が水に浸るまでに蒸発してしまう。三月後半には、その年に大雨季はないことがはっきりした。十一月のにわか雨のあと、ひょっこり現れた草の新芽はそれ以上成長しなかったため、北部オマヘケの草原は赤と白が交互に交じるさざ波が立つ砂の海に変わった。

私は隣人に、何が干ばつの原因だと思うか、それは「ノウ」と何か関係があるのかと何度か訊いた。ほとんどの人は肩をすくめて、いまはクリスマスが来る時代で、古い時代の人々の神がかり的な考えは、もはやありえないという返事が返ってきた。

「ノウ」について多くを語れるのは、スクーンヘイトの古い時代の人々の小さな集団だけだった。だが、自分たちには当たり前のことをしつこく質問され、何度説明しても理解されないため、しばらくすると「ノウ」は老年者の集まりで頭痛の種となった。その干ばつのあいだ、しょっちゅう「ノウ」について話題にしたので、私が会話で「ノウ」をもちだすと、多くの人が急用を思いだしてそそくさと去って行った。片脚しかないツェンナウには選択の余地はなかった。

「もしあんたがマッチでタバコに火をつけたら、タバコは煙を出す。だが燃えつきたらタバコは死ぬ。それは〝ノウ〟がかかわっているということになるんじゃ」。ツェンナウは私に説明すると、仲間があいづちを打ち、そうだ、とうなった。しかし私の頭はその説明でいっそう混乱した。「ノウ」にはふたつの形がある。「よいノウ」と「悪いノウ」だ。「よいノウ」は雨や湿気と、「悪いノウ」は干ばつと関係がある。人はだれもが子宮のなかで胎児のときに「ノウ」を授かる。ツエンナウによると、それが人に命を与えることだという。動物がいつ「ノウ」を得るのかはだれも知らないが、一部の種にあることはわかっている。クーズーやヌーなどの狩りの対象になる動物のほとんどが「ノウ」をもっていることははっきりしている。というのも、人間の「ノウ」が、男も女も生まれるときや死ぬときに天気と作用しあうのとまったく同じように、動物の「ノウ」は仕留められたあとに天気と作用しあうためだ。重要なのは、狩人の「ノウ」は、彼が殺した動物の血が大地に流れると、動物の「ノウ」とも作用しあうということだ。その作用がどう現れるかは前もって予測できないが、それが起こったことは容易にわかる。なぜなら天気が変わるからだ。焚き火に放尿したり、髪や爪、壊死(えし)した皮膚を燃やしたりすると、人間の「ノウ」も天気に影響を及ぼす。その場合、もしその人が「よいノウ」をもっていると、雨をもたらす。「悪いノウ」をもっていたら、寒くなり、日照りになる。

「ウシやヤギを解体したらどうなるんだい?」とツェンナウに訊いた。「そうした動物も〝ノウ〟をもっているのか?」

「いや」と彼は答えた。「もし、もっていたら、ゴバビスの食肉処理場辺りの天気は変わってばかりいるはずじゃ」

「私や白人農場主やヘレロ人は? 私たちも〝ノウ〟をもっているのかい、それともジュホアンだけかい？　ナロやクン（!Xu）〔“!Xun”とも表記される。言語集団として“!kung”と同じ〕のようなほかのブッシュマンは？」

「もちろん」とツェンナウは答えた。「みんな〝ノウ〟をもってる。でもあんたたちには別の呼び名があるじゃろ。ほかのブッシュマンが何て呼ぶのかわしは知らん。スクーンヘイトの若いもんは〝ノウ〟のことなど気にしとらんが、それでも〝ノウ〟をもってる。生まれたときに体に入り、死んだときに離れるんじゃ」

結局、何であるか理解するのをやめて、存在する何かとして受けいれたときに、ようやく腑に落ちた。「ノウ」は経験をもとにした考えというより、ツェンナウのような人にとっては、木や砂や雨みたいに実在するものなのだ。ほかの人類学者もそれを説明しようと試みたが、私の説明のように都合よくごまかしている節がある。言葉を駆使して周囲の世界を説明する私たちのような者にとって直感に反することかもしれないが、言葉は文化の主要媒体でもないし、ある文化から別の文化に何もかも翻訳できる普遍的なツールでもない。それに質問と答えのやりとりから理解しようとすることの限界も考えさせられた。人類学者は調査する人々の日常生活にできるだけかかわらなくてはならないが、実際のところ、私たちがおもに行っていることは観察して質問することだ。そうすることによって「ノウ」のようなものの側面をいくつか説明できるが、解明できるわけではない。自分自身がその大地の生みだした命になり、季節のリズムによって形づくられ、狩人と獲物のあいだに結ばれる絆を経験しなくては、「ノウ」を理解することはできないのだ。

空がコバルトブルーになると、ゾウの「ノウ」が雲となって現れた。雨をもたらす雲ではないが、小さくて、ほぼ半透明の冷たい空気の塊がニャエニャエの東の空を次々と覆う。太陽が沈むとき、その雲は紫がかった灰色にまだらに染まる。それは、その日の朝にゾウの死体から切りとられた厚い灰色の皮に似ている。

ゾウは、ニャエニャエの南東部にあるジュホアンの小さな村、ヅァコ・コマの砂道をそれて八キロメートルほどの奥深いブッシュで息絶えていた。私たちが死体のある場所に着いたときには、太陽はすでに高く昇っていた。六人のジュホアンが忙しくナイフを研いで、解体処理の長い一日を迎える準備をしている。狩猟グループは木陰に立ってそのようすを眺めていた。ゾウは横向きに倒れ、目は眠るように閉じている。片方の無傷の牙は半分砂に埋まり、もう片方は途中で折れていて空を指していた。

狩猟グループは、プロの狩人（ニャエニャエ自然環境保護区のトロフィーハンティングを仕切る契約を取得している者）と彼のイヌ、ジュホアンの「トラッカー」〔獲物を追跡する者〕からなるチーム、そして顧客のウィーンから来た中年夫婦ハンターで構成されている。夫は背が高くてひげのない、口調のやわらかな歯科医だ。妻は真面目な人で、クレー射撃でトーナメント優勝の腕をもつ。ウィーンでは週末になると郊外の私有地でイノシシを撃つという。

歯科医はアフリカ中ですでに何度も大型動物を獲得してきた。今回の狩りは愛する妻へのプレゼントだった。スタミナ、冷静な物腰、当然ながら優れたライフルの腕前をもつ彼女の姿は、彼の目には女神に映った。彼女にしてみたら、ゾウを殺すことは自分の技能を神格化する行為だった。これほどの困難、これほどの満足はほかの獲物では味わえないと彼女は言った。

私はふたりが狩猟の記念品をバッグに詰めこむ数日前に、彼らのキャンプを訪れた。夕食のあと、ブッシュをトレッキングしているときに拾ったという象牙を見せてくれた。長さは三十センチメートル弱あり、世界で最も硬い木と言われるレッドウッドのように硬く、多くの細かい黒い筋が入っていて、バターのような黄色の樹液がついている。ゾウは樹皮をえぐったり、地面を掘ったり、何かを押したりするのに片方の牙だけを使う習性がある。カラハリのこの辺りの土地はリンが乏しいので、ゾウの牙は比較的もろく、三十〜四十年使い続けると折れることがある。ハンターは数日前にこの折れた牙を見つけ、持ち主のゾウを仕留めると決心したという。

ゾウが解体されたその日、ハンターはそのゾウの牙かどうかたしかめるために、拾った牙を携えて現れた。歯科医が慣れた手つきで残根に牙を添えるとぴったりと合った。死んでからほんのつかの間、ゾウは完全な体に戻った。

動物の死という衝撃的な体験をしたにもかかわらず、解体の最中でも、亡骸(なきがら)を包むその場の雰囲気にはどこか穏やかさがあった。ジュホアンのひとりが、ゾウの頭の付け根の厚い皮にナイフを突っこみ、体重をかけて脊柱から尻尾に刃を沿わせて走らせた。ゾウは最初の一斉射撃を頭や首、肺に浴びたとき、体内にアドレナリンが流れ、痛みとパニックに襲われたはずだ。そして横たわり、死を予期して目を閉じた。仲間の若いオスの四頭は大きな鳴き声を上げてパニック状態でブッシュに逃げこんだ。おそらく彼らは興奮をしずめてその日のトラウマを癒やし、殺し手のにおいと音を脳裏に焼きつけて喪に服し、その年長ゾウの指導を失った将来を案じているに違いない。

ニャエニャエの砂に刻まれた動物のあらゆる足跡で、いちばんわかりやすいのがゾウの足跡だ。奥地のニャエニャエや隣接するカウドゥム国立公園では、人よりゾウの数の方が二倍多い。しかしずっとそうだったわけではない。半世紀前にマーシャル一家がニャエニャエを訪れたとき、ゾウはときどき見かけるぐらいしかおらず、最も数の多い危険な動物はライオンだった。それがこの三十年ほどで、ライオンの数がかつてないほど少なくなり、ゾウの数が十数頭足らずから四千頭ほどに増加した。

遠い昔、カラハリのこの地域にゾウが多く生息していたかどうかはだれにもわからない。バオバブの老木についた傷の高さから、その昔ゾウがいたことはたしかだが、いまと比べてどれほどの数だったかは推測するしかない。

ジュホアンにゾウについて訊くと、「祖父母は話そうとはしなかったし、訊きだす理由もなかった。なぜ知らなきゃいけないのか?」と言われた。彼らが知っているのは、五十〜百年前よりゾウの数が多いことと、どれほど用心してもゾウは手の焼ける生き物で、ときどき非常に危険な隣人になることだ。

ジュホアンが子育て中のメスのゾウと子どもをうっかり驚かせ、メスが突進してきて殺された話がある。ほかにも発情したオスのゾウがジュホアンを襲った話も聞いた。これは生化学的に攻撃性が高まる自然な行動のせいだ。雄性（ゆうせい）ホルモンの一種、テストステロンのレベルが通常の六十倍に増え、発情するとおとなしいオスでさえ凶暴になり、予測できない行動をとる。そのときペニスから尿が漏れ、目の後ろの側頭腺が痛そうなほど膨らんで、そこからタンパク質と脂質を含むねばねばした黒っぽい液体が口にしたたる。発情期間の予想は困難で、一週間から長ければ一か月以上も続くことがある。発情したオスは交尾か争いしか頭にない。メスの気を引く分泌物のにおいが遠くまで漂うので、発情期のオスの近くや風下にいる場合は、そのにおいのおかげで容易にゾウとの遭遇を回避できる。ところがたまに風向きが悪いとか、茂みが小さいとかで、接近しすぎることもある。

　とはいっても、テストステロンの分泌で狂ったオスの一時的なかんしゃくや、子どもを守ろうとするときのメスの凄まじい気迫は、ジュホアンが心配で眠れないというほどではない。それよりも、僻地のニャエニャエに一年中水をもたらしてくれる、風車や太陽光発電で動くポンプを破壊するゾウの冷静な知能を目の当たりにしたときの方が、不安に駆られる。政府や現地の開発団体の援助のもとで、村人が井戸やポンプやパイプを喉が渇いたゾウから守る有効策を考えても、ゾウはもっと利口な方法で破壊するからだ。

　ゾウは迷惑な隣人になりうるが、ジュホアンは仕方がないことだと我慢している。少数の旅行者がゾウを見ようと窪地（パン）の近くにキャンプしてお金を払ってくれるし、ゾウのトロフィーハンティングのおかげで、毎年ニャエニャエのコミュニティにおよそ四十トンの肉が割り当てられるからだ。その上、ゾウ一頭を殺すたびに三万米ドル近い現金が得られるため、ニャエニャエ自然環境保護区に毎年最高六十万ドルの稼ぎが入る。それは村の給水所の維持や、保護区の管理、村での基本的なサービスの財源に充てられる。年度末に余った分は保護区の成人すべてに現金で割りふられる。

ジュホアンは、ニャエニャエをトロフィーハンターに開放する費用と便益について、この二十年にわたり多くの日数をかけて議論してきた。いまのところは政府と同じく、それは利益になると考えている。しかし、彼らはハンターの動機について理解に苦しむ。ハンターはなぜ、信じられないほどの大金を費やして、食べもしない動物をただ殺すのか？　なぜ象牙をとるだけのために狩るのか？　十九世紀の後半にかけて、ジュホアンはカラハリを荒らす大物狙いのハンターの動機は何なのか、つねに混乱させられてきた。そうした初期の大型動物を狙うハンターたちのせいで、百年ほどのあいだにニャエニャエでゾウが激減したのは間違いない。

ヴィクトリア朝時代の博学者フランシス・ゴルトン——高気圧の発見者、計量心理学の創始者、優生学と差異心理学〔個人差や性差、民族差など、集団内の差異を研究する学問〕の父——と友人のチャールズ・アンダーソンが百五十年前にカラハリを訪れたとき、西部カラハリはトロフィーハンターの天国だった[1]。

一八五一年、マスケット銃を持ったアムラール・ホッテントットの一団を同行させ、ゴルトンとアンダーソンはゴバビス北東部の地図にない「荒野」に繰りだした。目指したのは、スコットランドの探検家デイヴィッド・リヴィングストンが数年前に偶然発見した伝説のンガミ湖だった。しかし、ふたりはンガミ湖へのルート発見よりも、それまでの狩猟の旅で「戦利品」のバッグにどうしても加えられなかったサイの狩りに興味をもった。一行はすでにウォルヴィスベイの海岸を出発してナミビアの山脈の尾根を越え、およそ千五百キロメートルもの道のりを旅していた。ようやく現在「リートフォンテーン」の名で知られる「ブッシュマンのテリトリー」の南東境界地帯にある水場に到着すると、サイをはじめとしてあらゆる獲物が集まっていた。ふたりは東方にあるリヴィングストンの伝説の湖に向かう計画をあっけなく放棄し、リートフォンテーンに滞在して「スポーツ」を堪能してからウォルヴィスベイに戻った。ゴルトンはロンドンに帰ると王立地理学会から名誉あるメダルを授与された。

リートフォンテーンの水場にはふたりが圧倒されるほど多くの野生生物が集まっていた。アンダーソンは日暮れから床に入るまでの五時間で「八頭以上」のサイを仕留めたと書いている。その日の大虐殺について「無用な食肉処理を喜んでいるわけではない」と書いたところをみると、夜はさぞかし寝つけなかっただろう。

ゴルトンも、視界に入った不幸な動物を手当たりしだい撃ちまくる豪快なスポーツについて書き残している。もっともアンダーソンとは違ってすぐに解体見学には飽きたようだ。彼は熱心に動物の行動を観察したり、カラハリでユニコーンやグリフィン〔頭がワシで体がライオンの姿をした伝説の生き物〕を見たことはないかと現地のブッシュマンに訊いて回ったり（見たことがあるとブッシュマンは断言している)、仕留めた大量の肉の調理法をあれこれ試したりした。「サイの子どもの締まった皮が丸まって、焼くとすばらしい味がした。幼い動物の皮も肉もおいしいとは知らなかった」と記している。おそらくアンダーソンのサイを撃ち殺す腕前よりも、ゴルトンの料理する腕前の方が相当優れていただろう。リートフォンテーンのサイには人を恐れる理由がなく、臆病というより好奇心が強かった。それはハンターにとって幸運だった。ゴルトンとアンダーソンのマスケット銃は二十〜三十メートルほどの距離しか届かなかったからだ。ゴルトンは「二頭の巨大な白サイ」を見て「大喜び」し、それから「われわれ二十人ほどが大慌てで走ってかなり近づいた。一頭がこちらのようすを探ろうと向かってきたので、われわれは一斉に撃ち、まるで野ウサギのようにサイを倒した」と回想している。

当時そこには多数のゾウがいたが、サイと違って人を怖がった。マスケット銃の発砲音もはっきりと覚えていた。アフリカの象牙に対するヨーロッパ人の欲望は、ゴルトンとアンダーソンが初めて手当たりしだいにサイを撃った狩猟旅行の前の十年間にわたって、すでにカラハリのこの「未踏の地」にいる動物にさえも影響し始めていた。

十八世紀、象牙はいまのプラスチックのように重宝され、欧州の新興産業にとって不可欠な原材料だった。強くて耐久性があり、美しくて彫りやすいため、象牙はクシからビリヤードの玉、クリスマスツリーの飾りまであらゆるものに使われた。南アフリカの野生ゾウの個体数の大半は、ケープ地方に初めてヨーロッパ人の恒久的な植民地が建設されてから二百年のあいだに消滅したため、十九世紀初頭には、象牙目当ての狩猟家や商人ははるか北のカラハリに目を向けるようになった。まず商人が砂漠の南側周辺に滞在し、ツワナ語を話す民族に砂漠の奥地に入らせて銃と象牙を交換した。しかし、それでは象牙は少しずつしか手に入らなかった。ツワナの狩人はライフルには慣れていない上に、もっぱら歩いて猟をする。よって効率が悪いだけでなく、マスケット銃と重い象牙を運ばなくてはならないため、一度に一、二頭ほどしか撃たなかった。ゾウはすぐに人間を避けるべきだと習得した。その気になれば、不用心なハンターがマスケット銃に銃弾を込める前に、突進して押しつぶすこともできると学んだ。ところがヨーロッパ人の象牙商人が自ら率先してカラハリに入り、荷馬車とウマを運び入れたことで状況が変わった。ウマを使えば、ハンターの行動範囲はかなり広がり、ハンターが再装塡する際に向かってくるゾウからも逃げられる。荷馬車があれば、一トンの象牙を運んで戻ってこられる。

ゴルトンが料理やレクリエーションや冒険のために、また武勇伝をもち帰って好評を得るために狩猟を行った一方、プロのハンターとなれば狩猟はそれほど華やかなものではなかった。人材や供給ルート、開業資金、数々の装備が必要になる。カラハリで産業規模のゾウ狩りによって大儲けした最初のヨーロッパ人が、ルアレイン・ゴードン＝カミングだ。一八四一年に南部カラハリで一度の狩猟旅行に、五万個の雷管、一万六千個の弾薬筒、約百八十キログラムの弾丸、約二百三十キログラムの火薬を運びこんだ。[2]

そのあと三十年にわたり、多くの商人とハンターがカラハリ周辺に住みついた。カラハリの北からポルトガルのハンターと商人が、西からドイツ人ハンターが、東と南からアメリカ人とイギリス人、アフリカーナが奥地に進んだ。一八六五年までに、カラハリでは年間六千頭のペースでゾウ狩りが行われ、ゴルトンがゴバビスからリートフォンテーンまで切り開いた道は交易路になり、一年におびただしい数の荷馬車の列が通った。西部カラハリでは一八七七年に、ハンツィ（現ボツワナの都市）に住むヘンドリック・ファン・ゼイルという名のハンターが四百頭のゾウを狩り、翌年には、六人の仲間と協力して一日の午後だけで百頭を超えるゾウを次々と撃ち殺したと述べている。

当時の独立国家トランスヴァール共和国〔現南アフリカ北東部の地域に移住したブール人が建てた国〕の元議員だったファン・ゼイルは、のちに中央カラハリに初めて定住したヨーロッパ人となる。「辺境開拓者の正義の擁護者」、ファン・ゼイルは現地の象牙取引を支配して富を成すとともに、大胆不敵との評判も築いた。通りかかったアフリカーナの旅行者の子どもがブッシュマンに殺された話を聞いたとき、ファン・ゼイルは犯人とされたブッシュマンのバンドを宴会に誘う。ブッシュマンがたらふく食べてブランディで酔うと、彼らを縛るよう命令し、殺された子どもの家族を呼んで彼らを撃つように言った。家族がうろたえると、召使にブッシュマンを撃ち殺すよう指図した。男女と子どもを合わせて三十三人のブッシュマンがその日に処刑された。

ジュホアンのなかで、祖先がゾウ狩りをしたかどうかについてはっきり知っている者はいない。ニャエニャエとオマヘケでは、ジュホアンはゾウ狩りについて話すこともないし、ゾウ狩りの技術ももっていない。おそらく一八七〇年代にゾウはいなくなったため、その技術が忘れ去られただけだろう。

狩人のツイは、昔ジュホアンがゾウ狩りをしたとするなら、「ものすごく足の速い者」がゾウを追いかけて待ちぶせしたのだろうと言った。しかしあまりにもばかげた話なので、彼はその考えを口にしたとたん思わず笑った。ゾウは危険な動物であるだけでなく、カバやサイのようにあまりにも大きくて、どれだけ多くのジュホアンが集まっても肉が腐るまでに食べきれない。大型のエランドやキリンなら、みんなに分け与えてちょうど満足できるほどの肉がとれるし、狩りで逆襲されて殺される危険もかなり低い。それにジュホアンがいまも使っている小さな槍と軽い弓は、ゾウほどの大きさの獲物を倒すにはまったく歯が立たない。

　ほかの地では、ブッシュマンがゾウ狩りをした記録が残っている。一六六八年にケープ地方に住む入植者のジョン・シュレッダーはこう語った。狩人が「平坦な砂地で」一頭のゾウを取り囲み、あらゆる方向から槍で突いた。ゾウは右往左往して鼻を振り回すが狩人はうまくよけ、「体のあちこちに槍で突かれた傷から血が流れだすと、ゾウは力尽きてその場に倒れた[3]」。

　たとえジュホアンが象牙取引にかかわっていなくても、ほかのブッシュマンはそうではなかった。デイヴィッド・リヴィングストンは、ンガミ湖のそばのボテティ川周辺に、「身長およそ百八十センチメートルで、カラハリの乾燥地のブッシュマンよりも色黒の川のブッシュマン」が住んでいて、彼らは「長い刃のついた槍」で多くのゾウを狩ったと述べている[4]。当時ハンターで商人をしていたジェイムズ・チャップマン（子孫の多くがオマヘケでいまも農場を営んでいる）は、ボテティ川のブッシュマンがツワナ人の「主人」に強要されて、槍で突きやすいようにゾウを足がとられる沼地に追いこんだ、とくわしく説明している。ひとりの「女性のように細い腕」をした「機敏な」ブッシュマンが、「短時間で三頭のゾウを殺せた」とチャップマンは褒め称えた。

一八八〇年代半ばには、カラハリの象牙取引は壊滅的に衰退する。ハンターがゾウを殺すペースの方が、ゾウが子どもを産むペースより速かったのだ。その上、牙をもつあらゆる大型動物が一掃された。ゾウがあまりにも少なくなり、用心深くなったため、ハンターは狩猟探検に繰りだす費用を回収できるほど、多くの象牙を収穫できなくなった。

ニャエニャエ自然環境保護区は、現代の象牙ハンターを受けいれていなかったら生き残れなかったに違いない。

一九九〇年代初め、自然保護活動家は、ゾウやサイなどアフリカの重要な種が、狩猟のためにまもなく絶滅して野生生物の生態系が崩壊するのではないかと危惧した。アフリカの中央、南部、東部で毎年、憂慮すべき数の野生生物が殺された。それを推し進めていたのは供給と需要の関係というわかりやすいものだ。アジアには象牙とサイの角の需要がある。アフリカには比較的わずかな手数料でそれらを供給したいと思う人がいる。アジア市場での需要を阻止する手段がないと知って、アフリカの自然保護活動家は供給側に目を向けた。だが、密猟を法律で禁じたところで十分な効果は出なかった。各政府には、獲物が最も豊富にある僻地を取り締まるための資金も人材もなかったからだ。

自然保護活動家が考えるように、問題は、アフリカの自給農耕民が野生生物の保護は何の得にもならないと思っていたことだ。野生生物はときには惨事をもたらす迷惑な存在となる。ゾウの群れは数分で一年分の収穫を破壊し、人が夜中に外で排尿しているときには、腹を空かせたライオンが忍びよる。食料貯蔵庫に入りこむネズミや、ニワトリを襲うキツネとはわけが違う。地方の自給農耕民にしてみると、象牙のためにゾウを射殺することで危険な野生生物を駆除できると同時に、驚くほどの大金を手に入れられる。自然保護活動家は、地元コミュニティが問題のある野生生物によって被る不利益を埋めあわせるにはどうすればよいか、密猟ではなく保護するよう説得するにはどうすればよいかに悩んだ。

彼らが提案した解決策は、地元コミュニティに限定的な権利を与えて、野生生物などの天然資源の管理を部分的に民営化することだった。地元の人々が野生生物の所有権を主張することができるようになれば、その天然資源の利用から直接利益を得られ、持続可能なバランスがとれるかもしれない、と自然保護活動家は論じた。つまり、僻地のコミュニティが組織を設立でき、観光事業を始める権利が得られ、トロフィーハンティングにふさわしい場所ではハンターを受けいれれば手数料が入る。このモデルはまずジンバブエで試されてから、ボツワナとナミビアでも採用され、二国はアフリカの野生生物保護で最も成果を出している。ニャエニャエは、ナミビアで初めて「自然環境保護区」を設定したコミュニティのひとつだ。いまではナミビアに五十を超える自然環境保護区が点在する。

ニャエニャエ自然環境保護区は、一九九八年に設定されてからほぼ二十年が経った。ジュホアンは不満を漏らすものの、これほど長く続くのは成功している証だ。だれも裕福にはならないが、ジュホアンの自立を維持するのに十分な富を生みだしている。別のやり方では不可能だっただろう。また、このやり方ならジュホアンが自分の村にとどまるかどうかを選択できるし、ウシをつれたヘレロ人などの集団移住を防ぐ手段にもなった。ニャエニャエの将来世代のジュホアンが、保護区について自分たちにふさわしいものと感じるかどうかはわからない。ただ時間が経てば、少なくともかけた費用を回収できるだけの便益は生まれるだろう。

ゾウの解体は大変な作業だ。合わせて六トンになる皮や筋、さまざまな臓器、歯、牙、骨は、人がナイフで突きさしたり、斧を振り下ろしたりしたところで簡単に処理できない。正午にふたつの地元の村から十数人のジュホアンの男が現れて、肉から剝いだ皮や、骨からそぎ落とした肉を几帳面に分けていく。まもなく鼻が切り落とされ、顔から皮膚が剝がされると、格子状の白い脂肪とどがめるような片方の目玉があらわになった。死体はいまにも破裂する勢いで膨張した。薄い真皮としかるべき位置に腸を支える脂肪しか残されておらず、本当に破裂しそうだった。私は念のため反対側に立った。

圧力を抜くために、解体者が最後に残されたすべての部位を支える脂肪の層にナイフを入れると、膨張した腸が胸腔からぬるっと飛びだした。あらわになった腸の一部にところどころ穴を開けて膨らみからガスを逃がす。ヒューという音とともに糞と死のにおいが辺りに漂う。

午後、村に肉を分配するための自然環境保護区のトラックが到着して、応援に駆けつけた男たちが加わった。だれもが満足気に作業している。解体は大がかりな作業だ。初めてゾウを解体するという者は何人かいたが、解体の経験がまったくない者はいなかった。大きさに関係なく、哺乳類の体の内部はそれほど違いがないので、彼らは自信をもって作業に取りかかった。若くて機敏な男には死体のなかや上によじ登ったり越えたりする仕事が与えられた。服も手も足もすぐに血に染まり、とても濃い色なので黒色にも見えた。

女性はオーストリア人ハンターだけだった。狩人ツイに、このように女が狩りにかかわると悪運をもたらさないかと訊いた。ジュホアンには、さっきまで女性が座っていた場所に腰かけるだけで、猟が台無しになるという言い伝えがある。「今回は違う」とツイは笑って、私が間違っている証拠だと言わんばかりに死んだゾウを指さした。

「それにあんたたち白人は、おれたちとは違う人間だ」。くわえたタバコに火をつけてくれ、と身ぶりで示しながら言った。彼の両手は血でべっとりと濡れていた。

脇腹の皮が剥がされたとき、オーストリア人ハンターがジュホアンの解体者のあいだに割りこんで、死体から拳(こぶし)大の肉の塊を切りとり、夫が用意した小さな火に投げいれた。その火は死体の風下にあったので、腐敗したはらわたのにおいがコンロに押しよせ吐き気を催した。とはいっても、食べてみないかとゾウの肉を差しだされて断るのは、死んだゾウ——そしてその夜ごちそうを楽しむ大勢のジュホアン——に対して失礼だ。驚いたことに、ゾウの肉はうまかった。

ゾウを撃つのはとくに難しいことではない。現代の高性能のライフルなら遠くからでも致命的な打撃を与えられるし、平均的な標的と比べてゾウに命中させるのは簡単だ。しかし、こうしたこだわりのあるハンターには、年長ゾウならどれでもよいというわけにはいかなかった。すでに子どもをつくった適当な歳で大型のオスを探す必要があった。そのため、このオスを仕留めるまでに、ハンターとトラッカーはかなり苦労した。日の出前にキャンプ地を出て、ライフルを一度も発射することなく帰る日々を十五日間過ごした。多くのゾウを追跡して観察した。成熟したオスに遭遇すると、撃つのにふさわしい個体かどうかを判断するために根気よくあとを追う。十分な大きさか？　まだ発情するか？　撃ってもよい歳か？

ゾウの年齢を知るのに最も効果的な方法は歯を見ることだ。新しい臼歯（人間の親知らずのように、ある年齢になると生える歯）の数とすり減り具合から最も正確な年齢がわかる。ただしゾウは素直に歯を見せてくれないので、ハンターは頭の形や身のこなし、脊柱の位置、牙の大きさ、足跡で見当をつける。

この砂漠では、哺乳類や爬虫類が体をひねったり方向転換したりといった、あらゆる動きが砂上に刻まれる。それがゾウの足跡なら、その頭に銃弾を撃ちこむのに適したオスかどうかを見極める判断材料となる。

もし、骨格だけになったゾウの動きを見ることができれば、爪先立ち、あるいは弾力のあるハイヒールを履いているかのように踵を浮かせて歩いているようすがわかるだろう。大きな足の骨は、脂肪のやわらかいクッションと結合組織によって地面から浮いた状態になるため、物音を立てずに静かに歩ける。足裏はひびが入って光沢のある角質で覆われていて、カリフラワーのようなでこぼこした畝がところどころにある。ゾウの歳のヒントになるのがこの角質と畝だ。より大きくてなめらかで輝いていればいるほど歳をとっている。

この猟では二週間ものあいだ、数頭の大きなオスのあとを追ったが、どれも殺すには若いとトラッカーが判断した。

ハンターがニャエニャエに三週間滞在して帰る前の日に、そのゾウは撃たれた。何があっても次の日にはヘレロランドの道路を突っ走って、家路に向かう飛行機に乗る予定だった。数日前の夜に、もし手ぶらで帰ることになったらどう感じるだろうか、と訊いてみた。「ハイキング・サファリを楽しんだと思うだろうね」とふたりは答えた。

そしてハンターは払った大金に見合うだけのものを獲得した。ゾウを仕留めたその日、彼らの振る舞いには気楽さや親密感、性交後の落ちつきのようなものが見られた。多くのハンティング社会では、命を生みだす行動にともなう感情的・肉体的な深みを感じさせる何かが、命を奪う行動にも見られる。これらのハンターにはそれを表す言葉はないが、ジュホアンはそれを「ノウ」の一種だと捉えている。

トロフィーハンターは、彼らの「スポーツ」とその深みがどう結びついているかを言い表せないし、ハンターでない者に動物を殺すときの気持ちを説明することは難しい。動物といえばペットか、あるいはレストランで出される肉や、スーパーマーケットのパック詰めの肉しか思い浮かばない退化した都会人の前では、とくに言葉に詰まる。ほとんどのハンターにとって狩猟は経験に基づいている。それを表現するとすれば、しびれるような感覚、増幅される感情、押しよせるアドレナリン、猟の疲労、そして最後には死への直感的な接近だ。このふたりのゾウハンターもそれは同じだ。私がどう感じるか訊いたとき、彼らはよい言葉を見つけられなかった。それは仕方がないことだろう。トロフィーハンティングについてとても雄弁に語ったアーネスト・ヘミングウェイでさえ、野生生物を分別なく殺すことに関して、それに理不尽な情熱を注ぐ者にはうまく言葉を伝えられるが、ハンターでない者に対しては苦労している。「人にはハンターとハンターでない者がいる」というのがヘミングウェイの考えだ。そのため、彼は狩猟や魚釣りについて書くとき、ハンターとして書いたり、あるいはハンターについて書いたりはしなかった。社交的な目配せのような意味ありげな文章で、自身と同じ経験をした者だけに理解できる合図で語りかけた。

毎年およそ五千人のトロフィーハンターがナミビアを訪れる。その三分の二がドイツやオーストリア、アメリカからやってくる。シーズンが始まると、国際空港はモーゼルやレミントンやサベージアームズ製のオーダーメイドの銃を携えて通関手続きをする人の列で大混雑する。狩猟は

金のかかる趣味だ。ゾウやライオン、サイを撃つ資金がある者にとって、記念品が並ぶ棚は、自然を征服するようにビジネスの世界を征服した勝利を物語っている。それらの大型動物を一頭仕留める費用は、富裕国の成人の年間平均手取り額を上回る。そのため、狩猟ができる私有地農場でもっと手ごろな価格の動物、たとえばクーズーやオリックス、スプリングボック、イボイノシシを標的にするという、より控えめな野心を抱えてナミビアにやってくるハンターがほとんどだ。

予算を抑えたいトロフィーハンターは、定額のプランから標的を事前に注文するのが一般的だ。仕留めたい動物の料金を前払いし、動物が現れたら撃ち殺せると保証されている。ハンターは少しばかり歩いてあとを追うための心構えをし、そこそこ真っすぐに弾を飛ばせればいい。農場主は注文された動物の「在庫」が十分あるか、また農場のどこで発見できるかを把握しておく。たとえば水を飲んだり岩塩をなめたりしに来る場所なら、銃を怖がる動物でもいや応なしに現れる。ハンターのなかには追跡が好きな者もいる。優れた狩猟ガイドは、そういう顧客には不要な回り道をさせることが多い。いい土産話になるからだ。一方、コレクションになる記念品が増えれば満足する顧客もいる。そういう顧客は記念品をバッグにしまうや否や、プールサイドでビールを片手にほかのハンターと銃の口径や現地の剝製師、次の標的について冗談を交わしながら優雅なときを過ごす。

農場主やスタッフは顧客を褒めちぎる。ときには真面目でときには陽気な、血と死を分かちあった仲間意識をもって彼らは暮らしを立て、すばらしい狩猟旅行に仕立てるために懸命に働く。ハンターをガイドするトラッカーも、解体する働き手も同じだ。彼らとその家族はたいてい仕事が終わると肉にありつく。とくにアメリカ人などの顧客には、給料が少なく思えるほどのチップを気前よくはずんでくれる者もいる。

第十章 ピナクル・ポイント

ピナクル・ポイントのゴルフコースは、一四八八年にバルトロメウ・ディアスの一団が接岸したモッセル・ベイの自然港の南数キロメートル先に位置する。高額な利用料金と型通りの豪華なクラブハウスからして、裕福で大望を抱く人々に人気があるのはあきらかだ。コースは波しぶきがあがる湾からそびえる断崖絶壁の上にあり、ゴルフをしながら山も海も眺められる。

ピナクル・ポイントは難しいコースだ。手元が狂うとゴルフボールはたいていフェアウェイをはずれ、はるか下の海に落ちる。幸いにもゴルファーにはボールを打つのに便利なクラブがある。どれも適切な重さで、できるかぎり強く、精巧かつ人間工学的に製造されたものだ。ここでプレイするゴルファーならティー・グラウンドの移動中に、太古の人々のことなどおそらく考えもしないだろうが、およそ七万一千年前にピナクル・ポイントで暮らしていた人々も、小さな投擲物(とうてきぶつ)を遠く正確に飛ばそうとして頭がいっぱいになっていた[1]。ゴルフ道具は現代の裕福さの象徴だが、何万年も昔にピナクル・ポイントにいた人々が作った投擲物が、「始原の豊かな社会」を可能にした栄養摂取と労力の関係の謎を解き明かす重要な役目を担っていると知ったら、ゴルファーも驚くだろう。その社会では、ピナクル・ポイントのゴルファーが夢見る余暇をたっぷりと楽しめた。

　ゴルフコースの六十メートル下、海面の最高水位線より上の安全な崖のかげに、いくつか洞窟がある。ほぼ十五万年前に人類がその洞窟を利用していた証拠を考古学者が発見した。また、七万年前に複数の部品でできた洗練された矢を作れる職人がいた痕跡も見つかった。

　最近までほとんどの古人類学者のあいだで、初期のホモ・サピエンスは生物学上では現代的だが、認知能力では「原始的」であると意見が一致していた。ピナクル・ポイントなどの遺跡が発見されるまで、初期の人間が、現在の私たちを定義するような複雑な象徴的思考能力や問題解決能力をもつという証拠がほとんどなかったからだ。二万年前より昔の芸術的な作品がないことに加え、「複合技術」の証拠に乏しい点を古人類学者は指摘していた。「複合技術」とは、かえしのある釣り針や、柄のついた斧や槍のようなものを設計・作成・使用するために、べつべつの材料や技能一式以外に相補的な技術を必要とするものである。

　ピナクル・ポイントで最も注目された発見のひとつが、顔料になるオーカーの数百ものかけらだ。それは十六万二千年前のものと暫定的に推測された。考古学者が人間活動の証拠を発見した最も深い場所でそれらは掘り起こされている。独特の鮮やかな赤色をしているそのオーカーは、洞窟から数キロメートル北の採石場から運ばれたものであると古人類学者は確信した。大きなかけらの表面には、オーカーの粉を作るために挽(ひ)いてこすりとった跡も見られた。粉を獣脂と混ぜて、それひとつで化粧品と日焼け止め、虫よけの効果があるあざやかな色のクリームを作っていたことが、ほかで発見された証拠をもとにあきらかにされている。
　オーカーのかけらがその洞窟に偶然に辿りついたのではないと仮定すると、認知革命は生物学的現生人類が約二十万年前に地球上に登場してまもなく起こったことになる。それにこの手法は南部アフリカで普及したようだ。ピナクル・ポイントからおよそ六十キロメートル西にある、同じく有名なブロンボス洞窟が、オーカーのクリームが作られたり、真珠層の厚いアワビの貝殻に保管されたりした十万年前の顔料「工房」だったことがあきらかになった。近くの海岸洞窟でも、今日多くのブッシュマンが作成するダチョウの卵殻のビーズに似たものが作られていた証拠が見つかった。
　技術的な視点で見ると、ピナクル・ポイントで最も興味をかきたてる出土品は、小さくて精密かつ精巧な細石器、長さ一～三センチメートルの石刃(せきじん)だ。その洞窟の最古の細石器はおよそ七万一千年前のものと言われており、最新のものはおよそ六万年前とされている。古い細石器と新しい細石器の大きさと形にわずかな違いがあり、その期間に技術が進歩したことが見てとれる。[2]
　それらの細石器は柄に取りつけなければほとんど役に立たない。樹液を使って柄に接着したか、あるいは動物の腱か植物繊維のひもを使って柄に結びつけたと考えられる。投擲物が矢か投げ槍として使われたかどうかはわからない。というのも弓やアトラトル（小さな槍を投げるための道具）は腐りやすくて、何千年か前に土のなかに消えてしまったようだからだ。植民地時代にブッシュマンがアトラトルを使用する伝統はなかったことを考えると、細石器は矢じりに使われた可能性が高い。もしそうだとしたら、二十世紀のブッシュマンやほかの旧石器時代の人々が使用した狩猟技術の背後にある基本原理は、これまで推測されてきた弓矢の発明の年代よりかなり前から存在するということになる。それに初期のホモ・サピエンスはもっと賢かったということだ。

細石器で最も興味深いのは、石を砕いて作られていないことだ。細石器の材料はシルクリートという礫岩(れきがん)で、石英のように硬く、薄片を剝がして刃にするのに適している。シルクリートは見つけにくく、扱いも容易ではない。精密に薄片を剝がすには慎重に熱する必要がある。加工の工程は、採石場からの切り出しや火の使用、石の破砕など複雑で何段階もあることを踏まえると、細石器を作る能力は、さまざまな鉱物で何年も試作して身につけたものだと考えられる。

考古学によって再構成される歴史とは、平凡な発見に驚くほど重要なことが隠れているかもしれないという壮大な仮説の断片を寄せあつめたものだ。考古学者は偶然に保存された古代生活の断片から、社会全体を想像するのが仕事である。出土物が革新的であればあるほど、自身の意見を伝える際にますます慎重になる。南部アフリカの旧石器時代のケースでは、氷河期が繰り返されて海水面が上がったり下がったりした事実によって、考古学者の仕事がいっそう複雑になった。細石器が洞窟に放置された時代の海水面は、現在と比べて二十〜三十メートル低かっただけだった。しかし、およそ十八万年前の海水面は現在より百四十メートルほど低かったので、ピナクル・ポイントは百キロメートルほど内陸にあったことになる。つまり、十万年以上前に沿岸に住んでいた人々のなかに洗練された技術をもつ者がいたという証拠が、波の下に眠っているかもしれないということだ。

ほかにも、考古学者が長年想像してきた南部アフリカの弓矢類の証拠を裏づける出土物が見つかっている。ピナクル・ポイントからおよそ千百キロメートル北東の内陸に位置する、現在では南アフリカのクワズール・ナタール州のサトウキビ畑にある「シブドゥ洞窟」と呼ばれる岩窟住居で、興味深いものが発見された。考古学者がそれまではほんの四万年前に習得された技術だと考えていた骨の道具作りが、六万一千年前に存在した証拠が見つかったのだ。そのなかには骨で作られた精密な縫い針とともに、血と骨の跡がついた細石器も含まれている。その唯一の使い道は矢じりだった。[3]

こうした発見をさらに説得力のあるものにしたのが、同じクワズール・ナタール州のもうひとつの岩窟住居、ボーダー洞窟で見つかったものだった。南部アフリカの人々が五万年前（あるいは議論の余地はあるが、もしかするともっと昔）に、二十世紀の狩猟採集民ブッシュマンの物質的文化と類似する文化をもっていたことがあきらかになった。[4] その洞窟での出土物はとりわけ特別だった。地質学上の偶然が重なり、その洞窟のなかは驚くほど湿気が少なかったため、ほかの発掘現場なら分解されて土になってしまうような有機物が、ここでは乾燥状態で保存されていた。洞窟では四万五千年前の骨の矢じりや掘り棒、樹液の接着剤、ダチョウの卵殻のビーズが見つかった。そのビーズは、カラハリ中のサン人が行っていたのとあきらかに同じ手法で作られていた（いまのサン人はビーズ作りにステンレス製の爪切りを使っている）。

その洞窟では、もっと近年の二万四千年前の訪問者が落とした、切れ込みのある細い木製の棒も見つかっている。それは二十世紀のブッシュマン・グループが矢に毒を塗るために使う道具と酷似しており、切れ込みの付着物を分析すると、リシンを主成分とする毒物の痕跡があることがわかった。その洞窟のほかの出土品のように古くはないが、狩猟に毒が使われた最古の証拠となる。コイサン人の狩人がずっと以前から毒を使用していた可能性がかなり高まった。ピナクル・ポイントの細石器の制作者も使用していたかもしれない。有機毒に含まれるタンパク質の残存期間は短いので、自然にさらされると痕跡が残る前に消えてしまう。そのため古代に毒を使用した証拠を手に入れにくいのは仕方がないことだ。しかし、初期の狩猟採集民が地元で入手できる毒を試したのはほぼ間違いないだろう。人類と比べてはるかに知能が劣るチンパンジーやオマキザルに、薬草のくわしい知識をもつと思われる行動がよく見られる。もっと賢いヒト科のなかに未熟な方法で毒を使っていた者がいたと考えてもおかしくないはずだ。

報告されたどの狩猟採集民コイサンも類似した道具や技術を使っている。ニャエニャエから遠く北に住むクン・ブッシュマンが伝統的に使用する狩猟用具は、二千キロメートル南のケープ地方に住むツァム（|Xam）が使用するものと設計も機能もよく似ている。

遺伝子情報が示すように、北部カラハリのコイサン人と南部のコイサン人は三万五千年ほど前に分岐しているため、そうした根本的な技術がそれ以前に広まったことはほぼ間違いない。それらの技術が、それ以降ほかに取ってかわられなかったという事実は、技術的に洗練されていて有効だった証だ。

鉄の矢じりや槍の穂を除き、現代ニャエニャエの狩人が使う狩猟用具は、南部アフリカ中のブッシュマン狩人が使うものととても似ている。ジュホアンの狩猟用具一式は次のようなものだ。柄つきの槍（二十センチメートルほどの金属の穂に柄がついている）、硬材の掘り棒（片端を斜めに削って尖らせていて、棍棒のかわりにもなる）、弓矢（植物の硬い皮でできた円柱形の矢筒にきっちり収められている。矢筒は太い腱を撚りあわせたひもで三、四回きつく巻かれ、ぴったりあう生皮の蓋が取りつけられている）。ほかにも夜、ブッシュで過ごすのに欠かせない火おこし棒と暖かいなめし皮のブランケットや、予備の弓の弦、おそらく斧などがある。肩ひもを矢筒につけて、槍や掘り棒をそれに取りつけるのを好むジュホアンもいるし、小型のレイヨウの一枚皮でできた小粋なバッグに用具を入れ、矢筒を縛って携える者もいる。狩猟用具一式の重さは三キログラムにもならない。肩にかけるとバランスがとれ、ほどよい重さで狩人が走るときは動かず邪魔にならない。

　弓は狩人の用具で最も重要だ。伝統的な弦の材料はキリンやエランド、オリックスの後肢や背の腱だが、いまはナイロンを使いたがる狩人が多い。雨に濡れてもやわらかくなったり、すぐに擦り切れたりしないからだ。弓幹（本体）はグレウイアなどのしなやかで弾力のある硬材の皮を剝がして作られていて、先を徐々に細くしている。乾燥させた腱でできたなめらかな帯は、ハンドグリップになるよう中央に巻いたり、弦をしっかりと固定するため弓の両端を巻いたりするのに使われる。弓には矢がなければ役に立たない。それにこの技術の洗練さを如実に表すのが矢だ。どうしてブッシュマンは、ほかの狩猟文化の弓より大きくて強力なものを作らないのだろうか？　それは矢を見ればわかる。

その矢は恐ろしい武器にはまったく見えない。重さはわずか三十グラム、長さは六十センチメートル以下だ。矢柄（軸）は空洞のある硬いアシの茎を細い腱の糸で強化している。小さくて硬い骨と木の破片（通常八〜十センチメートルの両端の先が細い破片）が茎の空洞にはめこまれている。矢じりは矢柄の細くなった部分に乾燥した腱を用いて取りつけられ、樹脂で補強されることが多い。矢じりの材料は従来骨だったが、いまはほとんどの場合、フェンスのワイヤーを使っている。ワイヤーの先端を叩いて平らにしてから尖らし、わずか幅一・二センチメートル、長さ一・八センチメートルの「かかり」〔獲物に刺さって矢が抜けないようにした突起〕のある矢じりにする。

小さな弓を使って、矢だけでリスより大きな獲物を仕留めるのは難しいだろう。そこで効果を高めるカギを握るのが毒だ。

ジュホアンをはじめとするブッシュマンなら、より強力な威力をもち、もっと大きな矢を射られる大きな弓を簡単に作れた。しかしそれでも効果は上がらなかっただろう。キリンやエランドのような大きさの動物を確実に仕留められる威力があって、容易に携帯できる弓が作られるようになったのはごく最近になってからだ。精巧に設計された複合弓を装備した現代のハンターの場合、キリンを狩るために最小限必要な弓を引く力は、約四十五キログラムとされている。それは百年戦争中のアジャンクールの戦いでイギリスの射手が使用した、長弓を引く力より一〇パーセントほど強くて、ジュホアンの弓のそれより九倍以上強い。それほどの力があっても、獲物を仕留めるには肺か心臓に食いこむよう適切な位置に命中させなくてはならない。

ところがジュホアンの狩人は、その小さな弓で獲物を確実に殺せる。獲物の体のどこの皮膚であっても傷がつくだけの力で矢を射ればいい。命中した位置によって獲物に毒が回る速さが違ってくるだけだ。首あるいは肺や心臓の近くに当てた方が、肉付きのよい横腹や脚よりもかなり早く効果が現れる。矢が標的に命中すると、獲物の皮膚に食いこんだかかり付きの矢じりからアシの矢柄がすぐに離れる。矢じりをはずれにくくするだけでなく、矢が体から突きでているのに気づいた獲物が驚いて逃げ回らないように配慮している。これは大切なことだ。というのも、獲物の大きさによって毒が効くのに数時間から数日かかり、そのあいだにどこかに行ってしまうからだ。狩人が近づけるほど獲物が衰弱したら、槍で素早く息の根を止める。

ブッシュマンが使用する毒は地域によってさまざまだ[5]。ボーダー洞窟で発見されたリシンを含む混合物は、在来種のトウゴマの種子から抽出された酸で作られていた。エトーシャに住むハイオム・ブッシュマンは、インパラリリー（*Adenium multiflorum* ――いまでは先進国の温室で優雅に花を咲かせる植物）の根をとろ火にかけて、毒となる樹液を煮出す。

少量の毒を動物の血流に入りこませて、肉に毒を回さずに中毒死させるやり方を編みだすまでに、命がけの試行錯誤を何度も繰り返してきたに違いない。そう考えると、ジュホアンやほかの北部・中央カラハリのグループが使用する毒にはとりわけ感心させられる。その効果が優れているからだけでなく、まったくの暗中模索で手に入れたものだからだ。

カラハリのあちこちに生えているのが、コミフォラ・アフリカーナで「アフリカン・ミルラ」とも呼ばれる小さな花だ。小さくてみすぼらしい木で人の高さよりめったに大きくならない。春先に花を咲かせて、食べられない小さな赤い実をつける。その葉がハムシの一種、ディアンフィディア（*Diamphidia*）の好物となる。光沢のある銅色で形や大きさはテントウムシに似ていて、一見毒などなさそうな虫だ。そのハムシはコミフォラの葉柄（ようへい）に卵を産みつけて糞で覆って保護する。やがて卵が地面に落ちると、その刺激で濃いオレンジ色の小さな幼虫が卵から這いでてくる。そして地面を掘り、深い砂のなかでときには一年以上も待って蛹（さなぎ）になる。

その幼虫は簡単には見つからない。数匹捕まえるにはコミフォラの茂みの下を掘らなければならない。毒の採取方法は、まず幼虫を指と指のあいだに挟んで優しく転がし、やわらかくしてから、頭をちぎってどろどろのはらわたを絞りだす。それから直接矢じりの根元に塗る。幼虫が乾いている場合、つぶして粉にし、唾や樹液と混ぜて湿らせてペースト状にすることもある。毒はほんの数滴垂らせば十分だ。それ以上垂らすと無駄になる。狩人が矢に毒を塗るときは、腕時計職人や神経外科医のごとく慎重に作業を行う。毒を扱う前に必ず手や指に小さなひび割れや切り傷がないかを確認し、周りに気を散らすものがないようにしておく。毒を塗り終えたら、つねに注意を怠らず、矢を木の大枝や小屋の屋根など、好奇心の強い子どもの手の届かない場所に保管する。

大人のジュホアンが子どもに手を上げるのを一度だけ目の当たりにしたことがある。矢に毒を塗る方法を私に見せてくれていたとき、よちよち歩きの息子が彼を驚かせたからだ。ジュホアンの幼児は、ほかの国の親が目にしたらパニックになるような、斧やナイフ、ナタなどの危険物で自由に遊ぶのがふつうだが、このときばかりは大人が子どもを叩いたことをたしなめる者はいなかった。しかもこのハムシの毒には解毒剤がない。いったん血流に入ると、赤血球を破壊し、血液の酸素運搬能を低下させる。獲物の臓器の酸素が欠乏すると、毒はジュホアンの手に命を渡す。毒矢のおかげで、動物が逃げやすくて危険を回避するのに慣れた場所での狩りがはるかに容易になる。さらに狩人の成功の決め手となるのは強さではなく、ひそかに追跡する能力と手腕と知識だ。

最後には、その洗練された技術のおかげで狩猟が困難な環境にもかかわらず、比較的小さなリスクで肉を獲得し、狩人は総摂取カロリーの三分の一〜二分の一およびタンパク質の大半を摂取できる。ニャエニャエのジュホアンのような人々は、実り豊かなモンゴンゴの木立があるので、肉を食べる量は少なめだ。ハイオムなどは、獲物の膨大な群れが集まる地域に暮らしているため、やや多めに肉を食べる。この点について、食事のほとんどが動物性のものにならざるをえない北極や亜北極と異なり、コイサンの狩猟採集民は気候に制限されない狩猟採集社会の典型的な暮らしをしている。

植民地時代にブッシュマンと遭遇したヨーロッパ人は、彼らの一見古代的な技術から芸術性を汲みとることはめったになかった。だが、ブッシュマンの暮らしを称賛した者もわずかにいた。ヨーロッパ人が考えるかぎりでは、ブッシュマンの技術は、彼らの芸術と同様に「子どもじ

みて」いて「原始的」で、孤立と困窮と「人種的劣等性」の産物だった。しかし見かけによらず、ジュホアンのような狩猟採集社会はイノベーションを喜んで受けいれた。農耕牧畜社会とは違って、狩猟採集民は習慣に囚われることもなかったし、同時代の狩猟採集民がそれまで行ってきたことでも、当座の明白な目的にふさわしくない慣習には従わなかった。彼らは、どのイノベーションが受けいれるに値するかだけに注意を払った。より効果的に狩猟採集ができ、しかもすぐに使用できるものがあれば積極的に利用する。狩猟採集民ブッシュマンとほかの人々が接触してきた歴史から、ブッシュマンがいかに早く新たな材料を取りいれ、自分たちの方法に役立てたかが見てとれる。広大なカラハリに散在するブッシュマンのどのグループも、鉄が導入されるとすぐに矢じりに利用した。しかも、ほかのグループとはまったく関係なく、独自に鉄の矢じりを使うようになった。

　同様に過去二世紀にわたり、この大陸中の狩猟採集民ブッシュマンは、ワイヤー、プラスチック、ゴム、撚りひも、さまざまな織物、ガラスビーズ、やすり、マグカップ、ナイフ、斧、深鍋、平鍋、ライフル用弾薬筒、ライター、マッチ、靴、水筒などを積極的に取りいれている。これらをまったく異なる用途に使うことも多い。弾薬筒はタバコのパイプにしているし、石油缶で楽器を作り、ポリ袋を溶かして掘り棒の持ち手の先を覆っている。それにブッシュマンはいち早くイヌを狩猟のパートナーにした。イヌにそれほど愛情はなくても、次々と取りいれた。オマヘケなどでは、十九世紀後半から二十世紀前半にかけて銃器の使い方を習得したジュホアンもいる。彼らは銃の精密さと威力に感銘を受けた。しかし弾丸も火薬も簡単には手に入らないし、ジュホアンは通常行われるような取引にはとくに興味を示さなかった。銃器は危険でもあった。銃を所有すれば、だれかが他人を撃ったり、他人から銃を奪ったりする可能性も高くなる。スクーンヘイトに住む年寄りのダムが、祖父が西部オマヘケのシュタインハウゼンに住むドイツ人からライフルをくすねたときの話をしてくれた。祖父はそのライフルで何も撃たず、壊れると銃身を掘り棒に、銃床を棍棒に使ったという。

カラハリのように動物が散在する環境での狩猟は能力が試される。優れた狩人には腕前と粘り強さ、度胸、そして相当な根気が必要だ。それに運もなくてはならない。猟の成功と失敗の差はごくわずかだ。矢を射るのが数秒早ければ、あるいは風向きが少し変化すれば、獲物を辛抱強く追跡した数日間が無駄になる。よって狩人は成功するために精神面で有利になるよう、できるかぎりのことをする。運をつける個人的な儀式として、ある食べ物を避けたり、狩猟の前に妻との身体的接触を控えたりする。ときには大型の食肉動物と出会えるようにしてほしい、とトリックスターの神「ガウア」に頼んだりするが、「ガウア」が頼みを無視したり、聞きいれるかわりに悪運をよこしたりすることがよくあると知っている。

狩猟採集民ジュホアンは、村にまだ肉が残っているときはほとんど猟をしない。行きすぎた、不適切な行動だと考えるからだ。それに神あるいは最近亡くなった祖先の霊から、霊的な制裁のようなものを受けるかもしれない。もし村人が肉に飢えていれば、ジュホアンの狩人はゆくてを横切る食肉動物を仕留める機会を決して逃さない。ヤマアラシ、トビウサギ、鳥、そしてジャッカルさえも、肉が必要ならいつでも捕らえる。狩人が定期的に仕留める獲物の三分の二は小型動物だ。だが、小型動物の方が大型動物よりも多く狩れるとしても、得られる肉の量は限られている。肉を分け与える住民を多く抱える狩人の夢は、やはりたくさんの肉が得られる大型動物を狩ることだ。

第十一章

神からの贈り物

「それは神からの贈り物さ」。トゥキェは口いっぱいに頬張った肉を噛みながら言った。肉の脂が顎に滴って服に落ちる。ほかのみんなも、スクーンヘイトのすぐ隣のローゼンホフ農場で廃屋の庭にしゃがみ、ほうろうが剝がれた皿やマグカップに、大きな黒い大釜から脂肪と肉と骨のシチューがよそわれて上機嫌だ。キャメルソーンの大木の枝に、きれいに並べられた何枚もの赤身の細切り肉の周りを、ハエの小さな群れがにぎやかに飛び回る。集まったイヌも小さく身を寄せあってじっと座り、枝を見つめながら口を大きく開いて、願わくはその奇妙な木の実が地面に落ちてこないかと狙っている。

宴会は、朝に動物を総出で解体してから午後早くに始まった。まず火がついた炭に直接投げこまれた肝臓を食べる。次に茹でた胃袋と、腎臓と弾力のある心臓の付けあわせが鍋一杯分振る舞われた。脛肉（すねにく）と髄骨入りの脂たっぷりの煮込みをたいらげると、ほぼ空っぽになった大釜のなかはぐつぐつと泡が立っている。最後はどんちゃん騒ぎだ。日が沈んだ。だれもが脂ぎって見える。

彼らの体は短時間に大量のタンパク質と脂肪を消化するのに慣れておらず、負担がかかりすぎて苦しんでいる。ほんの数キロメートル先のスクーンヘイトのジュホアンと違い、彼らは無断でここに住んでいるため、食料援助を受ける資格がない。この農場は政府がスクーンヘイトと同時期に買い取ったが、その後だれも手をつけずに放置されていたので、多様なグループが無断で住むようになった。スクーンヘイトで暴力が横行した一九九四〜九五年に私もここに移った。

「神からの贈り物」の知らせは、みんなが目覚める明け方に、古びた家屋を囲うフェンスの南側から届いた。慌ただしいガタガタという何かが震える音だった。それに続いて怒って吠えるイヌの大合唱が始まった。いびきをかく両親のそばで、目を覚まして退屈していたトゥキェの子どもたちは、何だろうと小走りで見に行った。それから全速力で戻ってきて「肉だ！　肉だ！」と叫んだ。

子どもたちの後ろから、寝起きでよろよろとついていった住民の半開きの目に、オスのオリックスの姿が映った。オリックスの目は恐怖で大きく開き、まるで見えない神にこびへつらうように、頭が肩から垂れて首がおかしく捻じれている。解放戦争中、農家の周りに建てられたフェンスの金網に、一メートルはある鋭い角が突きささっていた。

小さな人だかりが近づくと、オリックスは逃げようとして、前脚を踏ん張り、必死に頭を引きあげようとした。身を守るためにその角を最大限に利用するよう進化した本能が、この窮地ではかえって仇（あだ）となった。オリックスは逃げられないとわかると戦う姿勢を見せる。とげのある低木のなかに背中を隠し、敵が前方から対決せざるをえないような体勢をとるのだ。二百キログラムを超える体重が首と肩の筋肉に集中し、手をかけようものなら攻撃されるリスクがともなう。発情して興奮した二頭のオリックスが、角を向けあって押しあい、突きさす闘争ほど恐ろしいものはない。

だが、このオリックスからすでに闘争心は消えていた。人だかりができるなか、フェンスに角が囚われて、体は完全に無防備な状態をさらし、降伏したかのように力なく座りこんだ。無慈悲なステンレスの捕獲者に打ちのめされて絶望感を漂わせ、呆然として二百キログラムの筋肉と骨と腱を私たちの前にさらしている。

オリックスが何時間そこにいたのかも、どうやってこのフェンスに角を絡ませたのかもわからなかった。イヌがなぜもっと早くに吠えなかったのだろう？　何かと戦っていてやみくもにフェンスに突進したのだろうか？　何かの影に怯えて、あるいはヒョウに驚いたりしたのだろうか？足跡を調べてみると、フェンスまで歩いて近づいたようだったので、ますます謎が深まった。角をフェンスの金網に逃げられないほど入念に押しこんだようなのだ。

集まってきた小さな人だかりは、オリックスがなぜ窮地に陥ったのかを長々と考えたりはしなかった。オリックスの姿を見た瞬間にみんなの脳裏によぎったのは、どうやって殺すかだった。尖った角の先端はフェンスの向こう側にあるので安全だし、足にはもう力が残っていない。簡単に棍棒で殴ろうか？　それとも喉を掻き切ろうか？

議論の決着はすぐについた。貯水池の向こう側の掘ったて小屋にひとりで住む、真面目な中年の背高のオウボブが長い槍を持って現れた。裸足で人混みを割って、無言でオリックスのちょうど肩の後ろの横腹に槍を突っこんだ。槍が木の柄まで入ると、槍が抜けるすれすれまで引き戻し、全体重をかけてもう一度押しこんでからひねりを加えた。最初の一撃が肋骨のあいだを貫通し肺に達したとき、オリックスは巨体を震わせた。二度目に急所を突かれ、口からピンク色の泡を噴きだすと、前脚が震えて力が抜けて動かなくなった。神からの贈り物は解体を待つ身となった。

トゥキェが、オリックスは神からの贈り物だと大声で言ったので、彼女にどの神だと思うか訊いてみた。それは腹を空かせた狩人のゆくてにときどき食肉動物を入りこませる、ジュホアンのトリックスターの神「ガウア」だろうか？　それとも、全能でありながら、出し惜しみするときでさえ感謝を要求するキリスト教の神だろうか？

トゥキェと私は数か月間同じ居住区に住んでいた。彼女は「人類学者の興味を引く神や自然、歴史のような質問をあんたは控えるべきだ」とすでにはっきり態度で表していた。それにたしかにいまの彼女は会話する気分ではなさそうだ。ほかのジュホアンのように彼女は沈黙したが、キリスト教的世界秩序について質問すると心を開いた。農場主は何世代にもわたり、ジュホアンの喉に福音を埋めこんだからだ。

最近、南アフリカのプレトリアやブルームフォンテーンなどから来たキリスト教ペンテコステ派の十代後半の熱心なグループが、数か月ごとにスクーンヘイトに押しかけるようになった。木の下で即興の礼拝を行ったあと、ミニバンに戻ってどんな農場にでも向かった。伝道者は教義を押しつけることはせず、「イエスとの個人的な結びつき」がジュホアンには必要だと力説した。また、主が与えてくれる多くの恵みに対して十分に感謝の気持ちを示すことが、ジュホアンにとってどれほど大切かを強調した。ツェンナウはいつもこの言葉を面白がった。政府は神に違いない。なぜなら、ここスクーンヘイトのみんなに食べ物を与えてくれるし、定住地の政府ご指名の行政官はいつも住民に感謝を要求するからだ、と冗談を言った。しかし多くのジュホアンは伝道者の救済の約束に慰めを見出し、彼らの教えを喜んで受けいれた。

肉を分けあって食べた者たちにしてみたら、身を捧げたオリックスはある種、神の証だった。肉はジュホアンにとって最も価値のある食べ物だ。白人農場主が現れてから、狩猟肉はめったにないご馳走となった。なかには、一か月あるいは二か月に一度、働き手たちで分けて食べるようにとクーズーやオリックスを撃ってくれたり、たまにヤギや若い雄牛を解体してくれたりする農場主がいた。

かつて、オマヘケ中に野生生物が豊富にいたが、白人農場主が次々に砲弾を浴びせた。農場主が家畜の行動を管理するために張りめぐらされた有刺鉄線は、ヌーやハーテビースト、シマウマのような群れで移動する動物の動きを妨げた一方、かつてないほど増えたウシの群れが、季節によって現れる草原から野生生物を追いだした。

固有種の動物のなかにはその新しい現実にうまく適応したものもいる。大きな王冠のような捻じれた角をもつ上品なクーズーにとって、ウシのフェンスは優雅に飛びこえることができる小さな障害物にすぎない。スタインボックやダイカーなど、クーズーより小型のレイヨウの仲間もウシの牧場がすみかにふさわしい場所だと気づいた。それらの動物はフェンスを飛びこえる必要もなかった。その下をくぐってなかに入るからだ。フェンス内は農場主が肉食動物を一掃したため安心して暮らせる。ジャッカルやラーテル（ミツアナグマ）のような動物はゴミ箱をあさったり、たまに盗みをしたりして新たな手段で食べ物を得て生き延びている。農場主は大型の捕食動物には容赦しない。ライオンやリカオン、ハイエナは、私がオマヘケに来るずっと前に追いだされていた。ヒョウとチーターだけは残っている。ヒョウはネコの世界のゴーストのような生き物で、人間の世界では尻尾をひょいと振って姿を消す。チーターは臆病で注意深く、ちょっとした隙に争い事から逃げる。

ツェンナウのような古い時代の人は、獲物になる動物の大群が見えなくなったことを残念に思っている。いまでは老年者の過去の記憶のなかか、あるいは大金を払って簡単に記念品を獲得したいトロフィーハンターを受けいれる私営の自然保護区だけでしか、獲物になる動物が草を食む姿は見られない。ときおりツェンナウはかつて狩りをした動物の名前を厳かに読みあげ、昔行っていたように指を折って数えていた。

「エランド！　クーズー！　ゲムズボック（オリックス）！　ヌー！　レッドハーテビースト！ダイカー！　スタインボック！　キリン！　シマウマ！」と彼は歌った。「わしらはしょっちゅう狩りをした。結婚したとき、その肉で愛をまっとうし、妻や両親に肉を分け与えた」

本人が認めるように、ツェンナウは脚が二本あって、視力がよかったときも、とくに才能のある熱心な狩人ではなかった。それでも彼はジュホアンの若者の多くが、祖先が食料としてきた動物の行動についての知識をもたず、まともな弓を作れず、矢毒作りに欠かせないディアンフィディアの幼虫がどこで見つかるかも知らない事実を嘆いた。ツェンナウに言わせれば、スクーンヘイトの社会悪の大部分は狩猟をしなくなったことが原因だという。とはいうものの、若者が矢毒を見つけたり、まともな弓を作ったりできないのを幸いだとも考えている。もし彼らにそれができたら、おそらく殺しあうことになると彼は言った。

一九九四年のスクーンヘイトでは、ジュホアンの行動を監視する白人農場主に怯える必要がなく、時間に十分なゆとりがあったが、食べ物が不足することはよくあった。なかには、最もなじみのあるものにエネルギーを注いで熱心に新鮮な肉を調達する者もいた。つまり家畜泥棒だ。白人の農場を静かにさまよい、クーズーやオリックス、イボイノシシを追いかけて大型の獲物を仕留める手腕を維持する者もいた。しかし、大半の者は密猟で逮捕されるのを恐れたため、スクーンヘイトの境界内で小動物を追いかけて満足していた。

スクーンヘイトの子ども軍団は、狩猟用具のうちパチンコがいちばん好きだ。パチンコ作りの材料は、熱い砂のなかでやわらかくした股木（またぎ）と廃棄タイヤのチューブだ。男の子はいつもパチンコの技を磨いている。ほとんどの子が無防備なジリスやホロホロチョウ、それに石がやっと届くほど遠くにいるジャッカルの頭に的確に石を命中させる。だが彼らが撃つのは、たいていトカゲやヘビや小鳥だ。ヘビとトカゲの亡骸はその場に放置する。小鳥は火の燃えさしで丸ごと焼き、羽根がカリカリになるまで火を通すと、卵形チョコレートを包むアルミホイルのように皮を剝がすことができる。

スクーンヘイトに豊富にいるのがトビウサギだ。トビウサギは、創造されたときにいろいろな動物の予備のパーツを使って間に合わせでできたような姿をしている。胴体はカンガルー、後ろ脚はくるぶしから下はウサギのような長い脚で、上は異様に発達した筋肉がついていて、尻尾はネコの尾のように長くてふさふさしている。顔は驚いたときのネズミに似ていて、毛で覆われた耳はリスの耳より大きくてウサギの耳より小さい。トビウサギ猟は、スクーンヘイトでは伝統的な狩りの方法――ライフルや狩猟用スポットライトがない場合に考えられる唯一の方法――で行う。猟は夜行性のトビウサギが、昼間地下のねぐらに引きこもるのを待ってとりかかる。トビウサギを捕獲するためにジュホアンが使う特別の道具が鉤竿（かぎざお）だ。一メートルほどの細い棒を腱やゴムで器用につなぎあわせ、ふだん槍で使う穂ではなく、フェンスのワイヤーでできた尖った鉤を先に取りつける。鉤竿はくねくねと曲がる巣穴の通路をうまく通り、トビウサギが潜むねぐらまで届くようになっている。それを押したり引いたりしてトビウサギを引っかけて素早く捕らえると、地面を深く掘って獲物が見えたら棍棒で殴るか首をへし折る。親切なことに、私にはたいていトビウサギの頭を分けてくれる。煮ると鍋のなかからこちらをじっと見つめ、大きく開いた口から歯をむきだす。私はよい客のふりをして、それをいつもほかの人に食べてもらうことにしている。

　トビウサギの狩りでは掘る作業に手間がかかるが、鳥類の場合は準備に手間がかかる。標的になる鳥類のなかでもホロホロチョウやシャコ、ノガンなどの大型の鳥は最高の勝利品だ。鳥を捕らえるには、即席で作る跳ね罠を仕掛ける。地面に生えるグレウイアの若木にひもを巻きつけて、アーチ状に曲げた枝先を砂に埋め、伸ばしたひもの端を引き結びにした罠だ。トビウサギやヤマアラシ、ホロホロチョウなどの小動物の狩りは、食欲がそそられる気晴らしだ。大きめのトビウサギやヤマアラシの肉でも腹いっぱいにはならない。みんなで分ければ一口か二口だけになり、あとはおそらく油の浮いたスープをトウモロコシ粥に垂らすほどしか残らないだろう。

自由に大型動物の狩猟ができなくなったため、農場で働く能力がないジュホアンの生活に亀裂が生じた。彼らには仕事のかわりになるものがない。多くの者にとってその隙間を満たしたのはアルコールで、少なくとも欲求不満の発散にはなった。狩猟は、狩猟採集民ジュホアンに栄養を与えるだけではなかった。狩猟によって活気づけられた男たちは、周囲の世界とかかわって目的を見つけ、五感で触れた現実を宇宙観に取りこむのだ。肉はジュホアンの腹を満たし、男たちをたくましくするとともに、理屈抜きに感じとれる喜びを生みだし、その喜びがあまりにも深いため、男と女を愛で結びつける接着剤になるのだと彼らは言う。農場主は指輪と忠誠の誓いで結婚を神聖なものにする一方、ジュホアンの男女は肉をもってして結ばれる。

オマヘケのジュホアンの経験は、二十世紀の前半に狩猟で自立していたカラハリのほかのブッシュマン・グループの経験と重なるものだ。なかでも最も活気に満ちた狩人ハイオムの土地は広大な塩湖エトーシャ・パンの周辺だったが、国立公園にされてしまった。一九四八年に、ハイオムが公園内で暮らしていては自然保護区として成りたたないという判断がくだされ、ハイオムはトラックに乗せられて、労働者として働くよう近隣の白人農場に降ろされた。一九六一年までに、南部オマヘケでコーン語とナロ語を話すサン人は、最後に残った土地を白人農場主とヘレロ人にゆずるよう強要された。ナミビアの最北に住むクンは土地をオヴァンボの諸王国（ンガンジェラ、クワニャマ、ンドンガ）に奪われた。国境の向こう側で独立を果たしたボツワナでは、一九七〇年代に制定された法律によって、狩猟採集は合法的な土地利用として認められなかったため、まもなくウシの牧畜民が地下水のある場所に移住してきた。同時に政府は独自の文化発展の一助として、ブッシュマンを永続的な定住地に移動させる計画を実行した。

一九八〇年代までは、ボツワナとナミビアにまだ七万人ほどのブッシュマンがいて、その多くがときおり動物を狩ったり、植物を採ったりしていたが、完全に狩猟採集で生活する者はすでにいなかった。しかし、ボツワナの中央カラハリ動物保護区やクーツェ地域、ナミビアのニャエニャエ地域やカプリヴィ回廊など、ごくわずかな場所のコミュニティでは、少なくとも父親や祖父の世代がもっていた狩猟の技能を維持していた。

狩猟採集で暮らすジュホアンは食べ物にうるさい人々ではなかった。あらゆる自然の豊かな恵みを不満も言わず、たいていは本能的に喜びを感じて消費した。手の込んだ調理はしなかった。大方の場合、彼らが切望する栄養が供給されると、食べる喜びが体内から湧きでてくる。それは

本当に空腹な者にしかわからないし、すでに過剰な栄養を摂取した美食家に、ミシュランの星付きの一品がもたらす高尚な喜びよりもはるかに深いものだ。食べられる動物がとても少ないので、とくに肉はたまにしか口にできない。ヒョウ、カラカル、チーターなど一握りの肉食動物はめったに食されない。ほんの数人だが、驚いたことにライオンがうまいと言う人に会ったことがある。ライオンの肉は慣れればうまい味なので、口に合うのは年長者だけなのだ、と言っていた。

ハイエナとハゲワシは絶望的な状況でなければ食されることはない。その味は「くそまずい」し、口にしたら病気になるかもしれないからだという。ヒヒはオマヘケの南部にいくつかある川床（オムランバ）の端やツォディロ・ヒルズのような岩場にだけ生息している。ジュホアンはヒヒも食べないようにしている。「動物の人」とみなしているほかの種と違い、ヒヒは「人間の人」にかなり近いとみなしているからだ。飼いイヌとリカオンはまったく食べられないものとされている。

北極・亜北極地域の狩猟採集民は、ヘラジカやトナカイのような動物は人間に恋をすることがあると話す。狩人の前で静止してじっと見つめ、容易に撃てるようにすることで自らを「差しだす」のが、これらの動物の愛の表現だという。

私が北極の狩人から聞いた話をジュホアンにすると、動物が狩人に自らの身を委ねるという考えに大爆笑した。「年老いたヌーは、怪我をして歯が欠けて目が窪み、呼吸をするのもやっとでも、肉食動物を前にすると怯え切った目でよろめきながらも逃げようとするだろ？」とジュホアンは私に言った。なぜなら、人間のように動物も「命を愛している」し、あらゆる肉食動物に狙われるような場所では、命を奪われないよう過度に敏感になっているからだ。

十万年にわたり南部アフリカを歩き回る大型の草食動物のなかで、自分を食べようとしているものが近くにいるかどうかという問題以外のことに気兼ねなくエネルギーを注げたのは、大人のゾウとサイぐらいだった。自然選択によって、危険を嗅ぎつけて回避するのに長けた動物もいる。また、いくつかの種は防御に重点が置かれている。密集した針毛（はりげ）のあるヤマアラシや、分厚くてたるんだ皮膚をもつラーテルのような生き物は、ヒョウに噛みつかれてももがいて逃げることができる少数派だ。ほかにも擬態して姿を隠す技を身につけた生き物や、地下の巣穴に潜伏し、ニシキヘビやジャッカルが入ってきたときのために、こっそりと逃げられる緊急出口を準備している生き物もいる。しかし南部アフリカのもっと大きな有蹄（ゆうてい）動物では、自然選択されるのは、用心深い性質や優れた視力・聴力、鋭い嗅覚、素早い反応、そして逃げるときに発揮する驚くほどの加速力である。

カラハリは、いまよりもはるかに動物の個体数密度が高い時代があった。オカヴァンゴ・デルタの湿地によって現在も命を支えられている動物の多さを考えると、浅い巨大な湖が数多く存在した一万一千年前の北部カラハリに、どれほど多くの動物がいたか想像できるだろう。五十年前でさえ、カラハリの広大な乾燥した平原では、確立されたルートに沿って季節的な水源まで移動するヌーやスプリングボック、ハーテビーストの膨大な群れが育まれていた。ボツワナの南部カラハリに住むコーン・ブッシュマンと中央カラハリ動物保護区の東端に住むグイ・ブッシュマンの脳裏にはいまもなお、地平線の彼方を群れが途切れることなく三、四日にわたり通り過ぎるようすを眺めた記憶が残っている。そうした群れは、ボツワナの「牛肉」への愛によって一掃された。

一九五四年以降、牧畜民のウシに疫病が広がるのを防ぐため、野生動物の往来を遮断する家畜防疫フェンスが次々と建設されたのが原因だった。季節的な水たまりをつなぐ従来の移動ルートが閉ざされたため、喉が渇いた数万頭ものヌーの死体がフェンスに沿って転がっていた。一九八三年だけで、七万二千頭のヌーが、中央カラハリ動物保護区の真北にあるサウ湖までのルートを遮断するフェンスのせいで死んだと推定されている。

カラハリにはまだ膨大な群れで移動するヌーやハーテビーストがいるが、狩りはサバンナを行進して、獲物の頭をこつんと棍棒で叩いて夕食の卓に並べるという簡単なものではない。狩人はたいてい手ぶらで野営地に戻ってくる。

二世代前のニャエニャエのジュホアンのあいだでは、すべての男の子は狩猟を習得するよう求められ、すべての大人の男は定期的に狩猟を行うことになっていた。しかしどのルールにも必ず例外があるように、視力が悪かったり身体的に障害があったりすると狩猟の務めを免除された。ほかにも、結婚に興味がなく、狩りよりも野営地の裏で女とぶらぶらしている方が性に合っている少数の男も狩猟の務めを免れた。現在ニャエニャエのジュホアンの子どもは学校に通うように勧められる（だが一、二年以上わざわざ通う者はほとんどいない）。かつてのように狩猟は自由にできなくなり、若者のなかに腕の立つ者、あるいは十分な技能をもつ者はめっきり少なくなった。狩

猟できなかったり、肉を買うお金を得る術がなかったりすれば、男性が恋人に求婚するのは難しい。というのも、ジュホアンの女性は肉が好きで、しかも肉のようなものだからだ。

女性は肉のようなものだ。若い男は恋する眼差しで女を「捕らえ」るからだ。求愛のプロセスは、忍びよって獲物のようすを探るダンスに似ているからでもある。狩猟では狩人が忍びよって徐々に近づき、最後に矢で獲物を貫くことができる。

女性は肉が好きだ。「ジュホアンはみんな肉を食べるのが好き」だからだ。肉はあらゆる食べ物で「最も強く」て、最もおいしい。英語でセクシーなうめき声で発せられる「Women like meat（女は肉が好き）」と同じ意味の言葉が、ジュホアンにもあるということだ。

ジュホアンの女性が結婚相手に肉を求めるときのような肉への欲求は、ホモ・サピエンスの進化を方向づけ、駆動するのに役立ったようだ。

およそ五百万年前、私たちの遺伝的祖先はほんの少ししか肉を食べなかった。彼らの体と消化器系は現代のゴリラのそれとよく似ていた。多くの植物食の霊長類のように、体がとくにミネラルを欲するときには、おそらくシロアリや死肉のくずをかじったのだろう。それ以外は、ほぼすべてのエネルギーと栄養は植物から確保した。

草食動物でいることは、少なくとも栄養摂取の点から考えると重労働だ。食べる以外のことを行う時間が少なくなるし、消化以外の活動に消費されるエネルギーも少なくなる。ゴリラが食べる草や葉、実の大部分はとくに栄養になるわけではない。それに多くの消化過程が必要になる。そのためゴリラは半日を食べるのに費やし、あとは休んだり、食べ物を消化したりする。ある時点、おそらく二百五十万年前ごろに、私たちの祖先は肉を好んで食べるようになり、親類とは大いに異なる進化の道を歩み始めた。親類の子孫、つまりほかの霊長類は、大量の繊維質の葉や野菜を一日中かじって満足した。

初期のヒト科の動物が肉を食べていたことは、化石化した動物の骨に解体した跡が発見されてあきらかになった。それは原始的な石器による引っ掻き傷や穴を開けた跡、叩いて破損させた跡だ。この作業を始めたのはかなり初期のようで、最古のたしかな証拠としては、およそ二百万年前のものが東部アフリカで見つかっている。石器を作り、骨を砕いたのは、急速に広がったヒト科の系統樹の重要な一員である、アウストラロピテクスの可能性が最も高い。アウストラロピテクスはホモ・サピエンスよりも小型で、形態学的には現代のボノボやチンパンジーに類似するが、頭蓋骨（ずがいこつ）の脳が収まる空洞はわずかに大きい。彼らの肉食の習慣と現代のチンパンジーの習慣（ときどきサルの仲間コロブス属を捕まえてちぎって食べるのを好む習慣）との大きな違いは、アウストラロピテクスの方がはるかに多才な肉食動物で、自分より体が大きな種を捕らえる能力を発達させていたことだ。おそらく巧みに死肉漁りもしていただろう。ジュホアンやケニアのマサイ人などが、いまもときおりライオンが仕留めた獲物を奪うように、彼らは肉食動物を追い払ってその獲物を手に入れられた。現代の狩猟採集民と同様に、アウストラロピテクスにとって、より大きな動物の新鮮な肉を食べることにはあきらかな利点があった。大きな動物は一般的に脂肪がかなりたくさんついていて、それを狩る際のエネルギーよりもはるかに大きなエネルギーが得られるからだ。発見された証拠から、アウストラロピテクスに肉への嗜好（しこう）があったと見られる時期は、ヒト科の脳が急速に発達し、二足歩行の傾向が強まり、両腕が自由になって、とても複雑な作業ができる器用な手に進化した時期と重なる。

人類は、アウストラロピテクスから直接の後継者であるホモ・ハビリスに、そしてホモ・エレクトスへと進化し、およそ二百万年の時を経てホモ・サピエンスにいたった。その期間に脳の大きさは倍になった。脳の急激な成長は数々の選択圧〔自然選択を促す作用〕によってもたらされたのだが、ヒト科が動物を食べたいという嗜好が強くなっていなければ、それは起こらなかったかもしれない。脳が大きく成長し、それを維持するためには、完全な菜食でまかなえるよりずっと多くのエネルギーを要する。私たちの脳は全体重の二パーセントしかないにもかかわらず、休息中でもエネルギー源のおよそ二〇パーセントを消費する。チンパンジーの場合は一二パーセント近くで、ほかの哺乳類ではだいたい一〇パーセントを著しく下回る。脳の成長と維持には、栄養価の高い食べ物を消費する必要があるとともに、ほかの臓器、いちばん懸命に働いている消化器系から脳にエネルギーを流用する手段を見つけなくてはならない。栄養価が高くてタンパク質をたっぷり含んだ肉を食することが、そのどちらにも役立った。

しかし肉食を始めただけでは、ヒト科の知能を継続的に進歩させるには不十分だったようだ。肉にはカロリーやアミノ酸などの栄養が豊富に含まれているが、舌触りが悪く、堅くて噛むのが大変で、タルタルステーキ〔肉を細かく切った生肉料理〕のように細かくしないかぎり食べにくい。当然ながら、初期のヒト科が肉をときおり食べる生き物から、熱心な雑食の生き物に変化するカギを握るのが調理だ。調理された肉は食べやすくて容易に消化される。しかも調理すればよりおいしくなる。

調理によってヒト科の動物が食べられるものの種類は大幅に増えた。[1] 塊茎や茎、葉、実の多くは生のままでは消化しにくく、有毒な場合もあるが、調理すると栄養も摂れて味もよくなる。調理はヒト科をほかの生き物よりも多才にした。調理を通じ、食事の適応範囲が広がり、栄養を濃縮する技術も得たことで、ヒト科は生態的地位(ニッチ)に囚われず、ほかの動物よりもはるかに広大な生息地で生活を向上させることができた。ほかの高等霊長類は比較的安全な森林にとどまった一方、火のおかげでヒト科はサバンナで暮らす危険に対処できたに違いない。火おこし棒——最近では使い捨てライターとマッチ——は、弓と同じくらい重要なジュホアンの道具だ。勢いよく燃えるキャンプファイアは、いまでもニャエニャエの夜にライオンやハイエナ、ゾウなどの招かれざる客を寄せつけない効果的な手段だ。

初期のヒト科が意図して火を用いた証拠は断片的にしか発見されていない。これまでホモ・サピエンスが意図的に火を使うようになった年代を特定できるものはほとんどなかった。ところが最近、南アフリカの北ケープ州の洞窟で百万年前のキャンプファイアの跡が見つかった。はるかなる古代とは言わないが、少なくとも百万年前から、調理は人間の進化の道を決定づけるのに有益な役割を担ったのかもしれない。有力な考古学的証拠はないが、ホモ・ハビリス（初めて道具を使ったと考えられることから一説では最初の「本物」のヒト科）が食べ物の一部を調理していたとしても、そしてホモ・エレクトス（およそ百八十万年前に出現したとされるヒト科）が調理して食べることで、脳が発達する恩恵を受けたとしても、信じがたいことではない[2]。ホモ・ハビリスは原始的な石器を日常的に使用した。石を合わせて打ちつけるあいだに、ときどき火花が散って近くの乾いた草に火がついたのだろう。チンパンジーの倍の大きさの脳をもつ生き物が、適切な石を合わせて打ちつけることで、火という基本的な力を確実に利用できることに気づいたと想像するのは、あながち的はずれではないだろう。

もし火のおかげで、ほとんど菜食だったヒト科が貴重な栄養となる肉を食べやすくなったと言えるなら、おそらく火は私たちの現代の生理機能に貢献したことにもなる。チンパンジーやゴリラのような霊長類は人間と比べてかなり腸が長い。繊維から栄養を得るため、腸内細菌に十分な時間と空間を与えられるよう、さらに大腸が必要になったからだ。菜食の祖先が頼った相当長い消化器官がなくても、ヒト科は調理することで食べ物を「消化しやすいように」した。調理はまた私たちの顔を設計し直す役目も果たした。調理されてよりやわらかいものを食べるようになると、大きな筋肉がついた顎は自然選択上、有利ではなくなった。そのためヒト科の頭部が発達したとき顎が小さくなり、特有の話す能力の発達を促した。歯の形態の進化は顎が小さくなるスピードについていけなかったため、現在、歯科矯正医が仕事にあぶれることのない事態となっている[3]。

私たちの祖先が肉に情熱を注いだことで残した遺産はほかにもある。病院の循環器科の病室が患者であふれること、それに心臓病への投薬治療が拡大することによって、投資家が大きな配当金を享受していることだ。医学の権威者による助言にもかかわらず、先進国の食事はいまだに肉が多い。現在では世界の肉の平均消費量は一人当たり年間およそ五十キログラムとなっており、「安全」と推奨される一日七十グラムの倍になる。ヨーロッパの大半、北アメリカ、オーストラリアの高所得の家庭では、四倍にのぼる。アメリカの家庭では五倍だ。急発展している国でも、肉を十分に買えるお金がある人は欧米諸国と同じ量の肉を食べている。肉は、スーパーマーケットの棚いっぱいに並ぶ、味がしなくて粗末で、畜産工場のステロイド漬けのようなものであっても、いまだに人類の心をしっかりとつかんでいるようだ。[4]

リチャード・B・リーの計算によると、もっぱら狩猟採集に依存していたころのジュホアンは、先進国と同じくらいの量の肉を食べていた。しかし、アメリカで現在、肉は人々の摂取カロリーの一五パーセントを占める一方、狩猟採集民ジュホアンの摂取割合はその倍になっている。これはジュホアンが大量の炭水化物を摂っていないからであり、彼らは肉の切り身とともに、エネルギーが高くてビタミンとミネラルがより豊富に含まれる脂肪や臓物、軟骨を好んで食べるからだ。さらにジュホアンは焚き火で肉を焼くよりも、煮て食べるのが好きなため、溶けた脂肪が炎に消えることもない。

狩猟採集社会のほかの優れた調査と比較すると、ジュホアンは最も適度な量の肉を食べていることがあきらかになった。ほぼ完全に肉食の北極の人々を除いて、狩猟採集社会の大半が動物や魚の食物から全カロリーのおよそ三分の二を摂取している。たとえば、オーストラリアのアーネムランドのアボリジニは栄養の七七パーセントを動物性食物から摂っている。パラグアイのアチェは七〇パーセント、南部アフリカ以外に住み、コイサン人と言語的・遺伝的に最も近縁のタンザニアのハッザは四八パーセントとなっている。[5] 旧石器時代のヒト科から採取したコラーゲン組織の同位体分析によると、ホモ・サピエンスの歴史を通して、これらの狩猟採集民は一般的に、摂取する動物性食物の割合が、ほかの人々より高いという。肉食の危険に関する現代の常識からすると、狩猟採集民と同じ量の肉を食べれば、進化上で窮地に陥るはずだろう。だがそうならなかった。その事実に、現代の「旧石器時代(パレオ)」式ダイエット〔肉、魚介、野菜中心で、糖質、食塩を避ける食事法〕の提唱者はすがっているわけなのだ。

　私たちが食べるものと私たちのあり方との関係を科学的に理解するには、まだ道のりは遠い。肉や動物性の食品を食べることに関する公式なアドバイスが、近い将来、新たな証拠をもとにして再び覆されてもだれも驚かないだろう。なぜ狩猟採集民は肉を多く食べるのに、心臓血管系疾患の発生率が低いのかはよくわかっていない。その原因が遺伝子でないことは間違いない。都会に住む、ほしいときにほしいだけ食べられるお金があるジュホアンなどのサン人は、たいてい腹回りに贅肉(ぜいにく)がついていて、その多くが悲劇的に心臓病で命を縮めているからだ。炭水化物の多い食べ物を避けて食物繊維と抗酸化物質を豊富に摂取し、狩猟採集民なみに肉を食べるというアドバイスなら説得力があるし、おそらく違いが現れるだろう。だが、なぜ違いがあるのかは正確にはわからない。もしかしたら、彼らがあまり働かずに過ごしていることと何か関係があるのかもしれない。

ヒト科の知能発達の一助となったのは肉による栄養価だけではなかった。狩猟自体がヒト科とほかの種との動的関係を変えた。アウストラロピテクスの祖先がただ動かない食べ物を採集することに気をとられていた一方、のちに続くヒト科の系統の狩人は、食べられたくない被食動物を出し抜くために知能を使った。重要なのは、彼らがレタスだけ食する生き物よりももっと敏捷（びんしょう）で、もっと知的だったということだ。ヒト科の狩人は、ほかの捕食動物の狩りのテクニックをまねて採用する能力のおかげで成功した。ホモ属〔ホモ・ハビリス以降のヒト科とするのが一般的〕の際立ったブローカ野（複雑な考えを言語にする機能がある脳の領域）の発達をもたらした自然選択のプロセスが有利に働いたのだろう。

有効な武器がなければ、初期のヒト科の狩人はもっと小さな獲物の捕獲にエネルギーを注いだはずだ。ホモ・エレクトスが、もし大型動物の死肉漁りではなく、狩りをしていたのなら（彼らが大型動物を好んだことは一般的に知られている）、一握りのブッシュマン狩人がいまも使う戦術（「持久狩猟」というふさわしい名がつけられた方法）を採用した可能性が高い。その技術はおそらく並はずれて長距離を走れる能力の発達に役立っただろう。その狩猟法は、ボツワナに住む少数のコーン・ブッシュマンがいまも実践している。クーズーなどの動物をとても長い距離追いかけ、完全に疲労して動けなくなったところでやすやすと近づき、殺すというものだ。

人類学者と考古学者のあいだでは、猟と肉食と人類の進化に関して意見が交わされるが、そのあらゆる議論において、著しく無視されていることがある。それは最も顕著な人類の特徴のひとつである、他者に（人間にも動物にも）感情移入する能力だ。つまり、ほかの人間や生物の世界に自身を投影し、彼らの視点で感じたり、考えたりすることである。

第十二章

狩猟と獲物への感情移入

一九九五年の年明け早々に「ドッグ」は私を選んだ。フィールドワークの第一期に入って六か月ほど経ったときだった。彼はスクーンヘイトのどのイヌとも違って人を怖がらずに愛情を求めた。ほかのイヌはというと、おとなしく尻尾を脚のあいだに垂らして人目につかないようにしていた。人との接触にためらうが、人が触れあおうとすると驚きつつ、照れ笑いのようなそぶりで感謝する。ここではイヌはたいてい人に蹴られるか石を投げられる。

イヌが本当に喜ぶのは狩猟採集の宴に加わったり、迷ったヒツジを捜したり、村やブッシュを走り回るのに集まったりするときだ。そのようなときだけ尻尾を振る。

どのイヌも村の家庭で飼われているが、愛情の対象、あるいは「家族の一員」などとは考えられていない。十分な食べ物にありつけることはめったになく、イヌは自身で生きていくものだと思われている。そのため、夜に焚き火の周りで食べ残しを漁り、それでも足りなければ、トカゲやネズミ、昆虫など砂漠のあらゆる生き物を捕まえる。飼いイヌがヘビの捕まえ方を覚えて食べていたが、そのうち一匹がコブラにやられたのを見てからは、ヘビを捕まえる回数がめっきり減ったとある男性が言っていた。

ドッグは私を選んだ。というのも、私が食べ物を持っていて、喜んで彼に与えたからだ。お返しに、ドッグは当時よそ者で不安を抱えていた私に友好的に振る舞ってくれた。ほかの人に見えないところで、ドッグに残り物を皿から落としてやり、ドッグは自分のボウルを私によこした。耳や胸を掻いてやると、焚き火のそばで私の足元に背中を丸めてうずくまった。放してやるとどこにでもついてきた。ところがトラックに乗せるとパニックに陥った。そのため私が旅に出なくてはならないときはいつも、自力でやっていけるように彼を自由にしておいた。

ドッグはアフリカニスという犬種で、エジプトの象形文字に描かれている特徴的な在来種だ。アフリカニスはおよそ二千年前にアフリカ中の人間社会にゆっくりと入りこみ、その環境にうまく適応したものが繁殖し、世代を経て進化を遂げた。およそ千二百年前に初めてそれらのイヌが南部アフリカにやってきて、七百年前にカラハリの人々に飼われたことが化石からあきらかになっている。そこでは自然選択が素早くひそかに行われた。アフリカニスは単独で狩りをし、捕食動物や人間から死肉を奪い、必要なときにはすぐに逃げることができる。ドッグの体高は五十センチほどしかなく、かつてケープ地方でコイ人に飼われていた遠縁のローデシアン・リッジバック（アフリカニスの雑種の子孫）のようなたくましいライオン狩りの猟犬というよりも、ホイペットのような小型犬だ。この犬種の特徴はベージュだが、ドッグはぶちだった。というのも、オマヘケにいるアフリカニスは、その祖先と農場主の輸入犬とが交配した明白な遺伝的特性をもつものがほとんどだからだ。

私とドッグとの付き合いは短かった。彼を飼い始めたあと、数か月間旅に出て戻ってきたら、「黒いトゲ（ブラックソーン）」と名のつくアカシアの茂みの奥で縮こまっている彼を見つけた。トゲが邪魔してだれも近づけない。名前を呼ぶと、尻尾を振って地面に叩きつけたが、不安気なようすで私の手が届くところまで近寄ってこなかった。茂ったトゲの隙間を覗いてみると、彼の背中のところどころに毛がなく、皮膚や肉があらわになっていた。漂白されたように白いあばら骨が見えていて、その周りの肉はやけどのように黒ずんでいる。一目見ただけで彼の苦痛の原因がわかった。私がパイプを掃除するのに買って、不注意にも置きっぱなしにしていた使い残しの工業用の酸のボトルを子どもたちが見つけたのだ。彼らはそれを遊びに使った。酸の化学反応をまずはさまざまなもので試し、次にほかのイヌを、最後はドッグを実験台にした。ドッグは次の日、臓器が止まるまで茂みで丸まっていた。私がエサや水を茂みに押しこんだが、彼はぴくりとも動かなかった。結局茂みに入ってドッグを外に出した。そのときまでドッグは激しい痛みに耐えて辛うじて生きていた。ドッグを外に出すと友人のカイキェがシャベルで頭を叩き、私は小さな墓を掘って彼を埋め、エサ用のボウルを墓標のかわりに厳かに置いてたどたどしい口調で祈りを捧げた。

私が、その子どもたちは罰せられるべきで、自分たちがドッグに与えた痛みを知るべきだと訴えると、ジュホアンの隣人は困惑した。彼らの言い分は、「〝ドッグ〟はイヌ」で、子どもたちが好奇心でやったことを罰するべきではないというものだった。

それに、私がドッグにエサをやってかわいがっていたのは変な習慣だ、イヌを人間のように埋葬するなんてばかばかしいと言った。思い当たる節がないわけでもない。白人牧場主とペットのイヌとの関係は奇妙だとジュホアンはよく口にしていた。ペットのイヌはいつも牧場主のトラックの助手席に座るが、ブッシュマンの働き手は荷台と決められている。イヌには肉が与えられて愛情が目いっぱい注がれるが、ブッシュマンの農場労働者はトウモロコシ粥が与えられ、しょっちゅう殴られて不満を言われる。ジュホアンは農場主の家に入るのをめったに許されないが、イヌは農場主のベッドで寝ている。その話が広まったときにはジュホアンのあいだで大騒ぎになってジョークになり、いつまでも語りつがれている。

とうとうカイキェは、私には釈然としないことを言いだした。

「ツンタ、きみたち白人の問題は、イヌを人のように振る舞うものだと考えていて、イヌまで自分を人だと考えてるところだよ。イヌは人じゃない。イヌはイヌだ。イヌの生き方は違うんだ」。

たとえイヌが私たちと「違う」としても、ジュホアンが自分の動物やほかの動物の苦しみに一見無関心を装うことが私には理解できなかった。ジュホアンなどの狩猟採集民が、周囲にいる動物に深く感情移入する関係を築いたという認識と食い違うように思ったからだ。だがしばらくすると、彼らの無関心は、次のようなことで説明がつくと学んだ。

ジュホアンは、動物はある意味で人みたいなものだと主張する。それは種としての人間ではなく人だという。なぜなら、動物も同じように生きていて、考えるからだというのだ。そしてそれぞれの動物の種にそれぞれの形や習慣、習性、この世界の経験の仕方、この世界とのかかわり方があるという意見をもっている。

ペットの所有者の大半は、ペットと「分かちあう」愛は、両者のあいだに共通する特徴があるため、人間がペットに感情移入することによって成りたっているのだと語る。たとえば、人間とイヌにある共通の特徴は社交性や忠誠心、愛情、感謝の念だ。しかし、これはジュホアンのような狩猟採集民が周囲の動物に対して行う感情移入とは異なる。狩猟採集民にとって、動物への感情移入において重要なことは、動物の人間らしい特徴ではなく、動物の視点となる。動物に感情移入するには、人間のように考えたり、自分の考えや感情をその動物に投影したりするのではなく、動物の視点をもたなければならないのだ。

ジュホアンの考えでは、動物の視点をもつというのは、動物に対する憐れみや同情を感じるということではない。存在のさまざまな仕組みにおいて、幸福や死、苦痛は宇宙の秩序の一環にすぎないと理解することだ。宇宙の秩序では、あらゆる動物は自身の役割を受けいれている。多くは肉であり、それ以外は狩人である。人間やイヌなどのように、状況によって肉にも狩人にもなるものもわずかにいる（ヒョウは人間とイヌの肉はとりわけうまいと知っている）。

ジュホアンの狩人による獲物への感情移入は特別なことではない。似たような形で獲物に感情移入すると話す狩猟民は世界中で見られる。そうした感情移入の一種は狩猟の実践から生じる。ジュホアンに関しては、獲物の追跡術を通じて最も優雅な体験をしていることに私は気づいた。追跡術とは獲物の足跡からその種類や行動を読みとることであり、何かを解釈するという点ではとても不思議な最古の術と言えるだろう。

スクーンヘイトの住人で、たったひとりツィカエだけは自分のイヌを高く評価していた。「こいつらは勇敢な狩人だ」。初めて自分のイヌを見せてくれたとき、彼はそう言った。一匹はテリアほどの大きさのけんか好きの雑種で、それより大きなもう一匹は、強くてぶちでよい歯をもつという以外に血統を判断する特徴がなかった。二匹とも大きな動物の大腿骨をかじっていた。イヌはツィカエと狩りに行かないときは、スクーンヘイトを自由に駆け回った。恐れ知らずのイヌで、主人の保護のもとで他人の焚き火から残飯を盗み、地面の穴に捨てられたゴミを掻き回し、ときどき子どもを噛んだ。

ツィカエは私より十〜十五歳ほど上で、スクーンヘイトでいちばん多く獲物を捕らえる狩人だった。標準的なジュホアンよりも背が高くて頑丈で、荒々しさがにじみでていた。地元の農場主は彼を警戒し、警官が再定住地に立ちよると必ず彼のようすを訊いた。スクーンヘイトの住民は用心して彼と接し、その暴力の矛先が狩猟に向けられて怒りが鎮まればいいと思っていた。

ツィカエは無口で過去には絶対に触れない。しかし写真を撮られるのが好きだった。海賊のような凝った服を着て、いつもカメラの前で念入りにポーズをとった。ふだんは何かしら小道具を用意していた。少し前に狩ったイボイノシシの顎や手製のギター、新しい装飾品などだ。大きな輪のイヤリングが必ず写真に入るように、そして精巧なビーズ細工があしらわれた帽子が目立つようにカメラの前に立った。それにシャツの前を開け、刑務所で入れた胸のタトゥーをあらわにしてポーズをとるのが好きだった。右の胸にはよくあるソ連軍の星、左の胸には台座に立つ十字架のタトゥーがあった。どちらも割れたガラスで肌に切り込みを入れ、灰で暗緑色に染めたものだ。何か意味があるのかと私が訊くと、「タトゥーをした囚人がいて格好よかった。だから似せたタトゥーを入れたのさ」と肩をすくめた。彼の顔にも両方の目の下と顎の真ん中に切りこみを入れて作った、ほくろほどの小さな円が三つあって、胸のタトゥーとセットになっていた。

ツィカエはジュホアンにはめずらしく、イヌだけをつれて独りで狩猟に行くことを好んだ。夜が明けるとひっそりと出ていき、数日後、肉を携えて暗闇のなか戻ってくることがよくあった。そのため、スクーンヘイトのコミュニティのプロジェクトに携わるような面倒なことはしなかった。彼は食料配給を受けていた。それに肉を提供する能力があったため、仲間同士で分かちあう関係のなかにも含まれていた。だから彼の家庭は腹を空かせることはほとんどなかった。

農場の暮らしはツィカエには合わなかったし、農場にとってもツィカエは合わなかった。そのため彼は自分の世界で思い通りに暮らし、オマヘケのどのジュホアンよりも自由を謳歌していた。農場に張られたフェンスでさえ彼から自由を奪うことはできなかった。フェンスは彼が生きていると感じ、悠々と過ごせる場所の入り口だった。そこで取り巻く世界に溶けこみ、運がよければ追跡する獲物の感覚に自分の感覚を一体化させることもあった。

ツィカエはなんでもかんでも捕まえた。弓矢は酔っ払いのけんかに使われないように、手の届かないブッシュのどこかに隠していた。イボイノシシを捕らえるのが得意だった。イボイノシシは、昔オマヘケのジュホアンが伝統的に食べていた獲物のなかでは、いま最も数が多い。彼は私に、地元の白人農場主がキーホルダーや栓抜きによく使っているからと言って、二、三週間に一度、イボイノシシの歯を記念にくれた。

ツィカエにしてみたら、以前のように狩猟ができなくなったスクーンヘイトで、農場のなかをイヌと一緒にこそこそと密猟するのは彼の自由の精神に適うものではなかった。再定住地の生活で欲求不満がたまるにつれ、アルコールの量が増えた。液体のスピリッツは動物の魂（スピリッツ）への欲求を萎（な）えさせ、彼から槍を握るエネルギーを奪った。

私がツィカエと最後に会ったのは二〇〇一年の春だった。以前は夏の焼けつく暑さでもお気に入りの擦り切れた軍服のロングコートを羽織っていたのに、そのころには凝った服を着るのをやめていた。肌は黒ずみ、染みができていた。筋肉は衰えて体自体が縮んでいる。挨拶を交わしただけだったが、いまになって考えてみれば、彼は写真を撮ってくれと言わなかった。エイズを発症していたのではないかとあとで思った。当時、カラハリ中の多くのコミュニティでエイズが広まり始めていたからだ。エイズを患って死を待つ人々の姿は歩くゴーストのようだった。

二、三か月後に私がスクーンヘイトに戻ったとき、ツィカエはいなかった。彼の居場所は墓のなかだと予想したのだが、じつは刑務所のなかだった。聞いた話では、ある夜、酔って大暴れして妻を絞め殺してしまい、死体をまるで昼寝しているかのように入念に木にもたせかけて逃げたらしい。しかし、すぐに警察に捕まり、法廷に送られて懲役十年の判決が出た。十年間刑務所で過ごすあいだに、腐敗した自家製ビールに手を出さずにすんだことで健康が回復したようだった。ところが出所後、彼はスクーンヘイトには戻らなかった。妻の家族に責めたてられるのを恐れたからだ。そのかわりに比較的素性を知られていないオマウェウォザニャンダに向かった。そこで一杯やって自由の身を祝い、死者たち(ガウシ)の霊魂を自身の魂に再び呼びいれた。ガウシの呪いにかけられ、彼は若い娘を暴行して告訴された。酔いが覚めると、娘が警察に行ったのを知り、再び刑務所で我慢を余儀なくされるのは時間の問題だと悟った。その日の遅くに警官が彼を発見した。村はずれの川床(オムランバ)に生えるキャメルソーンの大木の枝に、即席で作った縄で首を吊っていたのだ。

　この事件が起こるずっと前、スクーンヘイトに来た最初の年に、ツィカエに狩りの追跡を教えてほしいと頼んだ。彼はおかしな頼みだと思ったらしい。追跡を人に見せることはできるが、教えることはできないという。足跡があるのはだれの目にもわかる。しかし、それを読むには、なぜその足跡がつけられたのかを理解しなければならない、と彼は言った。

　ジュホアンの狩人の追跡の技能は、毒矢と同じくらい重要だ。追跡できなければ、広大で平坦なカラハリで狩りをするのは不可能に近い。登って周囲を見渡せる丘がないため、平地で草を食む獲物の動きを把握できない。深い雑木林では狩人の視界はほんの数メートルしか届かない。木に登ったり、シロアリ塚に這いあがったりすれば少しは見えるが、カラハリの大半で動物を発見するには砂の足跡を読めるようになるしかないのだ。

　ツィカエが追跡は教えられないと言ったのは正しかった。彼のもとで追跡の術を身につけようと試み、その後二十年ほど何人かに指導を受けたが、たいした成果は得られなかった。優れた追跡に要求されるのは、周囲の環境と絶えず体で対話すること、究極的には足跡を残した動物の身になって考えられることだ。詩のように足跡を解釈することは、文字が並ぶ文章をただ読む以上に複雑で、動物が向かう場所まであとを追うのは私にはかなり難しい課題だった。草の葉がわずかに曲がった跡や一見とりとめもない岩の傷が、ツィカエにははっきり足跡として見えるのに、私にはただ葉や岩があるだけにしか見えないからだ。足跡の間隔を読み、その動物の気分や状況、目的を推察する能力が必要になる。そのためには、生涯にわたる実地経験と足跡をつけた動物に関するくわしい知識が求められる。ツィカエのレッスンから特別な技能を習得できなくても、カラハリの狩猟は追跡がなにより肝心ということはわかった。しかし、追跡はもっぱら狩猟のためのものというわけではなかった。

追跡はツィカエにはたまの楽しみだった。スクーンヘイトの草のない中央の居住区で、彼は人の足跡を見てだれかが行き来するのを楽しげに話していた。足跡をうまく読める者には、スクーンヘイトに秘密はない。人の往来はすべて砂の足跡で読みとれる。私がスクーンヘイトに来たときは、再定住したジュホアンの家族の多くは知らない者同士だったが、ほどなくだれもが他人の足跡を認識し、見慣れない者が来るとすぐに気づき、だれなのかを尋ねるようになった。男女の不道徳な密通は慎重に計画しなければならないし、家畜泥棒をするときは、靴を盗んで他人になりすますこともある。

しかし隣人を監視する噂好きな人とは違い、ツィカエはスクーンヘイトのせわしない中心地から遠く離れた砂の物語を読む方がはるかに好きだった。

ツィカエが追跡の経験を積んだ砂漠は、たくさんの生き物が砂に刻んだ物語によって活気づく、広大な相互作用のキャンバスのようなものだった。ツィカエは、もしカラハリのこの辺りを「町で人が歩くように」前だけ見て歩けば、死の場所あるいは、鳥やハエや家畜、それに家畜のあとを歩くフンコロガシだけのすみかになるだろうと言った。ツィカエが歩くときには、目をきょろきょろと動かして地面を隈（くま）なく見て、砂に刻みこまれた漠とした物語からこれはという面白いものを拾いだす。そうしているあいだ、彼の右手と指がダンスをしている。まるで目の前に広がる空っぽの景色に足跡をつける動物を描いているかのように。

猛毒の巨大ヘビのブラックマンバが通った跡の小さな三日月形の弧の連なりと、ヘビの接近を察知して小さなハネジネズミが足を引きずって逃げた跡、そして数メートル先に、ハネジネズミがマンバに襲われて、死んで、食べられた場所をツィカエが見せてくれた。そのとき、まだマンバが近くに潜んでいるから注意しろと言われた。ラーテルやジャッカルがヤギの腐った骨をめぐって知恵比べを演じた跡や、人が近づいたときにチーターが子どもを隠す場所も見せてくれた。

狩人ならだれでもそうだが、イボイノシシやオリックス、スタインボックの足跡を見つけるとツィカエの意気が最高に上がる。模様や足を引きずった跡、曲がった草の茎など、いくつかの小さな痕跡から、獲物の動きや動機の詳細を引きだす。彼らはどこになぜ向かっていき、何をして、どこにいたのかをツィカエは説明した。さらに動物の性別や大きさ、それに健康か、腹を空かせているか、不安か、動揺しているかということも教えてくれた。真新しい足跡を見つけたとき、私をスクーンヘイトにつれ帰って、狩猟道具を取りに行き、イヌを呼ぼうか、と言って思案することもあった。

動物を仲間でもあり、敵でもあるとツィカエは考えていた。動物も彼が狩人と知っていたので、怖がるのは当然だし、ツィカエが動物の裏をかいて殺そうとするのも当然のことだった。

　獲物を狩る方法はその特徴に応じて異なるという。動物がどう振る舞うか、何を食べるか、群れでどう行動するかなど、獲物の特徴についてツィカエはくわしく話してくれた。たとえば、クーズーのオスはメスを気にしないし、弱いものをいじめるし、あまり利口じゃない。それに比べてメスはお互いに関心をもち、孤立をいやがる。オリックスは勇敢で単独で行動する。イボイノシシは賢くて社交的で報復してくる。

　彼はそれぞれの種の性質について長々と話してから、習慣やエサ、色、オスとメスの行動、歯、子どもの扱い、脂肪含有量など、有意義な事柄に応じてグループ分けした。だが、人間とほかの種を明確に区別するのは難しいと気づいた。とくに人間は適応しやすい生き物であるため、ほかの種と共通点を多くもっているからだ。人間はヒヒのように木登りができ、大型のネコ科のようにこっそり追跡でき、リカオンのように走れるし、ヤマアラシのように地面を掘れるし、オスのゾウのように猛然と戦える。彼の考えでは、異なる種が相互作用するただひとつの世界が存在する。その世界では、人間以外の種にある唯一の共通点は、「人が食べてもよいもの」ということだ。ジュホアンが「動物」を指すのにいちばん近い言葉が「ハ（lha）」だが、一般的に「肉」の意味で使っている。この理屈に従うと、仮にヒョウが周囲の動物について話すとしたら、ヒョウが食べられるほかの生き物と同じという意味で、ジュホアンも肉の一種であると言うだろう。

　私はツィカエと狩猟に行ったことは一度もない。私があまりにも不器用で騒々しくてとろいからだ。それに彼は狩猟の最中に仲間のことを気にしないし、私は密猟で捕まったあとのことを考えると怖かった。私たちが一緒に歩いているとき、彼のイヌがメスのヤマアラシを見つけ、遠巻きに吠えたてた。ツィカエは間髪を入れず、ヤマアラシに石をぶつけて驚かせ、棒で頭を一撃した。居住区に戻る途中、皮に脂肪がついていればどんな肉でも甘いのだとツィカエは楽しげに言った。彼はヤマアラシの皮を剝ぎとって、数本の針毛（はりげ）を記念にくれた。

ほかの動物が世界をどのように見ているのか説明するのは難しい、とツィカエは言う。それは彼がやり手の狩人ということもあるが、彼が感じとる動物の世界観は経験に基づくものだからだ。何かを感じるが、それは簡単に言葉では表せない。彼が狩りたい動物の真新しい足跡を見つけると、まるでその動物の存在の痕跡によってくすぐられたかのように、しばらく体が震える。それは首の後ろやときどき脇の下に刺激を感じるからだ。イヌもにおいに気づくと人間と同じように何かを感じる。人がどんなに腹が空いていてもイヌを食べないのはそのためでもあると彼は言った。

ナミビア独立後に、スクーンヘイトの少数のジュホアンがニャエニャエへの移住を漠然と考えたことがあった。ツィカエもそのひとりだった。ほかの人たちは、ここではもうハイエナやゾウと水場を共用しなくてもすむが、保護区ではそうした生活に戻ることになるのだと言った。そしてニャエニャエのジュホアンの残虐さを心配し、「やつらはおれに毒矢を射るぞ！」と叫ぶ者もいた。しかし、ツィカエはいつでも狩りができると考えると興奮を覚えた。当時ツィカエの知りあいのジュホアンふたりが、オマヘケからニャエニャエに向かった。農場では狩猟が自由にできなかったので、ふたりは狩りの能力を発揮できなかったのだが、ニャエニャエではまもなくいちばん多く獲物を仕留める熱心な狩人の仲間入りをした。彼らは動物の世界からしばらく疎外されていたため、再びその世界にかかわれて、ことさら心を躍らせた。しかしツィカエは、大半のジュホアンと同様にオマヘケに残った。彼の魂は知りつくした場所への帰属意識に囚われていたからだった。

ニャエニャエには、ツィカエのように自分の思い通りに狩りに出る習慣をもつ者はいない。しかし、密猟者や侵入者を警戒する白人農場主に怯えざるをえないオマヘケの狩人と違い、ニャエニャエのジュホアンが見つかってはいけない相手は獲物だけだ。伝統的な狩猟は数日続くことがあり、ブッシュで寝泊まりする場合、狩人のほとんどは何人かの仲間とつれだって狩りに出るのを好む。それに、ひとりよりも二、三人で狩りをした方が成功する可能性が高い。

南部アフリカでは、サン人が密猟で逮捕される心配をせずに狩猟できる土地はほとんどない。わずかに残された土地のなかで群を抜いて広いのがニャエニャエだ。それでも過去と比べて定期的に狩猟する者はめっきり少なくなった。ニャエニャエでは中年世代が最も多く獲物を狩る。彼らは、狩りに興味をもつ若者がとても少なく、腕の立つ若者がほとんどいないと不満を漏らす。

ニャエニャエのジュホアンは、その自然環境保護区内であればいつでもどこでも自由に狩猟ができるが、「伝統的な手法」以外の狩りは許可されていない。銃を使って狩りができるのは、その特権に大金を払うトロフィーハンターだけだ。その上、ジュホアンが狩ってはいけない種がいくつか法律で決められており、そのほかにも保護区の規則で狩りが禁止されている種もある。たとえば、かつてジュホアンの好物だったキリンや、ジュホアンが愛してやまないセンザンコウがそのなかに含まれる。センザンコウは中国の漢方薬市場に流すために密猟されており、いま絶滅が危惧されている。

使える道具は弓矢と槍、伝統的な罠だけ、しかも徒歩での狩りという条件に腹を立てる者はいない。とりわけその条件を受けいれているのが、現在も父親や祖父と似た方法で定期的に狩りをし、その世界を体験する者だ。狩猟を行うことで、彼らの肉体と感覚は徐々に獲物の感覚に一体化し、その状態は槍で獲物の息の根を止めるまで続くという。

のんびりとしたペースで進む採集の遠出と違って、狩猟は早足で進み、地面を観察しながら足跡を探すときはよく雑談する。範囲を広げて獲物を探すこともあるが、ひとつの領域を一緒に連なって歩くことが多く、狩猟とは関係ない話をしながら、慣れたようすで足跡を指さしたりする。運がよければ、狩るのにふさわしい真新しい足跡を早くに見つけることもある。しかし、数日歩き回っても何も見つからず、手ぶらで家路につくこともめずらしくない。

ジュホアンが狩るクーズーやヌーなどの大型の食肉動物はとりわけ暑さが苦手だ。暑さで活力が奪われ、動き回るのが億劫になる。そのためいちばん高い木の真上まで太陽が昇ると、大型食肉動物は木陰を探して姿を消し、午後遅くまでそこに居座ることが多い。それが狩りをする絶好のチャンスだ。獲物は五、六時間ほど足跡をつけて木陰にとどまるので、狩人は追いつくことができる。また、狩人は多くの獲物の種より優れた能力を十分に生かすことができる。それは、身体持久力と比較的速く長距離を走る能力だ。

狩人は足跡だけで獲物を選ぶことが多い。たとえば、クーズーやヌーの群れが残した足跡から、最も仕留めやすそうで最も太っているものといったニーズに合う個体をいとも簡単に見つける。狩人があとを追う足跡を決めたときから、狩りの流れが変わる。歩くペースが速くなり、手信号を使ってのみ意思伝達し、話すときは声を潜めて早口になる。風向きがよかったり、まったく風がなかったりすれば、足跡がつけられた通りにあとを追う。しかし足跡が風下に向かっていて動物が近くにいるかもしれない場合、前に進んだり戻ったり、ときおり足跡の列を横切ったりして、顔の正面に風が当たる方向から獲物に近づけるようにする。獲物との距離が近づくと、狩人の感覚が獲物の感覚とますます一体化していく。

狩人が獲物を見つけたとき、その一つひとつの動きは、獲物に何が見え、何がにおい、何が聞こえるか、つまり獲物が周囲の気配を感知するために、直感的に知覚する領域がどれだけ拡大しているかによって決まる。狩人は物音を立てずに動き、膝を曲げ、肩を下げて、弓を手に持ち、狩るものと狩られるものの両方の視点で取り巻く世界を経験する。狩られるものの視点では、狩人自身の物音や動きに注意を向ける。狩るものの視点では、周囲の環境に溶けこもうと一心に集中し、獲物に気づかれずにうまく矢が当たるところまで距離を縮める。頭上をどんよりとした雲の断片が通り過ぎて、その冷たい影が風をひと吹きさせるだけで、狩人の存在が獲物にばれることがある。鳥が羽ばたいたり、ジリスやトカゲが隠れ場所を求めて小走りしたりしても獲物に気づかれる。狩人は獲物の四十メートル以内に近づいたら矢を放ち、標的に命中させたとき、極度の緊張感からようやく解放される。

矢が命中すると、たいてい獲物が気づかないうちに軽いアシの矢柄が地面に落ちる。当たった瞬間は、始末に負えないアブに刺されたか、水たまりの来客に怒ったハチに刺されたほどの痛みがあるだけだ。そのときも獲物に自分の存在を気づかれないよう狩人は注意を払う。人の気配に気づくと動物は怯えて逃げてしまうからだ。怯えさせなければ、通常は痛みで方向感覚が失われて、射止めた場所からそれほど遠くまで動かない。二時間ほどで死にいたるのがいちばんよいのだが、キリンやエランドのようなとりわけ大型の動物の場合は、狩人が槍で息の根を止める距離に近づけるほど衰弱するまでに二日以上かかることもある。

そのような大型動物を射止めたら、すぐあとを追っても仕方がない。追跡されるストレスで獲物の肉に影響を与えることがあるし、狩人の体力が無駄に費やされる。こうした状況では、狩人はその個体の足跡を記憶し、そこで夜を過ごすために野営するか、家からそう遠くない場合は帰宅する。しかし家に帰るとリスクをともなうことがある。というのも、その間、狩人と獲物は毒によって結ばれているからだ。狩人は、矢が命中した獲物の部位と同じ部位に軽い痛みを感じたり、あるいは毒が回ってその動物の臓器の酸素が徐々に欠乏すると、狩人の気持ちが不安定になったりするという。そうした感覚は抑えきれないとか、気が紛れないとかいうほど強くはない。その感覚には形があって何かしら感じるが、実体はないということだ。

毒が獲物に効くのを待つあいだに、人間の世界である村に戻ることは、狩人を獲物に結びつける感情移入の絆を断つリスクもある。村に帰るとみんなに期待されて、狩人たちは口には出さないが、物事が悪く働いたらどうしようかと心配になる。矢じりの毒は十分に新鮮だっただろうか？　量は足りただろうか？　毒が血流に達するほど矢は深く刺さっただろうか？　雨嵐で足跡が消えたら追跡できなくなり、動物の死が無駄にならないだろうか？

そのあいだ、狩人はほかの動物の肉を食べない。獲物との感情移入の絆が断たれるのを防ぐためだ。女性との接触も避ける。やはり女性は「肉のようなもの」だからで、この場合もその絆が断たれることがある。絆が断たれると二十～三十キロメートルも歩いたり走ったりして獲物を探さなければならないため、腹を空かせた狩人にはとてもつらい。一九九〇年代後半に、南部ニャエニャエのナムチョハの村で、ある狩人が糟毛（かすげ）のオスのレイヨウに矢を射て、日を改めてあとを追って仕留めることにした。翌日に亀の肉を母親と妻と分けて食べた。その夜、彼は痛みで目が覚め、夜明け前に痛みが急に治まった。痛みが急に消えたことで、糟毛のレイヨウとの絆が断たれたと確信した彼は、日が昇ると足跡を追った。ほどなく彼が見つけたのは、ハイエナに切り裂かれた死体だった。

その同じ村で数年前に起こった話だ。オマヘケから家族をつれて、ジュホアンの男性が移住してきた。食肉動物のなかで最も大きくて最も待望されるキリンに矢を射たあとに、女性との接触を避けるというのは昔の習慣だと考え、妻と寝たそうだ。翌日キリンは毒で倒れた。新鮮なレバーを焼くために火をおこそうとしたところ、ニャエニャエにいるたったひとりの監視員に見つかった。監視員は村人全員を逮捕し、小さなランドローバーの荷台にキリンの肉を積めるだけ積んで没収した。だれもがその狩人を責め続け、事件の数年後、彼はトラックの荷台から「落ちて」、謎めいた死を遂げた。

ことがすべてうまく運べば、狩猟の最終段階はたいてい形式的だ。動物を驚かさずにすんだ場合、最初の矢が当たった場所の近くにまだいるはずで、仕留めるよいチャンスに恵まれる。もし動物が走り去ったり、毒の回りが遅すぎたりすると、獲物を得るまで長い距離を歩かされる羽目になる。獲物を見つけたとき、まだそれが息をしていることがある。そんなとき、動物はふつう狩人に反応しない。知覚の領域が縮小され、毒の痛みや麻痺や心的外傷でもうろうとしている。狩人はその獲物を容赦なく槍で刺す。

ジュホアンの狩人は、獲物のとどめを刺す瞬間に、気分が高ぶったり、悲しんだりはしない。ある狩人から聞いた話では、動物の喉を掻き切るときの気持ちは、パンを切るときと変わらないそうだ。理解しがたいことだが、成功した狩りの終わりは、ほぼ性交後のような空虚感に陥って何も感じないらしい。ジュホアンは個々の動物に魂があるとは言わないが、多くの動物、とりわけ「ノウ」をもつ動物には強烈な生命力があると信じている。

しかし、たとえ個々の動物の生命力が魂のようなものだったとしても、人間の行動を左右するのと同じルールの影響下に動物があるわけではない。それに種が異なれば、生きる上での規範やルールも異なる。ジュホアンに言わせれば、肉の分かちあいに関連する規範は人間独特のものである。

第十三章

狩りの成功を侮辱する

私がスクーンヘイトに住み始めて二週間というもの、ときどきだれかに尾行された。振り向くといつも物陰にさっと隠れるしらふの老年者がいた。不安になって、カツァエ・ラングマンにそのストーカーについて訊いてみた。

「あぁ、そうか。それはヤン・パンパーだ」とカツァエは言った。ストーカーは、古い農場にある井戸用ポンプの古いディーゼルモーターを確実に動かせる唯一の人物だから、「パンパー（ポンプを使う人）」というニックネームで呼ばれていると彼は説明した。

「本当の名前はトマ・タムテだ。彼はいずれ、スクーンヘイトは彼の農場だと話すだろう」

トマは二週間かけて偵察し、ようやく私のことを話しかけても安全な人物だと判断した。やがて私たちはちょっとした友人になった。

年寄りのトマはスクーンヘイトに昔から暮らす住民で、私がここに来る数か月前に縮毛矯正クリームというものを知り、毎朝頭につけていた。ほかのコイサン人のように、彼の髪は生まれつき巻き毛で、きつく絡まって塊になる。彼があこがれる整った髪形にするために、目安の使用量よりもかなり多くのクリームを、使用法にあるよりかなり頻繁に髪に塗りたくっている。その副作用で、前髪のちょうど下の皮膚が変色して皮がむけ、乾燥した天候では剥がれ、湿った天候ではできものになり、やや気がかりな輪ができている。

私への疑念が晴れると、彼は、自分の髪を直毛に維持するのがどれほど難しいか、ほかの人の髪よりももっと真っすぐに保たれるべきなのに不公平だ、と不満を言った。白人の髪はヤギに似ているというのが、スクーンヘイトでの全体的な意見だが、トマの見方は違っている。髪を白人のように直毛にすれば、自分の老化した頭皮に、白人農場主が行使するような権力が備わるのではないかと思いこんでいるらしかった。スクーンヘイトの新顔に権力を行使するときには、髪はとくに大切だと彼は言った。

スクーンヘイトが商業農場だったころ、トマは作業長をしていて、労働者のなかでいちばん年上だった。作業長はある意味重要な地位となる。なぜなら権力をもつ白人の「バース」(アフリカーンス語で「ボス」の意)からの命令を伝達する役目を担うからだ。しかも、オマヘケの農場のような遠隔地では、ボスが絶対的権力を握っている。

「もし、あんたが作業長になれば、農場ではあんたの目はバースの目になるんじゃ。労働者の長となり、バースがいないときは農場を任される」とトマは説明する。

作業長は通常、ほかの労働者よりも実入りがいい。農場主が労働者に住居をわざわざ用意する場合、作業長はたいていいちばんよいところに住める。さらに農家の母屋に入る特権を享受し、ときどき農場主に、その日の仕事の打ち合わせをしたいからポーチでコーヒーを飲もうと誘われることもある。作業長の妻は農家の家事使用人として働くことが多い。そうなれば農場主の食卓の残り物にもありつける。

だが、作業長になれば代償を払うことにもなる。往々にして嘲り（あざけり）や悪意のある噂話、疑念の対象にされるのだ。ほかの労働者は作業長をアフリカーンス語で「白い足」を意味する「ヴェットフート」と容赦なく呼ぶ。

「あいつらはヴェットフートだ」。カツァエ・ラングマンはこう説明する。「あいつらはわしらと同じ赤い皮膚をしていて見た目はわしらと似ているが、じつは白人なのさ。靴や靴下をはいて隠しとる、ろくでなしの白人だ。トマのようにな」

農場の居住区で始まる諍い（いさかい）には、作業長がかかわっていることが多い。作業長とほかのサン人労働者のけんかが始まると、バースが激怒してむちを振り回しながら現れる。

「ボスが作業長をむちで打つのは自分を打つのと同じことになる。だからいつもほかの労働者を打つんだ」とカツァエは言う。

作業長になると物質的報酬を得られるが、ジュホアンはその役目をたいてい辞退する。社会的代償があまりにも大きいからだ。農場のなかには、作業長の拡大家族から労働者を採用するものがあり、作業長が手にした特典を家族のなかで分かちあうことができたりするため、作業長になることは悪くない特権と言える。だが、そんな例はスクーンヘイトなどのほんの一握りの農場に限られる。

一九九〇年にナミビアが独立する前には、トマはスクーンヘイトの農場のフェンスのなかで老後生活を快適に過ごしていた。そしてゆくゆくは作業長になると考えていた。その農場のバースは比較的平凡で温和な人で労働者にそこそこの給料を払い、めったに暴力に訴えることがない数少ない農場主のひとりだった。それにトマは徐々にその階層秩序を身につけていた。そしてリーダー的役目を喜んで受けいれ、権力者は彼に作業長としての特権的地位を与えた。

一九九四年に私がスクーンヘイトにやってきたとき、トマは拡大家族と一緒に住んでいた。彼らの家は、農場主の母屋から少し離れた作業長用に建てられたもので、二部屋あるレンガ造りの質素なおんぼろ小屋だった。十年ほど前に作業長に任命されてからずっとその小屋に住んでいた。外に調理場を作り、風よけの二枚のトタン板が立ててあった。黒ずんだふたつの鍋とスズ合金のマグカップがフェンスの針金につりさげられていて、砂には焚き火が小さく燃えている。使い古しの蛇口付きの洗い場を作って、居住区の水タンクからひびのある古いホースを用いて直接水を引いていた。

同じ一九九四年に、スクーンヘイトに送りこまれたおよそ二百人の土地なしのジュホアンの到着を、トマは不安気に歓迎した。なにしろ彼は元作業長であり、やってきたばかりの移住者とは違い、自分の地位を見せつけられるレンガ造りの家を所有している。それなのに、トマが新たな移住者に権力を振るったところで冷笑を買っただけだった。そこでトマは好印象を与えようと自家製ビールと肉で彼らをもてなした。移住者はビールと肉の歓迎を喜び、何も考えずに食べて飲み、アルコールで口がなめらかになるやいなや、恩着せがましい態度をとってボスにでもなるつもりか、と再びトマに突っかかった。

私と仲よくなるころには、トマは、自分が望むような敬意を移住者が示すことは決してないのだ、と半ばあきらめかけていた。トマは昔の作業長を演じて、農家の母屋の庭に残った作物の世話をした。ところどころに生える芝生の水やりや草むしりをして、植えこみをセメントレンガで囲った。しかし心はもはやそこにはなく、やがて作物の世話をするよりも、毛髪の手入れにばかり気をとられるようになっていった。わずかに残った家畜の運命にも同様に無関心になった。元ボスが毎年クリスマスに子牛をプレゼントしてくれたので、スクーンヘイトの農場が政府に売られたときには二十頭ほどのウシを所有していた。それはスクーンヘイトの標準的な家庭と比べると大きな群れだった。しかし、トマはその残された財産をアルコール漬けの生活に費やした。

スクーンヘイトが政府の支配下に置かれて一年も経たないうちに、かつて印象的だったトマのウシの群れは、大して世話をされずにやせ衰えた若いメスのウシがわずかに残るだけになっていた。夜トマが酔っぱらって気づかないうちにウシ泥棒に入られたり、毛髪クリームとアルコールを買う金のためにばかばかしいほど安く買い叩かれたりしたのだ。結局カツァエ・ラングマンが彼のかわりに残ったウシの世話をすることにした。

そしてついにトマはアルコールのために命もろともすべてを失い、スクーンヘイトの小さな作業長の家は霊廟となった。近隣の農場主が狩猟の顧客を迎えるとき、よくトマに手伝いを頼み、トマはその報酬としていくらかの現金と肉を受けとった。じつはこの仕事には農場主の酒が「秘密裡に解放される」という特典が付いていた。狩猟に出た一行が遠ざかると、トマはだれもいなくなった農場主のバーに略奪に入ったらしい。農場主はトマの盗みに気づいた。そしてトマを懲らしめてやろうと、バーのブランディに有毒の化学物質を入れておいた。トマは、農場主がそれほど悪賢いとは考えていなかった。一方、農場主は、トマが変な味のブランディをがぶ飲みするほど、ひとときの酔いに浸りたいという願望が強いとは考えていなかった。トマはその後二度とバーで盗みをすることはなかった。翌日、トマの遺体は毒入り酒の酒盛りに参加した数人の家族とともに、農場主の手によって、スクーンヘイトの奥地に弔われることもなく捨てられた。

人生の最後の数年間にトマが耐えた嘲りは無慈悲だが、ジュホアンのあいだではめずらしいことではない。彼らは「白い足」に対してだけでなく、あまりにも横柄な人にもそうした態度をとる。それはジュホアンが使う社会的平等化の仕組みのひとつで、この砂漠で長期にわたり、祖先がよい暮らしを送るためにとった強烈なまでの平等主義を貫くための方法なのだ。

ジュホアンは、その社会的平等化の仕組みについて語るとき、他人を侮辱したり、あるいは嘲笑ったりするよう自分たちを駆りたてるものは嫉妬だ、と述べる。

ジュホアンがまだ狩猟採集だけで自立していたころ、有能な狩人には鈍感さが求められた。とりわけ上等な獲物が手に入ると盛大な宴会が催されるが、それを仕留めた狩人が褒められることはめったにない。それどころか、狩人とその肉はかわるがわる侮辱される。「この獲物はささい

なものだ」「苦労して野営地に持ち帰るほどの価値はない」「分かちあうには不十分な肉だ」というように、獲物の大きさや状態に関係なく、肉の分け前を受ける者が不満を口にする。

成功を収めた狩人は、獲物を差しだすときにあくまでも謙虚に、申し訳なさそうな態度を示すことが求められ、決して手柄を自慢しない。

言うまでもなく、それが肉づきがよいか悪いか、やせていても味はよいかはだれでもわかる。だが、せっせと腹を満たしているときでさえ、みんながこの茶番劇を続け、ときおり侮辱する。狩人は侮辱されても傷つくことはなく、たいがいは笑みを浮かべて皿に肉を盛る。これは全員が十分にリハーサルして演じるパフォーマンスだ。気軽に侮辱を浴びせる背後には、研ぎ澄まされた危険な刃（やいば）が隠されている。その明白な目的は、ジュホアンの社会生活を保障する強烈なまでの平等主義を貫くことである。

リチャード・B・リーは、そのパフォーマンスを行う理由について、ジュホアンの男性から的を射た答えを聞きだしている。「若者が多くの獲物を仕留めると、自身を首長、あるいは偉い人だと思いこむようになる。そうなれば他人を召使や劣った人と考えるからだ」。その男性はこうも言った。「われわれは若者のそうした考えを受けいれるわけにはいかない。だからつねに若者が狩りで得た肉を取るに足らないものだと罵（ののし）る。それは若者の得意がる気持ちを冷まし、落ちつかせるためなのだ」[1]

気軽な侮辱と狩人の芝居じみた謙遜によって、利己心とコミュニティの利益とのあいだの恒常的な緊張をだれもが再認識する。そうした緊張は、遊動的な居住集団（バンド）の生活の表面下で争いが起こる危険を孕み、折に触れて口げんかを引き起こす。狩人、とりわけ腕の立つ精力的な狩人が華々しく成功して注目を浴びるのはよくないことであり、さらに悪いのは、ほかの人は自分に借りがあるとか、自身が他人に借りがあると考えることだ。

「肉を侮辱すること」は、得意がる気持ちを冷ましたり、傲慢になるのを防いだり、ヒエラルキーが生じないようにしたりするためのジュホアンが使うトリックのひとつなのだ。このようなからかいは優れた狩人だけが対象になるわけではない。それに悪意がないものばかりでもない。嘲りを免れる者はおらず、機会があればいつでも他人をからかったり、笑ったりしている。

侮辱されることで、狩人が傲慢にならずに身の丈に合った立ち位置にいれば、分かちあいを習慣にする雰囲気が生まれる。

採集された食べ物は、分けあわなければならないとする厳格なしきたりがあるわけではない。集められた食べ物は、採集した人の所有物とされており、所有者の焚き火があるところで寝ている人と分けあうことになっている。しかし、採集の遠出は協力して行う仕事であり、行う場所や季節によって採れる食べ物の知識が共有されているため、同じバンド内のある家族がほかの家族よりかなり多く食べることはない。たまたまそのようなことになれば、多く食べた家族はそのあと、ほかの家族の焚き火から食べ物を分けてもらうことが減るだろう。

食用植物以上に、肉は妬みや怒りを引き起こす恐れがあるため、かなり慎重に分けなくてはならない。肉はタバコ以上に魅力的なために、もし狩猟採集で暮らすジュホアンがマナーを軽視していたら、マナーは守られなくなるのだ。肉の分配で礼儀作法を省略したり、間違えたりしたら、人々の怒りに火がつき、ただの嘆きでは収まらずに長期にわたる激しい苦しみをもたらすほど炎上する。

小さな獲物の肉の分配はそれほど難しい作業ではない。通常はとても幼い子どもやとても老いた者に与えられる。それにはきちんとした理由がある。そうした動物はとても小さいので大勢の手に渡らないため、食べ物を獲得する能力がない者に振り分けられるのだ。これは面倒を見るためだけでなく、嫉妬を避けるためでもある。

もっと大きな獲物の分配は、みんなに十分行きわたる量を超える肉が供給されるため、まさに最も困難な作業になる。あらゆる食べ物のなかでいちばん価値の高い肉に突然余剰が生じると、コミュニティの団結力が試されるのだ。本来コミュニティは、だれもがちょうど足りる量で暮らしているため、つながりが保たれている。ジュホアンがいやというほど理解しているように、余剰は権力と支配の源になる。そのため、彼らは決まった方針に沿って正確に肉を分けるよう細心の注意を払う。

その方針とは、最初に獲物の急所を射た矢の所有者が、どんな動物の肉でもその「所有者」になるというものだ。もしその矢が借りものであれば、肉はその矢の所有者のものになる。だが、狩人の所有権には条件がつく。肉は大勢の人に分配しなくてはならないのだ。ひとつの家族に食べきれずに腐らせるほど与えられることはない。仮にそのようなことがあれば、バンドは機能的なコミュニティでいられなくなるからだ。

獲物の所有者は肉の解体とその後の分配に責任を負う。最初に分け与えられるのは自分に同行したほかの狩人、所有者自身の家族や義理の両親、ごく近い同名の親族だ。次に、催促されればほかの人にすべての部位がなくなるまで分ける。最初に肉を受けとった者は所有者と同様のやり方で再分配しなくてはならない。肉を分配するあいだ、全員が逐一きちんと確認するため、間違いなくだれもがたいてい妥当な分け前を受けとる。


ナミビア独立後、政府はふたりのジュホアンを首長として正式に任命した。それまでジュホアンには首長や王はいなかった。人を説得する能力がある者はいても、何かを決定するのに人々をまとめる力をもつ者はいなかったのだ。狩猟採集民ジュホアンは「指導者のいない」社会の典型例だ。つまり形式化したヒエラルキー、あるいは確立した統治体制をもたない人々ということになる。ジュホアンは個人や組織の権威ではなく、みんなの意見の一致で保たれた行動規範に照らして、相互関係を築いていている。

ジュホアンのあいだで制度的リーダーにいちばん近いのが、それぞれのバンドに二、三人いる「ノレカウ（土地管理人）」だ。その人物を通じて「ノレ（テリトリー）」を使用する権利が継承される。

英語にはぴったりの言葉がないので、一般的に「owner（所有者）」や「leader（リーダー）」と説明されるが、「ノレカウ」が自身をリーダーと考えたり、他人が彼らをリーダーとみなしたりはしない。彼らには取りたてて言うほどの力はなく、自分の「ノレ」内で、ほかのバンドの人に狩猟や植物採集の許可を与える権利があるぐらいだ。また、言い争いを解決する際の正式な役割もないし、バンドが野営を移す方法や時期、場所を決めるとき以外には大きな役割もない。それにいかなる物質的資源であっても、ほかの人よりも多く手にするようなこともない。

しかし形式化されたリーダーシップの役割がないからといって、ジュホアンの社会にまったくもってリーダーシップがないわけではない。いずれのバンドにも個人の性格や知性、魅力、カリスマ性によって、他者よりも強い影響を与える者がいる。しかし、彼らは嫉妬を招く恐れのある振る舞いをつつしむよう、とくに注意を払っている。

狩猟採集民ブッシュマンの歴史を辿ってみると、何人かリーダーはいたようだ。たとえば、一九二三年にゴバビスの地方判事を殺したツェムカウだ。彼はバンドの枠を超えて多くの仲間に影響を与えた。だが、権力者はつねに例外的な状況で生まれ、力をちらつかせては消えていった。

――――

世界の果てに位置するゴバビスの小さな町スクーンヘイトでは、一九九四年の初夏まで、人々が国内外の重要なできごとに関心を寄せることはほとんどなかった。何とか生き返らせた使い古しのラジオから、雑音に混じって途切れ途切れに流れてくる政治家の約束に、信じる価値はないことをジュホアンは最近ようやく悟った。

ナミビアのほかの場所は選挙の熱で沸いていた。大臣や国会議員は、不安定な議員数とそれにともなうリーダーシップの特権を維持するため、それぞれの党員を動員するのに忙しくしていた。独立の高揚感のなか、将来のナミビア選挙のお祝いムードに水をさす皮肉や不信はまだ表だっていなかった。それに一九九四年十一月に二度目となる完全に民主的な選挙が準備されると、スクーンヘイトのジュホアンの人々も関心を示さないわけにはいかなかった。一九八九年の最初の普通選挙は、独立日前の数か月間、国連に監視され、実施された。ジュホアンは投票に行ったが、彼らに関するかぎり、暮らしは苦しいままで変わらなかった。当時、彼らは十分に理解していないプロセスに参加させられ、自分たちにはほとんど関係なさそうな将来を決めるように言われていると感じていた。友人のジュホアンのバートマンは、自分たち自身が「ボス」になる機会が提供されるというよりも、まるで「新しいボスを選ぶため」の選挙だった、と言った。

選挙に向けて準備が進められていたある日の午後、主要政党のシンボルカラーに塗られた小さな四輪駆動車が、警笛を鳴らしながらスクーンヘイトを走っていった。座ってくつろいでいた人々は立ちあがって、何の騒ぎだろう、と集まった。政治活動家だと気づいてすぐに、もらえる食べ物がないとわかったので、群衆は静かに解散した。

ジュホアンが政治活動家の話に興味を示さなかったので、活動家たちは困惑し、そして苛立った。「あなたがたブッシュマンは自由を勝ちとるための闘いを理解していないのですか？」。活動家のひとりがまだ残っていた二、三人のジュホアンに問いかけた。聴衆が心を動かされたふうには見えなかった。

私は、少し前スクーンヘイトにほかの政党が来たが、そのときの聴衆はもっと話を聞いていたと伝えた。それにその政党は肉とソフトドリンクを持ってきたと説明した。

「ここの人たちはばかだね」と活動家のひとりが肩をすくめ、パンフレットの束を車から降ろした。そしてキャメルソーンの木の下に乱暴に置き、車に乗りこんで話を聴いてくれそうな人を探しに砂ぼこりを立てて走り去った。何人かの住民がパンフレットの束がどんなものか見ようとしてすり足で寄ってきた。

スクーンヘイトで字を読める者はカツァエ・ラングマンだけだったので、彼らは面白そうな絵や写真のないパンフレットを一瞥（いちべつ）しただけだった。その紙はとても厚くて光沢があり、タバコの巻紙にも使えなかったのでそのまま放置された。

ナミビアの主流の政治プロセスから、ブッシュマンがいつまでも締めだされている要因は多々ある。そのいくつかは実際問題に関係する。ブッシュマンはナミビアの総人口のたった二パーセントにすぎず、もっぱら遠隔地、あるいは白人所有の農場や公有地に分散し、飲酒したり、路上で何かを恵んでもらったり、家事使用人になったりして暮らしている。彼らは社会から取り残され、政治的に意見の言えないマイノリティとして扱われていて、彼らも自身をそう考えている。

ブッシュマンのなかには、主流の政治から締めだされていることをツェンナウのような古い時代の人々のせいにする者もいる。

「古い時代の人は弱い。あいつらはばかだし、銃やウシのことをなんにも知らない。おれたちの話も考えも気にしないあいつらの下で暮らしているから、政治から仲間はずれにされているのさ」と彼らは言う。

それにだれもが白人農場主を責める。「ブール人がここにやってきておれたちの土地を奪い、仕事を奪い、金持ちになって、ブッシュマンをだめにした」

また口をそろえて黒人(ゴバ)は白人(フン)よりましというわけではないと言う。「やつらはブッシュマンのことが目に入っていない。砂の上を歩くようにブッシュマンを踏みにじる」

数年前なら、農場主はブッシュマンをぶっても騙しても処罰を受けなかった。でも、いまはぶつことも騙すこともなくなった。これはよいことだと彼らは言った。だが独立がもたらした平等は、ジュホアンが考える真の平等のまがいものにすぎない。

ナミビアの人種別または民族別の法的ヒエラルキーは、いまでは過去のものとなった。ナミビアの新たな憲法と法律は、人種的・民族的アイデンティティに関係なく、すべての人が平等であると誇らしげに宣言している。それは国連の「世界人権宣言」で定められたすべての国民の「基本的権利」を再確認するものでもある。

ナミビアの新憲法のモデルとなった歴史的文書――マグナ・カルタ〔イギリス、一二一五年〕、人および市民の権利宣言〔フランス、一七八九年〕、独立宣言〔アメリカ、一七七六年〕、世界人権宣言〔国連、一九四八年〕――と同様に新憲法には大幅な省略がある。「いかなる人も性、人種、皮膚の色、民族的出身、宗教、思想的信条、社会的地位、経済的状態を理由とする差別を受けることはない」と断言する一方で、私有財産権を再確認するとともに、物質的不平等は容認できるだけでなく、自然かつ自明の真理であるとほのめかしている。

新憲法にそのような精神がある一方で、オマヘケで土地をもたないジュホアンにとって、最も明白で受けいれがたい類の不平等が、物質的不平等だ。その見方は観念的というよりも実際的である。カツァエ・ラングマンの兄カナは、一九九五年の終わりにスクーンヘイトに移住してすぐに私にこう言った。「この自由がどんなものかわしにはわからん。土地もなく、自分の思い通りにも暮らせないかぎり、わしらは何者でもない。わしらはいつもヘレロとブールの支配下にいる。あいつらはしたい放題にできるのさ……わしらを騙しても、殴ってもいい。それでもわしらは、〝はい、バース（ボス）〟〝いいえ、バース〟と言うしかなかった。もし、わしらがここの行政官の言う通りにしなければ追い払われるだろう」

多くのジュホアンと同じように、カナも一部の者がほかの者よりはるかに裕福でありながら、根本的な意味で人々が「平等」になる可能性があるとは想像できなかった。彼にしてみたら、物質的平等はほかの点における平等の前提条件だった。

狩猟採集民が貫くような平等主義は、二十世紀の共産主義、あるいはニューエイジの「コミューン主義」の夢見るような理想主義から思い浮かぶ、観念的な教条主義（ドグマティズム）によって生まれたのではない。ジュホアンの平等主義は、個人主義が強い社会において、自分の利益に従って率直に振る舞う人々の相互作用から生じたものだ。なぜなら、狩猟採集民ジュホアンのあいだでは、自己利益がつねにその影の部分や嫉妬によって規制され、嫉妬によって確実に公平な分け前を全員が受けとれるようになっているからだ。

嫉妬はジュホアンの社会経済の「見えざる手」だ。これは『国富論』でアダム・スミスが想像した有名な「見えざる手」が及ぼす影響とはかなり違う。スミスの考えでは、人は「自分の利益を増やそうとする意図」をもっているが、見えざる手に導かれて「自分がまったく意図していない目的の達成を推し進める」ことになると考えた。スミスによると、社会の利益増加を推し進める上で、たとえ人が意図して行ったとしても、見えざる手の方がもっと効果的だという。個人が裕福になることを追求し、政府の規制による干渉から解放されて交換や事業を行うことで、最も公平かつ効果的な「生活必需品の分配」が確保され、社会の利益を高めるとスミスは考えた。自由な資本増加には不平等がともなうという事実から、スミスの「見えざる手」が見えないのは、そもそもそのような手がそこに存在しないからだと読みとれる。それにもかかわらず、この比喩は自由市場の熱心な支持者によって繰り返し引きあいに出され、トリクルダウン理論〔富裕者が富めば、自然と貧困者にも富が滴り落ちるという理論〕という新たな経済思想ももたらされた。

皮肉にも狩猟採集民の平等主義は、たとえスミスの見えざる手がたわ言だとしても、個人の利己心が積み重なると「生活必需品」を最も公平に分配できるというスミスの考えが正しいことを示唆している。とはいっても、スミスが想像したのとはかなり違う。個人の利己心が積み重なることを抑制する嫉妬によって、利益を目的とする交換やヒエラルキー、著しい物質的不平等を許容しない厳格な平等社会が成りたっているのだ。

嫉妬はスクーンヘイトのような場所で起こる争いの最大の原因であり、ほかの狩猟採集民ジュホアンのあいだでも同じことが言える。嫉妬はジュホアンの社会生活の陰に静かにうずくまっていて、言い争いやけんかが起こると、ときどきその存在を思いださせる。嫉妬を陰に閉じこめるために、ジュホアンは他人が傷つけられたと感じることのないように気を配り、礼儀正しく仲間に接し、ときには陽気にからかうことを大切にしている。

ヒエラルキーを頑なに拒絶しているのはジュホアンだけではない。狩猟採集民のあいだでは、偶然に生じた文化的特徴として片づけることができないほど、強い平等主義が浸透している。そのおかげもあって、コイサン人は人類史上最も人口が安定したグループになった。それと同じように、ホモ・サピエンスがほかのヒト科を犠牲にして、急速かつ容易に拡大したのは平等主義の効果があったからに違いない。私たちの大半が経済的に階層化された社会で暮らしているにもかかわらず、狩猟採集民の祖先と同じく、はなはだしい不平等を不快と感じるのは、それなりの理由があると考えられる。不平等を不快と感じると嫉妬が生じ、社会に悪影響を及ぼすため、狩猟採集民ひいては私たちの祖先は嫉妬を生まないために平等主義を貫いてきた。つまり、嫉妬とい

う「見えざる手」が不平等を軽減させたということだ。私たちは、嫉妬を「スミスの見えざる手」のような途方もないことを可能にする社会的調整力ではなく、罪として考えるべきだと学んできたのだ。現代の人類史は富や地位、権力の追求によって形づくられ、人々は固定化されたヒエラルキーの序列を平らにするために運動を起こした。また、私たちは他人の成功を喜ぶのと同じくらい、他人の失敗を喜ぶことがよくある。

相対的不平等がいまも私たちを悩ませている現状を浮き彫りにしたのが、「ウォール街を占拠せよ（オキュパイ）」運動だ。これは世界金融危機のあとの経済的・社会的混乱を背景に、二〇一一年に世界の中心地に突如として現れた運動で、いまだにあらゆる方向に拡散して続いている。

最初その運動は、統一された思想的基盤に欠けると片づけられていた。たしかに「オキュパイ実行者」のインタビューは、矛盾していて思弁的で、ときには世のなかへの不満や、「金持ちを食ってやる（eat the rich）」といった衝動的で困惑させられる答えばかりだった。それというのも、オキュパイ運動はとくに何かを支持するわけでもなく、さまざまな物事に反対する立場を取っていると自己定義しているからだ。結局、彼らは調和することのない声で合唱するうちに、「われわれは九九パーセントだ」というスローガンを掲げることで一時の調和する瞬間を見つけた。そのスローガンは参加者全員が抱える不満を読みとったものだった。つまり、物質的・社会的不平等がはびこる世界にみんなが憤慨しているということだ。

不平等に焦点を当てたオキュパイ運動で特筆すべきことは、絶対的な意味での貧困に気をとられる者はほとんどいない点だ。彼らが不満に感じているのは相対的貧困だ。基本的な物質的条件からすると、オキュパイ運動が活気を帯びた国は世界の最富裕国である。先進国の最貧困層の状況は、百年前もしくは五十年前のその国の最貧困層の状況、あるいは「開発途上国」における最貧困層の状況とは安易には比較できないのだ。[2]

平等主義には、私有財産の欠如という含みがあるとみなされることが多い。そのためジュホアンのような狩猟採集民が平等主義なのは、彼らに所有権の意識がまったくないからだと広く考えられている。すべてのものを等しく共有するなら、一体何を所有できるのか、というわけだ。神を恐れる自由市場主義者が、共産主義者や社会主義者は危険な狂気に満ちている、と非難するようになったのは何よりもこの考えのせいである。また、南部アフリカ中のブッシュマンの土地を自分のものだと主張する者も、この考えをいつまでも気安く引きあいに出す。「ブッシュマンに所有権の意識がないのに、彼らの土地を手に入れるのは収奪になるのかね?」と。

しかしジュホアンは、私有財産を不平等の前提条件とするカール・マルクスの信念に同意してうなずくだろうが、私有財産の欠如は非常識だと考える自由市場の支持者と共通する根拠も見つけるだろう。私有財産はジュホアンの社会生活で重要な役割を担っている。なぜなら私有財産がなければ、分け与える根拠もないからだ。ジュホアンにとっては、不平等の回避という難題には、私有財産の廃止ではなく、私有財産に関して少し違う考えが必要なのだ。ジュホアンやほかの狩猟採集民にとっては、私有財産自体が問題なのではない。私有財産を不必要に増やしたり、生産と分配を支配したりしたいという欲望こそが問題なのだ。

ある程度それは実際的なことである。永住する家はないし、年に十回ほども野営地を移動しなくてはならない。しかも移動時には個人の所有物をすべて運ぶしかないため、ジュホアンなどの狩猟採集民にとって荷物が多すぎると文字通り重荷となる。男性がふつう所有するのは衣類やなめし皮のブランケット、狩猟用具、それに楽器などの雑貨ぐらいだ。女性の所持品は衣類や掘り棒、装飾品だけだ。そうした品物は個人が必要なものとしてめいめいで所有する。人から物を盗むのは不道徳だが、物をほしがるのは自然なことだとみなされる。もし人が物を所有しないとか、他人の物をほしがらないとしたら、贈ったり受けとったりすることに喜びを見出せないだろう。もし贈り物のやりとりに喜びを見出せないなら、友情や尊敬、愛情を一体どう表現すればいいのだろうか？

狩猟採集民ジュホアンは、品物を贈ったり受けとったりすることを大切にしていて、品物そのものよりも、その行為に喜びを感じている。これはほとんどの狩猟採集社会で言えることだ。狩猟採集生活をしていたころほど大切な役目はないものの、贈与はいまでもジュホアンの大きな喜

びとなっている。

労働交換に基づいて膨張する植民地経済に引きずりこまれる以前には、贈与はジュホアン同士のいわば繰り延べられた交換の唯一の形態であり、またその贈与はだれとでも行われるというわけではなかった。贈与は個人の絆を再確認する行為でつねに返礼を期待されるが、その場ですぐにというわけではない。すぐ行われれば物の直接交換（取引）になるためだ。生涯を通じて、狩猟採集民ジュホアンは習慣に従って多くの人と贈り物をする関係を育み、それを「ハロ（hxaro）」（「気前のよさ」の意）と呼んでいる。贈り物はバンドのなかや隣のバンドの人々と行うのがほとんどだが、少数とはいえ遠くにいる人とも贈与関係をもっている。ジュホアンの青年にはふつう十二〜十五人ほどの贈り物のパートナーがいて、もっと年上になるとパートナーの数はその二倍に増える。伝統的に人気のある贈り物はダチョウの卵殻で作った装飾品や矢じり、槍、楽器、ナイフだ。

今日では、オマヘケのジュホアンに「ハロ」のパートナーがいる者はほとんどいない。ニャエニャエでも、昔と比べてはるかに少なく、その関係も重要ではなくなっている。けれども、少人数で移動するバンドで暮らす狩猟採集民ジュホアンのあいだでは、贈与のネットワークが見えない網の目のような経路を形成している。その経路に沿ってさまざまな物品が動き、ニャエニャエ内や外で人と人を結びつけているのだ。「ハロ」のパートナーから受けとった贈り物は、ほかの場所の「ハロ」のパートナーに贈られる。そのため、一つひとつの物品の動きから、ジュホアンの社会的領域を拡大させる友情関係のリアルタイムな変化を見ることができる。十八世紀まで孤立していたニャエニャエの中心地に、カラハリ以外から金物類や陶器などの物品が運ばれたのも、このネットワークがあったからだった。

密接に結びついたジュホアンのバンドの世界で、新たに贈られた物を隠すのは不可能だったので、贈与は慎重に行われた。贈り物が愛情を示すだけでなく、富や権力を公に誇示する行為となりがちな農耕・工業社会とは違い、ジュホアンは友情を深めるためにだけ行った。物を贈る際の慎重さの裏にはもっともな理由がある。それは、贈り物や人間関係を隠すためではなく、妬みを引き起こす直接の原因とならないようプロセスをきちんと踏むためだ。過度に派手な贈り物をすると、狩人が腕前を自慢したときのような冷笑を誘う。お互いに贈り物をする際、品物そのものが同等かどうかには関心がない。たとえば、なめし皮のブランケットとダチョウの卵殻のネックレスとではどちらの価値が高いかを判断する取り決められた基準などはない。繰り返すが、ジュホアンの世界ではささいな物が贈られるため、どの贈り物の価値も同等なのだ。

ほかの狩猟採集社会もそうだが、ジュホアンは相手に何がほしいかを気兼ねなく問い合わせ、相手はたいがいリクエストに応じてもらえると期待する。行動人類学者はこれを「要求の共有（デマンドシェアリング）」と呼んだ。「要求の共有」は私有財産の概念を切り崩すような広範な論争を導くにはいたらなかった。個々の品物に対する要求はふつう――いつもではないが――慎重に考慮され、既存の贈与関係の一環であったり、あるいはときには新たな関係づくりの引き金であったりする。どんな品物が求められるかを予測して贈ることも頻繁にある。

人類学者はしばしば贈与の戦略的な利点に注目し、ジュホアンなどの狩猟採集民が贈与関係を築くのは、暮らしが厳しい時期に頼れる人々のネットワークを広げておくためだという説を立てる。こうした関係により、正式なリーダーシップ制度がない社会で、個人が静かな影響力を育むことにもなると指摘する。

狩猟採集民ジュホアンの贈与関係が、リスクを軽減させる共有（シェアリング）のネットワークを広げているのは間違いない。また、それは異なるバンドとの結びつきを強め、暮らしが厳しい時期に助けあうことになるのもたしかだ。しかし、そうした親密で個人的な関係はつねに、戦略的というよりも情緒的な性質をもつ。友人と仲よくしたり、友人を訪ねたりすることは、多くのジュホアンにとって何よりも楽しいことだからだ。ツェンナウの古い時代の仲間、タイ・ダムはこう説明する。「行く先々でともに笑える友人がいれば、たとえ腹が空いていても心は幸せでいられるのさ」

人類学者は幸福のような漠然とした考えについて書くのを避けようとすることが多い。そうするかわりに、研究対象に自身の社会を必要以上に投影し、戦略上の経済的・物質的利益の観点から人間の動機を理解する傾向にある。しかし、情緒面で満たされる強固な人間関係によって築かれた社会的ネットワークは、幸福の重要な決定要因のひとつであると広く認識されている。心理学者や哲学者、それに動物行動学者でさえ、強い社会的ネットワークは人々に充足感をもたらし、現在の都会生活の特徴である社会的孤立は人々を不幸にすることに前から気づいていた。ジュホアンやほかの狩猟採集民の社会では、こうした協調ネットワークが愛情によって保障され、嫉妬の平等主義によって維持されている。

第三部

新しい時代

第十四章
ライオンが危険な存在になるとき

トゥウェイフルフォンテーンは、風雨にさらされた丘や山がそびえ、赤い砂岩が地割れしてできた広々とした谷にある。一見サソリぐらいしか生きられそうにない場所だ。しかし砂漠に適応したサイやゾウ、キリン、シマウマ、それにライオンにいたるまで、数多くの野生生物の生息地となっている。アフリカと南アメリカがひとつの大陸だったころ、その涸れ谷には浅い湖沼系があった。それらの湖沼は遠い昔に消滅したが、いまだに谷底から水が穏やかに湧きでている。ニャエニャエから数百キロメートル西にあるトゥウェイフルフォンテーンは、ナミビアで最も乾燥する地域のひとつだ。そのため、その小さな泉は何千年にわたって生き物が集まる場所だった。人類学者は、六千年前に人類が居住していた証拠をその場所で発見した。だが、トゥウェイフルフォンテーンの人類史はそれよりはるか昔から続いてきたと考えて間違いないだろう。

世界遺産に登録されてから、トゥウェイフルフォンテーンには観光客が少数だが定期的にやってくる。コミュニティが運営するキャンプサイトにも宿泊できるが、観光客の多くは近くの豪華なロッジに滞在する。プールで水浴びし、冷たいビールをちびちび飲みながら、この乾燥した大地での本当の渇きとはどんなものかを想像するのだ。

もしあなたに元気があれば、トゥウェイフルフォンテーンの近くでキリンやシマウマやゾウを見つけるのはそれほど大変ではない。だがライオンは幽霊みたいな生き物で、見つけるのは難しい。ライオンの居場所を熱心に記録する捕食動物の研究者が取りつけた、発信機付きの首輪のＵＨＦ電波でしか、彼らの存在は確認できない。しかしトゥウェイフルフォンテーンには、そのような首輪を付けなくても、容易に確認できる変な足跡の老ライオンがいる。その背後に見えるキリンやイボイノシシと同じく、そのライオンは赤い砂岩の平たいパネルに彫られた岩石線画だからだ。

見たところ岩石線画の動物は、本来のあるべき姿で描かれているように思える。ところが、そばに寄って観察するとどこかおかしい。飼いネコと同じく、ライオンの爪は十八本だ。後足にはそれぞれ四つの爪、前足に五つの爪がある。前足の五番目の小さな指（親指）とその爪は足首の上にあり、使われることはない。つまりライオンが砂に足跡を残した場合、はっきりとわかる足指とその爪の跡は四つしかないはずだ。トゥウェイフルフォンテーンの岩石線画のライオンは横を向いた頭と胴が描かれているが、足は横向きではなく足跡の形に彫られている。その足跡の爪は本来なら四本のはずだがはっきりと五本ある。それにこの奇妙な点が見過ごされないよう配慮したかのように、これを描いたアーティストはライオンの尻尾の房毛のまわりに丸い五つの足指の跡を彫っている。なぜこのように描いたかというと、これはふつうのライオンではなく、ライオンに変身したシャーマンだからだ。

南部アフリカのいたるところで見られる数多くのブッシュマンの岩絵には、ライオンはそれほど登場しない。家畜を守ると決意した農牧民がやってくるまで、ライオンは人間と共存し、その地域のあらゆる捕食動物のなかで最も適応し、繁栄して広範囲に生息していた。有能で群れをなすライオンがうまく暮らせない場所はほとんどない。人間とともに快適に食物連鎖の頂点の座に君臨していた。

現在のオマヘケに、悠々と歩き回る野生のライオンはもはやいない。カラハリのこの地域に残されたライオンは、捕食動物保護区の金網フェンスのなかで生気なく行ったり来たりしているだけだ。それでもまだオマヘケのジュホアンは、ライオンを意味する「ハイ（n!hai）」という呼び名を使うのをいやがり、かわりに「ジュ・ム（ju'm）」と呼ぶ。ライオンを指す本当の言葉である「ハイ」を使うのは危険だという。なぜなら「ライオンに殺されるために、その人が呼んでいるのだとライオンが勘違いするかもしれないからだ」。どうして特別に「ジュ・ム」と呼ぶのかとツェンナウに訊いてみた。ライオンのほかにどんな意味があるのか？

「あんたが〝ジュ・ム〟と言ったら、それは〝人〟の意味の〝ジュ〟と聞こえる。もしライオンがそれを聞いたときに混乱する」とツェンナウは説明する。「でも」と彼はこう言った。ジュホアンがライオンを「ジュ・ム」と呼ぶのは「ライオンのなかには、人間でもあるライオンもいる」からだ。

ライオンが人間でもある可能性に加えて、ジュホアンはライオンをあらゆる「動物の人」のなかで最も人間らしいと考えている。その類似点ははっきりしている。ライオンは拡大家族のグループで暮らし、テリトリーをもつ。ジュホアンのバンドのそれぞれのテリトリーと重なることが多い。人間のように、社会をつくって互いに愛情を注ぎ、夜に歌うのが好きで肉を食べるのをこよなく愛している。大きな違いについてもジュホアンはすかさず挙げる。オスのライオンは弱いものいじめをすることがたびたびあり、ほかのライオンの子どもを平気で殺し、ヒエラルキーがある。言うまでもなく、ライオン社会ではメスも狩りをする。

トゥウェイフルフォンテーンの岩石線画を描いたアーティストは、ニャエニャエからはるか西にある塩湖エトーシャ・パンの近隣で暮らすハイオムなどのコイサン人の祖先であることは、ほぼ間違いないようだ。ハイオムは、動物世界で人間と最も近い親族はライオンであると考えていた。ニャエニャエのライオンと違い、エトーシャのライオンは大きなテリトリーをもち、「プライド」と呼ばれる群れで暮らし、乾季になるとエトーシャの水たまりに集まる獲物の群れを捕えて食べた。ハイオムはまた、ライオンを自分たちのテリトリーの共同占有者だと考えていた。エトーシャのライオンは攻撃的だと言われているが、ハイオムの口承では、ハイオムはライオンと平和的に協定を結んでいたと伝えられている。さらに人間の男性がライオンに簡単に誘惑されたり、ライオン人間となってライオンの世界に加わるよう説得されたりしたことや、自由自在にライオンに変身できたシャーマンがどれくらいいたかも伝えられている。トゥウェイフルフォンテーンに、人と同じ数の足指をもつライオンの岩石線画が描かれたのはそのためだった。ハイオムがライオンと親族関係にあると考えたのは、ふたつの種に明白な類似性があったことと、ニャエニャエのような場所よりもエトーシャ周辺の方が、はるかに多くのライオンが生息していた事実に基づいている。

ジュホアンにはハイオムのようなライオンとの密接な関係はなかった。もっとも、水や土地や肉を平和的に共有できるように永久的な協定を結んでいたため、ライオンを許容できる隣人だとみなしていた。エトーシャのライオンとハイオムのように、ライオンとの協定は、ライオンも人間も相手を殺す能力があると互いに認識した上で、実質的には不可侵協定として結ばれていた。そのためライオンは人間を狩らないし、人間もライオンを狩らないことになっていた。一九五〇年代、ヴァウチャに住むツェムカオ・トマが、エリザベス・マーシャル・トーマスにその協定の基本的なロジックを雄弁に説明している。彼によると、人間がライオンを狩る場所ではライオンは人間にとって危険だが、ライオンを狩らない場所では危険はないという。その協定を維持するために、もしライオンが近くにいたら、ジュホアンの狩人は捕らえた獲物をライオンが食べるように、ときおり少し残しておいた。同様に、ライオンもたらふく肉を食べたときは、ジュホアンが近づいて死肉の残りをかっさらっても目をつぶっていた。実際、満腹のライオンと戦わずして獲物を奪えるかは成りゆきしだいのため、最も経験のあるジュホアンの狩人だけがそれを行った。これは東部アフリカの狩人もふつうに行うことで、ジュホアンは分かちあいの行為だと説明する。

しかしニャエニャエのジュホアンとライオンの平和協定は、一九八〇年代にジュホアンにウシの牧畜を促したジョン・マーシャルの取り組みのなかでは続かなかった。ニャエニャエにおよそ百頭の鈍くておとなしくて肉付きのいい動物が到着したとき、ライオンに我慢を強いるのはとうてい無理なことだとわかった。結局のところ、ライオンはジュホアンと協定を交わしたのであって、ウシと交わしたわけではなかったのだ。ヅァウチャは、一九八〇年代半ばにジョン・マーシャルが立ちあげた牧畜基金の恩恵を受けた最初のコミュニティだった。ヅァウチャのコミュニティはウシを守ろうと十分に警戒したが、一九八七年には十九頭がライオンに襲われた。ほかの村にウシが到着したときもライオンの襲撃が頻繁に起こったため、ジュホアンは数千年ものあいだ共存してきた種に対してますます気をもむようになった。なかにはニャエニャエ自然環境保護区に銃を支給してほしいと要求する者もいた。だが、ほかの住人はライオンを狩ると聞いてひどく動揺した。もしライオンと争い続けたら、狩猟や採集のために、ブッシュに入ることが危険になるかもしれないと考えたからだった。

ツムクウェの野生生物保護区の職員が手を貸すのを拒んだため、ジュホアンは自分たちだけで家畜を守ることにした。ウシの腹にライオンがかじりついたとき、飼い主は槍で突いた。矢を放ち、矢毒で二頭のライオンが死んだこともあった。家畜プログラムに参加した別の村では、ライオンにしょっちゅう狙われる羽目になったため、住民はウシも村も捨ててツムクウェの比較的安全な地域に移った。

一九九〇年代にニャエニャエのライオンの個体数は激減し、ライオンとの衝突は突如として終結する。ニャエニャエの南側境界に数千人のヘレロ人がやってきたせいだった。ヘレロ人はジュホアンと違って、牧畜の経験を長く積んでいたし、祖先の農耕牧畜民と同様にライオンを害獣だとみなしていたのだ。

ニャエニャエの南側境界のしるしとなるのが、圧倒されるほど巨大な「家畜防疫」フェンスだ。ボツワナとの国境に突きあたるまで、西から東に数百キロメートルの距離を定規で引いたように真っ直ぐに張りめぐらされている。現在は動物の移動を妨げ、野生生物から家畜への病気の感染を予防する役目を果たしている。だが、少なくとも当初の暗黙の目的は、人が自由に移動できなくすることだった。フェンスはニャエニャエ地域を含む「ブッシュマンランド」と南のヘレロランドに境界をつくり、かつてニャエニャエのジュホアンのテリトリーの中心地だった土地をふたつに分けた。

今日、フェンスのニャエニャエ側には何平方キロメートルもの豊かな草原と健全なアカシアの林が広がっている。しかし、ヘレロランド側の草原の大半は砂と砂漠の低木林に取ってかわられ、ところどころに生えるわびしげな木の下で、やせこけて乾いた乳房を垂らしたウシが目にたかるハエを払っている。

フェンスのすぐ南にある地域はヴァムと呼ばれる。ヴァムには恒久的な水場がある。かつてそこはジュホアンのバンドの「ノレ（テリトリー）」の中心部となっていて、乾季の冬になると季節的な水源しかない「ノレ」からいくつかのジュホアンのバンドを迎えてともに暮らしていた。一九五〇年代までに、ヴァムの水場は少数の大胆なヘレロ人とボツワナ人の農耕牧畜民に利用されるようになった。彼らは季節になると牛を放牧させる場所として使っていたボツワナ側の国境付近で、十分な水と牧草を見つけるのに苦労していたからだった。

隣接する川床を満たす豊かな湧水や植生に恵まれ、かつてヴァムはジュホアンだけでなく、ほかの捕食動物にとっても最高の狩場だった。一九九四年に私が初めて訪れたとき、まだヴァム周囲の平原でリカオンやハイエナ、ときおりヒョウやチーターが自由に走り回っていた。数頭の若いオスライオンや、ときおり自身の強さを試すために若いオスと戦った傷が残る、しかめっ面の孤独な長老ライオンの生息地でもあった。

二十五年ほど経ち、ヴァムは僻地の水場から、質素な設備が整った砂塵の舞う地方の村落へと様変わりした。二〇一三年以降、有刺鉄線のフェンスが延びる居住地に太陽光発電施設ができた。千八百人の村民の大半は、およそ一世紀前にボツワナへ国外追放され、一九九三年にナミビアに帰還したヘレロ人だ。ヴァムにはまだジュホアンも何人か住んでいる。彼らはヘレロ人のウシの世話をする見返りに、牛乳や粥、アルコール、少しの現金を受けとっている。

捕食動物がいる気配はない。以前は夜中にときおり、鳴き声とともに砂におかしな足跡を残すハイエナがいて、ヴァムの周囲に茂るブッシュが村落を守っていた。それに捕食動物の獲物となるクーズーやオリックス、スプリングボック、エランド、ハーテビーストの足跡は簡単に見つけられたものだが、いまでは目にすることもない。かわりにヴァム近くの砂漠にはウシやヤギ、イヌ、人間の足跡があちこちについている。

ヴァムの捕食動物は、農耕牧畜民と生息地を共有せざるをえなくなったヨーロッパやアメリカのオオカミと似たような運命を辿った。

ヘレロ人は植民地化以前のナミビアで最大の勢力を誇っていた。口頭伝承者によると、彼らは「何百年も前」に東部アフリカの大湖地方〔ヴィクトリア湖、タンガニーカ湖、マラウィ湖などを含む地帯〕から移動し、十七世紀ごろのある時期にウシをつれてナミビアに到着した。ナミビアに定住すると、そこで暮らしていた狩猟採集民を追いだし、ナミビアの中心部の大半を自分たちの土地だと主張した。牧畜民の彼らは絶えず移動し、家畜の群れが増えると、新たな牧草や水を求めて東へ西へとナミビア中に広がった。なかには北方や東方の川床（オムランバ）までウシをつれてオマヘケに入り、さらにニャエニャエにまで達する者もいた。そこには水がほとんどなく、住んでいたジュホアンに歓迎されるどころではなかった。ヘレロ人は、それらの「オヴァクルハ（最初の人々）」はこれまで遭遇した人々のなかで最も危険で、この地域は避ける方がよいと考えた。

ところが十九世紀が終わりに近づくころ、ニャエニャエやオマヘケでヘレロを歓迎してくれないジュホアンよりも懸念しなければならない問題が起こった。富であるウシを疫病が滅ぼした上に、数年前にナミビアの沿岸に足がかりを築いたドイツ人がわがもの顔に振る舞い始めたのだ。
十九世紀の第1四半世紀から第3四半世紀にかけて、イギリスやフランス、オランダ、ポルトガル、のちにベルギーのレオポルド二世が加わってアフリカ大陸を切り分けていたとき、プロイセンとバイエルンはドイツ国の統合をめぐる争いに夢中になるあまり、アフリカの植民地獲得まで気が回っていなかった。そのため一八七一年のドイツ統一後に、ようやく人類史上最大の土地争奪戦に取り残されていることに気づいた。新帝国の最初の首相に就任したオットー・フォン・ビスマルクは、植民地の価値に懐疑的だった。だがドイツの報道機関や国民の意見は違っていた。ビスマルクは世論の圧力に屈して、ドイツの植民地計画を本格的に開始した。

一八八三年にアドルフ・リューデリッツというドイツ人の海鳥の糞(グアノ)の肥料商人が、ナミビアの荒涼とした南部沿岸の土地を地元の首長から買いあげた。一年後、ビスマルクはその土地をドイツの保護下に置き、ほどなく正式にドイツ領南西アフリカとした。それを見たほかの植民地大国は忍び笑いをした。彼らの知るかぎり、スケルトン・コーストは、制御不能の船の乗組員が置き去りにされ、喉が渇いて死ぬか、いずれは飢え死にするほかないような場所でしかなかったからだ。

ドイツは南部アフリカの内陸への進出拠点として沿岸の領土を利用した。ヘレロ人を含む数々の地元の首長と交渉したのち、北のアンゴラ国境を流れるクネネ川から南のオレンジ川までの沿岸をドイツ保護領として宣言した〔沿岸に位置するウォルヴィス・ベイは「飛び地」としてイギリスにより領有されていた〕。その後十年間に、ドイツの影響は現在ゴバビスがある奥地まで拡大する。ところがドイツの植民地化の野望はナミビアでの強固な足がかりだけでは満たされなかった。

一九〇三年、ドイツ皇帝は、当時ヘレロが支配していた土地にドイツの統治権を拡大するときが来たと決意する。この目的を遂行するため、ドイツ軍司令官ロタール・フォン・トロータの指揮のもと、一万人の植民地防衛隊を南西アフリカに派遣した。トロータは、自身とドイツが抱く植民地支配の野望の妨げになる者に単純なやり方で対処するような人物だった。

「私は反抗する部族を流血と金の流れで一掃する。この洗浄が完了して初めて何か新しいものが現れるだろう」とトロータは公言した。

トロータはすぐさま戦闘をしかけた。ヴァータベルクの中心部でヘレロ人と戦いが続き、ついに彼は機関砲と迫撃砲で砲弾を浴びせて包囲し、ヘレロ人の反乱を鎮めた。それでもトロータの戦いは終わらなかった。南西アフリカのヘレロ人を「洗浄」したかったのだ。そこで、後年、二十世紀の組織的な民族虐殺計画の先駆けと広くみなされる大虐殺を開始した。

「ヘレロ人はこの土地から去れ」と彼は要求し、「去らなければ、そうせざるをえないよう大砲を用いる。銃を携帯していても、していなくても、ドイツ領の境界内にいるヘレロ人は撃たれることになる。だれも捕虜にはしない。これはヘレロ人に対する私の決断だ」と宣言した。

ドイツ製の機関砲と迫撃砲の砲弾の嵐のもと、植民地防衛隊の騎兵隊に追いかけられ、ヘレロ人は水もない広大なカラハリに逃げこみ、およそ五百キロメートル東のイギリス保護領ベチュアナランドへの到着に望みをつないだ。数百人がアイセブ・オムランバに沿ってヴァムを通過し、ボツワナに入った。ヘレロ人の口承によると、人々は砂漠を横切って逃げ、連なる仲間の死体を残して苦難に耐え忍んだ。残ったヘレロ人は斬り殺されるか、残酷な強制収容所に移動させられるかのどちらかだった。最も悪評高いのがシャークアイランドの収容所だ。ナミビア沖に位置し、岩が海鳥の糞で白く変色した島で、四千人のヘレロ人の男女と子どもが飢えて死んだと推定されている。ドイツ人が科学のために彼らの死体を集め、先駆的な優生学者、オイゲン・フィッシャー博士がこの残酷な死体の採取から恩恵を受けた。フィッシャー博士はこの試料を大いに利用し、一九二一年に彼の代表作『人類遺伝と人種衛生学の原理（*Menschliche Erblichkeitslehre und Rassenhygiene*）』を出版した。フィッシャーの書籍は第一次世界大戦後のドイツで人気を博し、有名人のファンを多数獲得している。そのなかにアドルフ・ヒトラーがいた。ヒトラーは一九二三年のクーデーター〔ミュンヘン一揆〕の失敗後、収容されたランツベルク刑務所で快適なときを過ごしているあいだに、その書籍からインスピレーションを得た。人種純化というフィッシャーの考え方にヒトラーは感嘆し、ドイツ総統になると、ただちに彼をベルリン大学総長の名誉ある地位に任命した。

一九九〇年にナミビアが南アフリカから独立を果たしたあと、新政府はボツワナに逃げたヘレロ人の子孫をナミビアに呼び戻した。多くがその申し出を受けいれた。ヘレロの帰還者には再定住地として、ニャエニャエの家畜防疫フェンスのすぐ南にある地域ヅアムが割り当てられた。ナミビアでほかに大勢の人が生活できる土地がなかったのだ。帰還者と

ともにウシもやってきた。ウシはヘレロにとって富やアイデンティティ、地位を表すものだった。ヘレロ人には父方の親族からゆずり受けたウシを売ってはいけない習わしがある。それらのウシは祖先のようなものだ。金のためにそのウシを売ることは、一族を売ることになる。楽しみだけのためにそのウシを食べることは、人食いに等しいとされた。一族が大きな変化を迎える厳粛な記念日、たとえば結婚や出産、成人、死などのときのみウシを解体できた。ただし母方から譲渡されたり、購入されたりしたウシは手放しても交換してもよかった。だが、ふつうはそれをいやがった。追放者として八十年以上ボツワナ西部で貧しい暮らしを余儀なくされたヘレロ帰還者のコミュニティのなかで、大切な習わしに逆らうことは笑いごとではすまされなかった。ナミビアで祖先のルーツの復興を決意し、ほかに価値のあるものがほとんどなかったヘレロ移民にとってはウシがすべてだった。

　しかし最初の二千頭のウシが検疫を通過すると、帰還者は深刻な問題に直面する。ヴァムのライオンやほかの捕食動物は、ヘレロの一族や習わしなど気にしなかったのだ。

　さらに悪いことに、ヘレロ人とウシがヴァムに到着すると、干ばつが始まり、三年ものあいだ北部オマヘケから生命を吸いとった。政府や支援団体がヘレロ人のために新しい井戸を掘ろうとしたが、若い牛飼いが言ったように「ウシは水を食べられなかった」。「干ばつ」という言葉が話題にされるずっと以前に、わずか一年で草原は数千頭の腹を空かせたウシによってきれいに摘みとられていた。ヘレロのヤギはキャメルソーンの低い枝に登り、枝に生える黒ずんだ湿気を含む葉をむしりとった。ウシは菜食を放棄して、死んだ仲間の乾いた骨からリン酸を吸い、小枝をかじり、鮮やかな色のポリ袋や捨てられた衣類などのゴミを食べ物と想像して腹の足しにした。多くが餓死した。それ以外は「ジフブラール(gifblaar)」(アフリカーンス語で「毒の葉」の意)の緑の葉や「スラングコップ(slangkop)」(アフリカーンス語で「ヘビの頭」の意)の花が咲く球根を食べて中毒死した。これらの植物は深く根をはって乾燥にうまく適応しており、雨が降ろうが降るまいが、春になると可憐な花を咲かせて海の精セイレーンのように家畜を誘惑した。干ばつが過ぎると、生き残ったウシは牧草を求めてさまようか、主人が魔法をかけて土から緑を生やすのを窪んだ目をして待った。主人は政府がアルファルファの飼料の入った梱包荷物をトラックで届けると聞いて、政府の建てたテントをうろついた。

彼らが待っているあいだ、ライオンやハイエナなどの捕食動物は自力で飢えをしのいだ。病気や餓死、有毒植物の摂取で死ぬウシより、捕食動物に殺されるウシの方がはるかに少なかった。カラハリの捕食動物は、獲物なら何でもこだわらず、見つけた死体をこれ幸いとばかり喜んで食べたのだ。だが、ヘレロ人は砂に肉食動物の足跡を見つけ、ライオンが自分たちのウシを殺していると判断した。

ヘレロの移民は砂漠の予測不可能な暮らしに慣れていった。そして、自分たちの手に負えないさまざまな問題に失望する者ならだれでもそうするように、対処しやすい原因に目を向けた。ヅァムでは失望の原因は雨の神々ではなく、捕食動物だった。苛立ちの矛先はそれらに向けられた。

ヘレロの定住者の脳裏には、捕食動物による危険に神話的な思いこみがあったようだ。ライオンの唸り声やハイエナの吠え声が夜の空に響くと、それらがいっそう危険な動物に感じられた。

ナミビアでは適切な許可なしに捕食動物を狩るのは違法だった。そのためヘレロ人は家畜の保護にひそかに取りかかった。ライオンやハイエナ、ヒョウを駆除する場合、真新しい足跡を見つけると静かに追跡して撃つのが一般的なやり方だ。ところがヘレロ人は無差別なやり方をとった。動物の死肉に毒を盛って放置し、捕食動物に食べさせたのだ。そのため犠牲になったのはジャッカルからハゲワシまで、偶然死体を見つけて食べた動物も含まれた。

ヘレロの定住者によるこの地域の捕食動物の皆殺しは、農業の発明以後に農耕牧畜民が世界中で行ってきたことだ。この行為は、その動物がもたらすのが便益かリスクかという観点から再概念化・再分類化をともなっていた。ライオンやリカオン、ハイエナのように受けいれられない動物は害獣に分類されるのだ。

ヘレロ人がヴァムにやってきて捕食動物の問題に対処してから二十年余り経ったが、いまでも彼らはニャエニャエの豊かな草原を切望し、家畜防疫フェンスにときおり穴を開けてウシをこっそり入れることがある。ジュホアンは土地を守るために、警察の介入や現地の貧困者救済機関に頼らざるをえない。しかし、それらの助けがあってもヘレロ人の侵入を食いとめるのは難しかった。ニャエニャエは、現地の少数の警察官が分担してパトロールするには、あまりにも広く、侵入されてもヘレロ人に対する証言を進んでする者や、まして報告する者はほとんどいない。最近

ニャエニャエで多く見られる不可解な病気や死は、ヘレロ人の呪術に原因があるとされているため、一部を除いてほとんどのジュホアンは固く口を閉ざしている。

ジュホアンの考えでは、ヘレロの呪術は、彼らが初めて互いに遭遇して以来、ヘレロ人がジュホアンを軽蔑していることの表れのひとつにすぎなかった。

「ヘレロ人の目にジュホアンが映っても、彼らは何も見ていなかった」と南部ニャエニャエのある村の土地管理人「ノレカウ」は言った。「ヘレロ人はわしらのことをブッシュでヌーの乳を飲む動物だと考えた。わしらの土地を奪い、わしらを血に染めることなど、やつらには取るに足らないことなのだ」。過去にジュホアンがヘレロの侵入に抵抗したときには、たびたび残酷な報復に遭った。衝突が起こっても行政施設のある地域ははるか遠くに離れていたため、当局に報告されることはほとんどなかった。わずかに当局の目を引いた事件のひとつが一九四七年に起きたものだ。ひとりのヘレロ人の少年が毒矢で殺された報復として、二十四人のヘレロ人男性がジュホアンの男性ふたり、女性ふたりと子ども七人を殺害して死体を冒瀆（ぼうとく）し、有罪判決を受けた。あるヘレロの口頭伝承者は、自分の祖先は機会があれば何も考えずに、いつでもジュホアンやほかのブッシュマンを殺した、と私に語った。ドイツ人による虐殺やアパルトヘイト下でヘレロ人が経験した苦悩は、かつてブッシュマンをみだりに殺したことに対して神が下した罰だというのが彼の見方だった。

ジュホアンにしてみたら、ヘレロの呪術の脅威はヴァムのライオンの運命とあきらかに似ている。毒を盛るのも呪術を使うのも策略によって死をもたらす行為であり、ヘレロがジュホアンを生きるのにふさわしくないと考えるのは「害獣」の一種だとみなしているからだ、とジュホアンのだれもが確信していた。

ヴァムとニャエニャエのヘレロとジュホアンの関係は、アメリカから東南アジアにいたるまで、その地域に定着していた狩猟採集民と農耕牧畜民が遭遇したときによく見られた典型的な例だ。ふたつの集団がどこで遭遇しようとも、似たような言葉で農耕牧畜民は狩猟採集民を物笑いの種にした。狩猟採集民を呼ぶのに「野性的」「野蛮な」「危険な」「動物のような」「原始的」という言葉を使い、虐殺や良心のかけらもない入植を正当化したのだ。

第十五章

恐れと農業

ヘレロ人のヴァムへの帰還は聖書を彷彿とさせる。地元の「預言者」（ジョセファという名の男）はそう信じこんでいる。彼は神と「ホットライン」でつながっていて、交渉して手数料を払えば、エイズを治療したり、血圧を下げてくれたりするほか、特別な呪文を唱えたり、また治安判事にうまく話して、裁判を待つ被告人が長期刑を免れる摩訶不思議な救済策を施してくれたりする。ジョセファをペテン師と考える者がいる一方で、キリスト教の神とのパイプをもつ人物だと信じる者もいる。彼は私に、ヴァムのヘレロ人の帰還者は何十年ものあいだ荒野をさまよって耐え忍び、約束の地に帰還する古代イスラエル人にほかならないと述べた。

ジョセファが神とホットラインでつながっているかどうかにかかわらず、ヘレロ人の帰還者と伝説的なイスラエル人は、聖書に出てくる運命以外にも似ているところがある。どちらも自給農耕民のコミュニティで、捕食動物などにうまく対処できるかどうかが生死を分ける限界地で生活を築こうとしている。また、どちらも狩猟採集民より食料不足や慢性の栄養不足、環境的打撃に対してはるかに脆弱だ。[1] それに、両方とも「神は御自分をかたどって人を創造された」と信じているし、神から委任を受け、それでなくても厳しい荒野を手なずけて管理している。これらのふたつの自給農耕民の話が似ているのは、どちらのコミュニティも新石器革命の産物だからだ。新石器革命とは、地球上の異なる地域の集団が農耕牧畜を取りいれて、そのなかで自然界との関係を再設定し、人新世（アントロポセン）〔近年提唱されている地質年代を示す用語。「完新世」が終わり、人類が環境に甚大な影響を及ぼしているとされる時代〕の先駆けとなった移行段階をいう。私たちの生理機能が狩猟採集民だったころの遺産だとすれば、私たちの行為や住んでいる土地に関する考え方の大半は、比較的短期の農耕牧畜民としての歴史に由来している。

なぜ最初に農耕を始めた狩猟採集民の集団が、狩猟と採集を放棄して田畑であくせく働く決意をしたのか、明確なことはわかっていない。

新石器革命の創始者たちが突然のひらめきを共有し、さまざまな動物を家畜にしたり、植物を栽培したりするために突如頭と体を働かせたわけではないだろう。この移行は何世代もかけて行われてきたに違いない。それに最初の農耕牧畜民は意識して農業を取りいれたのではなく、気候と環境の要因が重なった結果、たまたま農業に頼るようになったことはほぼ間違いないだろう。

この変化をもたらした直接的なきっかけが何であろうと――おそらく数多くのきっかけがあっ

たに違いないが――狩猟採集から農耕牧畜への移行は異なる場所でべつべつに起こっている。およそ一万年前に、チグリス・ユーフラテス川流域の氾濫原の周辺で暮らす人々が穀物や豆類を栽培し、ヒツジやヤギやブタを飼い始め、地球上で最初に狩猟採集から農業に移行した。そしておよそ八千～九千年前に、東アジアの長江・黄河流域の狩猟採集民が米やアワ、キビを植え、ブタやカイコを飼う生活を始めた。その後の五千年のあいだに、ニューギニア高地に住む人々がバナナとサトウキビを栽培し、アメリカ先住民がトウモロコシや豆、キャッサバを育てるようになった。そしてついに、おそらく四千年前に中央・西部アフリカで暮らす人々がソルガムとヤムイモ、ヤシを栽培するようになった。

　農業はどこで定着しても、発祥地から急速かつ広範囲に拡大した。家畜化・栽培化された動植物は比較的限られた環境条件のもとで成功したため、まず農業は緯線の方向〔ほぼ同緯度の東西方向〕に広まった。広まるにつれ、栽培したり、家畜にしたりするのに向いている動植物種がしだいに多く見つかった。それと同時にすでに栽培化・家畜化された種は生産性が徐々に高まり、ときには知らず知らずに、より適した種が選択されていった。チグリス・ユーフラテス川流域を中心とする肥沃な三日月地帯に最初の農耕民が種をまいて六千年後、ヨーロッパと中央アジアにかけて農業は経済活動を支配した。

およそ一万二千年前、地球の地軸の傾きの周期的な変化が起こり、氷河期が終結する。この終結の前に、気候の大きな変動による不安定期が数千年続き、次の千年間の急激な温暖化で不安定期に終止符が打たれた。その温暖期は前の十二万年間のいずれの時点と比べても温暖で、地球全体の気温が平均でおよそ五度高く、かなり湿潤だった。

コイサン人などの亜熱帯の緯度に住む人々にとって、気候の変化は大きな問題だったはずだが、存亡の危機には直面しなかった。しかし北半球では氷河期の終結によって広い範囲で環境の変化が起こり、そこに住む狩猟採集民にとって苦難の時期となった。温かい湿った気候に変化したために、伝統的に食べていた多くの植物が壊滅し、それまでに習得してきた地元の植物に関する豊富な知識がほぼ無駄になったのだ。同じころ、ヨーロッパやオーストラリア、南北アメリカで繁栄していた哺乳動物が激減した。とりわけ寒冷の条件にうまく適応していたマンモス、サーベルタイガー（剣歯虎）、ショートフェイスベアなどの大型哺乳類が絶滅した。[2] 要となる種の絶滅は環境に別の変化をもたらす。シベリアとアラスカのマンモスの絶滅によって森林地帯が回復し（マンモスが刈り取って一掃させていた）、さらに気温が上昇した。というのも、くすんだ黄褐色の草よりも森林の木々の深い緑の葉の方が、太陽放射を多く吸収するからだ。そしてこれらの変化から、もっとうまく環境に適応した動植物種が繁栄するまったく新しい生息地ができた。

北半球の狩猟採集民が、この期間に週十五時間しか働かなくても食べていけるはずがなかった。飢餓がより頻繁に起こって、ときにはコミュニティが全滅することもあったに違いない。予測不可能な時期に生き残るためには、レジリエンスと適応力の限界が試された。既存の食料源にだけ頼ることはできなかったため、狩猟採集民が気候と環境の急激な変化を乗り越えるには、新たな暮らしの立て方を試みる必要があった。そのため、二十世紀のジュホアンなら危険を冒してまでゾウなどの凶暴な大型動物を狩ることはなくても、当時の狩猟採集民はあえてリスクを取ったのだろう。それはマンモス狩りのようなリスクだった。

マンモスなどの危険な生き物を狩るには新たな方法が必要だった。つまり協力しあい、チームを組んだのだ。その上、なじみのない食べ物をもっとおいしく、もっと保存しやすくするため、複雑な加工方法も新たに試す必要があった。小麦などの消化しにくい穀物やキャッサバのような有毒な塊根を叩いて細かい粉にし、水と混ぜて食べられるように調理するなど、手探りの時期があったはずだ。

それまで寛容だった環境でいきなり食料難の問題に直面し、狩猟採集民が理解していた宇宙の秩序に疑問が突きつけられた。道徳と同じようなものとして、かつて人々は神々や霊と接していたが、今度はそれらから救いの手を求めるようになった。それを示す証拠がギョベクリ・テペ（現トルコ）の遺跡だ。野生生物の彫刻が施されたいくつもの巨大な石柱（通常は農耕牧畜社会のみに見られる規模の構造物）が、農業への移行期の直前か途中に狩猟採集民によって建設されている。その遺跡で、ガゼルや野生のウシやブタの骨とともに野生の穀物とナッツの跡が考古学者によって発見された。しかし、近くの遺跡で確認されたような初期の新石器時代の特徴である動物の家畜化の証拠は見つからなかった。これらの石柱は農業が本格的に開始される数百年前、およそ紀元前九六〇〇年の建造物群であり、狩猟採集民が生き抜くために環境を操作する文化形態を採用し始めたことを示している。

農業への移行はまた、食べ物の保存を重視することで推し進められたようだ。気候の大変動によって、自然環境の摂理への信頼が大きく揺らいだためだった。それまで狩猟採集民を取り巻く環境はいつでも何かしら利用できるものをもたらした。ところがその日食べられるかどうかを心配しなくてはならなくなり、明日、一週間先、一か月先、一年先の食べ物があるとは限らないという不安を覚えたに違いない。このような状況では「即時リターン経済」を維持するのは難しい。狩猟採集民は、のちに消費する食べ物の保存や貯蔵に以前よりもかなり尽力しなければならなくなった。この現実的な対策だけでも、時間の概念と理解の方法が変わり始める。というのも大きな余剰食料を手にして、現在のニーズとともに将来のニーズにますます目を向けるようになったからだ。

同時に、北半球の環境と気候の変化は、少数の植物が特定の地域に分布する条件を生みだし、まれに見る豊かな実りをもたらした。肥沃な三日月地帯は、より暖かい気候への段階的な変動によって寒地の草原生態系から暖地のサバンナ生態系に変容し、豆類の果実や種子のほかに野生の大麦や小麦などの穀物が生い茂り、どの地域よりも多くの食べ物が得られた。

狩猟採集民はそもそもよい意味で日和見主義者だ。環境変化に臨機応変に対応するということだ。動植物がめったにないほど豊富にあれば、彼らはそれを利用する。もし果実やナッツを採るためにうっかり枝を折って、偶然にもその木がもっと多く実るようになれば、その後剪定するなど介入したはずだ。

もし、ニャエニャエの狩猟採集生活を営むジュホアンにとって重要なモンゴンゴが、異常気象のおかげで、あるいは剪定が奏功して収穫が増えれば、彼らはモンゴンゴへの依存を徐々に高め、近くに恒久的な家を建て、木の実を好む動物を追い払い、木を管理して世話をするようになったかもしれない。それが何世代も続けば、モンゴンゴの管理と収穫について、より詳細な知識を深めただろう。そうなれば、ほかのカラハリの植物も似たような扱いをすることで収穫が増えるのではないかと気づいたかもしれない。

進化の成功が種の生殖能力を基準にして評価されるとしたら、過去一万年間にホモ・サピエンスの拡大に手を貸した動植物は金のチケットを手に入れたことになる。農耕牧畜民にとって主要作物となった動植物は、人新世に人間とともに地球を支配していた、と未来の考古学者は結論づけるだろう。ウシやヤギ、ヒツジ、イヌ、ネコ、家禽（かきん）、米、小麦、トウモロコシは、いまでは人の世話がなければ決して生き残れないはずの場所を生息地にし、ありとあらゆる地域に存在しているからだ。

今日の集約農業技術は異常なほど生産性が高い。[3] アメリカでは人口の二パーセント未満の農業従事者が全国民に食料を供給し、その上ほかの国に輸出できる余剰分まで生産している。だが現代の農業技術の生産性の裏で、小規模農家が百年足らず前にどれほど不安定な生活を送っていた

か、また、途上国の自給農耕民の生活が現在もなおどれだけ不安定であるかわからない。これはとりわけ限界地の自給農耕民、たとえばニャエニャエの周辺に住むヘレロの牧畜民やトウジンビエを栽培するカヴァンゴの農耕民などに言えることだ。

狩猟採集民も農耕牧畜民も、短期の「季節的な」食料不足やときおりの飢餓に影響を受けやすい。狩猟採集するジュホアンが乾季の終わりから体重が落ちていくと不満を言うように、地方のどこの自給農耕民も前年の収穫の備蓄が少なくなり、次の季節の作物がまだ収穫できない時期に食料不足の恐れがある。農耕牧畜社会も狩猟採集社会も、一年のなかで食料の乏しい時期に体重が七〜八パーセント落ちることがあり、生殖能力や健康状態に影響を与えるほどだ。

しかし農耕民社会では、不作が一季節周期を超えて長期にわたると、狩猟採集民社会より深刻な飢餓が頻発して苦しむことになる。[4] 狩猟採集民は低リスクのやり方で暮らしを立てている。多くの異なる食料源に頼ることでリスクを分散しており、そのため定期的な干ばつや洪水などに対応して絶えず変化する環境を活用できる。ニャエニャエのジュホアンが利用する百二十五種類の食用植物種の旬はすべて少しずつずれていて、異なる気象条件にべつべつに反応し、特定の生態的地位(ニッチ)を占めている。ほかの種よりも乾燥に耐えられる種もあれば、過度の降雨に敏感に反応する種や、異常寒気あるいは異常暖気にうまく対処する種もある。つまりある種にとって不向きな気象であっても、ほかの種に都合がよいこともあるわけだ。植物採集に狩猟を加えれば、リスク分散が成功する確率はもっと高くなる。深刻な干ばつはカラハリの最も重要な食用植物の収穫量を激減させる一方で、通常は狩猟や死肉漁りがしやすくなる。というのも、動物の健康条件が悪化して注意力が低下し、恒久的な水場や希少な食料源に集まるからだ。そのため、狩猟採集するジュホアンのあいだでは一般的に、植物の実りが「よい月」よりも「悪い月」の方が肉を食べる割合が増える。

ところがわずかな種類の主要作物だけに頼る農耕牧畜社会では、降雨が不十分だったり、川が干上がったりすれば、収穫の減少は避けられない。収穫が減少したとき、前季の食料を保存するか、別の場所から食料を調達するための周到な交換ネットワークを築くことができていなければ、飢餓に陥ってしまう。これは干ばつに限ったことではない。栽培植物の大半は、適応できる環境がかなり限られており疫病にも弱い。まさに適切な時期に適量の雨と適量の日光と適切な土があるときにだけ収穫が増えるのだ。雨や日光が多すぎたり少なすぎたりすれば必ず飢餓に直面するわけではないが、期待する収穫は得られないだろう。

重要なのは農耕牧畜民の必要な仕事量は、環境の好ましさに反比例する傾向があることだ。雨が十分降らなければ、収穫高が減少するだけでなく、とにかく何かを栽培するためによりいっそう懸命に働かなくてはならない。ほとんどの農耕牧畜社会は少数の作物や家畜にだけ依存しているため、病気がひとつ流行すると、田畑に隙間なく植えられる作物や、ひしめきあって育てられる家畜の群れに急速に広まり、悲劇をもたらすこともありえる。そのような悲劇は実際に十九世紀終わりに牛疫（モービリウイルス感染症）が流行したことで、ニャエニャエのすぐ南側で暮らす多くのヘレロ人の記憶にいまも深く刻まれており、南部・中央アフリカ全体に家畜病への異常なほどの恐怖心を植えつけた。

麻疹（はしか）のような感染性のウイルス病に免疫がないウシの場合、死亡率はほぼ九〇パーセントとなっており、牛疫は一八九〇年代に南部・東部アフリカの牧畜民のウシの群れを一掃した。さらに野牛、キリン、イボイノシシのような野生生物によって運ばれて、アフリカ大陸全体に一気に広まった。エチオピア、タンザニアで悲劇的な飢餓を引き起こし、一八九六年にカラハリを襲った。わずか六か月間にヘレロ人のウシの三分の二が牛疫によって死にいたり、ヘレロ経済は崩壊した。ウシという富の破綻とともに、ウシの健康と結びついていたヘレロ人の社会構造が崩れ、かつては豊かで力強かった家庭は「ブッシュマンのように困窮」していることに気づいた。さらに悪いことに牛疫の蔓延後、栄養不良で免疫システムが弱ったヘレロの体を腸チフスやマラリア、炭疽（たんそ）など人間の伝染病が次々と襲う。炭疽菌が増殖したのは、町はずれに腐ったウシの肉が山積みに捨てられていたことが原因だったようだ。現代のヘレロの口頭伝承者は、ヘレロの異郷生活は植民地時代以前の彼ら自身のリーダーの気まぐれによるものか、あるいはドイツの大砲の圧倒的な勢力によるものか、責任の所在を糾明するのは気が進まないようだが、もし牛疫が起こらなければ、ヘレロ人は決してドイツに降伏しなかったし、二十世紀の最初の大虐殺の被害者にならなかったと訴える。

聖書を彷彿とさせる牛疫のような感染症による家畜の大量死のほかにも、ウイルス性の危険に農耕牧畜民は直面した。家畜化された動物の近くに住むことで、家畜の病原体のなかには人間の体にも適応するものが現れる。歴史を通じて私たちが牛肉を愛してきたため結核や麻疹がもたらされ、ベーコンや鶏手羽肉を渇望したため新たなインフルエンザウイルスの恐怖に向き合う羽目になった。初期の新石器時代の人々が、こうした病気で致命的な打撃を受けたのは、狩猟採集民と比べて全体的に栄養が乏しかったからだ。ときおりの収穫減少のためだけでなく、農耕牧畜民の食事が一般的に、炭水化物に富む一、二種類の作物に偏る傾向があり、ビタミンとミネラルが不足していたためでもあった。

飢餓や病気、自然災害に対する農耕牧畜社会の脆弱性のせいで、悲劇的な社会崩壊が起こり、新石器革命の拡大が中断された。そうした一連の悲劇的崩壊は現代のヨーロッパ人の遺伝子に刻印されており、最初はおよそ七千五百年前の農耕文化の中央ヨーロッパへの拡大と同じ時期に、その次はおよそ六千年前の北西ヨーロッパへの拡大と同じ時期に起こっている。これらの人口崩壊は病気が原因だったかもしれない。死亡率が三〇～六〇パーセントにのぼっており、それは十四世紀のヨーロッパに蔓延した黒死病の死亡率にほぼ匹敵するからだ。だがヨーロッパの初期の新石器時代の人口は少なく、拡大規模も小さかった。そのため疫病が広範囲に伝染したとは考えにくい。むしろ持続不可能な農耕牧畜、つまり少数の動植物種への過度の依存や数年続く天候不順――継続的な干ばつ、極寒の冬、洪水、あるいはこれらが合わさった天候――の結果として大量の死者が出た可能性の方が高いだろう。[5]

ジュホアンのような狩猟採集民が自然環境の摂理に揺るがぬ自信をもち続けたとすれば、新石器時代の農耕牧畜民の生活は恐れとの闘いだった。たとえば干ばつや枯死、疫病、泥棒、襲撃、見知らぬ者、飢餓、戦争、最後には税金などへの恐れだ。収穫が落ちずにすべて順調なときは、農耕牧畜民はたいてい気まぐれな神々に生贄（いけにえ）や供え物の形で、労働で得た成果の一部を差しだして幸運を祝った。

新石器時代の農耕牧畜民は自身の脆弱さを感じたに違いないが、完全に神々の意のままになっているとは考えなかった。少なくとも部分的には自身の運命を握っているという強い自意識をもっていた。もし物事を正しく行えば、恐れが増えるリスクを最小限にできる。これは日々の生活のなかで神々を喜ばせるということだが、つまるところ土地の生産性を高めるために懸命に働くことになった。この意味では、農耕牧畜民は大地に働きかける仕事を完成させる代理人を命じられたかのように、創造主の責任の一部を担ったといえる。これは農耕牧畜社会に出現した組織宗教の多くの主題に共通することだ。神々は世界を創造した一方で、人間は家や庭、村、牧場、堰（せき）のようなもっと小さなキャンバス、つまり自然の力を寄せつけず、野生を手なずける場所に働きかけた。

農耕牧畜文化の隠喩が大宗教の聖典にちりばめられているのは偶然ではない。とくにユダヤ教とキリスト教に共通する聖典には、畑や農民、家畜、収穫、牛飼いが中心となる寓話や物語がいくつも登場する。まるで農業の災害の恐れを私たちに想起させようとしているかのように語られており、新約聖書によると、人類を待ち受ける最後の運命は収穫に託され、イエスは「麦を集めて倉に入れ、殻を消えることのない火で焼き払われる」〔日本聖書協会『新共同訳　新約聖書』マタイによる福音書三章十二節〕という。

狩猟採集民は自身を環境の一部とみなす一方、農耕牧畜社会は環境、あるいは少なくともその一部は、自身と切り離された何かであり、操作できるものと考える。このように、自身と環境を概念上切り離し、環境をコントロールできると考えれば、周囲の世界を再認識、再分類するようになるのは理にかなっている。彼らにしてみたら、世界はすべて「野生」や「自然」であり、それらのなすがままにさせればたいてい危険な場所になる。農耕牧畜民は、自然の力を抑制する自身の能力に頼っていると認識している一方で、自然は栽培化、家畜化に使う土地に勝手に入りこみ、有害になるとも考えている。耕地に迷惑な植物が生えると雑草になり、農耕牧畜民の穀物を好んだり、家畜を襲ったりする迷惑な動物を害獣と呼ぶ。「自然・野生の世界」と「人間・文化の世界」とを概念的に分離した農業コミュニティがあまりにも拡大したために、長期にわたって社会人類学者はそれが人間の普遍的特性だと考えてきた。

しかし、人と自然の世界の概念的分離はまず絶対的ではない。土地は放っておかれたり、世話をする者がいなかったりすれば、必然的に自然の状態に戻るのはどの農耕牧畜民も知っていた。人の世話に抵抗する荒地や野生動物があることも把握していた。肥沃な三日月地帯では、数多くの動植物が栽培化・家畜化され、自然と文化との分離がしだいに大きくなっていった。しかし、アフリカや南アメリカ、東アジアの熱帯地方では一握りの在来の植物だけしか栽培できず、家畜にできる動物はもっと少なかった。そのため、これらの社会の多くはタンパク質の大半を狩猟によって摂取していたので、狩猟採集民と同じように動物をしばしば隣人と考えた。

環境を修正・抑制・支配するには、狩猟採集と比べてはるかに多くの労働が必要となる。種を植える前には、木を伐採し田畑を耕し、肥料を施さなければならない。それから苗に水を撒いて雑草を抜き、腹を空かせた鳥や虫から成長した植物を守る必要がある。カラハリの端のような場所では、腹を空かせたゾウもいる。作物を収穫して貯蔵や保存する施設もすべて建設しなければならない。農作業は毎年繰り返される。その上、多くの副次的な作業をする時間も必要だ。農作業には道具の製造・修理や農場施設の建設・管理が欠かせない。何よりも子どもの世話や食事作り、家の維持などの日常仕事もこなさなくてはならない。季節に従って収穫を行うため、貯蔵する容器やシステムを作る必要があるし、次の収穫まで食べつなぐために食料を保存しなければならない。

おそらく最も明白なのは、「勤勉は美徳」というほぼ世界共通の考えは、新石器革命の社会・経済・文化の遺産であることだ。繁殖の願望や親交の必要性と同じく、労働は重要な人間の要素だとほとんどの社会はみなしている。労働は多くの社会で私たちが何者であるかを定義し、どこの国でも政治を支配している。先進国のテレビ・ラジオの放送電波には政治家も庶民も一様に「努力家」「勤労者世帯」の美徳を呼び起こし、「怠け者」「たかり屋」の怠惰を非難する発言が飛び交う。低開発国では、あらゆる種類のコンサルタントや専門家が雇用創出の政策を打ちだし、大がかりな計画を練るのに力を注いでいる。ほぼどの国でも政治家の理想は、依然として完全雇用状態であり、選挙の敗北につながる失業者の増加を恐れている。ジョン・メイナード・ケインズが、「経済問題」を解決したいという目的のために、「自然によって」だけではなく、「私たちすべての衝動や根深い本能によって」人類が進化してきた、と信じたのも無理はない。ケインズが認識できなかったことは、経済が問題になった唯一の原因は農業への移行であり、私たちがこの問題の解決に執着しているのは、そもそも私たちの祖先がその問題をつくりだしたことが発端だ、という事実である。

勤勉が繁栄につながるという方程式が新石器革命の不朽の遺産だとしても、それは農業にだけ通じる方程式ではない。なぜなら、労働のさらなる需要が生産性向上と相まって、南方に船を進めたダ・ガマやディアスのような人々を駆りたて、いまなお生産性と交易に私たちを執着させる経済モデルの概念的基盤となっているからだ。その基盤は勤勉を美徳とし、時間を商品に変え、物を資産に変え、交換システムを商取引に変えることで成りたっている。

第十六章

ウシの国

砂塵の舞うオマヘケの州都ゴバビスの街に入ると、高さおよそ三メートルの赤いレンガの台座に立つ実物大の牡牛の銅像が否応なく目に飛びこんでくる。牡牛の顔は東方を向き、サバンナをうらやましそうに見つめているが、その印象的な睾丸が下向きに指す先には「CATTLE COUNTRY（ウシの国）」という白い文字が並んでいる。

延々と長い有刺鉄線フェンスの傷跡が残るこの土地にふさわしく、牡牛の銅像は最近まで光り輝くレザーワイヤー（カミソリ有刺鉄線）で守られていた。このセキュリティ対策が施されたのは、夜中に地元の高校生がふざけて銅像の牡牛の去勢をしたからだった。町議会が意を決して牡牛の睾丸をいたずらから守る手段を講じたのは驚くことではなかった。ゴバビスはいろいろな意味でいまだに人種で分裂していた。ゴバビスを支配するのはウシを愛するふたつのグループ、アフリカーンス語を話す白人牧場主のコミュニティと牧畜民ヘレロだ。双方とも牡牛像の去勢に憤慨し、さらなるいやがらせから生殖腺を保護するために立場の違いを超えて協力した。

台座の銅像は白色のブラーマン種で、ゴバビスはこの品種で国際的に名が知られている。喉袋はでたらめに裁断された布切れのように顎と首の皮が垂れさがり、肩の上に大きなこぶがあり、ヨーロッパやアメリカでよく見られる品種とは異なる血統だ。ブラーマン種は頑丈で暑さに強い。牧草が少ないときには要領よく食べ物を探す。一九五〇年代にナミビアに導入されてから、厳しいカラハリの生活にうまく適応できる交配種の誕生を願って、ほかの品種と慎重に掛けあわされた。[1]

すべてのウシの祖先は、有史以前から生息したオーロックスと呼ばれる脚が長い大型種で、フランス南西部にあるラスコー洞窟の「牡牛の広間」では迫力のある等身大の壁画にもなっている。最後の一頭とされるオーロックスは一六二七年に死んだ。しかし、およそ二十五万年前には、オーロックスの膨大な群れはヨーロッパやアジア、北部アフリカ中の草原で草を食んでいた。当時オーロックスは繁栄して生息地を広範囲に拡大し、地域ごとに異なる進化を遂げていくつかの品種に分かれた。その品種のひとつが北西アフリカからヨーロッパまで広がった「ボース・タウルス（*Bos taurus*）」で、肥沃な三日月地帯で初期の農牧民に家畜化された。その遺伝子はいまも、アバディーン・アンガスやフリーシアン、スペインの闘牛用の牡牛など多くのヨーロッパのウシの品種にしっかりと受け継がれている。ほかにオーロックスとは別の亜種の遺伝子をもつコブウシ（別名「ゼブウシ」）はおよそ八千年前に中央アジアで家畜化された。ブラーマン種を思わせる大きなこぶと立派な喉袋をもつ独特な姿をしている。

肥沃な三日月地帯で最初の農耕牧畜民が初めて植物の種をまいたあと、カラハリのこの地域を牧畜民が数千年かけて征服したが、じつはこのふたつのできごとは人類史では同じ章の大部分を占めている。この征服の物語は新石器革命がなぜ、どのようにして農業発祥の地を越え、一万年ほどあとにカラハリ中に波及したのかを理解するのに役に立つ。また、どれほど多くの現代の社会・文化・経済の制度が農業革命の遺産によって形づくられたかをあきらかにしている。

初期の新石器時代の農耕牧畜民は、狩猟採集民と比べてある大きな利点があった。星のめぐりあわせがよく、天気が好条件で、疫病が抑えられ、土壌にまだ養分が多く含まれているときには、農耕牧畜は狩猟採集よりもかなり生産性が高かったのだ。そのため農耕牧畜民は狩猟採集民よりも人口を急速に増やし、少ない土地でも人口の増加を維持できた。

ところが、彼らは、どれほど懸命に働いても、同じ土地で毎年続けて豊富な収穫を得られないことを学んだ。そこでべつべつの作物を循環させて植えたり、生産性を回復させるために土地を休ませたりする者が現れた。それでも土地の生産性が徐々に低下したため、数年ごとに作付けするには新たな土地を見つける必要があった。初期の放牧は農耕よりもさらに広い土地が必要だった。およそ五千平方メートルの土地があれば、肥沃な三日月地帯で小麦を植えて、大人数の拡大家族が一年以上食べていくのに十分な穀物を収穫できたが、同じ土地面積でヤギ一匹でさえ飼育し続けるのは難しく、まして群れとなれば一か月以上維持するのは不可能だった。よって農耕牧畜民は人口が増えるにつれ、多くの土地を求めるようになった。

繁栄するための選択肢は少なかった。発明を急ぐ必要があり、彼らは技術革新を意欲的に受けいれることにした。狩猟採集民の技術は、不変の難題に対処するために数百世代にわたって徐々に改良されてきた一方、農耕牧畜民は灌漑にはじまり食料保存に関する化学的知識にいたるまで、まったく新たな難問に対処するために新たな道具を開発する必要に迫られた。そのため初期の新石器時代には、鍬（くわ）や鋤（すき）、土器、レンガ、金属細工、やがて車輪など、あらゆる種類の斬新な技術が発明され、広く利用された。

問題を解決する新技術の開発は一晩で生みだされるものではない。発明と運と数多くの実験が合わさって、少しずつ積み重ねられた経験と知識によるものだ。そのため小麦が収穫できないやせた土地を見つめるだけのすでに衰弱しきった人々には、偉大な新技術の発明は実行可能な選択肢にはならなかった。

成功した狩猟採集社会は、余剰を避け、人々に社会的圧力を加えることで平等主義を維持したが、成功した農耕牧畜社会はそれとは反対のことを行った。まず、余剰を飢餓と災害のリスクの備えにした。安全に保存された余剰食料は、不作の年には生死を分けた。しかし、やがて農耕牧畜民は余剰を労働の具体的な報酬とみるようになり、報酬を「稼ぐ」という感覚が生まれた。それに十分大量の余剰があれば、田畑を耕すつらい生活からの自由を買えるかもしれないという期待を抱くようになった。

食料保存の新たな技術と方法の開発によって、農耕牧畜民は「富」を生みだした。たとえそんなふうには考えていなかったとしてもだ。そして食料を蓄積することで労働も蓄積するようになった。穀物がいっぱい入ったかごは、将来に満足した食事をとれることを意味するかもしれないが、かごをいっぱいにするのに、田畑を耕し、種を植え、収穫した穀物を脱穀するなどの努力が必要であることも意味する。そのため労働自体が交換できるものと考えられるようになった。

必然的に新石器時代に多数の異なる交換システムが生まれ、人々のあいだで余剰の流れができた。農耕牧畜社会で開発されたあらゆる交易や交換のシステムは、物理的な品物の移動や蓄積を可能にしたが、それらは人間生活で体感的にわかる敬意や愛、天国へのアクセス、運のようなものを希薄にした。余剰物の生産や管理、分配のとりわけ効果的なシステムを開発した社会が最も急速に成長し、最も影響力をもつようになった。否応なく、ほかの社会もそれらの成功した方法を採用し始めた。

定期的に余剰が生まれたため、農耕牧畜社会のなかで役割区分の度合いがさらに大きくなった。最初はその役割はほとんどが農耕牧畜に関連するものだった。たとえば、よい雨を願う祈禱師、野生動物や敵から農耕牧畜民を守る用心棒、道具を作る者、宿泊施設や食料倉庫を建てる者、家畜生産物を加工する者などだ。田畑で作業する人たちよりも多くの人々を支えられるほど生産性が高まった社会ではさらに役割が増え、小売商人や祭司、行商人、会計士、専門職人が現れた。ここで余剰は富や貨幣、債権に転化し、その分配と循環を自分の思い通りにする者には権力となった。

農耕牧畜の拡大は、気まぐれに新たなテリトリーを見つけようとした大胆な農耕牧畜民だけで進められたわけではなさそうだ。何世代にもわたり人口が増加し、テリトリー拡大の必要に駆られた地域もある。しかし最も大規模で最も劇的な拡大が、資源の奪いあいによって引き起こされたのはほぼ間違いない。成長の余地がなければ、生産性のある土地を新たに見つけるしかないからだ。

新石器時代の人々の積極的な拡大は、初期の新石器時代の社会における考古学や遺伝学的な歴史分析でも、それ以降の分析と同じように確認されている。ヨーロッパの初期の農耕牧畜民の骨から採取したＤＮＡとヨーロッパのさまざまな狩猟採集民のＤＮＡを比較分析した結果、狩猟採集民が自分たちより生産性の高い隣人を見て農業を取りいれようと決断したために、農耕牧畜が拡大したわけではなかったことがあきらかになった。[2] 新たな土地を探す積極的な農耕牧畜民によって、狩猟採集民が移住させられたためだった。遺伝子データでは拡大の歴史のぼんやりとした全体像しか見えないものの、新石器時代の農耕牧畜民はキプロス島とエーゲ海諸島の海上航路を経由して、およそ九千年前に中東からヨーロッパに進出したと示されている。ヨーロッパ本土南部で農耕牧畜社会が築かれ、さらに西方や北方に進出し、最終的には一連の独特な農業社会に融合した。十九世紀と二十世紀の狩猟採集民に対する農耕牧畜民の扱い方がなんらかの判断根拠になるとするならば、狩猟採集から農耕牧畜への移行期に流血の惨事が多数あったことはほとんど間違いないだろう。

　農耕牧畜は初期のヨーロッパでの拡大と類似したパターンを辿って、その後アフリカ全体に拡大した。ところがアフリカの場合、その拡大は二千年にわたり中央・南部アフリカのほぼ全域に移住したひとつの人類系統の子孫によるものだった。この集団は現在、「バントゥ」と呼ばれている。これは言語学的な用語で、ントゥ（人々）という語幹から派生したものであり、現代のバントゥ諸語には互いにきわめて近縁な六百五十ほどの言語集団が含まれる。これまでバントゥ語系諸族の拡大の時期やルートの仮説を立てるには、信頼できるとは言えない口頭伝承や言語学、考古学からの寄せ集めの不完全な証拠に頼るしかなかった。今では遺伝的近縁関係の研究から、その拡大についての全容がよりはっきりと解明されている。

　その研究によると、アフリカの新石器革命の発祥地は、現在カメルーンとナイジェリアの国境にある緑に覆われたクロスリバーの渓谷の可能性が高いとされている。小麦やトウモロコシなどの栽培できる穀物種がなかったため、最初の農耕牧畜民はヤムイモの栽培に力を入れた。肥沃な三日月地帯の農耕牧畜民のように、多様な植物種が栽培できなかったにもかかわらず、アフリカの新石器時代の人口は急増し、およそ七千年前から北方や西方に進出した。この移住民の子孫が現在ニジェール・コンゴ語族と呼ばれる人々となった。

　そのニジェール・コンゴ語族のひとつであるバントゥが、およそ五千五百年前に東方に向けて進出し、熱帯雨林のあいだを走るサバンナの回廊に沿って進んだ。その際に社会・文化・経済的に異なる王朝の礎（いしずえ）を次々と築いた。拡大は二段階で行われたと考えられる。まず、およそ三千年前に東方のアフリカ大地溝帯にある大湖地方に進んだ。そこでバントゥはアジアのルーツをもつ農耕牧畜民から新技術と栽培植物を手に入れる。次に南方に進み、集団は分かれ、農耕牧畜に適していない砂漠や熱帯雨林を除くほとんどの土地に定住した。

およそ紀元八五〇年に、バントゥの進出は現在の南アフリカ東ケープ州にあるグレート・フィッシュ川の近くで停止した。そのときまでにアフリカ大陸各地に定住したバントゥは容易に変化を受けいれた数百の異なる人々と融合し、特有の習慣や方言、法律をもつ集団を形成した。近くで暮らす集団とよく似た言語や技術、経済活動を共有したため、これらの集団は時間とともに結合したり分離したりして、新たなコミュニティや文明、王国を次々と築いた。

今日、私たちがほぼバントゥとだけ関連づけるマラウイ、モザンビーク、ザンビアのような国など南部アフリカの多くの地域に、コイサン人が住んでいなかったと考える理由はない。だがコイサン人がそこに多数暮らしていたとしても、岩絵以外の考古学的痕跡をほとんど残していない。遺伝子研究によって、これらの国の住人のＤＮＡに刻まれたコイサン人祖先の痕跡があきらかになったが、集団が合体したと推測することはできなかった。

しかし、現在ほぼバントゥ文明・社会とだけ関連づけられる南部アフリカのほかの地域では、コイサンが過去に住んでいたことを示すより明白な痕跡がある。バントゥの進出以前から存在する遺跡発掘現場や、南アフリカ、ジンバブエ、ナミビアの何百もの岩絵や岩石線画のほかにも、南東部アフリカのコイサン人は、初期の植民地時代の南アフリカでふたつの最も強力な文明であるズールー人とコーサ人のバントゥ語系諸族の文化的記憶の奥深くに、自分たちの存在を刻んでいた。ズールー人やコーサ人は、ほかの牧畜民と同様に狩猟採集民を軽蔑していたが、コイサン人との相互作用はとても強く長く続いたため、ズールー人やコーサ人の言語にはコイサン諸語の特徴であるクリック子音が組みあわさっている。

ズールー人やコーサ人のような人々にコイサンの文化的・言語的影響が及んでいたことで、興味深い疑問がいくつか生じ、遺伝子研究による推測には限界があることがわかった。またコイサン人とほかの人々との予想外のつながりがあった可能性も示した。ヨーロッパ人がケープ地方に上陸したときには、コイサン人は尾骨のまわりに脂肪を蓄えた脂尾羊（しびよう）とウシの群れをつれて草地を歩き回っていた。北方に住むバントゥの隣人のように、彼らはそれぞれのウシに名前をつけて熱心にかわいがる勤勉な牧畜民だった。具体的なデータはないが、第一千年紀（一〇〇一〜二〇〇〇年）に南部アフリカでコイサン諸語を話す牧畜民の存在が確認されているため、理論上そのように想定できる。これらのコイサン語系諸族は放牧をしたり、狩猟採集をしたりして暮らしを立てていたと論じる者もいれば、その放牧集団は東部アフリカから移住してきたと仮定する者もいる。ほかにもズールー人やコーサ人の近隣に住むコイサン語系諸族は、文化的吸収のような形で放牧を取りいれたという最も簡単で安易な説明をする者もいる。

南アフリカの西ケープ州に住む、ウシを飼うコイサン人で知られる「ナマ」の子孫の遺伝子を最近調べたところ、彼らのＤＮＡの小さな領域で、マサイなどの東部アフリカ人に由来する直接的な遺伝子流動〔ある集団の遺伝子が交配などによって系統的に異なる集団に移入すること〕の影響があきらかになった。特筆すべきことは、これらの遺伝子のいくつかは乳糖の処理能力、つまり大量の牛乳を摂取する能力に関係するものだったことだ。このことから、多数のバントゥが南方に進出する何百年か前に、アフロ・アジア語族の牧畜民が家畜とともに東部アフリカからすでに移住していた可能性が浮上した。このグループにコイサン狩猟採集民が同化し、一見牧畜民のような生活様式を採用してケープ地方に移動し、いくつかのコイサン語系諸族のなかで独特の放牧伝統の基盤を築いたと考えられる。[3]

　バントゥ進出の先駆者がカラハリの縁に到達したのはおそらく千五百～千二百年前と考古学では示唆されている。また遺伝学でも、中央・東部カラハリのサン人の遺伝子プール〔繁殖集団内のすべての個体がもつ遺伝子の集合〕にバントゥの遺伝子マーカーがあきらかに入りこんでいると、多くの分析試料のひとつで初めて判断された。[4] これらの先駆者の目にはカラハリは住みにくい場所に映ったに違いない。そのため縁でとどまり、その先には進もうとしなかった。およそ十万年間にわたってコイサン人の繁栄を可能にしたカラハリの特異な地質と気候が、新石器革命の初期の使節たちに敵意を向けたのだろう。中央カラハリの北には巨大な湿原の名残であるオカヴァンゴ・デルタが広がる。農耕牧畜民は、最初にパピルスの草がほとりに生える巨大な氾濫原に引きつけられたに違いない。しかし、すぐに想像とは違うと気がついたはずだ。ヨシ湿原と砂地の島が点在するこの地は、ツエツエバエ、蚊、病原体をもった寄生生物がはびこるため、家畜にも人にも住みにくい場所だった。島のあいだの水路では、縄張り意識の強いカバや巨大なワニが侵入者を見張っていた。今日でも、最新の灌漑テクノロジーをもち、特別に選びぬかれた種（たね）を携え、肥料に熟知する洗練された農業専門家でさえデルタの土壌には頭を抱えるだろう。

そのため農耕牧畜民はカラハリの端に小さな村をつくり、農作物を栽培してウシを育てた。東部ボツワナのボスツウェがそうした村のひとつだ。紀元七〇〇年ごろに建設され、十六世紀あるいは十七世紀まで継続して人が暮らしていた。考古学者によって掘りだされたガラスのビーズや銅の装飾品、粘土細工は、ボスツウェのような場所と、第一千年紀から第二千年紀への変わり目に南アフリカのマプングブエやグレート・ジンバブエなどに複雑な都市国家を建設したバントゥ文化とのあいだに、つながりがあったことを示している。しかしボスツウェやそれに似た村は、長い歴史があるにもかかわらず、依然として辺鄙（へんぴ）な開拓地のまま取り残され、住人は日の出だけでなく交易や刺激や情報を求めて東方を見つめていたのだろう。

千年にわたりボスツウェのような村の住民はときおり砂漠を旅したはずだ。よい雨の季節が続くあいだは、そこは移住したくなるほどの理想の地だった。短い夏の雨は、砂漠を、広葉樹林が散在する背の高い緑の草の海に変えた。しかし必ず周期的に乾季がやってくる。砂漠から逃げるか、住み続けて滅びるか、あるいは家畜の群れを放棄し、環境に身を任せて数千年にわたり砂漠暮らしを成功させてきたブッシュマンの生活様式を取りいれるしかなかった。繰り返すが、その進出の証拠をもたらしたのがコイサン人のＤＮＡだ。ジュホアンの遺伝子マーカーは、千二百年前にバントゥの大規模な進出が一度あったことを示している。見知らぬ者がやってきて、戦わずして双方の関係が続いた。つまり子づくりをしたのだ。このマーカーの試料はこの遺伝的進出が短期間であり、それが失敗に終わったことを示している。バントゥは非常に短い期間で姿を消し、自分たちの存在とつれてきた家畜の物質的な痕跡をほとんど残さなかった。農耕牧畜民の居住地の近隣に住む中央カラハリのグイや、北西部ナミビアのハイオムなどのブッシュマン・グループの遺伝子マーカーから、ボスツウェのような場所から来たバントゥと、より近年の遺伝子流動の大きな証拠が発見されている。

最終的にウシのために十分な水をカラハリで見つける難題は、農業や商業の前進を失速させた多くの障害と同様に、テクノロジーによって解決される。十九世紀の半ばには南部アフリカ中でヨーロッパ植民地が拡大し続けたために、牧畜民はすでにカラハリの川床(オムランバ)やハンツィのような地域で放牧せざるをえなくなっていた。その地域では、砂の表土から露出した石灰岩を通って地下水が湧きだしており、容易に利用できるいくつかの天然の井戸を形成していた。牧草が豊富でも、乾季に十分な水がなければカラハリで永住することは厳しかった。

カラハリで水を見つけるのは難しいが、十九世紀にそこでウシを育てようとしたバントゥが想像したよりは多くの水がある。巨大な帯水層が砂の表面からおよそ数メートル、場所によっては数十メートル下に隠れているのだ。素手やシャベルでしか地面を掘れない人は、この水には手が届かないが、産業革命のエンジニアの手にかかれば何ら問題はない。掘削技術は十九世紀に飛躍的に向上した。ヨーロッパとアメリカで一八〇〇年代（中国ではその数百年前）以降、単純に打撃を加えてドリルで地面に細い穴を開ける方法がとられてきた。この賢い機械の動力は、最初は人の手だったのが、ウマになり、最終的には蒸気になった。地下百メートルほどの穴を開けることができ、実際にアメリカ中西部の多くの農家で井戸の掘削に使われてきた。このドリルは最初、十九世紀半ばに鉱山業者によって南アフリカに持ちこまれ、すぐさま農耕牧畜民に利用された。数年後には、打撃ではなく刃で地面を削って穴を開ける方法を使用した、もっと用途が広くて運搬しやすい内燃エンジンで動く強力な回転ドリルが使われるようになった。

オマヘケの最も乾燥した地域でさえ、ドリルを使って井戸水が出るようになったことで、多くのジュホアンの運命が定まった。一握りの水場を使いたがるヘレロ人の小グループは追い払えたが、自身と家畜のためにこの土地を収奪すると決めた資金と武器をもつ農場主や兵士、警官に対しては妨害するぐらいしか抵抗できなかったのだ。

オマヘケのジュホアンの女性にしてみたら、一九三〇～四〇年代に砂に回転ドリルで穴を開けて水が手に入ったことは、農耕牧畜民とウシの到来を上回る重大なできごとだった。

ジュホアンが狩猟採集で自立していたとき、文書で十分に裏付けされているほかの狩猟採集民と同じく、性別で役割がはっきりと決まっていた。しかし、性別の違いで男性と女性のどちらが優位かを決めることはないと彼らは言い張る。バンドのなかで個人的に大きな影響を及ぼす要素は、性別ではなくカリスマ性や強い性格、説得力、常識、人間性だ。男性も女性も治療師になれるし、どちらもテリトリーを使用する権利が継承される「ノレカウ」になれる。

伝統的にジュホアンは結婚で大騒ぎしない。離婚でも同じだ。一夫一婦婚がジュホアンの規範だが、ときおり一夫多妻の関係になることもある。一度にふたり以上の配偶者とそれぞれの義理の両親を抱えるなど、大半のジュホアンはとんでもないことだと思うが、ひんしゅくを買うことはほとんどない。ときどき親は男女の相性について語る上で積極的な役割を担うが、子どもの望みを禁じようとはしない。ふたりが愛しあい、男性は肉を与え、女性は採集をすること以外にどんな結婚が「よい」のかをとくに指図することもない。暴力は女性が男性を見捨てるわかりやすいデリケートな理由とみなされ、どちらかが不貞を働けば夫婦が別れても仕方がないと考えられている。結婚と関係なく存在する男女の役割以外に従わなくてはならないルールはなく、家庭での主導権をどちらかが握ることもないため、多くのジュホアンは死ぬまで一夫一婦婚を喜んで維持する。離婚しても、社会の失敗者と感じて精神的に不安定になることはめったにない。

狩猟採集社会の男女平等は、生計を立てるという現実的な観点から見ても納得できる。男性も女性も食べ物の供給に重要な役割を担っている。野営をする時期や場所を決めるときには互いに考慮しなければならない点について意見を交わす。

しかし白人農場主がやってきてから、ジュホアンは性別についての伝統的な考え方をいつまでも維持することができなくなった。

オマヘケの白人農場主はジュホアンの働き手がどうしても必要だったし、彼らがほしがった労働者は男性だった。ジュホアン労働者の女性扶養家族は家事使用人の仕事を与えられることもあったが、たいていは労働者の居住区に座っておとなしくするよう求められた。白人植民の初めのころにはジュホアンの女性は採集で忙しくしていた。しかし農場では野営地を移動できなくなったので、労働者の居住区からほどほどの距離にある野生の食べ物はすぐに尽きた。それに農場主が安くて簡単に作れる高糖質のトウモロコシ粥を袋ごと支給していたため、たいてい食料は足りていた。子づくりと子育てと家族の食事を用意する以外に農場では生産的役割がなく、ジュホアンの女性は家族のなかでさえ突如として存在意義を失った。その上、食べ物とすみかのために男性に頼るようになった。労働者との明確なつながりのない「余計(よけい)な」女性の場合、農場主には世話をする理由はなかった。

もうひとつの問題は、ヘレロ人と同じく白人農場主が、性的利用というファンタジーの刺激を楽しむのにジュホアンの女性はうってつけだと考えていたことだった。オマヘケの農場主には、「ブッシュマンの女の子」は「興奮」しているときに男の性的な誘いを断れないとか、ジュホアンの男がいつ性的に利用してもいいことになっているのだ、と平然と話す者もいた。

なかにはジュホアンの女性をひそかに愛人にしたり、食べ物や服と引きかえに性的関係をもったりする者もいた。絶望的な情事がよい方向に発展する例はほとんどない。農場主にレイプされたジュホアンの女性や少女には何か行動を起こす力もなかった。不義の証拠として、青や緑の目や直毛、大きな鼻、色白の肌のジュホアンをいまでもオマヘケ中で見かける。どんなことがあろうとも、とりわけアパルトヘイトが敷かれているあいだは、農場主は決して子どもを認知しなかった。それどころかジュホアンの女性が妊娠したり、赤ん坊を抱えたりするようになると、農場主の軽率な行為が妻や家族、あるいは政府当局に知られないように、不倫相手を急いでどこかに移住させた。アパルトヘイトのもと、異人種間で性的関係をもつのは社会的に受けいれられないだけではなく、法律で禁じられていた。ヘレロ人の村ではジュホアンの女性の扱いはもっとひどかった。ジュホアンの女性を性的対象とみなすヘレロの男性はめずらしくなかった。レイプは日常茶飯事で、アルコールや食べ物と引きかえに性的関係をもつことはいまでも頻繁にある。

白人農場主やヘレロ人の性別役割に対する考え方もまた新石器革命の産物であり、現代の家父長制の種をまいた。

農耕への移行にともない、性別の役割は劇的に変化する。生産に直接関連する仕事はこの移行に多少影響しただけだった。生産の点だけで見れば、農耕では男性の腕力の価値の方がわずかに高い。というのも、単にエネルギーの投入量が影響するからだ。このため「犂（すき）を使う農耕」（ウシやウマを操り引かせるため、強靭な上半身が必要となる作業）が根幹となる社会は、女性でも男性でも効率がさほど変わらない鍬（くわ）のような道具で田畑を耕す社会より、家父長的になる。[5]

しかし農耕牧畜の仕事は重い岩を持ちあげたり、畝間（うねま）を掘ったりするだけではない。肉体の強靭さとはそれほど関係のない道具作りや食料の保存と準備、家畜の世話、種まき、収穫などの仕事も多い。性別に関係なくだれでもできる仕事が山ほどあるのだ。

　仕事量が増えると子づくりが重視される。ゆくゆくは働き手になるからだ。幼児の世話が増えると、女性は子育て中に、家かその近くでできる仕事、たとえば穀類の加工や衣類の作成、食事の支度、道具の修理に目を向けるようになる。その結果、農耕牧畜社会において、女性は家庭、男性は「公共」の場という、ほぼ世界共通の構造ができあがった。農耕牧畜がもたらす生産性の増加や、悪夢のようなリスクや恐れがなければ、性別の役割に違いは生まれなかっただろう。

　さらに生産性が増加すると、コミュニティがより大きくなり、人口密度が高くなった。コミュニティの人口密度が高くなると、複雑でたいてい階層秩序の強固な社会組織によって行動が管理され、資源が分配され、リスクが管理されるようになった。女性は家庭の務めに縛られるため、往々にして重要な公共の場への参加の機会が減った。同時に家庭や村、村の連合体のあいだで土地などの資源をめぐる競争が起こった。この競争が生じたことにより、コミュニティを組織化し、指導して影響力を行使する能力（その手段が説得にせよ、あるいはしばしば戦争にせよ）をもつ者が、資源の分配において特段に高い利益を得られるようになった。そしてその利益の高さは、その能力の高さに応じていた。こうした仕事は男性にはるかに適しており、その仕事をするための社会生活は必然的に男性社会、公共の場を中心にして進化した。その結果として、やがて男性が支配する公共部門の重要性と複雑性が高まり、女性は家に引きこもり、公共部門での直接的選択権はないが、自分の男性親族を通じて間接的に影響を及ぼすようになった。

あらゆる農耕牧畜社会の社会的・政治的権力は結局のところ、人々のあいだでの物品や資源の流れによって形づくられた。ヘレロ人のようなアフリカの牧畜民のあいだでは、ウシがおもな富の形態となり、結婚の際には婚資としてのウシと引きかえに妻を娶った(めと)ため、男性の富は妻の数で表された。ヨーロッパとアジアの社会では交換関係は、信用や貸し借りを表現するもっと象徴的な経済的手段によって特徴づけられるようになった。そして、ダ・ガマやディアスがケープ地方沖を航海したころには、交換関係は貨幣形態をとっていた。農耕牧畜民がつれてきたウシと同様に、ニャエニャエのような場所への貨幣の導入は、ジュホアンに途方もない難題を突きつけることになった。

第十七章

狂った神々（クレイジーゴッズ）

　二〇〇三年七月、ホロホロチョウの罠を確認しに行ったきり、ヴァウ・トマ[1]は帰らぬ人となった。しばらく彼が行方不明になったことにだれも気がつかなかった。彼は、ツムクウェの町のゴミ捨て場の先にあるブッシュをさまよって時間を過ごすことが知られていた。ニャエニャエの多くのジュホアンで見られるように、ヴァウは薬物耐性の悪性の結核に冒されていて、肺は血液と粘液が染みこんでゆっくりとスポンジのようになっていった。結核で亡くなったニャエニャエの多くのジュホアンと違い、ヴァウの死はニュースになった。死後数週間のうちに世界中の信頼ある新聞社がヴァウの死亡記事を掲載した。アメリカではニューヨーク・タイムズ紙やワシントン・ポスト紙、イギリスではテレグラフ紙やタイムズ紙、それにヨーロッパ本土や東南アジアの主要新聞などだ。

　ヴァウは一九八〇年代、正真正銘、本物の世界的映画スターだった。彼の映画はロサンゼルスからラオスまで世界中の映画館で上映された。その名声の源は、ミモザフィルムズという南アフリカの小さな会社が製作した映画『ミラクル・ワールド　ブッシュマン』〔のちに『コイサンマン』に改題。英題『*The Gods Must Be Crazy*（神々はクレイジーに違いない）』〕の空前のヒットだった。もともとは南アフリカ人向けにアフリカーンス語で製作されており、公開された一九八〇年に地元で映画チケットの売上記録を破った。その後、英語の吹き替え版が世界中で公開された。最初はアメリカのアート系ミニシアターで細々と上映され、評判が口コミで広まり、ほどなく映画館が満員になった。それから一年も経たないうちにメジャー映画となり、アメリカ映画史上最高の興行収入を上げる海外映画となり、三年間一般公開された。驚きのヒット映画はフランスや香港、台湾、中国、日本でも記録的な数の観客を呼びこんだ〔ヴァウは来日した際、「ニカウ」という名でテレビに出演してお茶の間を沸かせた〕。

映画の製作・監督・脚本を手がけたジャミー・ユイスはこの成功に抜け目なく投資し、すぐに続編を書いた。第一作を不器用に書き直した続編の評判は思わしくなく、ユイスは大金を費やす映画ゲームから賢明にも手を引いた。そして、ブッシュマン主演の低予算のコメディアドベンチャー映画で驚くほどの収益を上げるなんて、自分の神はなぜそれほどクレイジーだったのだろうか、と思いをめぐらした。映画ゲームを抜けたユイスにかわってそのバトンを拾った者が、またもやヴァウ主演のますますおかしなスピンオフ映画を東アジア市場向けに製作した。そして見るに堪えない三部作、『コイサンマン、キョンシーアフリカへ行く』、『ミラクル・ワールド　ブッシュマン３』（中国政府から公然と資金提供を受けた映画）、『ブッシュマン４　ホンコン大パニック』を公開した。

第一作の成功はジャミー・ユイスの監督としての紛れもない手腕と、映画を一度も観たことのないヴァウが大スクリーンで見せた天然の演技のおかげだった。しかし、その魅力の核心は、狩猟採集民の視点を通して近代社会をからかうというこの映画の奇抜な考えにあった。

第一作はヴァウ扮するジュホアンの主人公カイ（キコ）の冒険を描いた映画だ。カイは迷惑な贈り物を神々に返そうと「世界の果て」を探して旅に出る。問題の迷惑な贈り物とは、「僻地」のカラハリの上空を飛ぶ軽飛行機の窓から不注意に投げられたコーラの瓶だ。そこではブッシュマンが「まったく孤立して暮らしており、世界に自分たち以外の人間が存在することを知りませんでした」と優しい声でナレーションが流れる。その瓶をカイが発見し、家族に見せようと村に持ち帰る。見たこともないおかしな物体に好奇心をそそられ、村人は瓶で皮ひもを作ったり、塊茎を叩いたり、音楽を演奏したりと使用方法を次々と考えだす。「その物体はブッシュマンがそれまで見たもので最も硬くて重くてなめらかでした」とナレーターが説明する。「神々がブッシュマンに与えてくださった最も役に立つものでした。本物の労力節約の道具なのです」

問題はコークの瓶が一本しかないことだった。そのため「まもなくその物体はだれにとってもいつも必要なものになりました」とナレーションが続く。あらゆるものが豊富にあり、すべてのものがつねに共有されている世界で、希少な空のコーラの瓶はその醜い頭をもたげ、貪欲と嫉妬と諍いを直ちに招いた。

観客が映画の根底にある大まかな意味を誤って解釈しないように、映画の出だしの十分間はドキュメンタリー風になっている。ブッシュマンの平和な暮らしと困り果てた都会人の暮らしを対比させたのだ。ナレーターはこう説明する。ブッシュマンは「世界で最も満ち足りている人々に違いありません。犯罪や刑罰、暴力、法律、警官、判事、統治者、ボスはいないのです。ブッシュマンは、神々は自分たちのためによいもの、役に立つものだけを地球に置かれたと信じています。ブッシュマンの世界には悪いものや害となるものはないのです」と。

「そこからほんの千キロメートル南に、大都市がありました。そこには文明人がいます。文明人は周囲の環境に適応することを拒みました。そのかわり自分に合うように環境を適応させたのです。都市や道路を築き、自動車や機械を造りました。労力節約の装置を稼働させるために送電線を引きました。ですが文明人はどこでおしまいにすべきかわかっていませんでした。もっと暮らしやすいようにと周囲の環境を改善すればするほど、ますます複雑になっていきました」

おそらく映画は俗受けを狙ったのだろう。バスター・キートンやチャールズ・チャップリンの体を張ったコメディへのオマージュがぎっしり詰まっていて、冒頭部分の反体制的なメッセージは、ふだんは共産主義や社会主義の有毒なイデオロギーによる危険をまくしたてている南アフリカの白人やアメリカ人などをばか笑いさせた。

この映画はおそらく最も人を引きつけて――間違いなく最も楽しませて――くれる「原初の豊かさ」の描写だと言えるのだが、人類学者からは称賛されなかった。この映画が公開された一九八四年にアメリカの主流の映画館で上映されていた『インディ・ジョーンズ／魔宮の伝説』や『ターミネーター』などの映画で描かれたアメリカ人やヨーロッパ人の生活のようなフィクション（それよりはカリカチュア化の度合いが少なくはあるが）として、この作品を観ることができなかったのだ。リチャード・B・リーは「現代のサン人について白々しく事実を歪めて伝えていることに愕然(がくぜん)とした」と述べ、「文明に触れていないサン人がこの時代にいるなんて残酷な冗談と言いたい。映画が撮影されたナミビアに住むクン（ジュホアン）のサン人は二十五年間社会に無理やり適応させられ、多くが十年間南アフリカ軍の兵にとられた者たちだ」と論じている。[2]

人類学者が虚飾の街ハリウッドの浅薄さを受けいれられないのは、この作品だけにかぎらないのだが、映画の宣伝として虚実を混ぜあわせようと試みたユイスの意図には、さらに辛辣(しんらつ)な批判が浴びせられた。ユイスはインタビューのなかで、ヴァウを「辺鄙な未開地で見つけ」、自分が現れるまで、ヴァウは宣教師以外の白人男性を見たことがなかった、とたびたび語った。なんともばかげた言動だろう。一九六一年にマッキンタイヤがツムクウェに行政機関を設立してから、ニャエニャエにも白人が住んでいた事実を別にしても、初めてユイスと会ったとき、ヴァウはツムクウェのプロジェクトが運営する小さな学校のキッチンで働いていた。ほかにも人類学者が映画について批判したのは、スクリーンではあらゆる人種や経歴の人々が対等にかかわりあっていることだった。悪徳なアパルトヘイト政権がなおも掌中に収める地域をのどかな風景に描いていた。言うまでもなく人類学者の言い分は正しい。しかし多くの人がこの映画からとても前向きなメッセージを受けとっている。そのメッセージとは、人種や民族に寛容な世界は存在可能なだけでなく、アパルトヘイトよりも大いに理想的だというものだ。

人類学者の激しい憤りにもかかわらず、この映画を楽しめなかったとか、ジュホアンの描き方を不快に感じるなどと話すジュホアンにまだ会ったことはない。映画はツムクウェでとても人気があったので、〈ツムクウェ・セルフヘルプ〉の店内のテレビでは十年ものあいだビデオが繰り返し流れていた。

映画俳優をやめてからヴァウは孤独を好んだ。私は一九九八年に彼と会った。そのころ私はソニー・ピクチャーズの撮影班の手伝いをしていた。ナミビアの砂漠の野生馬をテーマにした高額予算のハリウッド映画で、ジュホアンの子どもに役が与えられた（結局、この映画は、ひどいことに映画館で上映されずに、ビデオ発売で終わるという憂き目にあった）。私はヴァウを捜しだし、出演するように誘われたツムクウェの少女に、映画の舞台のなかで生きるとはどんなことかを説明してもらえないかと頼むことにした。

じつは私も少しばかり映画スターに憧れていたので、コーラの瓶を手土産にヴァウを訪ねた。彼は何のリアクションも見せずに、すんなり瓶を受けとった。

ヴァウは、ツムクウェの主要道路から逸れてすぐのところにある白塗りのセメントレンガ造りの家に住んでいた。比較的新しいとはいえ、みすぼらしい住まいに見えた。レンガやモルタル造りの家に住むほかのツムクウェのジュホアンの例に漏れず、ヴァウもほとんど屋内にいることはなく、ポーチの影で過ごしたり、眠ったりするのを好み、家はおもに見てくれのいい物置として使われていた。

ヴァウはボツワナで生まれ、ナミビアとの国境フェンスがまだなかった子どものときにニャエニャエに移住した。巨大なバオババブ「ホールブーム」の数キロメートル東にある村で育ち、一九七〇年代にツムクウェに移った。彼は「引退」してから、ツムクウェをおおかた永住の地とした。彼は壊れたトヨタ車を指さし、数年間は「自分の車」を所有するごく少数のジュホアンのひとりだったし、いつでも好きなときにブッシュに狩りに行けたと過去に思いを馳せた。自動車を別にすれば、家の壁がむきだしのセメントだったり、さまざまな道具類があったりと彼の生活はツムクウェのほかのジュホアンとあまり変わりはなかった。数頭のウシを手に入れたことがあったが、うまく飼育できなかった。勤勉な牛飼いではなかったためライオンに食べられたのだという。

私は彼に、最初の映画の出演料に二千米ドルしか支払われなかったというのは本当かと訊いた。ヴァウはその映画の支払いと続編製作について説明されたときは驚いたと言った。出演料はそれほど高額ではないが、二千米ドルではなく一万米ドルほどあって、ほかにユイスの会社のミモザフィルムズから毎月受けとる「年金」も含めれば、それ以上の額になるという。

ユイスに騙しとられたと感じるかい、と私は訊いた。つまるところ、このヒット映画はユイスと共同経営者に数百万ドルもの興行収入をもたらしたが、ヴァウの存在がなければそれは起こりえなかったはずだ。ヴァウは肩をすくめた。ユイスは二年ほど前に他界している。彼は「よい友人」で「はるか遠くまで一緒に旅をした」と言った。しばらくあとに、ヴァウの財務はまだミモザフィルムズの元共同経営者が管理していると知った。

ヴァウが受けとった出演料に関して特筆すべきことは、周囲のみんなに身勝手だと非難され、食べ物や毛布、アルコール、菓子をしょっちゅうせびられたことだ。そのため、彼はときどき「みんなから隠れるためにブッシュをただ歩き回った」という。

私はヴァウに、映画の宣伝の内容のことと、ユイスが自分以外にヴァウは白人を見たことがなかった、とよく公言していたことを話した。彼はとくに気にしないと答えた。映画はすべてフィクションだから、フィクションであるかぎり、ユイスの宣伝は自分が出演した続編と比べれば、それほどとっぴな内容ではないと言った。

ほかにも彼に訊きたいことがあったが、思っていたような親密な話はできなかった。おそらく映画の登場人物と目の前の人物を結びつけることができなかったからかもしれない。ヴァウの方も、うんざりするほどファンからお世辞を言われ、人類学者からミモザフィルムズの扱いに激怒すべきだと言われたからかもしれない。私たちは話題を変え、新しい映画の配役に決まった少女とその計画について簡単な話をした。ヴァウは彼女のことを知っていると言い、彼女が飛行機でナミビア沿岸のスワコプムントに近い映画撮影場所につれていかれる前に会おう、と約束してくれた。

そのあとツムクウェを訪れても彼に会いに行くことはなかったが、ヴァウが亡くなる前に、数回和やかに挨拶を交わすことはあった。最後に〈ツムクウェ・ゼネラルディーラー〉の店の入り口で会ったとき、彼は最近、オーストラリア人の宣教師がツムクウェに運んできた移動式のスイミングプールに「投げこまれて」洗礼を受けたと話した。とても気分がよくなったし、死んだときに霊魂がツムクウェでうろついて人に迷惑をかけるよりも、天国に昇ってくれればいいと言っていた。

それからまもなくヴァウはあの世に旅立った。教会で霊的救済を見出したジュホアンとハイオムを何人か知っているが、彼はそれを見出してわずか数か月後に亡くなってしまった。
ヴァウの死とその原因となった病気は貧困と関連があるとわかって、なぜ彼の人生をもっと知ろうとしなかったのかと後悔した。ヴァウ本人の人生は永遠にカイの影に覆われたまま終わってしまった。

――――

移動式プールで水浴びをしたおかげで、ヴァウの霊魂がツムクウェのジュホアンにつきまとわなかったとしても、フィクションのカイの幽霊はまだうろついている。そして町を訪れる観光客をがっかりさせることがある。観光客はクーズーの死骸から剝いだ皮のパンツをはく陽気な狩人や、草原の食べ物が入った袋を持っておしゃべりする女性の集まりを見られると期待しているからだ。カイの幽霊はニャエニャエの「生きた博物館」でもうろついている。そこはツムクウェから三十キロメートル北にある観光村で、お金を払えば草ぶきの小屋や食べ物を採集する様子や動物を追跡する術を見学できるので、途方に暮れた観光客は少しばかりファンタジーを楽しめる。カイの幽霊は保護区のすぐ外にあるンホマ村でいちばん忙しくしている。そこはツムクウェ・ロッジの元オーナーと提携して設立されたすばらしい体験ができる施設で、観光客が伝統的な狩猟採集生活の幻想に浸れるための細心の注意が払われている。完全にその目的でつくられた虚構の村によるサービスなのだ。

　こうしたプロジェクトはすべて資金を調達するためで、資金が手に入るとすぐに使われる。単純労働を除いて、ニャエニャエのジュホアンが提供できる商品やサービスは、商業ハンティング、工芸品販売、デビルズクロー（薬用植物）の採集ぐらいしかない。ニャエニャエでは単純労働で稼げる仕事はまずないので、仕事がほしければほかの地域に働きに出るしかない。しかし雇用不安定な人が五〇パーセントを占めるナミビアで、仕事に役立つ技能ももたずにニャエニャエを出て、親族のコネなしに仕事を得られる見込みがあるとはとうてい思えない。

　しかしカイの幽霊のおかげで、ジュホアンが唯一役に立つ仕事があった。それは「ブッシュマンを演じる」ことだ。

　ニャエニャエにデヌイという村がある。ふだんならとても活気があり、八十人以上が暮らしていて、地元で有名な狩人もいる。美しくてたくましい脚をもつ男として知られている伝説の狩人ツイ・ナ・アだ。ところが二〇一五年十一月に彼に会いにデヌイを訪れたとき、村は砂漠と化していた。どの集落の小屋も空っぽで修繕されず、屋根をふく草が落ちるぶざまなありさまで、足跡が砂の上に残されていた。

　ツイは、自分の家族と一握りの人を除いて、デヌイの住人はみなナミビアで最大の私営動物保護区エリンディに行ってしまい、雨季になれば戻ってくると思う、と言った。このような村落はほかにもひとつかふたつあるという。村人たちは、エリンディの観光客向けにつくられた村の草ぶき小屋で「伝統的」な生活を営み、観光客は知らないが、月末にごくわずかな報酬をもらっていた。エリンディでは「ブッシュマン民族」の住民に「ツウィツウィ」という神秘的な名前が付けられた。保護区は観光客に、ブッシュマンは「土地そのもので生計を立てており、遊動文化をもつ人々」のため、ブッシュマンへの訪問は「サン人コミュニティ運動の対象である」と伝えている。ジュホアンは伝統的なめし皮の前掛けを身につけなければならず、客にチップをせがんだり受けとったりしてはならない。

ツイはエリンディ行きを断った。デヌイ村を去る気がないからだという。それにニャエニャエでも狩猟や観光ガイド、ときには撮影班や野生生物保護区でハンターのために獲物を追跡するトラッカーの仕事などでそこそこよい暮らしができるからだ。

ニャエニャエにはほかにもディズニーランド化した類似の観光地がつくられた。ウィントフックに近いナーンクセ村に農場や野生生物保護区が整備され、肉食動物が飼いならされている。アンジェリーナ・ジョリーとブラッド・ピットの支援を受けていたことでも有名だ。ジュホアンはナーンクセよりもエリンディを好む。エリンディの方が報酬がよいし、もてなしの研修を設けたり、関連基金団体が子どもに教育を施したり、ヘレロランドでジュホアンのために小さな医療クリニックを運営したりしているからだ。

私はどちらのロッジにも滞在したが、ジュホアンのだれもがそこでの暮らしに不満を述べた。ニャエニャエでは何かにつけて不満を漏らすが、この場合、ブッシュマンでありながらブッシュマンのパロディを演じなければならないという不満と、世界中から自分たちを見にやってくる人がいるという誇りが入り混じっている。ジュホアンは毎年エリンディやナーンクセでの仲間の体験談を聞いたあと、仲間のあとに続くために列に並ぶ。実体よりもブランドの方が大きな力を発揮する世界にあって、狩猟採集民としてまさにいま刻んでいる歴史が彼らの唯一の本物の「資産」だからだ。ジュホアンがなぜ、どのようにして文化的ブランドになるのかを知る者はほとんどいないが、彼らはそのようなことは気にしない。

カイの幽霊はほかの形でもニャエニャエに出没する。現在そこでは、よそ者がお金をせびられずにジュホアンの写真を撮るのはほぼ不可能だ。外からやってきた人ならだれでも、とりわけ白人の外国人はいいカモにされる。大半がとても裕福だからだ。格好いい四輪駆動車、ビールと肉がぎっしり詰まったクーラーボックス、清潔な服、目を引く携帯電話なしでツムクウェに現れる人はかなりの少数派だ。そのため、ジュホアンが聞こえるところでカメラのシャッター音を立てようものなら、お金が要求され、もし払わなければいやな顔をされるのがおちだ。

『ミラクル・ワールド　ブッシュマン』で最も強烈なシーンは映画のエンディングクレジットに向かう場面だ。カイが捨てた札束が風に吹かれ、落ち葉のようにお札が散る。ユイスは、ヴァウが俳優としてまさに初めて出演料を受けとる作品でこのシーンを演じさせ、そのあと現金ではなく十頭ほどのウシをヴァウに買ってやった、と映画の公開時に言った。このユイスの話は真実ではなかった。ヴァウは当時ニャエニャエのほかのジュホアンと同じだった。つまり貨幣についてて多くを理解していなかったかもしれないが、それには価値があり、人に対して甚大な力を及ぼす能力があると確信していた。その力はまったく単純ではなく、映画のコーラ瓶のように、貨幣がもたらす便益にはいずれもコストがついて回ることも彼らは知っていた。

ジュホアンが『ミラクル・ワールド　ブッシュマン』に出演して稼いだお金は、地元の基準からするとかなりの額だった。しかし、映画の撮影中に南アフリカ国防軍に招集されたほかのジュホアンが受けとった額と比べればわずかなものだ。

一九七九年に南アフリカ軍が到着する前、ニャエニャエには政府と教会のプロジェクトからお金が少しずつ入るぐらいだった。取るに足らない量のお金が分配されて、直接利益を受ける人の数がとても少なかったので、現金と購入された製品――おもに食べ物やタバコ、毛布――はたちどころにコミュニティのすみずみまで広がり、消えていた。

そのニャエニャエで、ほかの人々なら決して起こりえない状況にジュホアンは陥った。南アフリカ軍が十八～三十五歳までの健常な男性のジュホアンのほぼ全員を招集し、六か月余りのあいだに、ツムクウェはお金がほんどない町からお金に埋もれる町に変貌したのだ。

最初に入隊したジュホアンがカーキ色の軍服を身につける前に、南アフリカ軍当局は全新兵に、同じ仕事に対しては同じ賃金を支払う原則をすでに受けいれていたが、本格的に開始するまでに数年かかった。それ以前の軍の給与は人種に応じて支給されていた。白人兵士の給与がいちばん高く、インド人や混血(カラード)の兵士は次のランクで、黒人兵士はそれより低かった。人種平等を求めて闘う「敵」との戦争が激化するなかで、何よりもそれは南アフリカが頼る人材が政府に反抗して不都合な者となるリスクを孕んでいた。そこで兵士を納得させるために、軍の給与の「脱人種差別化」を優先させた。

ニャエニャエでは軍事占領の期間中、およそ千人のジュホアンの成人のうち約百五十人が南アフリカ軍で軍務に就いた。軍に加わった全員が毎月六百米ドルの給与と、それに加えて各種の戦闘手当を受けとった。二〇一五年の貨幣価値では月額約二千米ドルほどになり、すべて自由に使えた。ニャエニャエのジュホアンの暮らしには家賃や学校の授業料、光熱費などの固定的な生活費はかからなかった。その上、軍はニャエニャエの軍人の家族にトウモロコシ粥や油、砂糖、肉などの食料配給を行ったため、食料費はたいして必要なかった。それにもかかわらず貯蓄する兵士はほんのわずかだった。多くは給料を支払う担当官から現金が詰まった茶色の封筒を受けとって数時間以内に、その大部分を使ってしまった。支払い担当官のトラックが来たあと真っ直ぐに酒屋に立ちより、夜に目が覚めたときには一文無しになっているのに気がつき、給料日だったことを思い出す始末だった。ひと月軍務に就いた成果を示すものは一切残っていなかった。

給与がすべてアルコールに浪費されたわけではなかった。衣類や毛布、陶器、ナイフ、金物、農具、電池、そしてツムクウェの小さな店で売るあらゆる種類の古物に費やされた。ジュホアンの兵士の多くはラジカセなどの「豪華な」品も買った。あまり酒を飲まなければ自動車を買う者もいた。もっともそれらの自動車はニャエニャエの荒れた道路を走れるほど整備されておらず、しかも、たいていのジュホアンは運転を習いもせずに見よう見まねでハンドルを握る。そのため大半の自動車は錆びた残骸となって道路脇に放置された。

ジュホアンの兵士は家族にお金を要求されると不快に思いながらも、通常かなりのお金を渡した。一九八〇年代初期にジュホアンのほぼすべての家庭に軍の給与が流れたことで、貨幣は変化の牽引役になっただけでなく、彼らの生活に一段と深い影響を与えつつあった外部からの強い力と相互作用する最適の手段のひとつとなった。さらにニャエニャエに多額の現金が入ったにもかかわらず、その影響は何かが希少になるほどその価値が高くなるという経済原理を混乱させた。というのもニャエニャエでは、もっとお金を稼げば、もっとその価値が上がるように見えたからだ。最大のお金を手にした者はお金に取りつかれ、最少のお金しか手にない者はお金のことを考えないようにした。ジュホアンのあいだで循環するほかの物や贈り物と違って、貨幣は与える者と受けとる者とに関係なく存在する力をもつ。その力はニャエニャエの外部から来たほぼすべての者によって増幅された。彼らは貨幣が介入しない生活などほとんどないというレベルまで貨幣を盲目的に崇拝していたからだ。

突然の現金の流入は、ジュホアンに多くの疑問をもたらしたが明白な答えはなかった。お金を肉や食べ物や個人の所有物のように共有すべきか？　その場合だれと共有するのか？　「ハロ（気前のよさ）」の贈り物にはふさわしいだろうか？

高度産業国でこのような問いに一致した答えがないように、ジュホアンのあいだでも意見の一致をみなかった。多くの産業国では政党をつくる右派か左派かで意見が分かれるものだ。しかし、ニャエニャエでは現金所得がほとんどないジュホアンは、お金をもつ者は広く均等に分け与える義務があると考えたが、そこそこの所得を得る者は、自分のものだから自分が好きなように決める、という見方をするようになった。

お金の扱い、あるいは再分配に関する定着した規範がなかったため、現金の流入は多くの問題を引き起こした。嫉妬はバンドの生活における平等主義の微妙なバランスをうまく維持してきたが、この場合それだけではうまくいかなかった。解釈の相違による大混乱のなかで、融資は贈与と誤解され、贈与は融資と誤解された。身勝手だとか、無駄遣いだとか、泥棒だとか、非難の声があらゆるところで上がり、ついにニャエニャエのだれもが他人に腹を立てたり、立てられたりするようになった。この険悪な雰囲気のなか、大量に買われたアルコールが皮肉にもその問題を忘れさせるものとなり、いたるところで酔っ払いのけんかに火をつけた。

これらの問題は軍が活動した十年ほどにわたり、ツムクウェが悲惨な状況に陥る原因となって重くのしかかった。その重圧はほかの問題で増幅されることになった。たとえば、ツムクウェのジュホアンの大半が政府による食料の配給に依存し続けた問題、当局がニャエニャエを動物保護区にすると計画した問題、そして周囲の世界が変化するペースについていけないと感じて深刻な実存的不安が引き起こされた問題だ。唯一よかったことは、ニャエニャエのジュホアンの新兵がほかの連隊のブッシュマン兵のように前線で戦わずにすんだことだった。そして一九八九年に南アフリカ軍が引きあげ、国連の監視下にブッシュマンランドが置かれたとき、突然始まった軍の給与支給は突然終了した。

軍が去ったとき、小さなコミュニティにおよそ十年間で注ぎこまれた何百万ドルもの大金は、驚いたことにほとんど残っていなかった。ウシや自動車を買った兵士もいたが、ほとんどの給与は、軍からの恩恵にあずかろうとツムクウェに店を開いたあらゆる商売人の懐に入った。搾りとれる軍の給与がなくなると、ほとんどの商売人が店をたたんで商機を探しに別の町に向かった。
世界のほかの地域であれば、このような軍の突然の撤退は、経済破綻と嘆くほどの経済の縮小をもたらしたはずだ。ところがニャエニャエでは懸念より安堵の方が大きかった。兵士のお金と一緒に問題も消えたと考える者もいた。

現在のニャエニャエは軍が駐屯していたときと比べて流入する貨幣ははるかに少ない。コミュニティに入る貨幣は環境保護区を経由して、保護区に直接雇用された十人ほどのジュホアンの給与か、ゾウ狩りの権利の販売による年間の分配金という形で支給される。政府の仕事に就くニャエニャエのジュホアンも何人かいる。ほかに面白い例もある。ジュホアン語で放送される小さなラジオ局でＤＪになったり、学校で教師をしたり、自然保護区から外に出たゾウを追跡して捕える仕事に就いたりする運のいい者だ。しかし、大半がゴミ収集や道路脇の木の伐採、建物の床掃除などの退屈でつまらない作業だ。観光業や工芸品づくり、不定期の撮影プロジェクトでもいくらかの現金をもらえるが、生活できるほどの額ではない。何よりも重要な資金源は六十歳を超えた者に国から支給される年金で、およそ月五十米ドル相当となる。年金をもらえる年代の人は誕生日を覚えていないし歳も数えていないので、独立機関で発行されるＩＤカード上の年齢はた

いてい推測に基づいている。そのため年金の資格を取れるかは一種の賭け事みたいなものだ。

ニャエニャエでは貨幣は経済のジグソーパズルの重要なパーツだが、実際にはそこではわずかしか「生みだされない」。ジュホアンはお金をニャエニャエの外の世界から来るもので、一度使ってしまったら、どこからか魔法のように舞い戻ってくるものだと考えている。それに現代のジュホアンは軍の駐屯時代よりも貨幣に慣れている。お金を多くもっている者を妬むこともまだあるが、贈り物や食べ物の交換と貨幣は違う次元に属すると納得している。福音派教会の神との取引の一環として禁酒を受けいれる者が少数だが増えつつある。だが、ほかの者は給料日や年金支給日には酔っぱらい、歌って踊って食べてのどんちゃん騒ぎとなり、つまらない口論や不注意な行動、ときには流血沙汰があちこちで繰り広げられる。

ジュホアンは貨幣に慣れたとはいえ、一見矛盾に満ちているその力には謎が残る。なぜ仕事には価値の高いものと低いものがあるのか？　明白な理由もないのに、なぜ品物の値段が上がるのか？　貨幣は最初どこからやってくるのか？

こうした問いは人々を当惑させるが、軍の駐屯時代と比べると貨幣によって生じる混乱は減った。貨幣経済の理解を試みて数十年が経ち、大半のジュホアンは貨幣にまつわる問いへの単純な答えはないと受けとめ、その答えを探そうと時間を無駄にすることはもうない。

私が出会ったジュホアンのなかで、お金がどこから来るのかという類の理論をもちだしたのは年寄りのツェンナウだけだった。彼はお気に入りの登場人物であるトリックスター、ジャッカルの物語のなかでその理論を示してみせた。物語ではジャッカルは、機転を利かして生き延びる神話上のジュホアンとして登場する。「最初の時代」の生き物として、ひとつの体にジャッカルと人間が同居し、ときには人間の、ときには動物のアイデンティティをもち、それが絶えず入れかわる。だがこのジャッカルが生きる最初の時代は、ほかの伝統的なジュホアンの「始まりの物語」とは異なる。このツェンナウの語るジャッカルは、白人農場主とヘレロ人が権力を掌握する最初の時代に生きているという設定だからだ。

ツェンナウの貨幣の物語は次のようなものだ。

ジャッカルはロバに乗っているのに飽きてきた。それで休んで肉を料理することにした。鍋で肉を煮込んでいると、数人のヘレロ人がこっちに向かってくるのに気づいた。ジャッカルはすばやく砂で火を消した。

ヘレロ人がそばに来ると、ジャッカルはこう言った。「黒人たち、これを見ろよ。火がなくたって料理ができる魔法の鍋だぜ。こんなふうに三回鍋を、むちで打てばいいのさ」

ジャッカルはむちをつかんで鍋を三回打った。カン、カン、カン！　それから鍋の蓋を開けて、ぐつぐつと音を立てて煮立っている肉をヘレロ人に見せた。

「この魔法の鍋を千ドルで売ってやろう」とジャッカルが言った。

「すごい鍋だ」とヘレロ人は感心した。そしてジャッカルに千ドル渡して鍋を持って去っていった。

　ヘレロ人はしばらく歩くと腹が空いてきた。鍋に生の肉を入れてむちで三回打った。ところが蓋を開けてみると肉は生のままだ。もう一度鍋を打った。やはり肉は料理されていない。

「騙された！」とヘレロ人は叫んだ。「あのジャッカルのブッシュマンめ。やつはペテン師だ」。そう言うとジャッカルを捜しに引き返した。ジャッカルはヘレロ人が向かってくるのを見て怖くなった。急いで手に入れたお金をつかんでロバの肛門に突っこんで隠した。

　ヘレロ人はジャッカルに近づくと、「おいジャッカル、これは魔法の鍋なんかじゃねえ。鍋はいらねえからおれたちの金を返せ！」と言った。

「それはできないよ」とジャッカルは答えた。「その鍋はいまは君たちのものだ。どっちみちあの金は使っちまった」

　そのときロバが屁を放ち、尻から金がこぼれ落ちた。一瞬ジャッカルはひるんだが、すぐに笑みを浮かべた。

「なあこのロバを見ろよ」。ジャッカルが言った。「こいつは魔法のロバだよ。草を食べさせれば金の糞（くそ）をする。もしロバがほしいなら、千ドルで売ってやってもいいぜ。きみたちのためにもっと金をひりだすさ！」

「あぁ、こいつは魔法のロバだ！」。ヘレロ人はうなずいた。そしてジャッカルにまた千ドルを渡した。ロバを引いてヘレロ人はまた去っていった。すかさずジャッカルは金を持って逃げた。

ツェンナウは、自分はジュホアンのイソップでもないし、隠喩を用いた知恵を売るような商売をしているわけでもないときっぱりと言った。また彼が語る多くの物語は寓話ではないし、物語に何の意味があるのかと訊いても、意味などないのだから訊くのも無駄だと答えた。「ただの物語じゃ」と言うだけだった。

彼の物語のほとんどに言えることだが、それらはほぼ完全に筋が通っている。ジュホアンの伝統的な説話の根底にあるメッセージを聞きだそうとせがんでも、どのみち無理なことのようだ。それにツェンナウが指摘すると思うが、そのようなことをすると不誠実になる。

彼のほかの物語と違い、このジャッカルの話の主旨は、お金は魔法によって生みだされるというものだ。お金は騙していっぱい食わすことで手に入り、強欲や暴力、恐怖、所有欲、怒りを引き起こし、尻の穴が小さいろくでなしからひりだされることも多くて、糞みたいにくだらないもので隠されることもある。この話の意味を見つけようと複雑に解釈し直す必要はない。

この物語でいちばん印象に残ったのは、ツェンナウやほかの人が語った数ある最初の時代の物語のなかで、唯一カラハリ以外の生活と響きあう内容だったことだ。なぜ響きあうかといえば、私が思うに、これはツェンナウ自身や仲間のジュホアンの最近の経験がもとになっているが、その経験がほぼ全世界に共通する要素を含むからだろう。また、さまざまな状況に当てはまる寓話的な要素を孕んでいるからだ。たとえば、「魔法の鍋」を「サブプライム住宅ローン」（あるいは数多くの安易な借金による買い物）に、「ロバ」を「モーゲージ証券」に、「ロバの糞」を「約束された利益」に、「ジャッカル」を「ウォール街の金融マン」に、「ヘレロ人」を「いつも騙されるカモ」に置きかえてみると、それぞれが二〇〇七年に始まったサブプライム金融危機の回顧的分析に欠かせない重要な要素となる。また、魔法の鍋を、どれだけ強くむちで打っても回復しない破綻寸前の景気と結びつけられるし、ロバは尻から「量的緩和」による魔法のお金をひりだす中央銀行ともみなせる。ほかにもいくらでも考えられる。

ツェンナウの魔法の鍋の物語を難解な金融危機の寓話として読みとれれば、理解できることがある。世界経済の端で生きるジュホアンなどの人々を混乱させ続ける貨幣をめぐる問題は、じつは先進国の貨幣経済でも多くの人々を混乱させている、ということだ。現代の先進国で暮らす人々の大半はたとえ大金持ちでなくても、自分は貨幣を上手に使うと考えているだろう。また多くの人が自分は金儲けに長けていると思っているようだ。しかし貨幣はどこから来るのか、その価値は何が決めるのか、経済成長とは何か、といった疑問に適切な答えを出せるのは数少ない選ばれた人だけだろう。同様に数少ない選ばれた人しか、インフレーションや債券利回り、金利、金融政策、市場の変動性について、あるいはますます複雑になる多数の金融派生商品が実際にどう取引されているのかについて、自信をもって説明できないだろう。それにこれらの疑問に答える資格があると思う者同士の答えが、同じになることはほとんどない。もし彼らの意見が一致し、経済学が物質的な検証を積みあげた自然科学だとしたら、予想可能な成果をもたらす経済政策を立てることはもっと単純な仕事になるはずだ。

第十八章
約束の地

テングの手はいまも忙しく動いている。最近夫と一緒にウマやロバの頭部につけるロープ状の器具を作り始めた。捨てられたトウモロコシ粥の袋から慎重にほどいたプラスチック繊維を編んで材料にする。二〇一四年四月にテングを訪ねたとき、家の外にある木の枝にいくつかの完成したくつわや鼻革、チークピース（くつわの両側のひも）、手綱などが引っかけられていた。彼女はヘレロ人に少し売りさばいたと言った。そして次の朝には子どものために忙しそうに帽子を編んでいた。

一九九〇年代半ば、スクーンヘイトの母親グループが立ちあげて、私も協力した帽子編みのプロジェクトに、テングはいちばん熱心に参加していた。テングたちは帽子作りに長年培ってきたクリエイティブなエネルギーと芸術性を生かして、色とりどりの美しくて複雑で釣りあいのとれた芸術作品を作りあげた。ステッチを数えるのに必要な初歩の算数やあらかじめ紙にデザインを描く知識がなくても、複雑なデザインで編みあげる彼女たちの技術には驚きと畏敬の念さえも感じる。テングに、どうやってそんなことができるのか、と訊くと、勝手に帽子が編まれて計算されて模様ができていくのだ、という答えが返ってきた。

最も忙しいテングの手指は「植物栽培の天才（グリーン・フィンガー）」でもあった。彼女は私に菜園を見せてくれた。前年の十一月に滞在したとき、スクーンヘイトは一九九四年以来の最悪の干ばつに見舞われて砂塵地帯と化していた。しかし、このとき彼女の菜園は、細心の注意を払って木のフェンスでウシから守られ、カラハリで見たこともないほど鮮やかに緑やパステルカラー、白、紫、オレンジで彩られていた。背丈より高く伸びたトウモロコシの畑に案内されると、まもなく収穫期を迎える穂が重みで垂れさがっている。その向こうにはカラハリ砂漠特有の「カラハリサンド」と呼ばれる赤い砂からタマネギの芽が並んで突きでていた。ウチワサボテン、サヤマメ、パパイヤ、それに驚いたのがカボチャだ。色あせた黄色の花がまだついたままの緑のカボチャが、葉に囲まれてすくすくと育っていた。大きさは私のトラックのハンドルほどあった。

十二月の末ごろに干ばつが終わってから、よい雨が降った。いまスクーンヘイトのほぼすべての家庭に菜園がある。どの家庭の菜園にも感心させられる。だがテングの畑の眺めは一段と壮観だ。彼女は怠惰に我慢できない。しかし、他人の怠惰は以前よりも気にせずにいられるようになった。たとえ彼女が働いているときにほかの住民が居住区でぶらぶらしていても、悪態をついたりはしない。

「いまの生活はいいよ、ツンタ」とテングは言った。「スクーンヘイトで暮らせてありがたいと思ってる」

いまスクーンヘイトは落ち着いていて平和に感じる。二十年前には空腹と暴力と不安に苦しめられ、希望のない難民キャンプと大差はなかった。それがゆっくりと時間をかけて村やコミュニティや家になっていった。まるでこの発展に賛同するかのように、神々は干ばつを減らして、よい雨を降らせた。

私の最初の滞在時からスクーンヘイトが大きく変わったことはほかにもある。かつてはほぼ毎週のように口論や殺傷事件が続いていた。だが、カツァエ・〝フレデリク〟・ラングマンが二〇〇七年にオマヘケのジュホアンの「首長」として政府により正式に任命され、二〇一一年にスクーンヘイトは「禁酒（ドライ）」コミュニティになった。カツァエはコミュニティに選ばれてから十年間、その役目を果たした。禁酒という手段に勢いづいて、コミュニティはスクーンヘイトに一軒あった自家製ビールの製造業者に店を閉めるよう要求した。酒を飲みたければ、三十キロメートルほど先のエプキロまで行かなければならない。コミュニティの大半がカツァエに倣って「イエスの道」を選んだ。いま彼らはキリスト教の聖歌を楽しげに歌い、一緒に祈り、たまにスクーンヘイトに説教しにやってくる若いアフリカーナの伝道者グループのようにときおり「異言（いげん）〔宗教的陶酔時の言葉〕を語る」集会を開く。

再定住地の中央部は質素なセメントレンガの小さな家が真っ直ぐ六列に並んでいて、まるで何もないところに現れた非現実的な小集落だ。新しい給水塔と井戸用のポンプも備わり、その給水設備には、空を横切る太陽を追尾する大型太陽光パネルから電力が送られる。直接水をパイプで引く家もある。現在スクーンヘイトは国の電力網に接続しているので電気が使える家もある。

インフラ開発は別として、ここは十年前あるいは二十年前と比べて経済的には豊かではないが、人々ははるかに充実した生活を送っている。プロジェクトもいくつか稼働した。テングたち女性はサファリロッジの土産物店で売るビーズアクセサリーを作り、少数の男性は農家の古い倉庫で流しや水タンクの金属加工や溶接作業の仕事を見つけた。これらのプロジェクトではだれもがたいした生活費を稼ぐわけでもなく、緊急性があって働いているわけでもない。自分たちを追い払う者はもういないとわかってから安心して、自分に合う場合や、お金が必要な場合に農場の季節的な仕事をする。専門職に就いた者もいる。ジュホアンの名づけの習慣上、私の義理の兄となるタリエはウマの知識にくわしくて、ウィントフック近隣の環境が整った種馬飼育場で働いている。彼のおいで若いジャコブスはまずまずの英語を話し、サファリ農場からはるか南の地で「ブッシュマンガイド」をしている。

スクーンヘイトの大半のジュホアンは、いまもなお政府の配給と施し物に頼っている。ナミビアのドイツ大使館も二年ほど前にスクーンヘイトの大半の家庭に二、三頭ずつウシを寄付した。しかしほとんどは二〇一三年の干ばつで死んだ。そのことはだれも気にしなかった。というのも死んだウシを解体し、数か月分の食料になったからだ。

しかしスクーンヘイトの人々が自身の運命に満足しているとしても、自分たちは運のよい少数派だと敏感に感じている。ブッシュマンに恩恵をもたらす再定住地計画はナミビア各地に広まり、現在二十を超えた。そのなかでスクーンヘイトは最も定着し、非政府組織（ＮＧＯ）の取り組みのおかげで資金も豊富にある。二〇〇七年には大統領が訪問して投資ラッシュに沸いた。一方、表面上では治安を保っているが、実際にはさまざまな問題を抱えている再定住地農場が受けいれる人数は、土地のないブッシュマン全体の五パーセント弱にとどまっている。隣国のボツワナでも、ブッシュマンはいまなお生活に困窮している。「新しい時代」の世界では学校を卒業し、うまく生計を立てている者もいるが、それらの人々とは比べものにならない劣悪な環境での暮らしを余儀なくされている人々が南部アフリカに数多くいる。

まるでそのことを私たちに思いださせるかのように、テングと私がカボチャに見とれているときに、オマヘケでいまや最大のブッシュマンの居住地域がある、無秩序に広がるエパコ・タウンシップで刺殺事件がまた発生したという知らせが入った。被害者と殺人犯はジュホアンの父と息子で、酔っぱらって口論の末に起こったという。

「家族を殺す事件がどうしてこんなに多い？」。私は思わず声を上げた。

「あなたは家族を殺す？」。テングは答えた。「一体、だれが殺したいっていうの？」

エパコ・タウンシップは、ナミビアと南アフリカのアパルトヘイトが生んだタウンシップの権威主義的秩序とディストピア的衰退が、奇妙に混ざりあう地域だ。ゴバビスから四キロメートルほど東に位置し、かつては「白人だけ」が住んでいた町から安全な距離にある。エパコの住人は毎日重い足取りでその町に通い、白人の家の掃除や子どもの世話をさせられたり、白人所有の店

やガレージやビジネスで肉体労働者として働いたりした。

　タウンシップは一九六〇～七〇年代に建てられた一部屋のあばら家が立ち並ぶ、いくつかの区画からなり、独立後には新しい家も建てられた。それらの区画が集まり、アパルトヘイト下で異なる民族ごとに分けられた「地区」を形成している。アパルトヘイトの計画者は人種をもとに人々を分離するだけでは十分ではないと考えて、「文化的」相違の維持にこだわった。その上異なる文化をもつ者同士が交流できないようにもした。そのため、このタウンシップにはだれがどこに住めるかを決める規則はもはや存在しないのだが、どの地区もそれぞれの文化的雰囲気が保たれている。

　最も大きい地区はヘレロ人とダマラ人が住む地区で、オヴァンボ人やツワナ人の地区もある。ヘレロ人の地区はきわめて秩序があり、衛星放送受信アンテナが設置されているなど比較的裕福なことをひけらかしている。ダマラ人の地区は場当たり的にできたようだ。自動車よりも驢車が多く、プラスチックの椅子よりもペンキを塗った缶を逆さにした椅子の方が多い。エパコの大半の家では庭のゴミは掃くが菜園はない。エパコにはブッシュマン地区は存在しない。

　二十年前、エパコにはジュホアンは二家族しか住んでいなかった。彼らはタウンシップの端に間に合わせですみかを造って無断居住した。それまではジュホアンは可能なかぎりタウンシップを避けていた。危険な場所だと考えたからだ。そこは黒人（ゴバ）のための場所だった。しかし一九九〇年代終わりに、ますます多くの農場主が「余分な」労働者を農場から追い払うようになり、エパコのジュホアンの人口は徐々に増加した。最初に到着した者は、ヘレロ人やオヴァンボ人、ツワナ人の地区の狭間の、人が住んでいない場所に住みつき、間に合わせのすみかが集まる区画を「プリーズ・ドゥ・ノット・ファイト（けんかしないで）」と名づけた。だが、ブッシュマンが次々やってきて、ほかに居住できる場所がなかったため、窮屈になり人々はますます怒りっぽくなった。するとこん度はタウンシップの北側の端の砂地に新たなスラムが現れた。無秩序にできる急ごしらえのすみかが、砂にできた小道でクモの巣状につながってスラムができ、「プラッカースドールプ（アフリカーンス語の造語で「ブリキ街」の意）」と呼んだ。

二十一世紀を迎えるまで、スラムは仮住まいの雰囲気を保っていた。つねに百人足らずのジュホアンの短期滞在者がいた。そこは農場やヘレロランドまで広がる仮住まいのひとつにすぎない場所だった。

十五年ほど経ったいま、プラッカースドールプはもはや存在しない。消滅したのではなく、名前が変わってより恒久的な居住地域になったのだ。スラムのいまの名称は「約束の地（カナン）」を意味するアフリカーンス語の「カナーン」となった。カナーンには現在三千人以上が暮らしていて、その半数がジュホアンだ。それ以外の住民はオマヘケのもっと効率的で実用的な商業農場地から放りだされた地方の貧困者である。

カナーンは混沌とした雰囲気はあるが、かつてのスラムほど無秩序ではない。ゴバビスの町議会はうわべだけでも秩序を課すことが最善だと考え、各区画を線引きし、ブルドーザーを使って小道を寸断した。カナーンの家は、どれもゴバビス周辺で集められたスクラップのありあわせで造られている。そこでは町の東にある、廃墟となった工場の壁から剝がしたトタン板を継ぎあわせた家が高性能とみなされる。トタン板は品不足であるため、大半の家はビニールシートや、夏の二度の嵐で形が崩れた硬質繊維板（ハードボード）、それに粘土や町周辺に生えるアカシアの林から得た木材など、手に入れられるものは何でも利用して建てられた。最近ゴバビスと姉妹都市のオランダの町からカナーンに、居住者で共用するようにと水を使わない独立型のドライトイレが十二個寄付された。

カナーンでの長期的な問題は飢えだ。それは膨張した腹や疥癬（かいせん）、結核、その他の病気の形で表れる。ツムクウェやスクーンヘイトのように、カナーンのジュホアンも現金が手に入るのはおもに国の年金制度からだ。カナーンで年金を受給できる者はほかより少ない上に、多くの家族を養う必要があるため年金では数日しかもたない。しかも、カナーンの住民は再定住地で提供される外部支援を受けることができない。そのため、彼らはスクーンヘイトのような場所を少数の特権階級に占領された高慢な定住地とみている。

カナーンの住民は生き延びるために積極的にあらゆる戦略を用いる。町で熟練の仕事はおろか、未熟練あるいは半熟練の仕事でさえもつ者はほんのわずかしかいない。ほかは施しを受けたり、借りたり、ヘレロ人やダマラ人の地区の少しばかり裕福な隣人のもとで不定期の仕事をしたりして何とかしのいでいる。カナーンのほぼ全住民が、仕事とそれによって得られる生活の保障を求めているが、ナミビアの若者の失業率は六〇パーセントに上り、経済が停滞するゴバビスでは実際に仕事にありつける機会はほとんどない。

いまのところカナーンのジュホアンは、都市の食物連鎖の底辺に自分たちの階級をつくり、どこにでもいる無力な人と同じく互いに欲求不満を発散させている。酔っ払いのけんかは日常茶飯事で、傷害事件が発生しても人々は驚きもしない。

近ごろカナーンを訪れるときはトラックを止める場所を慎重に選ぶようにしている。ジュホアンから「タラノア」の話を聞いてひどく神経質になっているからだ。「タラノア」とはヘレロ語で「おれに注意しろ」という意味があり、地元のスラングではエパコの裏町で威張りちらすギャングを指す。

エパコの若者の多くは集団でうろつき、他人から金を巻きあげることに仲間意識や目的を見出している。ふだんは非合法のビアホールで歩行者をじろじろと眺めて時間をつぶす。ときおり気取って歩いたり、ほかのギャングのメンバーをどなりつけたり、あるいは通りすがりの女学生に「おれたちに愛を示せ」とちょっかいを出したりする。エパコで最大のギャング「Gフォース」は多民族の集団で、地元の中学校の少年たちが卒業後に中核となって結成した。その対抗グループがおもにダマラ語を話すメンバーからなる「スクーンマーカー（アフリカーンス語で「クリーナー」の意）」だ。このグループはヘレロ地区の孤立した家庭を悩ましているという。ほかにもヘレロ地区のギャング「スコッフェル（アフリカーンス語で「不正直者」の意）」もいて、だれ彼かまわずいやがらせをしては楽しんでいる。

エパコのギャングは鋭い爪というより軽い羽根のようで、それほど危険な集団には見えない。しかし、ときどきたちの悪い事件に発展することがある。ナイフを携帯し、酒が入った若い失業者のグループと、焦げつくような十一月の暑さという条件がそろえば、いつも平穏ではいられないのだ。近ごろ最も恐れられているのがスクーンマーカーだ。この前エパコにいたとき、スクーンマーカーがGフォースの少年の睾丸を切りとってイヌに投げ与えたという噂が流れた。

どのギャングもジュホアンをからかいの的にする。ジュホアンの年金受給者は給付日に安全のために集団で遠出するか、強盗を避けてお金や購入した食料を持ってこっそり家に戻るしかない。ジュホアンの女性や少女は、カナーンの外の草地で夜中に用を足すとき、待ちぶせする強姦犯や変質者に遭遇する危険を冒さなくてはならない、と訴える。

エパコのジュホアンはタラノアに神経質になってはいるが、まだ自分たちでギャングを組織してはいない。カナーンを訪ねると、タウンシップの暮らししか知らない裸足のジュホアンの子どもが私の背後に集まってくる。ボロを着てやせこけた体つきの子どもたちは金をせびって断られると、険しい顔でまばたきひとつせずにこちらを見つめる。彼らには死肉漁りをする捕食動物のような大胆さが垣間見えるのだ。十年前には考えられなかったことだ。町で生きる知恵を身につけたジュホアンの子どもの世代は数年も経てばギャングを組織するかもしれない。

子どもたちがたまにゴバビスの中心地に迷いこむこともあるだろう。そこには不釣りあいにもヤシの木が並ぶ四車線の主要道路が走り、東方はカラハリの心臓部に、西方はナミビアの首都ウイントフックに向かっている。主要道路を越えると砂塵の舞う区画でできた大きな町がある。そこにはトタン板の屋根でレンガ造りの家が立ち並ぶ。エパコの住民の多くにとって繁栄のビジョンを象徴するのがその陰気な郊外の町だ。アフリカ大手小売業〈ショップライト〉の店や〈シェル〉のガソリンスタンドの外での施し物があまりにも少ないときに、勇敢で腹を空かしたジュホアンの子どもの目には、その郊外は、アドレナリンが沸いてきて番犬からうまく逃れ、有刺鉄線のフェンスを飛びこえて、食べ物を盗み、洗濯物ロープから衣類を奪うチャンスがある町に映るのだ。

ゴバビスの経済は、地元の店の商品を買って牧場に持ち帰る、牧場経営者の常連客で維持されている。ほぼすべての店が主要道路から一キロメートル足らずの範囲にある。たとえば数軒の小さなパン屋のほか、工具や家畜用の岩塩、車両部品、ディーゼル発電機、井戸用ポンプ、皮剝ぎ用ナイフ、銃弾を売る金物店、バラ売りタバコやプリペイド式携帯電話のプリペイドカードの露天商、低価格の衣料品店などだ。派手なピンク色の建物の個人病院もあり、その裏は町の墓地と隣接していて、入り口は患者の「質」によって分かれている。ガレージと格安スーパーマーケットのチェーン店もある。最近ゴバビスは企業家の広東人が経営する〈チャイナショップ〉の二店舗を温かく迎え入れた。店内には低価格の傘やテント、玩具、携帯電話充電器が数多く置かれていて、「Ｓｏｎｉ」や「Ｐｅｎｉｓｏｎｉｃ」など偽ブランドのテレビも売られているが、コンセントにつなぐと発火するらしい。

ゴバビスの店で必需品以外の品物を買える余裕のあるエパコの住民はほとんどいない。どこでもそうだが、これらの店は客の衝動買いか、仕事のある客には分割払いのクレジット販売を頼みにしている。つけ毛や運動靴、携帯電話、甘い飲料水など、あなたに合ったものを買うお金さえあれば満足感に浸れますよ、と約束するけばけばしいポスターや、棚に積まれたカラフルな製品に惑わされ、買うつもりではなかった品物を手に店を出ていく客も多い。人を惑わす悪意ある力に気づき、その魔術にぶつぶつと文句を言う客もいる。

店主の魔術を不安に感じていながらも、エパコの住民はこうしたビジネスをあこがれの目で見ている。しかし、カナーンのジュホアンの人々にしてみれば、それは自分たちを除外する世界を象徴している。

再定住地と違い、カナーンのジュホアンのあいだには不安感が漂っている。カナーンは町の端に位置するが、僻地にあるわけではないので、空腹は食料の希少性のせいだと思っていない。カナーンでは歩いて行ける距離に、重みで棚がきしむほど大量の食料を売る店や、トウモロコシや砂糖、小麦粉などの製品が台に並ぶ卸売店が五軒ほどある。

この小さな町の環境は未開拓地（ブッシュ）と比べてはるかに豊かだ。だが、もしお金がなければ、生活必需品が用意された環境とはほど遠い場所になってしまう。近くにそれほどたくさんの食料があるのを目の当たりにして、カナーンのジュホアンの人々は、なぜ自分たちは餓死寸前の生活を続けざるをえないのかと思うのだ。

カナーンのジュホアンの事例は問題の核心を突いている。食料は彼らの「約束の地」を通る小道のはるか先にある。新石器革命以降初めて、食料生産量が地球上の人間を十分に食べさせられる量を超えた時代に私たちは生きている。食料をあまりにも多く生産しすぎるため、現在の人口で一人当たり年におよそ二百キログラム――世界中では五十億人を一年間養える量――を廃棄しているのだ。それはしばらく続いてきたことで、農耕の発展以来どの時点の平均的な人よりも私たちの大半が多くの栄養を得ていることになる。

このカナーンはジョン・メイナード・ケインズが一九三〇年に想像した経済的約束の地（カナン）ではない。ケインズのユートピア構想は、彼のカナンをもたらすはずだった経済力そのものに苦しめられたあげくに崩壊した。その構想のなかで最も達成しにくい要素をかつて体現していた人々について、彼がどのように考えるかは、いまとなってはわからない。しかし、ケインズは資本主義を、究極の有益な目的を達成するための、やむをえざる醜い手段として捉えていた。資本主義なしでは「経済問題」は決して解決しないと信じた。

ケインズは未来のビジョンの要点を説明する際、「絶対的なニーズ」と「相対的なニーズ」を分けて考えた。絶対的ニーズとは満足な生活の基本要素である。彼の頭に思い浮かんだのは、おそらく十分な食料、きれいな水、快適な住まい、適切に管理された公共設備、すべての人に提供される医療制度、効率的な交通機関などだろう。彼はこれらを相対的ニーズと対比させる。相対的ニーズとは「他人より優位でありたいという欲望を満たす」ものであり、「ニーズが満たされれば他人を上回り、優越感に浸れる場合にのみ」私たちはそれを受けいれると考えた。

ケインズは、技術的進歩と生産性向上によって最低限の労力で絶対的ニーズが満たされるのは間違いないと信じた。行われるべき仕事の大半は自動車製造工場でのロボットアームのように自動化されると考えていたからだ。絶対的ニーズがすべて満たされたとき、本当に重要なものは何かを判断する感覚が根本的に変化し、「貪欲は悪徳であり、高利の取りたては不品行であり、金銭愛は嫌悪すべきもの」と理解するようになるだろう、とケインズは論じる。

ケインズの頭にある絶対的ニーズとは、彼が考えるよい暮らしのビジョン――工業化時代の奇跡とケンブリッジ大学の昔ながらの快適な生活から生まれたビジョン――がもとになっている。絶対的ニーズを定義するには、何が必要か、あるいはほしいかというより、可能なことの限界を理解しているかが問題となる。私たちが暮らす地球はいまとても狭くて窮屈になっていて、地球の未来を搾取して成りたつユートピアなどだれも信じていない。すべての人がアメリカ人やヨーロッパ人と同量のエネルギーや資源を消費して暮らすのは不可能だ。

世界の最富裕国で暮らす人々のほとんどの絶対的ニーズはほぼ満たされており、資源がもっと平等に分配されれば、満たされる者はおそらくいまの数倍増えるだろう。私たちは適切に栄養をとり、目新しい道具や快適なものに囲まれて暖かい家で暮らしている。それらは海外から輸入されたか、庶民の十人にひとりが働く農場や工場で生産されたものだ。その他の人々はより急速に拡大するサービス部門で生産的・創造的エネルギーを注いでいるが、そもそも彼らが何をしているのか見当もつかない。製造業の雇用減少の問題に対してグローバリゼーションや移民、あるいは根拠のない陰謀を責めるのは簡単だが、本当の元凶（げんきょう）は技術的進歩と生産性向上なのだ。しかも影響を受けているのは製造業の雇用だけではない。オックスフォード大学の経済学者が行った最新の研究によると、アメリカの既存の雇用のほぼ半数が、今後二十年以内に自動化やコンピュータ化のリスクに直面しているという。それには運輸や物流、「事務や管理部門補助のスタッフ」や、「この数年間にアメリカで最も雇用数が増加したサービス業の相当な割合の雇用」も含まれる。[1]

たとえ絶対的ニーズが満たされているとしても、ケインズのユートピアを受けいれるにはまだ道のりは遠いようだ。主流の経済学者も政府も、政治的な左派でも右派でも、一方では成長の維持、他方では失業者数の削減に依然として気をとられている。その一方で彼らは、私たちが苦労して得た富のうちどれだけを公益のために回すべきか、私たち自身がどれくらい蓄えられるかを議論している。「ポスト労働社会」に暮らす現実に適応しなければならないという真の課題に、進んで取り組もうとする政治家はほとんどいないようだ。

マーシャル・サーリンズは、「禅の道」の追求によって、わずかなニーズを容易に満たして豊かに生きる狩猟採集民について書いたとき、ケインズの望みと同じようなことを考えていた。ケインズは、絶対的ニーズが適切に満たされれば、彼の言う私たちの「本当の問題、つまり暮らしの問題、人間関係の問題、創造と行動と宗教の問題」を解決したいという生来の本能によって、いかなる労働本能も抑制できる、と考えた。そして、それが実現して、世の中に普及してほしいと望んでいた。

ケインズは経済学者にしてはめずらしく、人々の生産的本能は精神的本能に次ぐものだという考えをもっていた。たいていの経済学者は、労働とは人間の社会性の基本的要素となるものであり、経済学はその相互作用から生じるより複雑な形態を解釈して操作する科学とみなしている。人間の本質に関するこの考え方は、ケインズの批判者が擁護する自由市場資本主義の基盤をなすものであるとともに、自由市場に反対するカール・マルクスの批判の中心にも据えられている。マルクス以前と以後のさまざまな世代の経済学者と同じように、マルクスは、人間の本質は社会や個人の満足につながるやり方で自発的かつ創造的に生産することだ、と考えていた。マルクスにとって生産したいという衝動は人間に欠かせない性質であった。だが資本主義はものを生産する行為から得られる深い充足感を人々から奪っている、とマルクスは考え、資本主義を懸念した。ケインズのポスト労働社会のユートピアと違い、マルクスの共産主義的ユートピアは、だれもが労働し続けるが、労働する者自身が「生産手段」を所有することによって解放され、労働から深い充足感を得られる世界だった。

狩猟採集社会を通じて見えたことは、マルクスも新自由主義の経済学者も人間の本質を誤って捉えているということだ。人間は労働によって定義されるのではなく、別の充足感のある生き方を十二分に送れる能力があるのだ。

だが、もしそうだとしたら、人類にとって狩猟採集民が行った方法による豊かさを受けいれるのがそれほど難しいのはなぜだろうか？

それはひとつに狩猟採集民の「原初の豊かさ」が、特定イデオロギーの思考形態でも経済的表現でもないからだ。そのため「原始共産主義宣言」というものはありえない。狩猟採集民の経済的観点は、労働以外のもの、すなわち彼らが暮らす自然環境の摂理への信頼、狩人による獲物への感情移入、即時リターン経済、過去や未来への無関心にしっかりと根ざしており、愛情と嫉妬によって形づくられる社会関係により再確認されている。

もうひとつの理由はケインズのビジョン達成の前途に根本的な障害があるからだ。原初の豊かさの狩猟採集民モデルでは、基本的にわずかなニーズが容易に満たされると同時に、ほかのだれよりも目立って裕福で大きな権力をもつ者がいない。もしこの類の平等主義がポスト労働社会の世界を受けいれる前提条件だとしたら、彼のビジョンを叶えるのがいかに難しいかがわかるのではないかと思う。

南部アフリカのどの地域に住むブッシュマンも、今日絶対的ニーズを容易に満たせる者はほとんどいない。少なくとも栄養面では狩猟採集民だったころよりも悪化している。貧困と関連した身体的・社会的な病気で苦しんでいるからだ。それに、言うまでもなく現在彼らが考える絶対的ニーズは、狩猟採集で暮らしていた時代のそれとは大きく違っている。

スクーンヘイトの少数のジュホアンのなかに、絶対的ニーズを満たす者や再定住地での近年の発展に驚きつつも喜ぶ者もいるが、それでもまだ、ありとあらゆる不満感が漂っている。ほかの人々による父権的権威主義（パターナリズム）に耐え続け、ブッシュマンに対する差別で窮屈な思いをしているからだけではない。資源——最も重要なのが土地——の分配について不正も甚だしいと考えているからだ。かつてバンドの生活を規制した嫉妬はいまではより幅広いキャンバスに映しだされている。そのキャンバスには、さまざまなできごとを含めて生活の幅が広がったことによる現実や、彼らのすぐ近所で暮らす人々が反映されている。

　独立後のナミビアは典型的な統治を行ってきた。問題はあったが、多くは悪意ではなく能力や資源の不足が原因だった。隣国の南アフリカやボツワナと同じく、ナミビアは世界で最も不公平な国の上位五位に入っている。この不公平は、「発展途上国」でよくあるような、公金で私腹を増やす腐敗した政治家・権力者階級の仕業によるものでも、経済成長の本質的な機能によるものでもない。利用可能な巨額の富が比較的少数の者の手に集中し、底辺層が人口の半分を占め、その最底辺にブッシュマンがいる。これらの結果から生じた不公平である。

　スクーンヘイトのジュホアンであっても不公平は依然として差し迫った問題だ。この点において、世界のどこの地域にも存在する経済階層の下半分にいるほかの人々と彼らは、共通の大義を見出す。ほかの人々がジュホアン以上の生活を手にしている一方で、ジュホアンが相応の生活を享受できないのなら、それはケインズが本末を転倒した可能性があるということだ。私たちが全般にわたり、すでに達成された豊かさを喜んで受けいれる唯一の方法は、おそらく隣人と張りあったり、あるいは追い越したりするために懸命に仕事をする衝動と、妬みや怒りを引き起こす不公平への対処の仕方を見つけることだろう。

五年前、携帯電話は贅沢品でとうてい手に届かない代物だとジュホアンの人々は思っていた。当時、携帯電話は都市でしか使えなかった。ヘレロ人やほかの人々が町の外で携帯電話をこれ見よがしにベルトに装着し、歩く先々で仲間をうならせ、若い女性を口説くぐらいだった。そのころのスクーンヘイトやツムクウェの夜は、フクロウの鳴き声や昆虫の羽音、ジャッカルの遠吠えが、音風景（サウンドスケープ）を醸しだしていた。

いまの音風景には携帯電話の話し声が割りこんでくる。遠くの人と通常の音量で話す習慣がない携帯電話の持ち主が声を張りあげて話すのだ。ナミビア中の遠隔地に携帯電話会社が基地局を設置し、最貧困層を除いてだれもが利用できる特別な通信パッケージのサービスが開発され、このテクノロジーは驚くほどの速さでジュホアンに普及した。より栄えたスクーンヘイトのような地域なら携帯電話のない家庭の方が少ないほどだ。かつては携帯電話の所有者はどこよりも少なく、ツムクウェにある基地局の塔の近くに住んでいて電波を受信できる者もあまりいなかったニャエニャエでさえ、いまではこの目新しい道具が生活に欠かせなくなるほど浸透している。成人のジュホアンのほとんどは学校を出ていないが、電話番号の暗記やメニュー画面の操作におおむね支障がないのには驚きだ。しかも彼らは携帯電話の売れ行きにまで影響を及ぼしている。ゴバビスでは、トウモロコシ粥の大袋と同じ値段で買える、充電式懐中電灯の付いた中国製の携帯電話が飛びぬけて売れているのだ。

五年前ならツムクウェやスクーンヘイトの友人に問いあわせる必要があるとき、メッセージを個人に手渡してもらうか、数日かけてそこまで出向いた。いまはケンブリッジのオフィスに座って、彼らとメールや電話ができ、フェイスブックでメッセージを送ることもある。それに数は少ないが、ボツワナやナミビアで多様なソーシャルメディアを利用する若い（ほとんど男性）サン人が増えている。政治目的で使う者もいる。だがアメリカなどの同年齢の若者と同様、自撮り写真を共有したり、世界観を主張するリンクを掲載したり、ネコのビデオクリップで楽しんだりするのがほとんどだ。

ウェブで自身の生活を共有することは、使い始めのころとは違い、若い男女にとっては身近なことのようだ。狩猟採集生活をしていたジュホアンのあいだでは、プライベートの場でも公共の場でもそのようなことはなかった。あらゆる社会生活が戸外で行われていたし、バンドのなかではだれもが他人の関心事を知っていた。恒久的な定住地のジュホアンでさえ、いまもたいていの生活を公共の場で営んでいる。小屋や家を所有していても、衣類やほかの大切な物を保管するくらいにしか使わない。孤独になりがちな教育システムや仕事に携わる必要のある若者にとって、デジタルコミュニティは安らぎをもたらしてくれる。

数年前には想像できなかったやり方でデジタル革命を受けいれたジュホアンの若者を見ると、ツェンナウのような古い時代の人々がカナーンにいないと知っても驚かないだろう。いまはただの年寄りがいるだけなのだ。オマヘケに住むいまの若者世代のジュホアンに、狩猟採集民の生活を経験した者はもういない。私が新しい時代の人々に古い時代の人々との違いは何かと質問するとき、自分は古い時代の人類学者だとますます感じるようになった。彼らにジュホアンとほかの人々の違いについて訊くと、真っ先にジュホアンは「貧しく」て、ほかの人々は「豊か」だという答えが返ってくる。

　現代のジュホアンの祖父母が「いまを生きられた」のは古くからの確実性があったからだった。しかし、それはずいぶん昔に失われてしまった。現在、彼らが語る過去は、祖先から受け継がれた土地の収奪で始まる社会的排斥の話だ。それにいま彼らは将来のことで頭がいっぱいだ。カナーンのジュホアンは自身の生活が改善すると信じてはいないが、だれもが希望をもっている。なかにはゴバビスの近くの新しい再定住農場に最近移った者もいる。子どものいる家庭では、自分の子どもがここにとどまるようにどう説得すればいいかわからないものの、もし彼らが学校を卒業できたらどんな可能性があるのだろうかと話している。彼らを見ると、現在この世界にいるすべての人々が新しい時代の人なのだと気づかされる。というのも、以前なら父親も母親も子どもを指導していたが、いまの親は新しいテクノロジーや新しい交流の仕方を受けいれるために子どもの手ほどきや助けを頼りにしているからだ。

　ジュホアンの子どもは、両親が見ることのなかったあらゆる類の夢を見る。自分の自動車をもちたい。家と呼べるものがほしい。いつも腹いっぱい食べたい。だがこの夢が叶うと確信しているわけではない。唯一確実なのは、十年後の世界はいまと違う世界になっていることだ。両親や祖父母が若かったときに経験した変化とまったく同じというわけだ。非永続性と予測不可能性と変化が、彼らの生活のあらゆる面に差し迫っている。

　ジュホアンが新しい時代の人になる際に、変貌する世界の予測不可能な渦と潮流によって自身の生活は形づくられていると認めるならば、私たち人間が新しい時代への変わり目にいるという考えに、彼らは慰めを見出すかもしれない。その新しい時代とは、経済問題に囚われることがなく、新石器革命が育んだ生産性を重視した考え方がもはや目的に合わなくなる時代だ。そのためには、ジュホアンの直接の祖先のようになって、私たちがつくりあげた豊かさを喜んで受けいれ、労働ではないほかの物事の価値を認める必要がある。大幅に仕事を減らすことでよいスタートを切れるかもしれない。ミレニアル世代——豊かさしか知らない先進国の若者グループ、見つけた仕事を好きになろうとするよりも、好きな仕事を見つけだす世代——がきっとその道を切り開くだろう。

謝辞

本書のアイデアをまとめるにあたってはさまざまな方法で大勢の人の力を借りた。ジュホアンの人たち、同僚、友人、ナミビア政府関係者、家族の一人ひとりに感謝の意を伝えたい。読者の方々には、本書が真価を発揮して役に立つよう願っている。もし役立たなければ一杯奢（おご）らせてほしい。

多岐にわたる異質のアイデアをひとつにまとめて実際に書籍にするという目下の難問に、多くの方の尽力をいただいた。最初の提案を練りあげる手助けをしてくれたオリヴィア・ジャドソンにはとくに感謝したい。フルール・ド・ヴィリエには率直な意見に、ミッシェル・ファーヴァにはすばらしい地図と励ましに、両親には原稿の手助けに感謝する。ロンドンのブルームズベリー社の編集チームと私のエージェンシーであるグリーン&ヒートン社にも感謝したい。メガン・ローズ、エイドリアン・アービブ、シーラ・コールソン、ポール・ワインバーグには美しい写真を使用する許可をいただき、とても感謝している。

最後に——私の感謝の気持ちなどいらないかもしれないが——サン人のみなさんにも感謝の念が尽きない。この二十五年間ひょっこり現れてはしつこく質問を浴びせたことに我慢してくれただけでなく、友人として受けいれ、隣人として歓迎してくれて、ありがとう。

訳者あとがき

先日、あるイベントで、高校の先生が次のような話をしているのを耳にしました。「今後十～二十年に、半分の仕事が機械に代替される可能性がある」。これは、オックスフォード大学のマイケル・オズボーン准教授が、共著論文「未来の雇用」のなかで予測したもので、論文には「アメリカの総雇用者の約四七パーセントの仕事がコンピュータ化によって自動化されるリスクがある」と書かれています〔同研究は日本でも実施され、同様の結果を得ている〕。この衝撃的な予測が、いま日本の教育現場で大きな話題になっているようです。学校は、既存の仕事の大幅な減少に備えて、子どもたちが望む職業に就けるように、より適切なキャリア教育を行い、しっかり進路指導しなければならない、というわけです。

この話を聞いたのが本書を訳しているときだったので、著者ジェイムス・スーズマンの「労働が私たちの生活の形をつくって意義を与え、〝私たちは何者か〟を定義する」という言葉が、ふと思い浮かびました（じつはこのオズボーン氏の予測は、本書の最終章に触れられているのですが、そのことはあとで気づいた次第です）。先に述べた教育方針に当てはめてみると、子どもたちは、仕事にあぶれないよう勉学に励め、と駆りたてられて大きくなり、どんな職業に就いているかで何者であるかが決められる、となるでしょう。こうした考えは、すでに世の中の当たり前のこととして、多くの人々に受けいれられているように思います。

しかし、スーズマンは、人類にとってそれは当たり前ではないと捉え、本書のなかで「人々が仕事に取りつかれていること」が現代の社会問題の根源になっている、と訴えます。そして、経済学者ジョン・メイナード・ケインズが一九三〇年に発表した小論「孫の世代の経済的可能性」をもとに持論を展開していきます。この小論のなかで、ケインズは、百年後には技術進歩によって労働時間が短縮されるため、十分な余暇がある豊かな時代を迎えるだろう、と予言しました。その百年後にあたる二〇三〇年が近づき、小論がさまざまな論壇で引きあいに出されているなかで、人類学者のスーズマンは経済学と人類学を融合させ、問題の根源を探り、解決策を模索します。

人類学の視点から、彼が取りあげたのが、およそ四半世紀にわたって調査した「ブッシュマン」です。ブッシュマンは、南部アフリカで、いにしえの時代から近年まで、狩猟採集で「よい暮らし」を送ってきました。彼らはカラハリ砂漠という厳しい環境にもかかわらず、自然の摂理を信頼し、生きとし生けるものが共存する大地で育まれるものを利用して、衣食住をまかなっています。暮らしに必要なものはすべて周囲の自然環境から得られるため、長時間労働したり、過剰な狩りや採集をしたり、将来のために備蓄したりすることなく、必要なときに必要なものを必要な量だけ利用する生活に満足していました。また、争いごとを避け、平等で対等な人間関係を大切にしてきました。スーズマンは、こうしたブッシュマンの生き方こそが、持続可能で繁栄をもたらすのだ、と語ります。

ブッシュマンは、ほかの民族と幾度か遭遇したものの、はるか昔から、比較的変化のない安定した社会で暮らしてきました。しかし、植民地時代の到来によって、想定外のできごとが次々と起こり、数奇な運命に翻弄されていきます。ヨーロッパ人がやってきて、土地を奪われたために、狩猟採集の暮らしが成りたたなくなったうえに、物や労働の交換が始まり、貨幣がもたらされたことで、ブッシュマン社会は混乱に陥りました。

スーズマンは、フィールドワークで生活をともにしたブッシュマンのなかで、最もユニークな歴史をもつジュホアンに着目し、彼らの暮らしぶりを生き生きと描いています。それは空想的な物語ではなく、現実感のある飾らない言葉で綴られているので、ブッシュマンがぐっと身近に感じられることでしょう。

ところで、「ブッシュマン」と聞くと、ある人を連想する方もいらっしゃるのではないでしょうか。一九八〇年代、世界中にブッシュマンブームを巻き起こしたのが、映画『ミラクル・ワールド ブッシュマン』（改題『コイサンマン』）でした。その主役を演じたヴァウ・トマは、日本では「ニカウ」の名前で親しまれ、来日してテレビ番組に出演しています。彼は大ヒット映画の俳優として、その後どんな人生を送ったのでしょうか。その話題は本書に譲るとして、この映画とニカウさんのおかげで、ブッシュマンに親しみを抱く方も多いと思います。

「ブッシュマン」とひとくくりに呼ばれていますが、広大な南部アフリカには数多くのブッシュマンのグループがそれぞれの慣習や言語をもち、周囲の環境に適応して暮らしてきました。グループの分類が進められてきましたが、昔の呼称の名残、あるいは自称と他称が異なるなどの理由で、ひとつのグループに複数の呼称がある場合が多いようです。この本の主役であるジュホアンは、かつて「クン」と呼ばれていました。

さて、冒頭の話に戻りますが、高校の先生はもうひとつ有名な予測を話題にしました。それは「二〇一一年度にアメリカの小学校に入学した子どもたちの六五パーセントは、いま存在していない職業に将来就くだろう」(ニューヨーク市立大学教授キャシー・デビッドソン)というものです。現に、少し前までなかった職業の「ユーチューバー」が、いまでは日本の子どもたちのあいだでも大人気になっています。今後生みだされる職業では、機械にはない創造力が必要になるのかもしれません。

二〇三〇年、いまの子どもたちが社会人として一歩を踏みだすとき、残された職業を奪いあい、経済的格差がより著しい社会であくせく働くのか、それとも、希望する仕事に就いて、ケインズが構想したように、労働に縛られずに満ち足りた時間を過ごしても、十分な生活が送れるのか。本書が、「本当の豊かさ」とは何かを考えるよいきっかけになることでしょう。

この本の舞台となっているナミビアは、南西アフリカとしてドイツの保護領になり、その後、南アフリカの統治下に置かれ、一九九〇年に独立しました。そのため、地名などにはドイツ語やアフリカーンス語、英語、アフリカの言語が起源になっているものがあり、訳語には、定訳がないものは、なるべく現地の発音や起源の言語の発音に近いカタカナ表記にするよう心がけました。

クリックを含むブッシュマンの言語など、アフリカの言語の訳（カタカナ表記）について、長期にわたりブッシュマンのもとで調査を続けていらっしゃる菅原和孝氏（京都大学名誉教授）と高田明氏（京都大学アジア・アフリカ地域研究研究科）に助言していただきました。この場をお借りして厚く御礼申し上げます。また、おふたりの数々の著書や論文から、ブッシュマンが私たち人類にとってどれほど重要な存在かを教えられました。

ＮＨＫ出版の編集チームの皆さまには、細やかなご配慮とご指導をいただき、心より感謝しております。本当にありがとうございました。

二〇一九年十月

佐々木知子

原注

第一章　勤勉の報酬

1. 本章のケインズの言葉はすべて「孫の世代の経済的可能性」からの引用による。このエッセイはJ. M. Keynes, *Essays in Persuasion* (New York: W. W. Norton, 1963), 358–73.〔J.M.ケインズ『ケインズ説得論集』山岡洋一訳、日本経済新聞出版社、2010年〕に収録されている。
2. Richard B. Lee and Irven DeVore, *Man the Hunter* (Chicago: Aldine, 1968).
3. Richard B. Lee, *The !Kung San: Men, Women and Work in a Foraging Society* (Cambridge, UK: Cambridge University Press, 1979).
4. Sherwood Washburnによる序文。Richard B. Lee and Irven DeVore, eds., *Kalahari Hunter-Gatherers: Studies of the !Kung San and Their Neighbors* (Cambridge, MA: Harvard University Press, 1978).

第二章　母なる山

1. Joseph K. Pickrell, Nick Patterson, Chiara Barbieri, Falko Berthold, Linda Gerlach, Tom Güldemann, Blesswell Kure, Sununguko Wata Mpoloka, Hirosi Nakagawa, Christfried Naumann, Mark Lipson, Po-Ru Loh, Joseph Lachance, Joanna Mountain, Carlos D. Bustamante, Bonnie Berger, Sarah A. Tishkoff, Brenna M. Henn, Mark Stoneking, David Reich, and Brigitte Pakendorf, "The Genetic Prehistory of Southern Africa." *Nature Communications* 3, article no. 1143 (October 16, 2012): 114; doi:10.1038/ncomms2140.
2. Hie Lim Kim, Aakrosh Ratan, George H. Perry, Alvaro Montenegro, Webb Miller, and Stephan C. Schuster, "Khoisan Hunter-Gatherers Have Been the Largest Population Throughout Most of Modern-Human Demographic History." *Nature Communications* 5, article no. 5692 (December 4, 2014).

第三章　浜辺の小競りあい

1. E. G. Ravenstein, trans., *A Journal of the First Voyage of Vasco da Gama* (Cambridge, MA: Cambridge University Press, 2010), 1497–99.
2. Adam Smith, *An Inquiry into the Nature and Causes of the Wealth of Nations*, vol. 1 (London: W. Strahan, 1776).〔アダム・スミス『国富論――国の豊かさの本質と原因についての研究（上・下）』山岡洋一訳、日本経済新聞社、2007年ほか〕

第四章　入植者

1. Noel Mostert, *Frontiers* (London: Jonathan Cape, 1992), 110.
2. R. Raven-Hart, *The Cape of Good Hope, 1652–1702: The First Fifty Years of Dutch Colonisation as Seen by Callers* (Cape Town: A. A. Balkema, 1971), 205.
3. Mostert, *Frontiers*, 115.
4. 同書, 117.
5. 同書, 118.
6. Robert Moffat, *Missionary Labours and Scenes in Southern Africa* (New York: Robert Carter, 1843), 54, 59.
7. Thomas Smith and John O. Choules, *The Origin and History of Missions: A Record of the Voyages, Travels, Labors, and Successes of the Various Missionaries Who Have Been Sent Forth by Protestant Societies and Churches to Evangelize the Heathen* (New York: Robert Carter, 1846).
8. James Chapman, *Travels in the Interior of South Africa Comprising Fifteen Years' Hunting and Trading; with Journeys Across the Continent from Natal to Walvis Bay, and Visits to Lake Ngami and the Victoria Falls* (London: Bell and Daldy, 1868).
9. *Beeld* (newspaper), Johannesburg, March 27, 1994.

第五章　いまを生きる

1. James Woodburn, "Egalitarian Societies." *Man, the Journal of the Royal Anthropological Institute* 17, no. 3 (1982): 431–51.

第六章　ツムクウェの道路

1. Schoeman, undated memorandum, Namibian National Archives.

第八章　強い食べ物

1. 「マンケッティ」とも呼ばれるモンゴンゴ（*Schinziophyton rautanenii*）の木は中央〜南部アフリカにかけての半乾燥気候地域によく繁殖する。北部カラハリでとくに豊富に生えている。
2. 2015年のインペリアル・カレッジ・ロンドンの調査によると、1975年から2014年に世界全体の肥満の割合は3倍となり、肥満の人の総数は1975年には1億500万人だったのが2014年には6億4100万人と6倍以上増加した。肥満は富と関係があることもこの調査であきらかにされた。肥満の割合は世界で最も裕福な国、アメリカで最も高く、健康的な体重の人よりも病的な肥満の方が多く、人口の3分の2（世界保健機関〈WHO〉によると2011年時点で68.6パーセント）が太りすぎだという。さらにWHOは、ヨーロッパ人は大西洋の反対側の友人たちよりも肥満の人は少ないようだが、肥満レベルは同様に腸が破裂しそうな勢いで増加しており、全ヨーロッパ人のほぼ半数が太りすぎ

で、5人にひとりが病的な肥満の状況だと述べている。M. di Cesare, J. Bentham, G. H. Stevens, B. Zhou, G. Danaei et al., "Trends in Adult Body-Mass Index in 200 Countries from 1975 to 2014: A Pooled Analysis of 1698 Population-Based Measurement Studies with 19.2 Million Participants." *Lancet* 387, no. 10026 (April 2, 2016): 1377–96を参照されたい。

3. Herman Pontzer, David A. Raichlen, Brian M. Wood, Audax Z. P. Mabulla, Susan B. Racette, and Frank W. Marlowe, "Hunter-Gatherer Energetics and Human Obesity." *PLOS ONE 7* (July 2012): e40503; doi:10.1371/journal.pone.0040503.
4. Polly Wiessner, *Population, Subsistence and Social Networks Among the Ju/'hoansi (!Kung) Bushman: A Twenty-Five-Year Perspective*. Unpublished manuscript, Windhoek, June 1998.

第九章　ゾウ狩り

1. ゴルトンとアンダーソンのアフリカ探検については、ゴルトンが著した*Narrative of an Explorer in Tropical South Africa* (London: John Murray, 1853)（オンライン上で自由に閲覧できる）と、アンダーソンの「Explorations in South Africa, with Route from Walfisch Bay to Lake Ngami」（*Journal of the Royal Geographical Society of London* 25, no. 25 (1855): 79–107に掲載）と書籍、*Lake Ngami: or, Explorations and Discoveries, During Four Years' Wanderings in the Wilds of South Western Africa* (New York: Harper & Brothers, 1856)にくわしく説明されている。
2. David S. G. Thomas and Paul A. Shaw, *The Kalahari Environment* (Cambridge, UK: Cambridge University Press, 2010), 214.
3. Noel Mostert, *Frontiers* (London: Jonathan Cape, 1992), 113.
4. David Livingstone, *Missionary Travels and Researches in South Africa* (London: John Murray, 1912), chapter 8.

第十章　ピナクル・ポイント

1. Kyle S. Brown, Curtis W. Marean, Zenobia Jacobs, Benjamin J. Schoville, Simen Oestmo, Erich C. Fisher, Jocelyn Bernatchez, Panagiotis Karkanas, and Thalassa Matthews, "An Early and Enduring Advanced Technology Originating 71,000 Years Ago in South Africa." *Nature* 491 (November 22, 2012): 590–93; doi:10 .1038/nature11660.
2. 同誌同論文。
3. Lucinda Backwell, Francesco d'Errico, and Lyn Wadley, "Middle Stone Age Bone Tools from the Howiesons Poort Layers, Sibudu Cave, South Africa." *Journal of Archaeological Science* 35, no. 6 (June 2008): 1566–80. Marlize Lombard, "Quartz-Tipped Arrows Older than 60 ka: Further Use-Trace Evidence from Sibudu, KwaZulu-Natal, South Africa." *Journal of Archaeological Science* 38, no. 8 (August 2011): 1918–30.

4. Peter Mitchell, "San Origins and Transition to the Later Stone Age: New Research from Border Cave, South Africa." *Southern African Journal of Science* 108, nos. 11–12 (December 2011): 5–7.
5. C. S. Chaboo, M. Biesele, R. K. Hitchcock, and A. Weeks, "Beetle and Plant Arrow Poisons of the Ju/'hoan and Hai//om San Peoples of Namibia (Insecta, Coleoptera, Chrysomelidae; Plantae, Anacardiaceae, Apocynaceae, Burseraceae)." *ZooKeys* 558 (February 1, 2016): 9–54.

第十一章　神からの贈り物

1. Juli G. Pausas and Jon E. Keeley, "A Burning Story: The Role of Fire in the History of Life." *BioScience* 59, no. 7 (July 2009): 593–601; doi:10.1525/bio .2009.59.7.10.
2. Herman Pontzer, "Ecological Energetics in Early Homo." *Current Anthropology* 53, no. S6, Human Biology and the Origins of Homo (December 2012): S346–58.
3. 人類進化研究のほかの多くの分野でも同じだが、いま遺伝子研究は人類の進化における肉食と調理の役割に新たな見識を示している。霊長類ゲノムの最近の比較研究で、調理した食物の摂取は遺伝子発現に影響を与え、影響された遺伝子は「ヒトの系統に正の自然選択を引き起こす予兆となる」とあきらかにされている。この研究により、調理に関連した遺伝子の進化が一般的に初期のヒト科で起こったことや、最初の調理の考古学的証拠がもっと以前に遡ること、ホモ・サピエンスの進化に重大な役割を果たしたことが示唆される。Rachel N. Carmody, Michael Dannemann, Adrian W. Briggs, Birgit Nickel, Emily E. Groopman, Richard W. Wrangham, and Janet Kelso, "Genetic Evidence of Human Adaptation to a Cooked Diet." *Genome Biology and Evolution* 8, no. 4 (April 13, 2016): 1091–1103; doi:10 .1093/ gbe/evw059を参照されたい。
4. 国際連合食糧農業機関（FAO）の推定によると、食肉産業は世界の温室効果ガス排出のほぼ5分の1を占めており、世界の穀物生産高の約40パーセントが家畜の飼料として利用されている。また、地球上の家畜の飼育と飼料の生産のために、地球上の氷で覆われていない土地の3分の1が占拠され、ほかの生物種の生息環境と生存空間が脅かされている。新石器革命の時点で地球上のヒトの総バイオマス量［生物体の総量］は、陸生哺乳動物のそれの0.1パーセントだった。およそ200年前、ヒトと家畜の総バイオマス量は陸生哺乳動物のそれの10 ～ 12パーセントに増加した。現在その割合は96 ～ 98パーセントに上る。https://www.wwf.org.uk/what_we_do/changing_the_way_we_live/food/livestock_impacts.cfmを参照されたい。
5. L. Cordain, S. B. Eaton, J. Brand Miller, N. Mann, and K. Hill, "The Paradoxical Nature of Hunter-Gatherer Diets: Meat-Based, yet Non-Atherogenic."*European Journal of Clinical Nutrition* 56 (March 2002), Suppl. 1: S42–52.

第十三章　狩りの成功を侮辱する

1. Richard B. Lee, *The Dobe Ju/'hoansi*, 4th ed. (Belmont, CA: Wadsworth, 2013), 57.
2. イギリスで世帯所得総計では、所得の中央値の60パーセント以下が貧困と定義されている。オキュパイ運動の抗議が行われた時点では、年間所得が1万4000ポンド（約170万円）以下の家庭が貧困とされる。ナミビアでそれだけの所得がある家庭は中産階級となる。中央アフリカ共和国なら少数の金持ちエリート層に加わることになるだろう。したがって、年間所得1万4000ポンドの家庭は先進国では困窮していることになるが、その困窮は絶対的なものではなく相対的なものとなる。

第十五章　恐れと農業

1. J. C. Berbesque, F. W. Marlowe, P. Shaw, and P. Thompson, "Hunter-Gatherers Have Less Famine than Agriculturalists." *Biology Letters* 10 (January 8, 2014); doi:10.1098/rsbl.2013.0853.
2. S. A. Elias and D. Schreve, "Late Pleistocene Megafaunal Extinctions." (Royal Holloway, University of London, Egham, UK, 2013). Elsevier B.V. All rights reserved.
3. 現在の農家は、質の悪い農地でも100年前には信じられなかったほどの高い収穫を上げることができる。アメリカ農務省の報告では、2000年までに平均的な乳牛による1頭当たりの生乳生産量は1950年と比べて2.5倍に増え、同期間のトウモロコシ収穫量は1エーカー当たり3倍となった。自給農耕民の割合がかなり高い途上国でさえ、幅広い技術開発のおかげで穀物収穫量は過去30年で劇的に増えている。アメリカ農務省のウェブサイト https://www.ers.usda.gov/data-products/agricultural-productivity-in-the-us/agricultural-productivity-in-the-us/#National%20Tables,%201948-2013を参照されたい。
4. J. C. Berbesque, F. W. Marlowe, P. Shaw, and P. Thompson, "Hunter-Gatherers Have Less Famine than Agriculturalists."
5. Stephen Shennan, Sean S. Downey, Adrian Timpson, Kevan Edinborough, Sue Colledge, Tim Kerig, Katie Manning, and Mark G. Thomas, "Regional Population Collapse Followed Initial Agriculture Booms in Mid-Holocene Europe."*Nature Communications* 4, article no. 2486 (2013); doi:10.1038/ncomms3486.

第十六章　ウシの国

1. O. Mwai, O. Hanotte, Y-J. Kwon, and S. Cho, "African Indigenous Cattle: Unique Genetic Resources in a Rapidly Changing World." *Asian-Australasian Journal of Animal Sciences* 28, no. 7 (July 2015): 911–21.
2. E. Fernández, A. Pérez-Pérez, C. Gamba, E. Prats, P. Cuesta, J. Anfruns et al., "Ancient DNA Analysis of 8000 B.C. Near Eastern Farmers Supports an Early Neolithic Pioneer Maritime Colonization of Mainland Europe Through Cyprus and the Aegean Islands." *PLOS Genetics*

10, no. 6 (June 5, 2014): e1004401. H. Malmström, A. Linderholm, P. Skoglund, J. Storå, P. Sjödin, M. T. P. Gilbert, G. Holmlund, E. Willerslev, M. Jakobsson, K. Lidén, and A. Götherström, "Ancient Mitochondrial DNA from the Northern Fringe of the Neolithic Farming Expansion in Europe Sheds Light on the Dispersion Process." *Philosophical Transactions of the Royal Society B: Biological Sciences* 370, no. 1660 (January 19, 2015).

3. Per Sjödin, Himla Soodyall, and Mattias Jakobsson et al., "Lactase Persistence Alleles Reveal Partial East African Ancestry of Southern African Khoe Pastoralists." *Current Biology* 24, no. 8 (April 2014): 852–58.
4. J. Pickrell, N. Patterson, C. Barbieri, F. Berthold, L. Gerlach, T. Güldemann, B. Kure, S. W. Mpoloka, H. Nakagawa, C. Naumann et al., "The Genetic Prehistory of Southern Africa." *Nature Communications* 3, article no. 1143 (October 16, 2012): 114; doi:10.1038/ncom ms2140.
5. Alberto Alesina, Paola Giuliano, and Nathan Nunn, "On the Origins of Gender Roles: Women and the Plough." *Quarterly Journal of Economics*, first published online February 19, 2013; doi:10.1093/qje/qjt005.

第十七章　狂った神々

1. 映画製作会社ミモザフィルムズが自社作品のスターにほとんど配慮しなかったことは、ドキュメンタリー風の作品であるにもかかわらず架空の名で登場させただけでなく、クレジットの俳優名も会社が考えた「ニカウ」にしたことからも見てとれる。また別の会社の印刷物では、本名がときおりズールー語の綴りで「Gcau Coma」と誤って表記されている。
2. Richard B. Lee, "The Gods Must Be Crazy but the Producers Know Exactly What They Are Doing." *Southern Africa Report* (June 1985): 19–20.

第十八章　約束の地

1. Carl Benedikt Frey and Michael A. Osborne, "The Future of Employment: How Susceptible Are Jobs to Computerisation?" Oxford Martin Programme on the Impacts of Future Technology, September 17, 2013. https://www.oxfordmartin.ox.ac.uk/downloads/academic/The_Future_of_Employment.pdf.

参考文献

本書で取りあげた主題に関する最新の興味深い資料は、オリジナルの調査を発表した学術誌に掲載されている。インターネット時代のいま、優れた調査資料を見つけだしてアクセスするのは簡単だ（ただし、有料サイトもある）。ここでは学者ではない一般の読者にも手に入りやすい文献を紹介したい。本書のおもなテーマに沿って、幅広い分野ごとにおおまかに並べている。

ケインズのユートピアと始原の豊かな社会

ジョン・メイナード・ケインズの経済ユートピアのビジョンは、同世代でおそらく最も著名な経済学者による文献と評論の集成の一部を構成している。「孫の世代の経済的可能性」は『**ケインズ説得論集**』〔山岡洋一訳、日本経済新聞出版社、2010年〕に収載されており、最近になってようやく真剣に注目されるようになった。ロバート・スキデルスキーとエドワード・スキデルスキーは『**じゅうぶん豊かで、貧しい社会**』〔村井章子訳、筑摩書房、2014年〕で、ケインズの楽観的な将来へのビジョンについて丁寧に紹介し、私たちがそれに類似する何らかのビジョンを達成できる方法について興味深い考えをいくつか展開している。

「原初の豊かさ」を取りあげた重要な文献は、人類学の文献を掘り返してみると見つかるだろう。この考えはもはや、かつて社会人類学の主流で受けいれられていたのと同じような熱意をもって受けいれられていないとしても、マーシャル・サーリンズの『**石器時代の経済学**』〔山内昶訳、法政大学出版局、1984年〕は、出版当時（1972年）と変わりなく説得力がある。サーリンズは文化人類学で最も洞察力のあるメタ理論家のひとりだ。インターネットでざっと検索すれば、サーリンズの考えが、旧石器時代の過去を崇拝する「原始主義者」からニューエイジの経済学者まで、多岐にわたるグループにいかに広く引用されているかがわかるだろう。

原初の豊かさの議論で最近さらに面白い人類学の議論を展開するのが、David Kaplanの「**"始原の豊かな社会"の影の側面（The Darker Side of the 'Original Affluent Society'）**」*Journal of Anthropological Research* 56, no. 3 (Autumn 2000): 301–24と、Nurit Bird-Davidの小論「**"始原の豊かな社会"を超えて――文化主義者の再形成（Beyond 'The Original Affluent Society': A Culturalist Reformulation）**」*Current Anthropo,logy* 33, no. 1 (February 1992): 25–47だ。

ブッシュマンに関する人類学の文献

ブッシュマンの存在よりも、彼らについて書かれた学術論文や書籍の方がジョークのネタになることが多い。それはもちろんおおげさな言い方であって、一方でブッシュマンに関する学術文献は内容が豊かで、それをさまざまに敷衍した多くの解釈が生まれた。

ブッシュマンに関する初期の人類学は、彼らとの継続的なかかわりではなく、植民地時代の偏見によって形づくられたものだ。ロンドン・スクール・オブ・エコノミクスの人類学者アイザック・シャペラは『**南アフリカのコイサン人――ブッシュマンとホッテントット（*The Khoisan Peoples of South Africa: Bushmen and Hottentots*）**』（London: Routledge, 1930）で、初めて人類学の観点による包括的な概説を記している。この本はいくぶん古くて大学図書館以外では手に入りにくい。だが描写がすばらしく、この本が出版されたこと自体が人類学の進化において魅力的なできごとと言える。

それぞれ異なるコイサン人について非常に役立つ概説が、アラン・バーナードの『**南部アフリカの狩猟民と牧畜民――コイサン人の比較民族誌（*Hunters and Herders of Southern Africa: A Comparative Ethnography of the Khoisan Peoples*）**』（Cambridge, UK: Cambridge University Press, 1992）である。バーナードが「深層構造的」と述べる多様なコイサン人の言語・文化の継続性についての記録だ。ほかにバーナードの書籍で取りあげたいのが、ブッシュマンの人々のなかで行われた人類学調査の歴史をまとめた『**人類学とブッシュマン（*Anthropology and the Bushman*）**』（Oxford, UK: Berg, 2007）だ。ブッシュマンに関する2006年までのあらゆるおもな人類学調査について広範な概説が記されており、興味がある人には貴重な入門書となる。また数多くの引用文献も含まれている。

Mathias Guentherの『**トリックスターとトランサー〔トランス状態に陥る者〕――ブッシュマンの宗教と社会（*Tricksters and Trancers: Bushman Religion and Society*）**』（Bloomington: Indiana University Press, 2000）も、ブッシュマンを幅広い文化グループとして取りあげている。著者自身の調査と学術文献の徹底的な再評価から精選した、数々のブッシュマンの宗教的信仰と儀式をくわしくまとめており、中身が濃くて綿密で、知的挑戦に富んだ1冊だ。

ブッシュマンの古典民族誌学の大部分はジュホアンに焦点を当ててきた（くわしくはあとで述べる）。わずかな例外のなかで、ジョージ・シルバーバウアーが書いたボツワナの中央カラハリ動物保護区のグイ・ブッシュマンに目を向けた研究書『**中央カラハリ砂漠の狩人と居住地（*Hunter and Habitat in the Central Kalahari Desert*）**』（Cambridge, UK: Cambridge University Press, 1981）に勝るものはない。シルバーバウアーは20世紀のブッシュマン民族誌学者のなかで最長期間その地域に住みついて調査を行った人物であり、イギリス保護領ベチュアナランドの「ブッシュマン調査官」の役目を担い、カラハリで最も乾燥した最も厳しい地域のひとつで

活動した。これは私のお気に入りの民族誌である。

ジュホアン

リチャード・B・リーの『**ドーベのジュホアン（*The Dobe Ju/'hoansi*）**』（Belmont, CA: Wadsworth, 2013）のもともとの題名は『**ドーベのクン（*The Dobe !Kung*）**』だった。1984年の初版から新しい情報が加わり定期的に改訂されている。最新は第4版で、いまでも大学の人類学の学部課程の必読本だ。もっと内容が濃い研究論文にまとめたのが『**クン・サン人——狩猟採集社会の男性と女性と仕事（*The !Kung San: Men, Women, and Work in a Foraging Society*）**』（Cambridge, UK: Cambridge University Press, 1979）である。ジュホアンの伝統的な狩猟採集生活の方法と、彼らが過去50年間耐えざるをえなかった変化について、明瞭にわかりやすく説明されている。リーの文章は人類学者にしてはめずらしく理解しやすい。この書籍が傑作とされるのも当然だ。

ローナ・マーシャルが著したジュホアンに関する2冊の民俗誌『**ニャエニャエのクン（*The !Kung of Nyae Nyae*）**』（Cambridge, MA: Harvard University Press, 1976）と『**ニャエニャエのクン——信仰と儀式（*Nyae Nyae Kung: Beliefs and Rites*）**』（Cambridge, MA: Peabody Museum of Archaeology and Ethnology, 1999）もまた人類学の基本文献として特別な位置を占める。ジュホアンがほかの人々と継続して接触する以前の、ニャエニャエに住むジュホアンの生活の民族誌的記録として、ローナはリーよりさらに職人らしい文章にしたためており、その点で彼女の書籍は並ぶものがないだろう。

ハーバード大学カラハリ調査グループ（など）の多様な研究の概略を紹介するのが、リチャード・B・リーとアーヴィン・デヴァー編集の『**カラハリ狩猟採集民——クン・サン人と近隣に住む人々に関する研究（*Kalahari Hunter-Gatherers: Studies of the !Kung San and Their Neighbors*）**』（Cambridge, MA: Harvard University Press, 1976）だ。幼児の発達、空間的構造、動物の行動との関係を含む、ジュホアンの生活のあらゆる側面についてさまざまな研究者が書いた小論が盛り込まれている。

初代のハーバード大学カラハリ調査グループのメンバー、メガン・ビーゼリーはいまもカラハリで活動を続けている。人類学者のコミュニティのあいだでジュホアンの言葉に最も長けており（私のジュホアン語の評判はよくない）、民間伝承や宗教的慣習の研究書『**女は肉が好き——カラハリのジュホアンの民間伝承と狩猟採集イデオロギー（*Women Like Meat: The Folklore and Foraging Ideology of the Kalahari Ju/'hoan*）**』（Johannesburg: University of the Witwatersrand Press, 1993）でよく知られている。複雑なテーマを扱った複雑な書籍だが、ジュホアンの宇宙観を感じたい意欲的な人なら読んで損はない。ほかにも彼女がリチャード・

カッツとVerna St. Denisと共同で執筆した『**心から幸せになる癒やし――カラハリのジュホアンの精神性と文化的変容**（***Healing Makes Our Hearts Happy: Spirituality & Cultural Transformation Among the Kalahari Ju/'hoansi***）』（New York: Simon & Schuster, 1997）では、伝統的なシャーマンの慣習は、ジュホアンが変容する周囲の世界を理解するのにどのように役立っているかを示すとともに、文化形式が状況の変化に対処するために、いかに再想像され、再活性化されたかを証言している。

ニャエニャエの歴史に興味がある人には、Robert Hitchockとメガン・ビーゼリーの共著『**ニャエニャエのジュホアン・サン人とナミビアの独立――南部アフリカの開発、民主主義、先住民の声**（***The Ju/'Hoan San of Nyae Nyae and Namibian Independence: Development, Democracy, and Indigenous Voices in Southern Africa***）』（New York: Berghahn, 2010）をお薦めする。ニャエニャエの近代の歴史とジュホアンのコミュニティ組織の発達についての概要を要点に絞って論じている。

ジュホアンに関する書籍で最も独特で啓発的なものが、マージョリー・ショスタックの『**ニサ――カラハリの女の物語り**』〔麻生九美訳、リブロポート、1994年〕だ。これは20世紀後半のジュホアンに訪れた驚くべき変動期を通じて、ジュホアンの女性の生活を描いた伝記的民族誌である。また個人に焦点を当てて書いた続編『**ニサのもとへ帰る**（***Return to Nisa***）』（Cambridge, MA: Harvard University Press, 2000）もある。ショスタックが乳がんと診断されたあと、1991年にニサとの再会を書き留めたもので、1996年の没後に出版された。

ブッシュマンに関する一般向けの書籍

ブッシュマンやジュホアンに関する大衆文学には、ローレンス・ヴァン・デル・ポストの『**カラハリの失われた世界**』〔佐藤喬ほか訳、筑摩書房、1993年〕と『**狩猟民の心**』〔秋山さと子訳、思索社、1987年〕や、エリザベス・マーシャル・トーマスの『**ハームレス・ピープル**』〔荒井喬ほか訳、海鳴社、1982年〕と『**古人の知恵**（***The Old Way***）』などがある。

イギリスのベテランジャーナリスト、Sandy Gallは南部アフリカの歴史的苦難を冷静に解説した『**南部アフリカのブッシュマン――罪なき人々の虐殺**（***The Bushmen of Southern Africa: Slaughter of the Innocent***）』（London: Pimlico, 2001）を著している。この書籍は1990年代後半の取材旅行を記録したもので（私が彼に、ツェンナウやカツァエ・ラングマンのような人たちを紹介した）、ロバート・ゴードンなどによる優れた歴史的考察を大いに活用しつつ、同時代のルポルタージュを兼ね備え、ブッシュマンの収奪された歴史を綴っている。

ブッシュマンに関するほかの一般向けの書籍で、ヴァン・デル・ポストの詩情と流暢な文章、エリザベス・マーシャル・トーマスの感受性と共感を彷彿とさせる作品はほとんど見当たらない。

その例外がWillemien Le Rouxの『**影の鳥（*Shadow Bird*）**』（Roggebaai, SA: Kwela Books, 2000）で、ヴァン・デル・ポストの詩情とエリザベス・マーシャル・トーマスの誠実さと共感をあわせもつ1冊と言える。Le Rouxはカラハリで育ち、成人になってから一生を通じてボツワナのハンツィやオカヴァンゴ・デルタなどでブッシュマンと生活をともにした。この書籍は伝記の要素が含まれる短編集で、彼女がともに暮らし、活動した人々の物語をもとに書かれている。冷徹なリアリズムに貫かれ、洞察力があり、感情移入に支えられて美しく描かれている。

Le Rouxは人生の大半をつぎ込んで、ブッシュマンが自身の意見を形にして自身で表現できるよう支援し、ブッシュマン文化・口頭伝承の書籍『**サン人の声（*Voices of the San*）**』（Roggebaai, SA: Kwela Books, 2004）を世に出した立役者である。この書籍はAlison Whiteと共同編集したもので、多様な言語コミュニティのブッシュマン個人から聞きだした数百もの事実の記録を編集してテーマ別にまとめ、ブッシュマンの生活や歴史を収めた写真や絵を掲載している。

ほかにブッシュマンとともに活動した人類学者による書籍で、おそらく心が重くなるのがHans Joachim Heinzの作品だろう。彼は有名な女たらしで（一時期に3人の女性と結婚しながら4番目の女性と暮らした）、元ナチス（でかなり改心した）軍人、昆虫学者、人類学者である。コーン・ブッシュマンの女性ナムクワとの情事を『**ナムクワ――ブッシュマンとの生活（*Namkwa: Life Among the Bushmen*）**』（Boston: Houghton Mifflin, 1979）で正直かつ強烈に描いた。私はHeinzが80代のときに知りあい、3年かけて何度かインタビューをして映像に収めている。2001年、彼はボツワナのマウンを流れるタマラケイン川のほとりの小さな自宅のベランダで寝ているときに斬り殺された。

自身の言葉で表現する――サン人の作家

サン人に関する多数の文献であきらかに排除されているのがサン人の作家だろう。サン人の識字能力の水準は、教育システムが原因で依然としてかなり低い（学習者のニーズを満たす設備が整備されていない）。いずれにしても学校を卒業するサン人は毎年増加しており、大学を修了した者もいる。サンに関する学術出版物を発行したり、論文を共同執筆したりするサン人も現れた。私が知るかぎり本を書いた唯一のサン人が、ボツワナのクア〔中央カラハリのグイとガナが「ブッシュマン」の意で使う包括名（これとは別に、ボツワナ南東部に「Kua」という言語集団がある）〕、Kuela Kiemaだ。彼が著した『**わが土地に流した涙――中央カラハリ動物保護区タム・ノーのクアの社会史（*Tears for My Land: A Social History of the Kua of the Central Kalahari Game Reserve, Tc'amnqoo*）**』（Gabarone, Botswana: Mmegi Publishing House, 2010）は読むに値する書籍だが、ボツワナでしか流通していないため手に入れにくい。最近ハンツィ出身のサン人の若者活動家Job Morrisが、若いサン人たちが自身の問題に

ついての記事を寄稿する、オンライン上の共同プロジェクト「サン・ユース・ネットワーク」(https://sanyouthnetwork.wordpress.com) を展開している。

また『サン人の声』などサン人が直接携わった多くの口頭伝承や、数々の開発レポート・地図・口頭伝承のデータベースがある。それらの多くはクル諸機関ファミリー、カラハリピープル基金、ニャエニャエ開発基金のような開発パートナーシップから生まれた。サン人のあいだで近年の豊かな自己表現の伝統が芸術活動の形をとるようになってきたようだ。サン人芸術家の作品が世界各地で展示されており、いまや世界有数の展示会にも出展されている。1990年初めにボツワナのデカール村を拠点に、クル・アートプロジェクト（http://www.kuruart.com）が設立された。文章よりも芸術の方が気楽に取り組めることから、クルのようなプロジェクトは、幅広いサン人芸術家の美しさと強さを兼ね備えた壮大な作品を生みだし続け、明瞭でカタルシスをもたらす、力強い作品を収集している〔クル・アートプロジェクトの活動は、2014年に大阪と京都で展覧会が開催されるなど日本でも展開されている〕。

歴史と考古学と「カラハリ論争」

「カラハリ論争」は1989年にEdwin N. Wilmsenの複雑で分厚い『**ハエが飛び交う土地――カラハリの政治経済（*Land Filled with Flies: A Political Economy of the Kalahari*）**』(Chicago: University of Chicago Press, 1989) の出版を機に起こった。この書籍は闘争的で難解なもので、リチャード・B・リーなどの調査研究は確固とした証拠に基づいたものではないと論じている。この出版が発端となり、熱を帯びた激しい論争は、人類学の主要学術誌カレント・アンソロポロジーの誌上で長年にわたり展開された。Wilmsenはリーとその仲間を無能だと責めた。対するリーたちはWilmsenの誇張や意図的な誤解、でっち上げを非難した。この論争に興味がある読者には、論争については読みとばして、アラン・バーナードが著した『人類学とブッシュマン』の概説を読んでほしい。議論の余地はあるが、Wilmsenの著書はブッシュマンの人類学に価値ある新たな見解をもたらし、現代のブッシュマンの世界を形づくる複雑な歴史的背景に目を向けるよう研究者に呼びかけている。

カラハリ論争後のおそらく最も重要な書籍は、ロバート・ゴードンの『**ブッシュマン神話――ナミビアの最底辺層の形成（*The Bushman Myth: The Making of a Namibian Underclass*）**』(Boulder: Westview, 2000) だろう。第2版はStuart Sholto Douglasが共同執筆している。ナミビアや他国におけるブッシュマンへの残虐行為について、ときおり読破するにも疲れて意気消沈するような恐ろしい詳細が記されている。

ブッシュマンの歴史のあらましが描かれていて、もっとわかりやすくてショッキングな描写が少ない書籍なら、Andy SmithとCandy Malherbe、Mat［Mathias］Guenther、Penny Berens

が共同執筆した『**南部アフリカのブッシュマン――移行期の狩猟採集社会（*The Bushmen of Southern Africa: A Foraging Society in Transition*）**』（Athens, OH: Ohio University Press, 2000）がお薦めだ。

岩絵

ブッシュマンの岩絵は重要な文献にインスピレーションを与えてきた。デヴィッド・ルイス＝ウィリアムズは、この分野で最も有名な著者であることはほぼ間違いない。彼はブッシュマンの岩絵は未熟さの表れではなく、豊かな象徴的伝統の一部であると初めて論じた学者だ。多くの著書があるが、なかでも入門書として最適なのが『**洞窟のなかの心**』〔港千尋訳、講談社、2012年〕とポケットガイド『**サンの岩絵（*San Rock Art*）**』（Auckland Park, SA: Jacana, 2011）だ。

岩絵そのものに興味をもった人は、Patricia Vinnicombeのとても高価な『**エランドの人々（*People of the Eland*）**』（Johannesburg: Wits University Press, 1976）から読み始めるといい。ただしこれはナミビアではなく南アフリカの岩絵に重点が置かれている。

ツォディロ・ヒルズはいまでは世界遺産に登録されており、10年前と比べてはるかに訪れやすくなった。ツォディロの岩絵の大半は無名の学術誌にときどき掲載されるだけだ。幸運にも少し前にAlec CampbellとLarry Robbins、Michael Taylor編集の『**ツォディロ・ヒルズ――カラハリの銅ブレスレット（*Tsodilo Hills: Copper Bracelet of the Kalahari*）**』（Lansing: Michigan State University Press, 2012）が出版された。これはツォディロの考古学の優れた入門書となる1冊だ。ツォディロを実際に探検したい人にはガイドブックにもなる。

人類の起源と遺伝学

コイサン人は遺伝学者にとって何よりも興味深い存在にもかかわらず、この10年間に活気を帯びたコイサン人の遺伝子研究をまとめた書籍は出版されていない。とはいえ世に出ている情報がとても少ないわけではない。重要な発見や仮説の大多数が、ネイチャー誌やサイエンス誌のような主要学術誌やオープンなプラットフォームに掲載されているし、一般の科学雑誌や新聞などの主流の出版物にも広く取りあげられている。さらにくわしく知りたい人は、本書巻末の原注にあるこの分野のおもな遺伝子研究者の論文情報を参考にしてほしい。ペンシルヴェニア大学のSarah Tishkoffやウプサラ大学のCarina Schlebuschなどが書いた論文をお薦めする。

人類の進化をより広範囲に考察した一般書が数多く出版され、遺伝子研究の進歩によって驚くほど新たな洞察が示されている。おそらく最もよく知られるのが、スティーヴン・オッペンハイマーの『**人類の足跡一〇万年全史**』〔仲村明子訳、草思社、2007年〕と、スペンサー・ウェ

ルズの『**アダムの旅――Y染色体がたどった大いなる旅路**』〔和泉裕子訳、バジリコ、2007年〕だろう。2冊とも良書だが、遺伝子研究のスピードがとても速いので、すでにやや時代遅れの感がある。

Martin Meredith（遺伝子学者ではなく歴史家兼ジャーナリスト）が著した『**アフリカでの誕生――人類起源の探求（*Born in Africa: The Quest for the Origins of Human Life*）**』（New York: PublicAffairs, 2011）は比較的新しくてとてもわかりやすい。

人類の進化における狩猟や肉と火の役割について興味があるなら、リチャード・ランガムが著した『**火の賜物――ヒトは料理で進化した**』〔依田卓巳訳、NTT出版、2010年〕を薦めたい。面白くて刺激される1冊だ。人類の発達における狩猟の役割についての書籍は多数ある。ロバート・アードレイの『**狩りをするサル：人間本性起源論**』〔徳田喜三郎訳、河出書房新社、1978年〕は古い本だが、主たる構想は現在でもこの分野の研究の土台になっている。ドナ・ハートとロバート・W・サスマンは『**ヒトは食べられて進化した**』〔伊藤伸子訳、化学同人、2007年〕で、人間の進化について興味深いことに狩人と反対の視点から物語を語る。狩りや死肉漁りをする者ではなく、獲物としての経験によって現在の私たちのような人間になったと論じる。

狩人がどんな行動をするのかや、狩猟の際に何を感じるのかについて、人類学者が書いたものは驚くほど少ない。熱心なハンターであるレーン・ウィラースレフが著した『**ソウル・ハンターズ――シベリア・ユカギールのアニミズムの人類学**』〔奥野克己ほか訳、亜紀書房、2018年〕は、シベリアのハンターと獲物との共感関係についてユニークな洞察を示す。シベリアで生計を立てる暮らしが人々の自意識や周囲の世界をどう形づくるのかを読者が感じとることもできる。

南アフリカの進化生物学者、ルイス・リーベンバーグは生涯の大半を追跡の研究に捧げてきた。著書『**追跡の技術――科学の起源（*The Art of Tracking: The Origin of Science*）**』（Cape Town: New Africa Books, 2012）で、彼は足跡から推測される動物の行動についての推論的仮説を導くには、物理学者あるいは数学者に必要な知的で創造的なスキルが要求されるという考えを明瞭に述べる。リーベンバーグ自身の丹誠込めた細やかな挿絵が掲載され、人類史と同じ長い歴史のある追跡という行動について、新鮮な見方を示した1冊だ。彼の主宰する団体のウェブサイト（CyberTracker.org）から無料で入手できる。

新石器革命

新石器革命は、農耕牧畜民だけでなく作家の仕事も創出した。農耕牧畜への移行によって生じた驚くべき変遷について、多くの作家が大々的に書いてきた。古代狩猟採集民の文献のように、新石器革命に関する「壮大な発想」の多くは現代の遺伝子研究の恩恵を得られないまま発展した。最新の研究を知りたいなら、学術誌を閲覧する必要があるだろう。

おそらく新石器革命の影響に関する最も有名な近年の研究は、褒められすぎのきらいはあるがジャレド・ダイアモンドの『**銃・病原菌・鉄——一万三〇〇〇年にわたる人類史の謎（上・下）**』〔倉骨彰訳、草思社文庫、2012年〕だろう。彼は新石器革命を「人類の歴史で最大の過ち」と評している。その後に出版された『**昨日までの世界——文明の源流と人類の未来（上・下）**』〔倉骨彰訳、日本経済新聞出版社、2013年〕では、ダイアモンドは「部族」の生活様式と「現代」のそれを比較している。この書籍は概して暴力から肥満まで幅広い問題を取りあげる。部族社会と現代社会の比較は人類学者にとってあまりにも一般的で、彼の主張はとくに狩猟採集民と農耕牧畜民に関する実証的証拠という点で整合しないものも多いが、多くの優れた点があり、読み応えのある書籍だ。

ユヴァル・ノア・ハラリのベストセラー『**サピエンス全史——文明の構造と人類の幸福（上・下）**』〔柴田裕之訳、河出書房新社、2016年〕などの書籍は、ダイアモンドの『銃・病原菌・鉄』と似た路線を取っており、新石器革命を人類全体の歴史に不幸を招いた避けられないできごとのように論じている。

かなり分厚いが読みやすいスティーヴン・ミズンの『**氷河期以後——紀元前二万年からはじまる人類史（上・下）**』〔久保儀明訳、青土社、2015年〕は、新石器革命を起こしたと考えられる要因を捉えて書かれたものだ。興味深い歴史の回り道を発見できる貴重な書籍でもある。

科学的にあまり正確とは言えないが、Calvin Martin Lutherの狩猟採集民への賛美を記した『**地球の精神——歴史と時間の再考（*In the Spirit of the Earth: Rethinking History and Time*）**』（Baltimore: Johns Hopkins University Press, 1993）は狩猟採集から農耕牧畜への移行に関する詩的で魅力的で含蓄のある本だ。同じく詩的で重要な作品にヒュー・ブロディの『**エデンの彼方——狩猟採集民・農耕民・人類の歴史**』〔池央耿訳、草思社、2003年〕がある。狩猟採集民が最終的に農耕民に取ってかわられた謎に挑むもので、ブロディがイヌイットのなかで行った調査が大いに役立てられている。

交換と共同利用（シェアリング）

交換と共同利用について人類学者は長いあいだ好奇心を刺激されてきた。これは人類学で最も実りのある専門分野のひとつであり、本当の意味で独創的な研究をもたらした。

繰延／即時リターン経済の仮説はロンドン・スクール・オブ・エコノミクスを退職したジェイムズ・ウッドバーン教授が展開したものだ。彼の考えは論文「**平等主義社会（Egalitarian Societies）**」*Man, the Journal of the Royal Anthropological Institute* 17, no. 3 (September 1982): 431–51で読める。ほかに狩猟採集民の平等主義を描いた優れた論考はリチャード・B・リーの「**原始共産制についての熟考（Reflections on Primitive Communism）**」*Hunters and Gatherers,*

vol. 1:*History, Evolution and Social Change* (Oxford, UK: Berg, 1988)があり、ティム・インゴルドとDavid Riches、ジェイムズ・ウッドバーンが編集している。

ジュホアンとともに活動した人類学者、Polly Wiessnerは交換に関して洗練された研究成果を生みだしてきた。「ハロ」の贈与システムのミステリーも解き明かした。Wiessnerはジュホアンのなかで調査に取り組む研究者で最も著名な人物で、人類学コミュニティは彼女の本格的な民族誌を待ち望んでいる。人類学の教科書や教材で彼女の研究成果が多数引用されているが、残念ながら学術誌でしか読めない。エレノア・リーコックとリチャード・B・リーが編集した『**バンド社会の政治と歴史（*Politics and History in Band Societies*）**』(Cambridge, UK: Cambridge University Press, 1982）に収載されたWiessnerの論考「クン・サン人の経済におけるリスク・互酬・社会的影響（Risk, Reciprocity and Social Influences on !Kung San Economics)」は彼女の文献を初めて読む人に最適だ。

現在直面する問題

現在ブッシュマンが直面する問題の最新情報に興味がある人もいるだろうが、手に入る出版物はひとつもない。彼らの実情を示す利用可能なほぼすべての指数においてナミビアでもボツワナでもサン人は最低の水準で、依然として劣悪な生活環境に置かれている。だが、ブッシュマンに関連する話題が**ナミビアン紙**やボツワナの**メヒ紙**などの英字新聞を通じて、かつてないほど頻繁に全国紙に取りあげられている。どちらの新聞もオンラインで利用でき、アーカイブで検索できる。

新聞報道に加えて、土地の権利や社会的差別、教育、開発などの話題を扱うきわめて重要な学術論文や一般向け文献もある。人類学のコミュニティでは、ロバート・ヒッチコックがすばらしい出版実績を残している。

現代の問題の優れた情報源となっているのが、サン人コミュニティや団体と協力するＮＧＯだ。1990年代後半に活動していた複数のサン団体が事実上崩壊し、いま最も積極的に活動している組織にナミビアの法的支援センター（Legal Assistance Centre：ＬＡＣ）がある。数多くの調査を実施した「土地・環境・開発プロジェクト」はＬＡＣのウェブサイト（http://www.lac.org.na/pub/publications.php）で閲覧できる。そのなかには私が1998～2001年に欧州委員会の依頼により率いた**「南部アフリカのサン人の現状に関する地域評価（The Regional Assessment of the Status of the San in Southern Africa)」**という調査もある。これはこの類の調査では最も包括的なもので、6か国をめぐって実施し、3年かけて完了させた。長期にわたる専門的で有益な調査報告書だが、やや時代遅れの感がある。ナミビアにいる私の同僚で友人のUte Dieckmannが編集した2013年のナミビアの巻は緻密で最新のものだ。ＬＡＣのウェブサイ

トで無料閲覧できる。

過去20年間にブッシュマンが直面した問題のなかで、最も大きく話題に取りあげられたのが、ボツワナの広大な中央カラハリ動物保護区で暮らしていたグイとガナ（G||ana）、農耕牧畜民カラハリが不法に移住させられたことだ。イギリスの社会運動団体サバイバル・インターナショナルの取り組みを中心に、このできごとが世に知られるようになった。これは長く複雑な話で、ブッシュマン市民に対するボツワナ政府の強力な父権的権威主義（パターナリズム）的介入が根源にある。学術メディアと主流メディアは、こぞってこの問題を大きく取りあげてきた。当時、博士課程の学生だったJulie Taylorの概説はとりわけよく書かれている。興味のある読者が次に読みたくなるような論文の引用も含まれているので、Taylorの**「サンの勝利をまもなく祝えるか？――中央カラハリ動物保護区事例の結果についての考察（Celebrating San Victory too Soon?: Reflections on the Outcome of the Central Kalahari Game Reserve Case）」***Anthropology Today* 23, no. 5 (October 2007): 3–5を読んでみるといい。

カラハリの地質学・生態学・地理学

カラハリとオカヴァンゴ・デルタは、砂が渦巻く砂丘や突進するゾウ、砂塵まみれのライオンの写真や絵がふんだんに掲載されている豪華な大型本のテーマになっている。また、地質学者、学生、環境保護主義者などの何百もの技術的調査や博士論文や論説のテーマとしても取りあげられている。しかし意外にもカラハリの地質学的・環境的歴史を全体として扱う主流の出版物がほとんどない。カラハリの地質学と地理学に関心がある人が最初に手にするとしたら、David S. G. ThomasとPaul A. Shawの『**カラハリの環境（*The Kalahari Environment*）**』(Cambridge, UK: Cambridge University Press, 1991）を薦める。

南部アフリカ原産の植物に関しては、より詳細な文献が増えている。残念なことに、そのほとんどが植物を取引・商品化するための難しい専門誌や研究論文に限定される。その例外がArno Leffersの『**ゲムズボック（マララ）豆とカラハリのトリュフ――北東ナミビアのジュホアンによる植物の伝統的利用（*Gemsbok Bean & Kalahari Truffle: Traditional Plant Use by Ju/'hoansi in North-Eastern Namibia*）**』(Windhoek: Gamsberg Macmillan, 2003)で、ジュホアンが一般的に利用する多種多様な植物が美しい写真とともに記されている。

ナミビアの歴史

1990年の独立以降、ナミビアの歴史文献が著しく増加した。とくに植民地時代についての学術論文や論説が数多く出版されている。Marion WallaceとJohn Kinahanの『**ナミビアの歴**

史――起源から1990年まで（*A History of Namibia: From the Beginning to 1990*）』（New York: Columbia University Press, 2011）には、有史以前から植民地独立までナミビアの歴史の全体像が明快に説明されているだけでなく、数多くの参考文献が記されているので、知識を深めたい人にはうってつけの書籍だ。

ナミビアの初期の植民地の歴史をもっと知りたい読者には、David OlusogaとCasper W. Erichsenの『**カイザーのホロコースト――忘れ去られたドイツの大虐殺とナチズムの植民地的ルーツ（*The Kaiser's Holocaust: Germany's Forgotten Genocide and the Colonial Roots of Nazism*）**』（London: Faber & Faber, 2010）を薦めたい。20世紀の最初の大虐殺を描き出した痛ましい内容だ。

映画と写真

1956年、ローレンス・ヴァン・デル・ポストの書籍と同じ題名のテレビ番組『**カラハリの失われた世界**』（6回シリーズ）がＢＢＣで初めて放映されてから、とりわけブッシュマンとジュホアンは映像作品で人気の題材となった。人気を博した文学とともに、映像製作者たちの目には、現代のブッシュマンの生活でときとして厳しさを増す現実よりも、ファンタジーの方がはるかに魅力的に映ったようだ。私はそれらのドキュメンタリー作品に助言することもあったし、観賞することもあった。それに、ブッシュマンの神話的世界の表現について自らの非を認めない多くの作品にたじろぐこともあった。

ジョン・マーシャルの最高傑作『**カラハリの家族（A Kalahari Family）**』（2001年）はまさに大作にほかならない。母ローナと姉エリザベスの仕事に、心の底に響く力強くて繊細な語りが命を吹き込んでいる。この映画は学術機関を通じて手に入れられるほか、「ドキュメンタリー・エデュケーション・リソーシズ」（www.der.org）で購入できる。

フォスター・ブラザーズ・プロダクション製作の映画『**偉大なるダンス――狩人の物語（The Great Dance: A Hunter's Story）**』（2000年）はボツワナの南部・中央カラハリに住むコーン・ブッシュマンの狩人に焦点を当てている。走って行う狩りを記録し、狩る側と狩られる側の驚くべき感情移入を捉えた見事な作品だ。表現力豊かな映画だけにときどき噛み合わない解説が入るのが唯一の難点である。

ブッシュマンは、サファリロッジに置いてあるような豪華な大型本やいかにも南部アフリカらしいポストカードの定番の被写体になっている。それにブッシュマン神話はいまも売れ筋商品だ。オンライン上で見られるブッシュマンの商業向けのイメージ――伝統的な道具を身につけた狩猟採集民の姿――は演出されていて生気がないが、いまも需要があるのはあきらかだ。だが、ジャーナリストなどがブッシュマンを撮った優れた写真集もいくつかある。南アフリカの写

真家、ポール・ワインバーグはニャエニャエのブッシュマンの生活を断続的に記録し、大変動の時代を写真に収めた。その写真は本書にも掲載している。ワインバーグの写真はいくつかの書籍で発表され、あらゆるところで展示されている。ワインバーグの**『私たちは昔狩人だった——アフリカ先住民との旅（*Once We Were Hunters: A Journey with Africa's Indigenous People*）』**（Amsterdam: Mets & Schilt, 2000）とより最近の回顧写真集『足跡と追跡（*Traces and Tracks*）』（Johannesburg: Jacana Media, 2017）では彼の最高傑作が紹介されている。本書に写真を提供してくれたエイドリアン・アービブなどの写真家の作品はオンライン上で見られる。アービブのウェブサイト（http://arbib.photoshelter.com/gallery-collection/Namibia-San-Bushmen/C0000_nDaC.4Qsdg）のコレクションは見応えがある。

※URLは2017年7月の原書刊行時のものです。

［著者］
ジェイムス・スーズマン　James Suzman, Ph.D.
社会人類学者。南部アフリカの政治経済を専門とする。25年以上、南部アフリカであらゆる主要なブッシュマン・グループとともに暮らし、調査してきた。スマッツ特別研究員としてケンブリッジ大学でアフリカ研究に従事。シンクタンク「アンスロポス（Anthropos）」を設立し、人類学的観点から現代の社会的・経済的問題の解決を図る。ニューヨーク・タイムズ紙でも執筆。本書は2017年度ワシントン・ポスト紙ベストブック50冊および米公共ラジオ局ベストブックに選ばれた。

［訳者］
佐々木知子　ささき・ともこ
翻訳者。共訳書にハーヴィー『カーボンフリーエネルギー事典』（ガイアブックス）がある。

［協力］
菅原和孝　すがわら・かずよし　（京都大学名誉教授）
高田明　たかだ・あきら　（京都大学アジア・アフリカ地域研究研究科）

［校正］　酒井清一

［本文組版］　アップライン株式会社

「本当の豊かさ」は
ブッシュマンが知っている

2019年10月25日　第1刷発行

著　者　ジェイムス・スーズマン
訳　者　佐々木知子
発行者　森永公紀
発行所　NHK出版
〒150-8081　東京都渋谷区宇田川町41－1
TEL 0570-002-245（編集）
0570-000-321（注文）
ホームページ　http://www.nhk-book.co.jp
振替　00110-1-49701
印　刷　亨有堂印刷所／大熊整美堂
製　本　ブックアート

ISBN978-4-14-081796-4 C0098